百家文学馆

相逢
在黎明破晓

范开源 著

中国文联出版社

图书在版编目（CIP）数据

相逢在黎明破晓 / 范开源著 . -- 北京：中国文联
出版社，2017.7（2023.3 重印）
ISBN 978 - 7 - 5190 - 2904 - 3

Ⅰ.①相… Ⅱ.①范… Ⅲ.①中国文学—当代文学—
作品综合集 Ⅳ.①I217.2

中国版本图书馆 CIP 数据核字（2017）第 181401 号

著　　者　范开源
责任编辑　郭　锋
责任校对　赵海霞
装帧设计　中联华文

出版发行　中国文联出版社有限公司
地　　址　北京市朝阳区农展馆南里 10 号　　　　邮编　100125
电　　话　010 - 85923025（发行部）　　　　　85923091（总编室）
经　　销　全国新华书店等
印　　刷　三河市华东印刷有限公司

开　　本　710 毫米×1000 毫米　　1/16
印　　张　17.5
字　　数　323 千字
版　　次　2023 年 3 月第 1 版第 2 次印刷
定　　价　78.00 元

自　序

　　一路十里樱花，一路十数岁月。喜欢这种悠然的感觉，一饮一啄自有天定。

　　从很小的时候就开始尝试着写些东西了。童话也好，日记也好，我都很认真地一笔一画地去写。一路行来一路书写着自己心中的世界，不知不觉已经悠悠数载了。

　　这些年一路走来一路盛开，盛开的不仅仅是我的文字，还有我自己的心。在码字的时候抿几口清茗，总是会觉得温暖而惬意；心胸也开阔起来了，好像一支清香的茉莉，闪烁着迷人的露滴，奏响了温暖的歌。

　　总喜欢在一个优雅的地方谱写一章灿烂的诗篇，抑或是在一处树荫下品尝世间百态。在一片莽原上种满鲜花与青竹，牧马放歌；在一片大漠中洒满碧水清波，泛舟而下。我也曾想过许多许多想做的事情，却总还是沉沦在文字的怀抱里。或许这也是一种另类的幸福，一种在黑暗中能让人顽强前进的幸福。

　　想了很多很多，但落到笔下，却千言万语也无法道尽。

　　喜欢听歌。或是悠扬的古曲，或是激昂的流行歌，或是文雅的古风。每当我写什么或者干什么的时候，如果允许，总会听几首歌，心里就好像被放空了。也喜欢随着歌声一起遐想着与其相配的画面，在脑海中构造着整个世界。时间久了，每当我再听到同一首歌的时候，总会想起曾经听它时的我，不管是美好还是一段黑霾，最后都化作回忆和温暖一起涌上我的心头。时常会在这种时候感慨万千，过去的每一分每一秒都显得弥足珍贵。正如我现在所做的，耳边放着轻音悠扬的乐歌，忆着曾经的一段段过去，忆着当初书写或码下这一篇篇文字时的心情，无数个我在我的面前再现，演绎着经历过的一曲曲悲欢喜乐。

一直自觉擅长写些优美的文字，但每次考试时的作文却都让我有种有劲没处使的感觉，从初中开始这种感觉就一直萦绕着我，常常吐槽要是考试作文能随便写就好了。而我自诩优美的那些文字，大部分也都是些看上去莫名其妙但似乎逼格很高的句子，就像下面这种：摇光起，直上万里；风烟动，烟雨平生。大概是青春期文艺小资青年的通病吧。当然，在本书里，你会看到许多这种被我精挑细选出来的不明觉厉的"美文"；不仅如此，相信现在你也会发现……在本文的上半部分，也充斥着这种"万恶"的东西。

说了这么多，也没几句扯到书上面来。这次写这篇不知道是序还是前言的东西也是我一厢情愿、主动请缨要写的。当时提起写这篇文字时心里豪情万丈，拍胸脯保证一定能写好。现在看看上面写的东西也是苦笑，或许这也是一种另类的文序吧，散发着淡淡的文艺青春和男青年的味道，搞得像一篇杂乱的散文一样。

不管怎样，还是说说书。但其实也没什么说的，这本书选了从 2014 年以来发表的几篇文章和中短篇小说。本来还想再加一部中篇小说的，但由于字数太多被拒绝了……这些文章和小说，都是我成长过程中结下的大大小小的花蕾，散发着我中学时代醇美的味道。诸位看了请多多包涵指正、多多包涵指正、多多包涵指正。重要的事情说三遍，谢谢。

目录

温馨小屋

第二辑　中短篇小说

第一辑
散文随笔

路明非，你这个衰小孩

每个人的心里都藏着一个衰小孩。

当尘封的门缓缓开启，在地面上摩擦着发出咯啦咯啦的古旧声响时，一缕光芒照进了大殿。

然后王座上的龙便睁开了眼睛。炽烈的金芒从永不熄灭的黄金瞳里飘逸着，直到充斥了整座殿堂。

路明非就是这只龙心里藏着的那个衰小孩。

如果说江南是著名的作家，那么《龙族》就是他最好的作品之一；如果说《龙族》是一部好的作品，那路明非就是这部作品里那个真正的衰小孩。

从小寄居在叔叔家，和父母唯一的联系只是那张毫无生气的白色信纸，看着上面照例问候话语的他，整天被同学羡慕没有父母管教的他……喜欢坐在天台上看日落。

我也想爸爸妈妈啊！路明非在心里这样吼着。回忆着父母的样子，双亲的音容笑貌却仿佛已随着时光之河远去，远到……他已不确定自己的生命中是否真正存在过他们。然而他无法掩盖自己的悲伤，只好扯起嘴角露出一个麻木的笑容，然后站起身回家，颓废的背影看起来真像一只败犬。

他有英雄梦，盼望着暗恋的班花能开窍接受他藏在心里的告白；盼望着上着课能有人突然推开门去请他拯救世界；盼望着……

可是最终他还是只能落寞地看着班花和高富帅幸福地牵手，高中生活平淡了三年……自己只能窝在被子里打着《星际争霸》。他只有在"星际"上才能找到人生的价值与乐趣，轻松地击败一个又一个对手，看着他们的基地灰飞烟灭，但……有时会在激战正酣时被婶婶唤出去买菜，顺便帮表弟买一本杂志。站在报刊亭前蹭着书和大爷聊着海归，如果不出意外……在他今后的人生中，可能每天都会面对着同样的夕阳，度过自己的余生。

路明非收到了自称能和芝加哥大学共同举办联谊活动的"名牌"大学卡塞尔学院的面试通知书，并鬼使神差地去参加了面试……但面试给了他更大的打击，他更像一只败犬……神情惶恐而茫然，背影落魄。

当他应邀参加文学社毕业聚会，打算向社长告白时……被高富帅抢先的他只配站在荧幕前充当"Iloveyou"中的"I"，在背后影片幸福结局的衬托下，越来越矮，越来越佝偻。

但有句话说得好：衰到谷底，你会发现谷底是另一片新世界的天空。似乎是上天也不想让他再灰心下去，派来一位天使下凡推门入场，目光如刀，拉起他的手。

于是一切都如浮光般散去了。

从此崭新的世界向他敞开，神秘的上古龙族，强大的屠龙者，群英荟萃的卡塞尔学院……这些对他而言荒诞、只适合在梦中遇到的情节故事，如今真切地出现在他眼前。

是不解，还是困惑，抑或是不可置信？路明非加入了这群异类，他的生命轨迹也从此发生了改变。自己并不是一文不值，就算一无所有，也会有一只小魔鬼做伴。他遇见了不少人，也遭遇了不少事，交了几个朋友，体验到了几次深刻的绝望。

每一次绝望他都深陷最黑暗的深渊，拔不出身，也看不到任何希望。每一次绝望，他都一无所有。

不。他还有生命。

是啊，自己只是个衰小孩，拼到最后，不过就是赌上自己的生命而已。正如《圣斗士星矢》中说的："你不要放弃啊，你还有生命可以燃烧啊！"于是路明非真的燃烧了自己的生命，刀举过头，直面狰狞的龙王，状如魔鬼。

一个连赌上生命都不怕的人，还会惧怕什么呢？正如源稚女所评价的："你的眼里藏着一头狮子。"是啊，自己衰，但我连命都舍掉了，怎能不守住面前的幸福呢？于是他高举"贪婪"，在深渊中斩开一道生命的锋芒。是啊，自己衰，但我连命都舍掉了，怎能不守住面前的兄弟呢？于是，他倒提长刀，在巨龙的背上跳着收割生命的死亡之舞。是啊，自己衰，可当自己要守护的人都失去了，我又怎能不赌上自己的生命，迎接这场复仇的盛宴呢？于是他化身魔鬼，与新时代的王战于九天之上，热血赤诚，天谴之威，在苍穹冰海之上爆开绚丽的烟花。

或许他衰，但他已经衰到什么也不怕。每次当他燃烧掉四分之一的生命来与魔鬼进行交换时，他的内心是惶恐的。可他最后也不过闭着眼睛咬着牙学着行刑前的壮士大喝一声"我交换",心里每次都想着这是最后一次,下一次却又因为自己喜欢的人、一起拼杀过的伙伴咬牙切齿地献出自己"廉价"的生命。每次看着大家的笑容,都觉得这样真好啊,但自己这个付出最大代价的家伙却总是跟在别人的身后,默默地数着自己剩下的生命。内心的小魔鬼总是会冒出头说:嘿,和我去征服世界吧。然后被他无视掉,静静听别人的笑声就好了。

其实我们每个人心中想必也都有像路明非一样的衰小孩吧?但他们总是会勇往直前,再衰再难过,也不会放弃:不管如何,我还有我的生命没有燃烧;无论怎样,我的执念都会埋藏在心底。不需想,不必忧,只管义无反顾,哪怕风雨兼程。

路明非可能会死去,《龙族》早晚会结束。不管它最终是路小衰人生大放光彩还是凄凉的晚钟葬歌,他在我心中早就已经超越了偶像的概念。我们每个人不都像他吗,当自己一无所有时……别忘了提醒自己:喂,你还有生命可以去燃烧呢。

喂,路明非,你这个衰小孩。

发表在《读者》校园版 2017 年 5 月

半壶纱

悠扬的乐声清脆在耳畔,清澈而空灵的天籁一声声激荡着内心的涟漪。阳光透过半掩的窗帘洒进屋里,微风拂过,吹皱一池心湖,照亮了我心中的山水。

就像春雨润物般无声无息,刘珂矣的声音甜糯而不失清越,悄然沁入你的心底。第一次听她的这首《半壶纱》是在同学聚会上,两个女同学唱着,清丽而温婉。初听便深深喜欢上了这首歌,回到家便查出了原曲。记得当时像是发现了什么新大陆一般,兴高采烈了好长时间,天天循环播放着这首优雅清美的古风作品。此曲只应天上有,今闻但不负此生。

一片地,一个人,一首曲,一把椅,一颗心,一人意。静静地聆听,淡淡地享受。她的歌仿佛夏日的一抹清风,疲累时听上一曲,会让你的身心仿若空谷幽兰一般静美空阔,绵远悠长的曲调绘染着一段浅色的光阴。结尾的余音打着旋儿上升,挑逗着你心底的欢愉。就像盛开的花朵,淡淡的香气在暗夜里游走,勾勒着时光温软的轮廓。

时常聆听着歌曲思考自己过去的和还未经历的生命,或是尝试着去探寻属于自己的来世前生。喜欢坐在窗前，思索着自己的故事，沏一壶芽色的清茶，耳边放着安详的旋律，恍若空涧戏水，颇具禅意的歌词，飘逸流畅的音乐，清雅从容的吟唱，蕴藏着一股超凡脱尘的静心能量。

一直喜欢在写作时听歌，或是热血澎湃，壮怀激烈；或是优雅婉转，绵长悠远。每一首歌、每一支曲，都有属于自己的故事。我徜徉在这一片片属于它们的年华里，谛听着它们的秘密。而如今，《半壶纱》也已成了我歌单中的一员，享受闻一盏香茶、揽半壶轻纱、品一方岁月、度一池心花的日子，自是众多浮华红尘中忙碌漂泊、执着迷茫之人可望而不可即的一种心境。放下牵绊，自得清净，真正读懂这份淡然与智慧。

悠扬古筝声中意蕴而出的美好与淡然，空灵与舒远，更是缭然于你的心头，随着这片声乐之洋起落沉浮，和着优美的节拍，奏响一曲自己的辉煌盛世。

常说人生苦短知音难觅，倘若有缘遇见，便正如那清脆乐声，欢快而明媚，愉悦而空明，在你的心中刻画着暖色的眼眸。若你能看透我眼中的山水，我便一步一祈祷，祈祷浮生红尘中，能遇见你，遇见这美好的世间。或许每个人都会遇见，相爱，错误，别离，但万幸你我，此生静好，温暖如春。

半壶清茗了相思，一袭轻纱忆红尘。半壶纱，半尘缘，半浮生，一花一世界，一叶一天堂，一曲一场叹，一生为一人。

发表在《作文通讯》高中版 2017 年第 5 期

祈祷落幕时

——东野圭吾《祈祷落幕时》有感

渴望幸福的祈祷一重又一重，终有落幕之时。

一直喜欢东野圭吾的书，这次亦不例外。平实的叙事中却流露出了令人伤感而温馨的祈祷。

这个题目本身就有令人欲罢不能的吸引力，究竟是祈祷落幕之时，还是在祈祷落幕时？

这本书有两条主线，一条是以主人公加贺恭一郎借破案来追寻母亲离家后的生活，另一条是浅居博美和父亲浅居忠雄的生活悲剧。两条主线相互缠绕，构建出了一个离奇而感人的故事。

"听我的话，幸福地活下去。守望你的成长和成功是我这一生的全部意义，而你越成长越成功，就越是对我命运的诅咒。"写在腰封上的这句话完美地契合了书中的主旨。当正义与邪恶交汇，最终的选择，则是心中永远放不下的羁绊。

忠雄伪造自己死亡的假象，以他人的身份活了三十余年，只为看到女儿的一步步成长，看到女儿找到人生的幸福与美满，自己便也真正露出了微笑。直到最后为了女儿自杀，这个伟大而卑微的父亲所走的每一步都奏响着壮烈与温柔的悲歌。每一个父亲都是伟大的，都是值得尊敬的，甘愿站在子女身前为他们遮风挡雨，又默默地看着孩子一步步走向成功，自己却在角落里静静地品味着温暖与幸福。

加贺的母亲百合子得了抑郁症。为了不伤害家庭，不影响儿子的生活，她毅然孤身离开，独自面对沧桑的暮年。她的死亡那么悄然那么平静，安详得如同在雪地上盛开的冰莲，就像她对儿子的爱一样悄无声息而又静静地盛大绽放。当她听说儿子并没有因自己的消失而过得不好，也没有和父亲产生矛盾时，她露出了幸福的笑容。相信她离开这个世界的时候，心里也一定是安定而温暖的吧？能在人群之中看着自己儿子成长得幸福而快乐，她无怨无悔。

儿女是父母永远的牵绊，也是父母生命的延续，就像这本书的主旨一样。父母对儿女的爱无关家庭，无关困难，他们始终是父母愿意为之付出生命来呵护的啊！

读到这里，我似乎明白了读书伊始所问出的那个问题。我想，这两种理解的方式，大概都是作者想表达的吧。不管是背负他人的生命活下去，还是想尽一切办法阻止事情的泄露，过程中都一直在虔诚地祈祷。但这种压抑的生活并没有任何的希望，不敢追求，不敢交友，甚至堂堂正正与女儿说话都是一种奢求，"感受不到任何对于未来的梦想和希望，相反却有一种随时准备迎接死亡的感觉"。不管如何，只能祈祷这一切尽快结束，洗清这一身浊世的罪孽，得到真正的极乐和解脱。当女儿为了父亲亲手结束他生命的时刻，既是祈祷落幕之时，又是祈祷落幕时的终结！

或许不同的人有不同的看法与感触，但当结尾忠雄给加贺的信深深地打动我的时候，我似乎也明白了整本书的灵魂与精髓。

不管怎么样，背负着父母的期望、祝福与祈祷，平安幸福地活下去吧。

发表在《做人与处世》2017 年第 1 期；《中学生报》2017 年 3 月

流年里的陪伴

时光在岁月的留声机里录下青春的独白，在光阴中晕染着成长的年轮。一路走来，我笔下的文字也在我的呵护下，逐渐成长为一棵长势颇好的小树，虽说不上绿叶繁荫，但也可供人一憩。而为它的成长做出最大贡献的，则是手边这一刊三本的《作文与考试》。

当时，第一次看到它的时候，只觉得似乎没有我想得那么好，并不华丽，没有时尚的风格，便怏怏将其扔在了一边。而在几天之后的一个晚上，我很悲伤地发现，没什么能看的书了。不管是流行小说，还是经典名著，身边的书都已经看过了，我像个要干渴而死的旅人。我的目光毫无焦距地扫视着书桌，却突然眼睛一亮，几天前随手扔下的《作文与考试》正懒洋洋躺在书堆里打着哈欠。我一把抽出，翻开第一页看了起来。

直到窗外隐约传来远处驻扎军队的号声，我才将目光从书上移开，脸上布满了惊喜之色。之前我只注意到了几个并不怎么出彩的题目，然而内容并没有认真看过，因此这才眼睁睁忽视了这么好的书啊。我欣喜若狂地将其当成了宝贝，看着灰色调的封面，感觉也颇为顺眼了。

自从那天起，《作文与考试》就成了我枕边必备的书籍。上旬刊"作文天地"让我领略了来自全国各地的文字优美而神奇的力量，仿佛一股清风在我耳旁拂过；中旬刊"高分素材"使我品尝到了广博深刻的素材，以它们构架我笔下的篇章；下旬刊"阅读世界"令我沉浸在优雅而美妙的故事里，阐释着人性的美好与光辉。

从初二开始，我尝试着背诵一些《作文与考试》中好的文章段落。从此，它又在我面前展现出了新的一面。之前仅仅是阅读，现在读的次数多了，背的时候脑子里回想得也多了，自然而然咀嚼出一番崭新的韵味。不管是哪一刊，都有令我心动、令我温暖的语句勾画撩拨着我的心弦，不禁让我想在这片只属于《作文与考试》的海洋中沉溺。每一期杂志到手，我都会迫不及待地阅读。看着一篇篇美文，我"望文兴叹"：我的文章何时才能写得那么好，也能刊发在上面啊！

随之而来的就是不断地努力。日子一天天过去，《作文与考试》也陪伴着我的文字一起长大。我的文章不断进步，多次在《作文与考试》上刊发。现在，家中的书橱里整整齐齐珍藏着订阅了四年的《作文与考试》，而我的文章也日臻成熟。怀着异样的心情敲下这段文字，看着手边的《作文与考试》，嘴角扬起一抹笑容。你是我青春最美的见证，感谢有你，伴我一路成长。

在看《作文与考试》的间隙，也有一本杂志是我一直在追看的，就是《读者》校园版。这是我从初三开始订的，里面的文章不像《读者》一样充满成熟的气息，而是洋溢着青春校园的活泼与张力。当初我是在看《读者》封底推荐时偶然发现的，后来买了几本就一发不可收拾，从此走上了追迷的道路。"校园版"不仅充满蓬勃的朝气，内容也很是充实。全刊围绕着"校园、青春、成长、教育、知识"等主题，"青春纪事""成长故事"等栏目很是感性，"成长讲义""成长论坛"则偏重于理性。而穿插在整本书中的大家关注的人物和常常出现的大家感兴趣的科技、军事、体育、影视等方面的信息更让我们推崇备至，兴趣盎然。书中还有行走天下的旅人带给我们辽阔的视野，亦有特立独行者带给我们丰富的生活格调，拓宽着我们的心灵空间，带给我们美的感受。同时，浸润着浓厚的文学气息，我笔下写出的文章，水平也增进了不少，有幸在《读者》校园版上刊发了几篇，颇为高兴。

当然，除了这几本刊物之外，也有其他很多的报刊，已经并将要陪伴着我继续走下去。相信在每个人的生命中都有属于自己的那段文字、那些书刊，伴着我们走过这段青春的流年。

发表在《中学生视界》2017 年第 4 期

故　事

从小，就喜欢看书。

一直在想，我究竟喜欢书的什么呢？现在看来，似乎有了答案。

我喜欢书里的故事。

是的，每一本书，每一页，每一行，都是一个故事。它们闪烁着明亮的光芒，深深吸引着我。

长这么大，也看过不少故事。从小时候的童话，到以后逐渐成熟的体系，故事一直在伴我成长。

一直认为，故事就是一种写在书上的文字，用充满墨香的文字讲述着一段段动人心弦的旅程。或喜或悲，或惊或怒，都在我面前展现得淋漓尽致。每一个故事的结局，是最令人惊心动魄的地方。高潮过后，究竟是皆大欢喜，还是百年遗恨，在读完之前，谁也说不清楚。

总觉得故事是一种很奇妙的东西，字数短短几千，最多上万，就能把一段经历，甚至是一个人的一生讲得这么清楚，还很有意思。因此打算当个写故事的人，想来看到一个个故事在自己笔下展现，会颇有一种成就感吧。

现在我看的故事多了，这才明白，故事不仅仅是印在纸上的文字，一幅画，一张脸，一碗饭，都有自己的故事。或是向你倾诉人世的沧桑，或是与你共饮岁月的陈酿，或是和你高谈成功的喜悦。故事就像我们自己，总觉得熟悉，实际上却什么也不知道，只有自己用心去挖掘。

不知道从什么时候开始，成了一个喜欢品评故事的人。每每看到一篇文字，或是一篇漫画，总喜欢先臆断一番，以求究竟。每一个故事的起承转合、情节的跌宕起伏，都成了我关注的地方。看到激动的情节，仍然会屏住呼吸，嘴角不住地上扬，露出喜悦的神情，似乎灵魂也融化进故事里。而每每看到最后，若是碰见什么比较虐心的结局或者烂尾处，总是忍不住大骂三声，随即苦笑，心里像空了一样，从一开始看到现在这么一段时间的努力，似乎都化为对结尾的无奈。现在想来，这也是一种别样的体会吧。当然，若是结局合我心意，便会颇为兴奋，接连几天时间，心情都不会很差，整日里哼着小调来去，当是优哉愉悦的。读故事，看故事，听故事，若没有亲身经历过，怎么能体会到个中滋味？每一场悲欢离合都深深印刻在脑海中，勾勒自己的喜乐哀惧。

平日里看得最多的，除了小说书本，便是漫画，这大概是现在年青一代的大多数选择，我也没有例外。不管是书店里畅销的小说，还是网络上蹿红的漫画，每一个都把故事作为自己的核心。漫画与小说不同，小说有清晰的故事大纲、细腻而传神的描写、紧张惊心的情节，给读者奉上丰富的"味觉盛宴"。而漫画只有在小说的基础上添加精巧的画工、合理的分镜，以及很多重要的专业知识，才能展现出一个好的故事，让读者回味、回味、再回味。当然，漫画看多了，也就是那些东西，每一种类型都有自己的套路，也正符合当代人的心理状况，颇为惹火。但也还是有那么几篇，仿佛一股清流，也仿佛一块甜美的绵糖，在自己的口腔里散开，很是美妙，甜蜜到心底，久久不散。

但无论怎样，每一个故事，或许在初见的时候会让你耳目一新，之后很长时间也会一直挂念追看；可是以后的以后，将来的将来，我们总有一天会淡淡地、渐渐地遗忘它们，去迎接新的故事，去寻觅新的旅程。不是吗？

今日的喜怒哀乐终将被明日的我们书写，成为明天的故事。而沉浸其中的我们，则会成为故事里的角色。每一天都像一页书，以日月为句读，将悲喜作文字，化风云为情感，揽阅天地，岁月静好。

因此，故事看多了，就觉得所有的故事都是一个局。我们深陷其中，难以自拔。或许对于故事们来说，被写画出来让我们眼前一亮，颇为喜爱，最终在时光中弥散成沙是它们最好的结局。但不管如何，心存一份希望，心存一份梦想，不辜负，那曾经为了幻梦而抵死追逐的我们。

发表在《作文新天地》高中版 2017 年第 5 期

一种相思，两处闲愁

"红藕香残玉簟秋。轻解罗裳，独上兰舟。云中谁寄锦书来，雁字回时，月满西楼。

"花自飘零水自流。一种相思，两处闲愁。此情无计可消除，才下眉头，却上心头。"

晚风习习，悠久飘远。窗外风吹叶声，好似清溪如流，化作一卷相思的愁怨，在心头跌宕起伏，哀婉绵转。

喜欢在秋风萧瑟的境况里，读几首李易安的词文。尤是悲凉婉转、哀愁缠绵的词句，应景之由，也仿佛身临其境。

易安，多么形象地表达出李清照对自己生活的憧憬啊！很容易便安定下来，这难道不是一件很幸福的事情吗？一生的跌宕起伏，让这位瘦弱女子连生活安定都无从来由，更何论欢度春宵、闺房赋词呢？出生于官仕之家，幼年多么幸福欢愉！"兴尽晚回舟，误入藕花深处。争渡，争渡，惊起一滩鸥鹭"，几多浪漫美好的少女情怀！掩卷仰头，夜空中似乎还能依稀看到她当年无邪的笑颜，在易安坎坷波折的一生之中，留下了多么美好的回忆！

尽管婚前婚后的美好，以及《金石录》等著作的问世在她的生命中写下了光辉灿烂的一笔，却也无法阻挡李易安人生低谷的到来。她的人生低谷，也正是整个中原、整个大宋王朝的低谷。好一个国破家亡！李清照，一个弱女子，在纷扰乱世中恍如风吹雨打的浮萍，浮浮沉沉，杜鹃啼血般写下的每一个字，都化作了她眸中的两行清泪。爱人离世，国破家亡，真的也"只恐双溪舴艋舟，载不动，许多愁"了！

不禁感慨于李易安人生之多磨。人总要经历痛苦与挫折才能真正地成长，因此她后半生的作品，才大多被世人所传颂。对丈夫的思念、对安定生活的向往一直充斥在她的心间。或许，这也正是造就她闻名于诗词界的重要原因吧。

"满地黄花堆积，憔悴损，如今有谁堪摘"，一句感慨，一话凄凉。我走过"露浓花瘦，薄汗轻衣透"的稚嫩，走过"莫道不消魂，帘卷西风，人比黄花瘦"的惆怅，走过"不如随分尊前醉，莫负东篱菊蕊黄"的无奈。你驾一叶扁舟，载着浓浓的愁绪向我们走来。千年的风雨淡褪了窗边的温软，半世琉璃半世繁华的日子早已过去。沉淀了，你的泪光柔弱中带着忧伤。家已不在，心已不归，纵使孤独在淡酒中消逝、融化，又怎能消解你心头的冰霜？"寻寻觅觅，冷冷清清，凄凄惨惨戚戚""一种相思，两处闲愁""才下眉头，却上心头"，你的一生被这漫天的愁绪所包围，家愁、情愁、国愁，又怎能在眉头到心头的旅途氤氲消散？

面对着物是人非，怅望着黄花堆积，静观着绿肥红瘦。以一杯浊酒洗去所有的清愁，问愁哪得深如许？在黑暗的历史中，你，李易安，似乎擎起了一盏孤独的灯，以心血为油，以词作为灯，照亮了一段孤独而悲伤的历程。在美丽的清月中独舞，用自己的呐喊撕裂了一抹黑暗的天空。如一朵摇曳的花，于在滚滚历史中早已被湮没的那一座盛世空城中追忆过往。心头的相思化作两种闲愁，才下眉头，却上心头。

发在《西湖》文学少年中学读本2016年第9期

溯时光

喜欢在深夜里沏一杯茶，看茶叶在水中静静地翻腾起伏，散发着悠远而绵长的气息。水面上的气泡爆裂而又聚集，正像一个恒久的轮回。

这样安闲的日子，温暖而又平淡。

回忆就像一杯热茶，入口是热烈而奔放的温暖，紧接着是在舌尖上绽开的淡淡的苦涩。微妙的感觉，就好像有一只小虫在你的心底钻了一个直达灵魂深处的小洞，精巧而又震撼人心。

常常绽开笑脸迎接新的太阳，也常常蜷起身子面向无尽的夜晚。一段段苦与乐磨炼着人心，一曲曲歌与殇涤荡着灵魂。我们经历过的每一段岁月，都将在我们的人生中刻下难以泯灭的痕迹，暖人心脾。

至今还忘不了自己当初稚嫩的脸庞，如今却已经摸着隆起的喉结默默无言。喜欢戴着耳机听着悠扬的歌，心中总会涌动起一种浩瀚而广远的味道，芬芳而历久弥香，在岁月里翻腾着朵朵动人的浪花。曾经的我们也都是吸着鼻涕跟在哥哥姐姐身后的小孩，现在一路走来的脚印也早就被时光之沙湮没。回首来时的路途，常常在喟叹人生如逝水东流义无反顾地继续前行，却忘了在记忆的殿堂里小憩，舔舐零散在时光长河中的记忆碎片。被时光晕染过的记忆分外香甜，又让你想起那年坐在树下高歌一曲的往昔。流年如落花，即使在生命中谢幕，也依旧要在消散之前绽开属于自己的色彩。

一捧捧时间之沙在自己手中倾泻，风华燃尽，婆娑花谢，过往已鲜活不再。每每拾起那些沉淀在记忆深处的温暖，总会感慨人生的幸运。这些当时只道是寻常的东西，如今却成了自己手中捧着的瑰宝。

帘卷细雨，泼洒着飞舞在天边的晨曦中，正如一缕缕情思一道道心痕，寥落在心境的天空上，交错纵横。残春未去，一路流影，搅拌着属于自己的心事。正如山月不知心底事般，自己又何尝真正读懂过曾经的记忆呢？每一段或喜或悲的流年都与自己缔结着温暖的契约，勾画着心底的涟漪，勾画着心河两岸的青草依依，杨柳霏霏。我们不过是这段旅途中的过客，踏进这段早已于此不来不去的仙境，在品尝过悲欢苦辣后挥袖而去，而自以为是地将其纳入自己生命，却不知它们早已在暗中嘲笑愚昧的无知。

微倾竹伞，遮半世风雨，也遮挡了一世的烟云。沉寂的夜晚裹挟着寒冷破空而来，竹伞却依旧倾侧，不畏严寒，不惧风雨。有时，在纷繁的世事中偶得一隅幽静处，撑着生命的竹伞蜷缩在自己记忆的回廊里，安定下来品味过去，配一杯温奶，做一个香甜的美梦，更能让人洗净铅华，徜徉在宫殿里细数着往日的流沙，一粒一粒，无穷无尽。

常常从清寒的梦中醒来，感觉自己仿佛掉下万丈深渊。回过神来才知刚刚梦游黄粱，心底泛起一抹小小的雀跃。抿抿嘴唇上岁月的留香，翻个身，再做一个好梦。

发表在《高中时代》2016 年第 11 期

我在流年里等你

执一卷江山，望断九州东南之魂；弯一张雕弓，射尽西北天狼之星。温一壶浊酒品味世间百态，卷一叶青莲静观悲欢喜乐。让把酒祝东风的从容萦绕在梦魂中历久弥香，静听着穿林的细雨，三酌江月的空蒙，弹奏着诗词墨迹的朦胧，落拓时光的温润缭绕着流年东风，吹来多少陈墨的音容？

尚记不识愁滋味的少年，为赋阕词在强愁中流连，转眼却道晚日柳塘的新绿旧愁。肠断泪收上重楼，醉里且贪欢笑，朦胧中又见长缨飘动着西风卷荡着剑吼的不甘，梦回八百里连营帐下，看星罗棋布铁剑银钩的尘烟。烽火散漫了三千红尘路，奏一曲悲壮的骊歌如弯月，金戈铁马势如吞虎的豪荡早已行在归途。犹记当年西窗月半进酒鸣瑟的惆怅。神州离合，誓要只手补天裂的豪壮，如今也已成江月上渺茫的空蒙。

常忆及那沉醉而入迷途的藕花，如今可曾如海棠般依旧？拈梅轻嗅的娇羞不再，已过经年犹叹物是人非。在花枝葳蕤间却道凄惨戚戚。浓烟暗雨后约酒于东篱，帘卷西风，风住尘香葳蕤长花已唱透，日晚倦梳头，如今却人比花瘦。轻解罗裳，独上兰舟，堪堪舴艋却载不动万里长愁，雨疏风骤，不再敢将韶华轻送。轻吟云中锦书，叹报路长日暮。只有静待雁字回时月已盈满了西楼，共赏长安的一首离赋。

一曲冲天之鹤书尽平生志，却因而止步于黄金榜前换了浅斟低唱。奉旨填词，终究流连于烟柳画桥珠帘翠幕之间，看淡十里荷花笛声悠悠，望处雨收云断目送着秋光渐行渐远，心中烟水茫茫尚不知潇湘何处，却道何事苦淹留。临暮迟雨洒遍江天一线无纤尘，重楼几阕阙阙通天，凭栏回首，可曾记起当年洞房初遇、恁相偎依的风流？疏豪狂放曾想只图一醉，对酒高歌泪水的心涩，强求的欢乐又能有什么颜色？勾勒着衣带的宽度，心中一尺一寸丈量着为伊憔悴的广度。瞬息岁华带走名来利往，终留下一地都会的繁华笙落，凄切离情，且于杨柳岸化作晓风残月，更与何人说？

若相逢能如初见，又为何事悲伤画满扇面的留白？自言不是人间富贵之花，却又为何追思赌书泼茶的陈年？曾道拭尽英雄泪，在堂前观几度飘零风雨，叹几轮无常春秋。耳边翻奏着萧萧凄凉之曲，吹奏那哀思仇怨的别离。山水程程，风雪更更，白衣乡心梦不成。敲响一湘江雨的画角声声，残梦里云归昨日的断桥雪冷。待到雁声远向萧关去，便暂且放下吹梦今古的西风，唯念当时只道是寻常的呢喃。

月上梢头沿堤走，相约邂逅黄昏后。我酌一杯清酒，绕过似水流年与你相逢，勾勒自己心中的泼墨山水。静聆羌管漫漫琴声悠悠，唱透了一帘空梦的闲愁，我站在流年里等，你眉眼安好巧笑依然，换尔五马千裘，便问敢与同销万古愁？

发表在《同学少年》中学版 2016 年第 12 期

《青少年日记》中学版 2017 年第 2 期

你的传说

忆当年，横刀立马，举义孝廉；曾记否，投鞭断水，一统中原。千年前你纵横驰骋的身影仍深深刻印于心中，将功过成败任身后千秋评说，威风凛凛，独立当楼。

在狼烟四起的东土，你大手一挥，卷起万种豪情。威严的面孔下是机巧灵变的缜密心绪，挟天子以令诸侯的你令人可敬又可恨。铁骑踏过蛮荒大地，你的笑声回荡在天际。挥手剑指四方六合无不俯首，官渡汉中你收获了太多太多的喜悦。还记得与皇叔惊雷煮酒的风流，笑谈天下英雄不过你我二人；还记得登碣石吟诗作赋的神姿，沧海荡尽诗篇挺拔的身影千年犹在。当初献七星剑的勇气与豪情尚在心头余温，再枭雄也抵不过岁月的消磨。与奉孝谈谋论智的微笑犹在唇边缭绕，身边人却早已成一抔黄土。霸业终成却被司马夺了天下，含笑九泉尚留七十二疑冢使后人勘不透。自将功过成败留与后人评说，此生无憾，仅此而已。

初读三国时我并不喜欢你，恶你奸诈，厌你枭戾，之后真正客观地了解你，才开始渐渐喜欢上你。乱世枭雄，这称谓于你真是最合适不过。三国中的褒贬带有明显的作者倾向，使你在数百年来莫名蒙冤。皇叔讨虏就没有低人之处，何必拿你一道方休？每个人都有自己心目中的英雄，在那片充满了传说与征战的时代独领风骚。尽管你赤壁不利，但正如有瑕美玉一般，你方尽显魅力，鲜活地站在我面前，冲我额首，道一声安好。

你不仅机智巧变，纵横天下，甚至文采也颇为惊艳。一声星汉灿烂光辉了多少岁月，一壶杜康之酒温润了几番年华？呦呦鹿鸣仿若你心头的颤音，道出你不为人知的温软过往。

曾经在网上看到你的遗书，竟颇为精细，照料了许多生活中的细节——我倒不希望这是你真实的话语，在我心目中，你永远是那个桀骜不驯的枭雄，自始至终，不曾改变。

喜欢你隐忍而果断，却反感你的猜忌和怀疑。你仿若一个矛盾的结合体，牢牢吸引着我，却又让我始终无法看透。不论是你心中的正义还是心中的道义，我的眼前都仿佛蒙上了一层迷雾。正如你布下七十二疑冢般，没人能参透你心底真正的思虑。这，恐怕也正是你的迷人之处吧。

读过三国，又怎能不识曹操？识了曹操，又怎能不迷其人？千古江山，百载传说，烽烟四起，战火连绵，岁月如梭，光阴如箭，编织着那份属于你的传说。或许有人厌弃，或许有人赞赏；或许孔明喟叹，抑或司马冷笑，你自淡然，在江湖上、在朝野中、在中原上行走着属于你自己的岁月华年。他人冷嘲盛赞，他人厌弃欣赏，又与我何干？自当千古枭雄，此生无憾，是非功过，且留与后人评说！

多少次午夜梦回，你纵横驰骋的身影，跨越了千年的时光，依稀可见。

发表在《学子读写报》2017年5月；《作文周刊》高一版2017年8月

谈谈灵感

说起灵感，不得不先说一下小说。

小说是以刻画人物形象为中心，通过完整的故事情节和环境描写来反映社会生活的文学体裁——度娘是这样给出的定义。在我看来，小说就是用自己的语言，来叙述自己的故事。

既然要讲自己的故事，必要条件就是得有自己的故事才行啊。那么，自己的故事怎么来呢？

我的答案是……找灵感。

灵感，一向是我创作的源泉，写文的原动力。灵感这东西很狡猾，有时候却又笨得可爱。可能你稍不注意，它就从你手中溜了去；也有可能你随手一抓，正好把它逮进手里。这东西，有点意思。

其实很多人在小时候都会产生或多或少的灵感，突然想迫切地干点什么，这就是你的灵感在"作祟"。当然每个人的表现形式都各有不同，有的可能会引吭高歌一曲，有的可能会下笔泼墨，还有的则可能会半夜爬起来双目炯炯……

算起来，我第一次产生系统的灵感，应该是在小学的时候，有一次读到一篇文章，讲的是错高湖以及里面的水怪。当我在上厕所时，心中突然产生了以错高湖水怪为中心的一个构思。我当时惊喜万分，站起来提上裤子就走，出了门这才想起来没有做清理工作，真是丢脸丢到姥姥家去了——不过这件事也因此变得非常深刻。

这部短篇小说最后终于写完了，也成全了我的一段灵感。打这之后，我就真正开始了自己的码字之路。

但很快，我就发现，灵感这个东西，给它点阳光就灿烂。紧接着很长一段时间，我整天闲得不行，每天胡思乱想，希望在思维殿堂里挖掘到一星半点灵感。令人可气的是，它就是一直隐藏得很好，始终不出来，似乎还发出"嘿嘿嘿"的嘲讽笑声。不知有多少个晚上让我翻来覆去始终无法入眠。

直到我后来才发现……原来当时的处境并不是最惨的。

之后我上了初中，学业开始忙碌起来了，灵感却像奔涌而出的源泉，一股脑地喷出来。上课时，放学后，吃饭时，睡觉前……几乎每时每刻都有新的灵感在产生、被挖掘。

然而……我并没有那么多时间去写下来啊！

于是乎……这就导致了一个问题，很严重——我只好先用本子将灵感简单记下来；结果某些重量级的灵感实在无法抵御，我便开始干一件望梅止渴的事情——写目录。

目录写是写了，自己也在写目录的时候热血沸腾了。就连中考前夕，我还刚刚"完结"了一个灵感，目录一共 2016 章……可当我写下最后一笔，随着喜悦感扑面而来的还有淡淡的疲惫……以及对这个灵感的逐渐丧失的动力。

我惊恐地发现，我竟然只有"三分钟热度"，几乎每一个灵感都能让我热血一阵，但每当放了假有空写了，我却感觉有些无聊，打算想个新的灵感出来；但每每就在这个时候灵感又跟我玩起了捉迷藏，让我恨得牙痒痒——别闹了好吗！咱能不能遵循一下生活规律啊！

灵感就是这么逃脱，这么令人无奈……最让人不满的是，我想要写作，还必须用到它。

真是让人无话可说的小东西啊。

收录进《阳光姐姐日记派》

书　瘾

古之谓好读书者，不在少数。但真得之，又有几何？真之瘾者，更有几何哉？

吾以为古今之书瘾者，首为丘也，再而匡等。孔丘读书，韦编三绝！论无妨，孔丘既道，何不言己？

吾乃一书瘾者。故常无欲，有欲必书也。家中藏书，蔚然成山——书橱之里，厕房之中，卧榻之侧，亦满书哉！若书之洋且此。更有一书箱，其间之书，不计几何哉！

盖吾入厕，或书，或报，须持任物而可读之。每若不持，必心神恍惚，左右不定，只欲迅而束之，速归而阅。

笑哉！及睡，若有精神，窃读之。悄然明灯，咻咻而动，恐亲闻之。亲于外脚步零落之时，吾速灭灯，且不敢喘大气也。惧之，静闻之，乃日琐事也，故暗笑再始。忽闻脚步渐近，手疾而灯灭，亲即推门而入，双目眈眈，巡视也！再不敢视，手放书上，瑟瑟闭眼矣。亲方走，便周而复始。此亦笑果哉！

及吾入店，其趣事几多乎！何谓哉？环目四合，双瞳如猫警视之，只为寻吾爱之书。不言语，不嬉皮，不随手翻看庸书，唯寻吾之爱书，如寻侣之伴也。寻得，欣然而笑，涎几欲下，恍一痴儿也——手中捧书，转身再寻，如此反复，不知店之将闭也。

综其所述，吾乃书之痴儿哉？非也！看题之"书瘾"？此乃书之瘾君子者！

吾之书瘾，大瘾于烟、网者，但意其质也。且执着之念，乃无人能及。此非吾夸傲，一日无书，便如烈火焚身，痛不欲生，真真挺不过夜也！

若读此处，便应觉吾之书瘾也，书之疯狂也。清眉浅笑，曰：书乃吾之体肤，吾之生命哉！何以不为"瘾"也！

发表在《年轻人·魅力校园》2016 年第 5 期

初相遇

晚风飘逸轻柔，夜晚灯火阑珊。静静于窗边品书，抬首望去，窗外浩瀚无垠的天空之中星星点点，身边香茗袅袅，不由想起那些初次相遇的温馨。

还记得黄发小儿用稚嫩的童音念着"明月几时有"，被你的名字所深深吸引，便不可自拔地喜欢上了你。苏轼，你虽一生颠沛流离，但你豁达豪放的性格，令你挥笔写下"莫听穿林打叶声，何妨吟啸且徐行"的浓墨。初相遇，你便充盈了我的世界。

还记得曾一度沉迷于埙那哀泣的乐音中的我第一次听到你空灵的天籁，恍然间自己仿佛身处于幽潭小池边，听得泉水涓流，弹奏着叮咚的美妙音符，和着天上悠然的素云，心中沉静下来，禅意在不知不觉中溢满心间。云水禅心，名副其实。于烦躁时在耳边萦一曲云水禅心，整个人都变得如同云水般沉静安宁，笑看天边云起云落，庭前花谢花开，我自淡然。初相遇，你便沉静了我的心灵。

还记得第一次遇见你——世间苦苦穿行于掩埋在废墟之下早已尘封的古老文化中的学者。你在文化废墟里踽踽独行，探索曾经被历史所抛弃的埋沙珍珠，并将其举起昭告世间。自从读了你的《文化苦旅》，我便沉浸在你充满韵味和哲理的语言中不可自拔。余秋雨，恍若天边的秋雨般令人惬意暇适，温暖依然。初相遇，你便温暖了我的心底。

还记得那个霜冷的冬日，在温暖的书城偶然瞥见你，那封面上轻叩的门环让我充满好奇。捧起你，细细品读着属于那个动荡时代的平凡的故事，我的心被你深深感染。每一行每一句都充满了对新生活的向往与憧憬。也罢，生活仿佛激流，激流三部曲《家》《春》《秋》，不仅刻画了一个家庭、一个时代，更刻画了我心中一处温暖的柔软。初相遇，你便构建了我的记忆。

还记得第一次与你相见，抱着随便看一看的心态买下，却从此深深迷恋。腥风血雨，侠骨柔情，总是在一段段荡气回肠的故事中书写描绘。亲情、友情、师生之情，浓浓地环绕在我的心头，让我不禁感慨万千。虽然并不是市场的主流，但玄幻小说中所包含的，并不仅仅是快餐而已。初相遇，你便震撼着我的脑海。

还记得当时捧着一本《宋词三百首》，进入了你的世界。多情婉转的李易安，

19

豪放洒脱的苏东坡，尽忠报国的辛稼轩……一个个生动鲜活的形象在我面前逐个浮现，长短句句句精粹，大小字字字珠玑。词，这个虽然平淡却蕴含了不知多少深厚文化底蕴的字眼，就这样伴随着我成长。一步步走向成熟，我的生活也与你融为一体。多少次夜阑人静坐在窗前品读，多少次风和日丽行在原野吟诵？此生愿与你依偎，共同书写未来的人生。初相遇，你便依偎了我的人生。

……

初相遇，仿佛清晨曦阳下一抹淡雅而晶莹的朝露，寄托着美好与喜悦；初相遇，好似初春土壤中一丝鲜嫩而顽强的嫩芽，承载着顽强和坚韧；初相遇，仿若曾经啼哭的一个娇小而淘气的新生子，睁大的眼眸中透射着生命最真实的温暖。

多少次，初相遇，还记否？初次相遇，幸甚之至；任凭风霜雨雪，我自不变初心。

发表在《语文世界·中学生之窗》2016 年第 5
期《散文诗·校园文学》2016 年 8 月

伟大的悲剧

——读《穆斯林的葬礼》有感

当我第一眼看到《穆斯林的葬礼》这本书乳白色的封皮时，便喜欢上了它。虽然厚重，但捧在手中，却也有一种别样的美感。

一个穆斯林家族，六十年间的兴衰，三代人命运的沉浮，两个发生在不同时代有着不同形态却又交错扭结的爱情悲剧，就这样生动地呈现在我们面前。读完，我却不知该怎样评价书中所展现的人物。作者霍达用她柔婉细腻的笔调和深刻的内涵，创造出一个又一个血肉丰满的人物。有时，我甚至在想，是不是在二十世纪三四十年代和五六十年代，真的有这么一群人，经历着书中所记叙的种种？

我对玉所知尚少，却也能深刻地感受到小说中"玉王"韩子奇对玉的热爱。玉，浓郁，深沉，厚重，也正是韩子奇一生的写照。头顶着世人赞誉的光环，背负着妻子的愤怒与人生的凄凉，他沉默不发一言，艰难地走在人生的路上。几次大起大落，几番尘世起伏，仍然没有磨锐他醇厚的内心。他的人生路是彷徨的，有过快乐幸福，也有过悲伤失措。临终前，韩子奇的内心仍然在因为女儿的死、古玉被毁等而自责后悔，愧疚悲戚。他的生命尽头所叨念的"清真言"，是不是对自己生命的一个反省与感慨呢？

我为单纯美丽温婉的韩新月和才华横溢的楚雁潮的爱情悲剧感到深深的惋惜。韩新月，虽然纯真、善良，但命运却没有因此而眷顾她。十九岁女孩儿的生命因病逐渐消逝着，但她全然不知，对未名湖仍然充满期望，对生活仍然充满希望，对自己的人生仍然充满希望。楚雁潮虽然家庭出身不好，却始终执着于自己的理想：将鲁迅的著作译成英文版。恐怕也正是这种儒雅而坚强的气息，才吸引了新月吧。俗话说患难见真情，在新月重病时，楚雁潮仍然对她不离不弃，给予她莫大的鼓励和支持。与老师楚雁潮真挚的爱情，看似遥远，却给了她坚持到生命最后一刻的勇气和力量。还记得那段对话："老师，庄子为什么要给五百年前的骷髅'起死'？"

"也许，是要他重新生活一次。人生虽然艰难，生命毕竟可贵。庄子认为人生应该像鲲鹏展翅，扶摇而上九万里，绝云气，负青天！"

多想我是庄子，多想我是楚雁潮，在悲伤的时候，再给新月"起死"，让她重新生活一次，不负曾经有过的遗憾。

很厚的一本书，捧在手上，感觉沉甸甸的；很厚的一段情，读完之后，心里沉甸甸的。穆斯林的葬礼，既是一场葬礼，更是一种新生。无论一生圆不圆满，无论一生有没有遗憾，死亡就是人们最终的归宿。但是，每一场祭奠亡魂的葬礼，又何尝不是一次脱胎换骨的新生呢？

穆斯林的葬礼，一场伟大而又凄美的悲剧。

发表在《全国优秀作文选》初中版 2016 年第 3 期
《新读写》初中版 2016 年第 6 期

让生命飘出幽香

呷一杯茶，捧一卷书，任庭前花谢花开，兀自宠辱不惊；任天边云卷云舒，却仍淡然洒脱。心沉静着，积淀着，低到尘埃里，直到幽香袅袅，不绝如缕。

在古寺佛刹里，淡淡的香气缭绕在殿宇庙堂之间，盘坐的僧者，一呼一吸都似是心灵的律动。闭上眼睛，静静地听着古刹钟声，禅房中轻轻敲击的木鱼声，僧者们喃喃叨念的诵经声，心中似乎有一扇门悄然打开，迎面而来的是生命那浓厚的幽香。

有人说面对困难无论如何都要笑着面对，才能取得最后的成功；也有人说面对困难根据难易做出取舍，方能收获到胜利的果实。我说，不管如何，将心沉静下来，使自己更加静好与温暖，让生命飘出属于自己的幽香，才能笑对天上的暖阳。

生活在茫茫红尘中，看一缕沉香被绘成书写大千世界的画卷，听一曲禅歌缭绕在生命尽头的彼岸，夜幕繁华笙歌落，在夜深人静时，一人，一椅，一书，一月，空灵的心充满了期待与快乐。心底，点点幽香一丝丝飘散出来。

我愿左手繁华右手繁花，一路走来一路开花，带着满身的夜露，望着这秀美锦丽江山如画，耳边响起悠然歌声似麝非麝，心渐渐地低下去，低到尘埃里，仰望着浩渺星空月夜，嘴角上扬时飘出淡淡的生命幽香，撒过沿途的路，让我们回首时，仍能被那缥缈不散的生命幽香所深深迷恋。

铺一笺墨香，轻笔淡写，将过去的美好记忆蕴藏在文字的墨痕里，蓦然回首，悄悄惘然。人生路终会有几朵沁香的嫣红散落其中，待繁华过后，却仍有一股淡淡余香，一缕绵绵柔情，回味无穷，缠绵不休。这，就是生命所散发出的幽香。

曾经认为人生的最高境界就是将一段流年梳理成诗意景画，描绘出一幅水墨丹青，却仍能溢着红尘斜阳向晚。其实，在最美的人生年华，踏马天涯，邂逅前世佛前的一朵青莲，悄然走过红尘的纷扰，弹落灵魂沾染的尘埃，迎着天际而来的向阳微风，在岁月尽头的海阔天空，看时光舞步婆娑，才是最真的享受境界，那是发自灵魂深处的愉悦和幽香。

时光清浅，岁月温婉。于淡泊中安然，笑望风烟绕指，细数流年。喜欢做清澈明朗的人，朝看红霞娇艳，暮融夕阳安眠，多好。于万花丛中打马而过，在暖阳之下高歌而行，用余光看时光蹉跎了流年，让阳光的明媚冲淡心底的忧虑，携一抹淡淡兰香，静观红尘过往，风景依然，在风轻云淡的日子里飘浅。嘴角微微上扬，我又闻到了那来自生命的幽香。

发表在《创新作文》初中版 2016 年第 1 期

《意林》校园第一阅读 2015 年第 8 期

心灵的答复

——读《解忧杂货店》有感

不厚的一本书，却隐隐飘着墨香，从文字间隙中流露出来的感动，让我为之感慨与震撼。

我曾无数次幻想追溯过去，也曾无数次畅想穿梭未来。但我从来没有想到过，几封小小的信笺，竟然能在时空中自由穿梭，接替着写信者不同的心情，也承载着收信人复杂的酸甜苦辣。

因男友身患绝症，在爱情与梦想间徘徊；为了音乐梦想离家漂泊，却在现实中寸步难行；面临家庭巨变，挣扎在亲情与未来的迷茫中……一个个迷途的困惑旅者，将自己心中的迷惑投入浪矢杂货店的牛奶箱中，等到的却是未来误入歧途的三名青年诚恳的回信。生命中的一次偶然交汇，演绎出了截然不同的人生。

本来，买这本书只是为了解乏。当东野圭吾的《解忧杂货店》呈现在眼前时，漫不经心地翻开第一页便"一见钟情"。这种天降的惊喜，使我几乎是一鼓作气地将全书的六个故事看完。这本书并不是推理小说，却更加扣人心弦，它深深在我心里扎根，让我怀念所有被感动的时光。见过一句话："比起声画，被书打动更让人幸福。"现在我才真正体会到，那种只给自己感受的触动，只让自己填涂的天马行空，真好。

事实上，小说中的每一个人物，彼此都并不知道过去或未来的自己会与他人的命运紧密相连。但我可以感受到，每一个认真写信作答的人，其实都是在拷问自己的内心。其实，无论你是什么人，是功成名就还是身败名裂，无论你身在何处，不论你在人生的岔路口怎样选择，只要能够相信自己，努力坚持自己的梦想，顽强地活着，也许这一生并不会大红大紫、日进斗金，但至少，你获得了心灵上的幸福与满足。而这，是再多的金钱和名誉也换不来的。

记得浪矢爷爷曾对他的儿子说："很多时候，咨询的人心里已经有了答案，来咨询只是想确认自己的决定是对的。"是的，每一个询问的人，心底其实早已有了自己对这件事情的决定。但似乎有了浪矢爷爷的肯定与认可，自己才能继续放心地在这条路上走下去，坚定不移。

最后，当这个神奇的凌晨带着低声叹息从这间老旧的杂货店中悄然而去的时候，人们走出这间屋子，重新面对可能不顺心不如意但仍然要为之拼搏奋斗的人生。虽然离开了浪矢杂货店的解忧庇护，但每个人都不再迷茫彷徨。

"他们只是迷途的羔羊，手中都有地图，却没有去看，或是不知道自己的位置。" "地图是一张白纸，这当然很伤脑筋，任何人都会不知所措。可是换个角度来看，正因为是一张白纸，才可以随心所欲地描绘地图。一切全在你自己，一切都是自由的，在你面前是无限的可能。" 在最后为那位"无名氏"的信中，浪矢爷爷替解忧杂货店写下了最后的回答，这是他一生当中最后的解答疑惑，大概，也是作者对我们的回答吧。

合上书，沐浴在晨曦中，我似乎看见自己站在那间杂货店旁，被浪矢爷爷亲昵地摸着脑袋，告诉自己：梦想，喜欢义无反顾地坚定前行，继续加油吧！

解忧杂货店，不仅仅拭去了书中人物心中的烦恼，更解开了每一个阅读这本书的读者心底的锁。相信每个人都会尽全力去完善自己的将来，去努力为了梦想而奋斗，不留下遗憾的青春，不辜负年少的热血。心怀爱与真的每一个人，眼睛里，都闪着光芒。

发表在《作文与考试》初中版 2015 年第 11 期
《年轻人 · 魅力校园》2015 年 12 期
《少年博览》中学版 2015 年第 12 期
《今日中学生》2015 年第 9 期

有一种天籁叫云水禅心

雨后的空气弥漫着淡淡的清新，清脆的流水声在耳边泠泠作响，轻盈地蹦跳着，在晨曦的微光中拍打在青涩的岸岩上，谱写着一曲美妙的乐章。

柔婉清脆的声音毫不突兀地响起，却在心底圈出一片涟漪。连续的声音优美得仿佛天上游曳的流云，在微风轻抚下融化成沁人心脾的蜜糖。清澈的水波在日光下光影变幻出蕴含浓浓禅意的陈酿，让人在回味时仍会被它所深深陶醉。有节奏的音乐充满令人遐想的空灵，思维似乎也柔软下来，撰写着爱与空寂的琼浆。

在云水相接的长空的边际，我仿佛随着音调的变化，听闻到了数百年前那些或惆怅或哀婉或豪放的咏叹，在碧空中回旋。欧阳修的"把酒祝东风，且共从容"的观花而笑，李清照"满地黄花堆积"的触景生情，秦观"驿寄梅花，鱼传尺素"的恨愁而感，柳永"忍把浮名，换了浅斟低唱"的淡泊轻吟，都从脑海中被翻寻出来。在这种天籁之下品诗吟词，竟更有一番别样的意味。

曲调一转，跌宕起伏，弦动曲变，竟似有一种壮烈豪情在其中。却不似"风萧萧兮易水寒"的悲凉，反而是"蓬山此去无多路，青鸟殷勤为探看"这种失望却不绝望的缥缈寂寥，就好像寒冰初融时所散发出的彻骨寒气般，让人心底一惊。但很快，曲调变得再一次空灵起来，伴着清脆的流水伴奏声，我微眯着眼，夏日原本燥热的身心也逐渐变得通透下来，潺潺的水声流淌在我的心田之中，恍惚间似乎有一首柔软的歌声回旋在我的胸腔中，迷蒙了我的双眼。

闭上眼，我眼前出现了一派竹林泉石相应、水天一色的景象，云卷云舒，花谢花开，空静悠远。偶尔几声清越短促的琵琶拨弦，如花朵碎密如锦，如白云悠然如风，仿佛让我超脱了尘世，清逸逍遥，禅之意境，尽在这默默无语云水中。

一曲云水禅心，道尽世间红尘万千；一曲云水禅心，唱罢山野青修茂竹。一曲散尽，余音绕梁，此曲天籁，恐怕只应天上有，人间能得几回闻？

发表在《创新作文》初中版 2015 年 11 期；《作文》初中版 2015 年第 9 期

那些年，我曾去过的书店

曾经年少轻狂，纵马驰骋，一骑浓烟弥漫，滚滚而去。忽而马蹄声停，长嘶声中，拉缰绳，踏马鞍，微笑转头，面前乃一座建筑：××书店。

——题记

书店书店，顾名思义就是卖书的店铺。而书店对于我这种"特级"书虫来说，更是生活中必不可缺的一部分。我"纵横"华夏大地也已十余年，自然是少不了各种神奇书店的"庇护加持"。在庆生 13 年之际，特撰此文，回忆一下曾经去过的书店。

在我两三岁时，家旁不远处有一家"雨涵图书馆"，深蓝色的外漆，古朴的内设，让人忍不住多停留一会儿。听妈妈说，我小时候就特别喜欢读书，几乎每天午饭后她都要抱着小小的我直奔雨涵图书馆，而我一进门就如鱼得水般，全身缩在供人休息的藤椅上翻看着一本又一本的绘本书，只可惜雨涵图书馆没过几年就关门了。我一面感慨于雨涵图书馆的不再，一面惊讶喟叹自己竟然在那时候就有了书虫之状，真不愧是现在的"特级"书虫啊。

没了雨涵图书馆，我的一大精神依靠顿时消失，年少的我只好重新寻找新的精神寄托。不过所幸，很快，离家也很近的另一个书店——蓝海豚图书馆吸引了我的注意。走进蓝海豚，那种淡淡的书香气息，萦绕在我鼻尖，仿佛一个顽皮的娃娃，在挠着我的心神。我一头扎进图书馆，如饥似渴地翻看着蓝海豚里的书，好像真如蓝海豚一般，在大海中肆意遨游着。从此，我一发不可收拾，几乎每天都要前往蓝海豚一探，享受着美妙的书之味，真是"乐陶陶"啊！

仿佛上天在眷顾我。不到一年，我家门口就建起了一座大型的新华书店。这书店大概是我生平见到的第一个大型书店吧，共有三层楼，每一层楼的书架上都密密麻麻排满了书。我不禁喜出望外，目标从蓝海豚瞬移到了新华书店，甚至连睡觉都在想着明天去那里看什么、买什么书，简直到了痴狂的程度。

然而不幸的是，没过几年，我们搬家了。我还没从离开新华书店的悲伤中缓过神来，就发现了一个新的好去处——文艺书店。它就在家门口的一个拐角处，小店不大，却很温馨，让人有种温暖的感觉。自从那一次我无意间闯入，就被这里的好书和温暖的氛围所打动，不能自拔。

直到有一天，无意间发现银座商城旁有一个"泰山文化城"，"潜伏"进去一看，惊讶地发现里面竟然也有一个文艺书店。询问后才得知，这里才是他们的"大本营"，我家附近的只不过是一个"分店"罢了。从此，我便形成了良好的作息规律：周一到周五去分店，周末去文化城的总店"巡视"。

当然，我所遇见的书店，不可能只有这么少。不过，这里也只是将几个感觉对我影响颇大的书店特意记录一下，以作纪念。大家如果想去实地一探究竟，千万别忘拿上我的这张"导游图"哦。

发表在《少年博览》中学版 2015 年第 10 期

缺月静，沙洲冷

卜算子·黄州定慧院寓居作

（宋）苏轼

缺月挂疏桐，漏断人初静。谁见幽人独往来，缥缈孤鸿影。

惊起却回头，有恨无人省。拣尽寒枝不肯栖，寂寞沙洲冷。

夜阑人静，月挂疏桐，你站在窗边，望着天上弯弯明月，沉默良久，寂寞良久。

你，曾有过"何妨吟啸且徐行"的豪迈，也有过"明月几时有"的惬意，也有过"谁念西风独自凉"的悲伤。但，你最终还是站在这里，望着天空，回忆着仕途坎坷，道一句"寂寞沙洲冷"。

几经政治上的起伏，你在无奈叹息间，来到这片充满禅意的净土，在这里，尽管连生活都成了问题，你却仍然乐观面对，用自己心灵的愉悦来洗涤自己的内心。

这夜，你站在窗前，望天上疏星朗朗，明月高悬，想到自己现在处处受挤、一贬再贬的处境，不由长叹一声，步出庭院，抬头望月。这是一个非常孤寂的夜晚，月光从稀疏的桐树间透出清晖，而周围是那么宁静幽寂，在此刻，大概没有谁像自己这样如一只孤单独飞的大雁般，在月光下孤寂地徘徊吧！

想到这里，你突然觉得自己似乎已经超脱了这个污浊黑暗的世界，仿佛一朵青莲，脑中思绪的洪流瞬间喷发出来，当即提笔写下这首流传千古的《卜算子》。

"缺月挂疏桐，漏断人初静。"初次相遇，我顿时惊了一下——好像是两位多年不见的老朋友，突然在一个谁都觉得不可能见面的地方相见了，两人惊诧地对视，随即微笑："哦，好久不见，你好吗？"

于是心弦剧烈波动，我欲罢不能地跑去查找资料，从此与你相知。了解到你的颠沛流离，命途多舛，我不禁感慨于你的豁达，艳羡于你的乐观。在如此黑暗浑浊的现实里，你竟能超脱而去，化作一只清冷的孤雁，于苍穹中俯视着大地，蔑视着这片污浊混沌。如此，清冷卓绝，幽香芬芳。

在每个人的心中，都有着属于自己的一片净土。而污浊的官场让你的心灵不堪忍受，"拣尽寒枝不肯栖"，独自一人，在湛蓝的长空中徘徊，凄凉，寂寞沙洲冷。

我的心被震撼了，你，苏轼，仿若那出淤泥而不染的青莲，香远益清，亭亭净植，那种芬芳，温柔地抚摸着周遭，感染着属于自己的世界。

缺月静，沙洲冷，独自翔，不肯栖。

发表在《语文报》2015年9月；《青少年日记》2016年第1期

走进你的世界

执一盏香茗，捧一卷墨香，问今生，缘起缘灭；望西北，怒射天狼。一生坎坷，你的洒脱与豪放，仿佛一抹阳光，悄然走进了我的世界。

翻开手中不厚却颇有意蕴的书，突然忆起与你初识，大概是在四岁时，从一本书上看到一首你的词——《水调歌头·明月几时有》。那时就莫名地爱上了你的文采。我哂然一笑，还是将思绪从回忆中抽了回来，钻到这本书里去。一行行文字从眼前过，一种种感慨自心底流。你少年时意气风发，父亲又是远近闻名的文豪，自是赞声无数，文学底蕴深厚。然而世事无常，中年亡妻的心碎，让你辗转反侧，难以入眠，十年的内心煎熬，你含泪挥笔写下《江城子·乙卯正月二十日夜记梦》。笔墨未干情已断的"十年生死两茫茫，不思量，自难忘"的字迹，寄托着你一生缠绵的惆怅和哀思。可上天似乎要跟你开更大的玩笑，乌台诗案成为你一生的"污点"。尽管下至狱卒为你准备洗脚水，上至太皇太后为你求情，你最终出狱，但看你满面沧桑，我仍为你心痛。

你却从此成熟。多年的挫折并未磨平你的棱角。"莫听穿林打叶声，何妨吟啸且徐行，竹杖芒鞋轻胜马，谁怕？一蓑烟雨任平生。"在闲暇之余，你亦有闲心"出猎"——"老夫聊发少年狂，左牵黄，右擎苍"，"酒酣胸胆尚开张，鬓微霜，又何妨"？打猎尽兴归来，你似乎仍不过瘾，趁着余兴未减，大笑数声："会挽雕弓如满月，西北望，射天狼！"眼前浮现出你当时望西北欲射天狼的洒脱豪情，我心中似乎得到了些许的慰藉。

走进你的世界，纵观你的一生，有少年得志的意气风发，有中年丧偶的踌躇痴狂，亦有老年看破红尘的豪放不羁与洒脱。但我认为，你的一生最可贵的，是即便身陷重重苦难的旋涡，仍能坚守自己的本心，最终蜕变为翱翔的雄鹰，书写世纪之作。你被誉为"苏门三学士"之一，无数佳作流芳千古；你从磨难中走向成熟，经典的传世之作绝无仅有……

当在书中第一次看到你的名字，我就有一种似曾相识的感觉。莫不是前生有缘？前世的我，和你，月下独酌，畅饮通宵，不醉不休！

在朦胧中，仿佛看到你穿越千年阻隔，笑向我挥手。你的笑容，仿佛冬日的一抹阳光，刹那间让我的世界春暖花开。

发表在《青少年日记》初中版 2015 年第 9 期
《初中高分作文》2016 年第 11 期

开在心中的花

我是人间惆怅客，知君何事泪纵横。有那样一朵花，如佛前的清莲，傲然绽放在那个举世皆浊的山崖，挺立着一朵寒枝，芬芳一如。

——题记

自打我懂事起至今，可以自诩阅过不少词人，如庭坚、东坡、清照一干人等，皆是中国文学史上的一颗颗闪耀的明星。他们或豪放粗犷，或温柔婉约……但我最欣赏的，还是"佳公子"容若——他是开在我心中的一朵花。

纳兰容若，叶赫那拉氏，字容若，满洲正黄旗人，原名成德，避太子保成讳改名为性德，一年后太子更名胤礽，于是纳兰又恢复本名纳兰成德，号楞伽山人，清朝著名词人。父亲是康熙朝武英殿大学士、一代权臣纳兰明珠。母亲爱新觉罗氏是英亲王阿济格第五女，一品诰命夫人。有如此显赫的身世，为什么他却吟出"我是人间惆怅客"这种哀怨忧愁的诗句？就是这个问题，把我引入了纳兰的世界。

纳兰是一个美丽的诗人，尽管他身为一介男子，但他的词作之中却处处流露出宛如女子般的细腻与温柔。"谁翻乐府凄凉曲，风也萧萧，雨也萧萧。""残雪凝辉冷画屏，落梅横笛已三更。更无人处月胧明。""紫玉钗斜灯影背，红绵粉冷枕函偏。"……一句句旷古的诗词，仿佛穿越了一段曲折的历史，在我面前缓缓回放着，一下一下，撞击着我的心魂。

在一片浊世之中，他"拣尽寒枝不肯栖，寂寞沙洲冷"，又有谁能读懂他的心？他的父亲身居高位，却丝毫不体谅儿子的感受。可笑的是他竟想令一个满心扑在文学诗词中的年轻人，走上阴暗浊秽的官场之路！最懂他的人却是一个无丝毫血缘关系、年龄相差大半的生死之交顾贞观。这等悲凉之境，怎能不令他慨叹"我是人间惆怅客"？

……

我缓缓浏览着纳兰的一切，心中突然悸动起来，家人不解、世人不解的痛苦，纳兰一个人独自承受着，承受着这一切，自己却仍然坚强而独立，挥笔写下惆怅的诗句。"家家争唱饮水词，纳兰心事几人知？"

纳兰，"不是人间富贵花"，生性淡泊的他一心只为了文学，那些优雅的、令他"人生若只如初见"的文字，让他无比着迷。他对文学的迷恋，使他不屑在官场上跋山涉水。也正是他对文学、文字的这种爱恋、这种执着，令他在我心中，生根发芽，蓬勃绽放。

纳兰，仿佛一朵开在我心田上的莲花，以他圣洁的美丽，缓缓洗涤着我的心灵。干渴已久的田地更是大为心悦，贪婪地吸收着他散发出来的每一滴每一缕养分，使自己的心得到了充盈的满足，仿佛幼小的顽童得到了棒棒糖般的那种满足、心悦。

开在我心头的这朵花呵，柔软，惆怅，清独，却充满了举世无双的芬芳。

发表在《学生之友·最作文》初中版 2015 年第 6 期
《初中生必读》2015 年第 5 期

留点古韵给自己

嘘了一口气，我放下笔，摞摞面前散乱的卷子，取而代之的是短暂的欣喜——终于做完作业了。

看看表，时间还早，正打算上网放松一下，突然瞥见了书橱一角一本沾满灰尘的书——《古诗文鉴赏》。我一时间愣住了，良久，将它拿了出来，轻抚上面的灰尘，那段迷恋它的往事也历历在目。这才想起，自己已将它忽略了太久。

曾记否？陆游半偻的背影，侧卧在床上，病中仍思成轮台。在他的梦里仍踏破铁马冰河，碎了一地的忧伤。本想征战沙场，如今却蜗居一隅，眼睁睁看着国家山河被铁骑踏破，那种无能为力的痛楚，我到现在还记得啊。

曾记否？苏轼竹杖芒鞋轻胜马的豪迈，西北望射天狼的愤慨。一生起伏波澜，乌台诗案成为最大的"污点"。他却从此成熟，在历经十年生死两茫茫后更加坚定。水调歌头的明月已不再有，有的是满心的深醉。那种无奈放旷的感觉，我到现在还记得啊。

曾记否？她憔悴倚在窗边，凄凄惨惨地望着满地黄花堆积、与无人堪摘的悲凉。李清照望着天上的飞雁，似乎也似曾相识。年少时常记溪亭日暮，沉醉不知归路的美好不再，现实是听着山河沦陷的一个个信息心中发慌。明诚病逝留下的只是满屋过往的美好回忆。晚景凄凉，"应是绿肥红瘦"的从容都殆尽的悲伤，我到现在还记得啊。

曾记否？他一袭白衣翩翩而来，自诩"浊世翩翩佳公子"。容若，容若，从容自若的他却满腹惆怅，许是因为明珠不识你的才华，还是尽管"家家争唱饮水词"，但纳兰的心事又有几人知的无奈？"不是人间富贵花"，与相差十余岁的顾贞观相识，也许真是容若一生不幸中的幸运。英年早逝，如一颗流星陨落，那种心事有谁堪懂的惆怅，我到现在还记得啊。

这些，我都记得。可为什么，本来浸润古文的平和淡然的心境，却逐渐被消磨了呢？

翻开书，看着扑面而来的一个个熟悉的字眼，我的心又沉静下来，似乎从心灵深处欢悦着。那熟悉的淡淡书香也不知何时又飘进我的鼻孔。我几乎能听到我的感觉细胞在发出愉悦的呻吟。

难道，阅读古文，品味古韵，能让我平静吗？

很快我便释然了。看着面前这本读过数遍的大书，我从心底却涌起一种从未有过的新鲜感。相信这一次品阅，定能收获许多新的感悟。

相信我，留点古韵给自己，你的生活，定会变得更加美好，与众不同！

发表在《青少年日记》2015 年第 4 期

《语文周报》2015 年 6 月

《初中高分作文》2016 年第 7 期

为你写诗

你是一朵尘世中的莲花，朴素而又清新；你是一点黑夜里的灯光，璀璨而又耀眼；你是一片冰原上的温暖，舒适而又亲切……为你写诗，我的语文！

将你捧起，读"醉里挑灯看剑"，品"大江东去"；赏"二十四桥明月夜"，阅"北国风光"。如李清照"薄雾浓云愁永昼"，似李之仪"日日思君不见君"。放歌豪迈的"长风破浪会有时，直挂云帆济沧海"，低吟凄楚的"满地黄花堆积"，轻语离愁的"多情自古伤离别"，浅哼抒意的"此情可待成追忆，只是当时已惘然"。看"金戈铁马"，傲然战于沙场，刀锋飞舞，银光闪闪，马蹄过处烟尘滚滚；望"无语凝噎"，当初友人分别，心潮起伏，思绪腾涌，脸颊之上流星划过。

轻弹古琴，撩拨帷幔，探寻我记忆深处的那份轻柔。以语为外，一言一语总关情；以文为内，腹有诗书气自华。望长安内外，看长江两岸；观黄山之巅，睹黄河壮观。黑云滚滚骤风雨，明日庭院积黄花。仰观宇宙之大，俯察品类之盛，用一颗充满激情与活力的心去赏诗词，你会发现，诗词竟如此美妙！

遥望青原，成吉思汗跨马驰骋于沙场；凝视宫中，李白醉酒泼墨挥洒于纸上。看将军舞刀弄剑，紫电青霜；观文人泼墨挥毫，腾蛟起凤。天朦胧以流筋，地朦胧以奇颜。此乃白居易《长恨歌》慨叹李隆基，又是辛稼轩《破阵子》长息白发苍。每首诗，每首词，都要你用心去体会，用心灵去感受，才能体味到诗人、词人的心境，领略诗词的真谛！

为你写诗，你如一朵莲花，一点灯光，一片温暖，在我的心头刻下永不泯灭的痕迹。你的一切，诗词的一切，就是我的一切！我为你写诗，来芬芳三百六十五天中的分分秒秒！

语文之华，益我终生。

发表在《初中高分作文》2015 年第 11 期
《年轻人·魅力校园》2016 年第 8 期

铭记在时光里

悠扬低沉的乐声，就像古老的留声机缓缓转动，在阳光的映射下，那道道刻痕，仿佛篆刻在心灵上，也铭记在时光里。

——题记

初识，是在一本书里。第一次看到对埙曲的描写："埙之为器，立秋之音也。平底六孔，水之数也。中虚上锐，火之形也。埙以水火相和而后成器，亦以水火相和而后成声。故大者声合黄钟大吕，小者声合太蔟夹钟，要皆中声之和而已。"（《乐书》）

于是一直对它抱着那种不咸不淡的新奇，又有着渴望知道是如何悲怆伤心曲调"以水火相和而后成声"的好奇，也有着懒惰作祟不愿去听一下的无奈。

直到那天中午，百无聊赖地上网，突然看见页面右边有一个推荐搜索榜，上面竟然有我"朝思暮想"的埙曲，名为《追梦》。

一开始，是一段悠扬的钟声。不一会儿，钟声戛然而止，一段绵远的音乐凭空响起。难道，这是埙之声？

还没等认定我的判断，音乐缓缓消失，一段沉咽的吹奏声响了起来。这声音与"呜呜"有些类似，不过还夹杂着一种奇妙的情感。

不及细细品味其中的奥妙，音乐骤然一转，仿佛在一瞬间跌入低谷，随即又急转直上，音调微微起伏，似乎在诉说着一个如泣如诉的故事。很快，曲调越来越玄奇，忽而旋转直上，忽而突兀转折，在跌宕起伏之间给人以享受，那种曲调也令我更是如醉如痴。短短五分钟的曲子，于我而言却仿佛过了一个世纪那么长。

仅仅几句，却让我感受到了一种幽静空灵的感觉。埙曲有着它独特的韵味——似乎是只可意会，不可言传的。

直到一曲终了，只剩下窗外的啁啾鸟声。我缓缓睁开眼睛，耳边似乎依然回响着那带着远古的苍凉质朴，带着历史的浑厚与沉静，却又纯净得不带一丝杂染，跨越时空，直击灵魂的玄妙的乐声。我已经被这从未听闻的独特的乐音所折服，彻底沉醉在这埙曲中，难以自拔。

自古，人将埙的声音形容为立秋之音，于我看来，那真是再贴切不过了。它音色独特，幽深、悲凄、哀婉、绵绵不绝，颇有一种秋天的况味。

从此，我对埙曲的热爱就一发不可收拾，每次不管心情多么悲伤，多么焦躁，多么不安，听上一曲埙曲，我的心就会莫名地沉静下来。它就好像治愈我心灵的一剂最重要的良方，潜伏在我的心底，随时探出头来，抚平我心灵的皱褶，带我走进一支支曲中那不为人知的故事。

聆听埙曲《哀郢》，我仿佛听到了屈原仰天长叹声，他在江边孤独萧瑟的背影，映衬着夕阳，有种说不出的凄凉。在湖边犹豫徘徊，"鸟飞反故乡兮,狐死必首丘……"他无奈发出的叹惋声，直到现在，还在我耳边悠悠回荡。

静品埙曲《江月初照人》，恍若走在时光的隧道里，回到那波光粼粼的江边，月光宁静如水，秋风瑟瑟，那个傲立江边的身影，叹息间飘起淡淡的悲凄和感伤。听者，不由为之动容。

……

每一支埙曲，都是一串凄美动人的故事。

谨以此文，献给铭刻在我青春时光里的埙曲。

发表在《作文》2014 年第 9 期；《语文导报》中考版 2015 年 11 月

我和书的那些事儿

我自幼爱读书，书之于我，乃如水之于鱼、饭之于人般不可或缺。书，让我在知识的海洋中遨游，让我领略了大千世界的风采，让我通晓古今，懂得了为人处世的道理……至今，我房中已有四大书架，每一架上都整整齐齐地排满了书，如受阅之军、受览之兵，每每让我心旷神怡，口中啧啧，欢喜不已。

当然，我不仅仅喜欢看书。我对书，有一种与生俱来的珍爱。每买来一本书，总是要小心地放好，生怕折了一个角。在我眼里，每一本书，都像是一个亟待呵护的婴儿，需要我精心照料。我看书从不折页，也不折角，以至于数月甚至多年后，也如同新买的一般。我甚至也对家人"约法三章"，不得污书、折书、扔书。若是封面有了污迹，我更是连忙用干净的棉布蘸水拭去……有时候家人笑我说我真是个

"书洁癖",我也一笑置之:这绰号,我还挺喜欢呢!

我的藏书着实很多,故常有人向我借书。起初我本着"独乐乐不如众乐乐"的心理,满面欣喜得将书双手捧出,但书被还回后,望着"面目全非"的书本,我每每痛心不已。这时才深刻体会到那些家有藏书的文人吝啬向外借书的原因了。

曾记一友,向我借书,那书乃我最为珍爱一本。若非此友与我深交,亦不肯借。

自从借去后,我常常心神不安,时时在梦中见那宝书号啕大哭来到我面前,向我诉说被虐之事,常被惊醒,口中呢喃,心中甚悔,以至于夜不能寐,寝食难安。千熬万熬,友人终于登门还书。我便如饿虎般扑将上去,抢过宝书抱在怀中,心渐安,细细抚摸,唯恐有一点差池。

特别有一回,一比我低一届的朋友借我课本预习。如此刻苦的好友,我怎能不借?只是再三推迟,在房中对着整洁的课本"暗自垂泪"。终于出手,还再三叮嘱:"一定保护好,绝对不能弄脏,记住,不能在上面乱涂乱画……"友人欣然答应,飘然而去。

临近开学寻友问书,友人恍然想起,归家拿书,我心中便升起不祥的预感。

果然,不多时,友人歉然而归,说那课本不知身在何处,实在抱歉,回家后再仔细寻找。恍如晴天霹雳劈在天灵盖上,我顿时泫然欲泣,摇摇欲坠,气息微弱。没想到那日,竟是见你的最后一面!我的课本……这件事,竟成了我心中一个"残酷"的伤疤。

我嗜书如命,因此也常常烦恼。每当我出门远游,家中便有太多好书割舍不下,父母又规定所带书本的数目,左看右翻,不知该带哪本出行。若是有续本之列,则更加难办,只好拼命翻阅前几本,希望赶快浏览,知晓大致意思,好带上续本。下榻宾馆后,若是出门游览,也同样会纠结万分,万一老母购物,岂不是荒废了青春大好的年华?故思忖再三,只好全都带上。所以每当我出门旅游,除了在火车里和宾馆中,都是要提着一大摞书才能四处跑的。

我与书息息相关,"一脉相承",每一本书的破损或丢失,都会让我伤痛不已,趴在床上回忆自己过去与它在一起时温馨的场景,心中落寞。我惆怅惋惜,在泪光里,幻出书的面影。

仿佛有一条无形的绳索,它像脐带一样,把我和书籍连在一起。我若是将书抛弃,便会永远心神不安。

我和书的那些事,也就大抵如此了。

发表在《中学时代》2015 年第 2 期;《少年博览》中学版 2014 年第 10 期

月色里的流年

俯仰之间，落日直直坠入青云。日，落下；月，升起。缓缓行走在月光照耀的地方，悸动一圈圈漾开。月色如水，似水流年。

——题记

月色似水，透过窗户斜斜洒进屋内，在静静的地面上，圈起斑斓的影子。

又是一晚，月色正好。小时候，和姥姥在这如水月光中乘凉，姥姥摇着大蒲扇，清凉的风拂在面庞，凉丝丝的。看着铺了一地的月光，随着树影摇动而微微波动，似乎身处一片银色的海洋中。闭上眼睛，想象着那无比惬意的一幕，心头不禁泛起些许的兴奋和雀跃，好像得到了什么宝贝，嘴角咧开幸福的笑容。

曾经十分向往坐在书桌前，借着皎洁的月光看书这样一种至高惬意的境界。月光像薄纱般洒在头顶，似是霜了发丝；披在身上，似是穿了一件银色的披风；散在字里行间，似是水波，轻轻荡漾在我的心头。但父母却以损坏眼睛为由，阻止了这一"错误行径"，成了我心头的一大憾事。

月光下的我，总是平静惬意的。不论是双手在键盘上飞舞，还是挑一灯如豆，静静执卷品茗，心灵都会在月光下得到涤荡与升华。有人说，夜晚才是最好的写作时间。每当我享受着月光和晚风的洗礼时，灵感便如开闸的洪水般喷涌而出，瞬间将我的整个大脑淹没。迫不及待地把手放在键盘上，那种灵感在指尖自然流泻而出的美妙感觉总会让我享受不已。

小时候，总喜欢坐在窗台上，望着天上高悬的明月，总觉得它和月饼一点关系也没有。月亮天资高贵，美丽动人，能和入人肚腹的月饼相比吗？现在想来那时的天真纯洁还仿佛如昨日之事。时间就仿若这如水的月光，在你不知不觉间便悄然从手指缝间流泻而去，一去不复返。

记得我曾经在月光的注视下，抬起稚嫩的小手摆弄着玩具；记得我曾经在月光的注视下，一笔一画练习着书写；记得我曾经在月光的注视下，品着美味的香茗读着书卷……我出生于凌晨，从出生起月光便伴随着我，直到现在。

这些年，我伴着如水月光一路走来，一路放歌，樵采路边的野花，嗅嗅新鲜的空气，聆听鸟儿的清啼，品尝美味的果实。在荆棘中一如既往，在坎坷中勇往直前，月色如水，也唤醒了我心中高悬的明月，让我的心头一片明亮与温暖。

月色正好，悬于中天，如水轻柔，似水流年。

发表在《少年月刊》初中版 2015 年第 1 期
《新作文·金牌读写》初中版 2014 年第 10 期

青春有你

捧一盏香茗，望一轮新月，在书海中徜徉，在诗词中穿梭，抚摸一张张泛黄的纸张，轻嗅一本本墨香的书籍，任时光千回百转，将我带到曾经的过往。

且看那人"君不见黄河之水天上来"，"使贵妃捧砚，力士脱靴"，轻捋白须，道声"长风破浪会有时，直挂云帆济沧海"，那豪迈的笑声，令我心驰神往。是你，李白，以暮年之躯，看破官场中的黑暗污浊，那双辨析是非的慧眼，让我的心灵蓦然一动，似乎有一根情绪的琴弦轻轻拨动着自己的心湖。李白，你那豪迈而放旷的笑声，令我陶醉。

"不是人间富贵花"，纳兰，你衣着华丽，翩翩而来，眉宇间却掩藏不住淡淡的忧愁，父亲不解的痛苦，世人不解的无奈，本令你愁眉不展，还好，老天爷还是眷顾你的，给你送来了挚友——顾贞观。在这位比你大十几岁的挚友陪伴下，你眉间的哀愁逐渐散去，似乎青春与活力重新回到了你身上。但"不是人间惆怅客，知君何事泪纵横"，尽管"家家争唱饮水词"，但纳兰你的心事，所知者，举世或仅寥寥数人而已吧！

"寻寻觅觅，冷冷清清，凄凄惨惨戚戚"，步入中年，人事凄凉，欲借酒消愁，怎知身边人已早早离去，空留自己独守空闺，怅望灰天。之前满心欢喜买的那些书法字画，现在看上去竟成了自己黯然垂泪的由头！感伤叹惋间，心事也化作笔墨流淌，静静倾泻在笔尖，书写下那一行行感伤的诗句，令人心酸，令人伤感。

……

这一个个或喜或忧的唯美词人，在我少年时走进了我的世界，让我的心不再躁动，归于平静，静静地体味着每一句每一字，享受着这种淡然欢喜带给我的全新感受，美妙而快乐，自然而静谧，令人深深陶醉。他们走进了我的青春，走进了我的世界，让我的青春充满阳光与幸福。

他们，尽管有的可能身陷铁窗，有的可能意气风发，但那种细腻而真挚的语言，都在我的青春里刻上了浓浓的一笔。每当我回想起这些历史长河中闪耀着的伟人，那根心弦便会怦然跳动，闪烁着青春的阳光，弹奏着优美的曲子，这动听的声音，在我的心中回荡，直达脑海深处，像是被留声机刻下了天籁的印痕，铭记一生。

每一个我心中的"音乐者"，都缓步从一本本墨香书籍中行出，面含淡笑地看着我，弹奏着一曲曲美丽的天籁，走进我青春的大门，充斥着我的心扉，让我的青春不再像他人般迷茫，不再像他人般孤独。这许多良朋益友，他们聚集在我心中，微笑着看着我："要不要再听我来一曲？"

　　发表在《语文周报》初中版 2015 年 1 月；《初中高分作文》2016 年第 6 期

茶，令我沉醉

一叶飘香，沁人心脾。一饮入腹，满口余韵。于闲时沏一杯茶，任丝丝幽香冲淡浮尘，沉淀思绪，陶醉，沉迷。

饮茶是一件很令人享受的事情，我们家有两大"茶客"，一是老妈，二就是我了。之前，我本是普洱老祖的得意门生，老妈则是绿茶仙子的关门弟子。在老妈的熏染下，风雅的绿茶也走进了我的生活。

闲来无事，于杯中撮上一撮清茶，看叶片在水中翻翻滚滚，逐渐沉降下去。待茶叶全部沉入杯底，杯底便"水草丰茂"，仿佛一小小的水底世界。草儿摇曳，嫩芽如鱼，好一派"皆若空游无所依，日光下澈，影布石上，怡然不动；俶尔远逝，往来翕忽。似与游者相乐"之景啊！

待到一泡完毕，用开水冲开第二泡，满眼便全是莹莹的碧绿了，温婉，柔和。茶水仿若一汪清泉，水波微微荡漾，回味醒脑。陶醉在这丽景之中，不知不觉间茶馨更是调皮地钻进鼻孔，我忍不住将这琼浆玉液一饮而尽。滋味也慢慢浓郁起来，带着些许苦涩，其间夹杂着淡淡的醇香，那种温婉润滑的味道这才慢悠悠从唇齿间飘散出来，回味无穷。

在这茶香的映衬下，杯中的嫩芽也开始舒展起自己的腰肢。它们仿若敦煌壁画上"飞天"中的仙女，娇柔多姿。苏东坡曾曰："从来佳茗似佳人。"这浓郁的茶香和脱俗的茶景，让我恍然明白，这一杯璀璨如明珠般的清茶，正是一缕缥缈千年的茶魂的生命之茶啊！

若是品茶，不管是闹市之中，还是静室之内，都要有一颗茶心。心静如水，看杯上茶雾氤氲，只觉空气中弥漫着大自然的草木之气。正如"茶"字，人在草木间，整颗心仿佛都在淡淡的茶意中沉淀、通透，仿佛盘坐的老僧，耳边不知何时回荡起天籁般的梵音："一饮涤昏寐，情思爽朗满天地；再饮清我神，忽如飞雨洒清尘；三饮便得道，何须苦心破烦恼……"

杯里乾坤，壶中岁月，茶如人生，人生如茶。在这一盏清茗话平生的时光里，整个人都仿佛变得柔软，温馨。时光亦随着茶的嫩芽一起散开在这淡淡茶水之中，氤氲着迷人的意蕴。

一壶天地小如瓜，这盏茶，至浓至淡，至俗至雅，可以品出风雅悠闲，也可以品出红尘人间。从茶中，我品出了千回百转的茶中意味。茶，令我沉醉！

发表在《中学生报》2014年10月；《少年博览》中学版2014年第11期

穿行《文化苦旅》

一直想看看余秋雨的《文化苦旅》。

昨天，从书店抱来一摞书。归家，便迫不及待地从书堆中抽出《文化苦旅》，嗅着那醉人的墨香，翻开了第一页。

听人说，《文化苦旅》，是要带着一种庄严而神圣的感觉去读的。毕竟疑惑，但我看完第一篇，才一抬头，眼眶里已满是泪水。

是感动吗？

是悲伤吗？

是我感受到了余秋雨的文字中对敦煌文献惨遭掠夺所饱含的深深的无奈！

便觉得，每个人都是这样，心底或多或少地隐藏着一份对文化的凄苦与无奈。当这些悲怆的感情被激发的时候，仿佛深渊里的岩浆，便不顾一切冲将上来了。

当我沉浸在《沙原隐泉》带给我的震撼，《夜雨诗意》带给我的惬意，《道士塔》带给我的酸辛，《藏书忧》带给我的风趣……仿佛在依稀中看见，余秋雨——一位披蓑衣、戴斗笠的老翁，整日行走在那些细细密密的古老民族的文化当中，抚摸着那透着沧桑与无奈的残垣断壁，走走停停，停停走走，像是在聆听它的心声，又像是品尝古老文化的痛楚——不觉哑然惊了。

有时也曾想过，这样深厚的古老文化，对于一个年过六旬的老翁来说，是不是太凝重了？是不是，太过沉闷了？

然而，看着，看着，这个困扰我多时的问题，便迎刃而解了。书中，尽管大多数是在渲染一种苍凉、寂寥的古文化氛围，但不难看出，他并没有普通老人的

日暮沉沉、行将就木的老气，而是跳脱着一种小小的调皮，小小的愉悦，使人在深刻反省为何会遗失诸多古老文化的同时，也不禁哑然一笑了。

在这部浸透着古老气息的沉甸甸的书中埋下头去，顿觉心中被什么沉重、苍凉而又无奈的东西压住了。那是文化的呼喊；文化的凄泣与一位老人的沉痛的话语；每一句话，都透着古文化的辛酸泪，一滴，一滴，滴在余秋雨的心上，也滴在我们的心上。

但《白发苏州》《江南小镇》等，却是令人眼前一亮了。余秋雨以柔丽凄迷的小桥流水为背景，把清新婉约的江南文化和世态人情表现得形神俱佳，生动形象，我仿佛沉浸在江南小镇的凄美柔婉之中，久久无法自拔。

……

阅毕，掩卷，珍重而搁之。毕竟不同于其他小说，它拥有着独属于自己的一份珍藏，一份古韵，一份沉重，一份丰厚的文化馈赠，要仔细地读三五遍，方能更深地了解，更深地领悟其中的辛酸与无奈，柔婉与凄迷。《文化苦旅》，不仅仅是一次空间与稿纸的双重旅行，更是一次考验人心与在一片漆黑中探寻、摸索古文化的心灵旅程。在黑暗中探索，在思考中沉淀，在心灵中挖掘，在空白中书写，《文化苦旅》完美地诠释了它们的意义。

在文化中苦苦跋涉，风餐露宿，只为找寻那些被遗失的古文化，只为唤醒那尘封在人们记忆中的古老的民族精神——或许，这便是《文化苦旅》的精粹之所在了吧！

发表在《学生之友·最作文》中学版 2014 第 10 期

《同学少年》中学版 2014 第 5 期

生活的激流

——"激流三部曲"《家》《春》《秋》读后感

鲁迅说过：这世上本没有路，走的人多了，也便成了路。对此，我有些懵懂。但读完"激流三部曲"《家》《春》《秋》，我仿佛明白了它的含义；而书中也暗含着一股生活的激流，让我置身于黑暗的旧时代当中，去反抗封建制度，让生活的激流载着我行向远方！

那个黑暗的社会，害死了瑞钰，害死了梅，害死了蕙，害死了枚，害死了软弱的大哥觉新最亲最爱的人！他由一开始求学成功的辉煌，到后来指腹为婚的失望，到处处受人欺凌的软弱，再到最后不顾一切的反抗，觉新经历了一个人性的转变。觉新曾说："我的生命也像是到了秋天，现在是飘落的时候了。""我的心已经老了，我的心境已经到了秋天了。"这近乎绝望的话语带给我阵阵悲痛。但正如二哥觉民所说："没有一个永久的秋天，秋天或者就要过去了。"觉新已经受够了！他好像一个刽子手，由于对黑暗的封建制度的软弱，他亲手将自己的妻子、表弟等送上了"断头台"。他不甘心！不甘心就这样让自己的生命如此堕落！他反抗了，不再唯唯诺诺，从原先的软弱、无能变得坚强而不屈，对自己之前的所作所为，嗤之以鼻！正如觉民所说的，觉新的秋天，就要过去了，迎来崭新的春天！

或许三弟觉慧的做法并不是完全对，但我却是实在喜爱他的。他能在那个黑暗的年代，思想不断进步，他的行动也证明着一个新思想代表的诞生。他参加上街游行，在祖父病危之时反抗家人都同意的捉鬼术法，最后甚至无法忍耐如此肮脏混乱的大家庭而远游到上海，在那里做出自己的一番事业。这得需要多么大的勇气？试问我若生在那个年代，定不敢如此"放肆"的。他热情、开朗、勇敢、开明、疾恶如仇……他，是那么的可爱！

在"激流三部曲"的所有人物中，我是最佩服二哥觉民的。他为了"利群周报"社与同样信奉新思想、自己最爱的人——琴（张蕴华），在自己家中勉强住了下去（否则他也要像觉慧那样去上海了）。他痛恨旧势力，扬善惩恶，主张新思想，与大哥觉新形成了鲜明的对比；但他也不像觉慧那样变成"不要家的新派"，他性格稳重，"该出手时就出手"，不会盲目地乱喊乱骂。他的心也是火热的，他爱琴，与琴在一起时，他的心中是充满着喜悦与兴奋的，与往常冷静的觉民截然不同，大相径庭！觉慧有时过于偏激，听不进劝告，对他，我仅是喜爱；觉新又过于软弱，对他，我只有同情。而只有觉民，是我最佩服的人！

　　闭上眼，书中一个个鲜活的、有血有肉的人物形象都陆续在我眼前浮现。掩卷长思，我不禁要叹息旧社会的黑暗，并赞叹那一群年轻有为的人了。他们有悲伤，也有痛苦，但他们胸中激荡的，还是先进的思想；他们心中憧憬的，还是光明的未来。正是这些人，在由爱与恨、欢乐与痛苦所交织成的生活的激流里愈行愈远！历史已见证，他们最终成了旧社会的终结者，新社会的缔造者！他们的名字，不仅仅在我心中熠熠生辉，更会在历史的长河中永不湮灭！

发表在《疯狂作文》初中版 2014 年第 9 期

《初中高分作文》2015 年第 9 期

入选由中央编译出版社出版的"校园文摘"系列《谁的年少不疯狂》

我行书山

　　我行书山，逍遥自在乐悠悠；我行书山，艰难苦海曾追忆；我行书山，云淡风轻两袖清……我行书山，别有一番乐趣在其中！

　　我曾攀爬过书山，也曾游览过书山。

　　在攀爬的过程中，我感受到了来自《简·爱》的坚强，来自《绿山墙的安妮》的天真，来自《海底两万里》的幻想，来自《红楼梦》的古韵，李煜被囚禁他乡的苦楚，陆游与爱人唐婉相隔的悲切，李清照痛失爱夫的悲伤……这，又何尝不是一种别样的收获呢？

　　我也游览过书山，尝试着与那些思想名人促膝而坐，进行深层次的交谈，与他们面对面地对话，体会他们思想的含义，思想的深意。龙应台的《目送》中包含着对儿女不会反哺的感叹，毕淑敏的《提醒幸福》让我懂得了幸福并不只是山珍海味，也许生活中极为微小的细节也能够成为幸福；安意如的诗词赏析的大作让我感受到了她身残志坚、内心细腻与豁达的情感……游览书山，我已收获了很多！

恐怕从来没有一个人能真正地攀爬完书山的高度，也从来没有一个人能真正地体会完这书山所蕴含的哲理与含义，但我行书山，不是为了寻找那遥不可及的尽头，也不是为了达到那个前所未有的高度。我行书山，自有我的一番风趣。

我行书山，仿佛陶渊明弃官回家的那种"引壶觞以自酌，眄庭柯以怡颜"的逍遥自在乐悠悠的洒脱，仿佛李煜被囚他乡的那种"别时容易见时难，无限江山"的艰难苦海曾追忆的苦痛，仿佛海瑞两袖清风的云淡风轻两袖清的公廉……历史读写，唐诗写意、宋词流传，经过时间的打磨留下的珍珠，我正一一品味。

我行书山，经历过艰难困苦，风霜雨雪，也经历过春暖花开，万物复苏；我行书山，读到过惆怅浓郁，望断愁肠，也读到过意气风发，傲气天云；我虽才仅仅诞生十余年，却在书山中读到了人生的百态，事态的无常。

在书山中，不管是什么样的文字，什么样的情感，我都努力地尝试去接受，尝试去消化，尝试去体味，尝试去拥有。我行书山，一番乐趣在其中！

发表在《青少年日记》初中版 2014 年第 9 期
《初中高分作文》2016 年第 1 期
入选由中央编译出版社出版的"校园文摘"系列、
范开源等主编的《有你，我的年华不寂寞》

生命中不能没有你

当生命中一缕阳光刺破黑暗，当生命中一缕清泉浸润心田，当生命中一曲琴声振奋人心……当生命中有你，我才会活得自由，活得愉悦！

雨后初霁。蔚蓝的天空上，几朵白云正悄悄地驻足。冲杯咖啡，被沸水冲荡后那褐白相间的在杯中静静旋转的色彩，在我心头漾起了一圈圈涟漪。轻抿一口，终于忍不住，更衣，出户，只为欣赏那份欢愉。

书店外，看见了一个小女孩儿，脸上的笑容仿佛盛开的向日葵。她正将那稚嫩的小手指向书店，要妈妈买书看。

我愣了半晌，脑海中充满了对你的回忆。

听母亲说，我抓周时，一眼便看到了你。应该是一种冥冥中的感应吧，让我一把将你抓住。从此，我就与你结下了不解之缘。

刚学会认字，我就迫不及待地捧起你，好像捧着一块金子，是那样小心翼翼，感觉你是那样珍贵圣洁！

母亲第一次将你放入我手心，顿觉得人生一回，值得且应得。

不止一次地听母亲骄傲自豪地讲过，幼时我哇哇大哭时，只要在我手上放一本书，我的哭声便会戛然而止，破涕为笑，将笑脸贴在书上，开心与快乐无双。

从此，我把你看作神。

在我生病的时候，你来到我身边，我便立即神采奕奕，仿佛经受圣泉的洗礼，浑身上下无一点瑕疵，只为有你。

想不到，我竟对你崇拜到这个程度！

你也给了我回报：四五岁便识字数千；写作文更得心应手；《老子》《大学》倒背如流……你让我懂得了感恩，懂得了回报，懂得了付出，懂得了失败，懂得了世界，懂得了人生……我给你一条小溪，你却给了我一片大海；我给你一片草地，你却给了我一片草原；我给你几棵树苗，你却给了我一片苍林；我给你一缕阳光，你却给了我整个太阳……没想到你竟然这么慷慨，这么令人畅怀！

我更加信任你了。

床头，书架，全都是你，我的家充斥着你；休息时，上厕所时，睡觉前……你充盈着我的生活。是你，让我的生活变得有滋有味，五彩缤纷，多姿多彩。

现在，我的生命中更不能没有你。无论身处何地，我都带着你，你是我生命中最重要的，在我脑海中，在我耳边，在我胸腔中，一直盘旋不散。恰似，我身上，燃烧的是你的魂！

你，贯穿了我三百六十五天中的分分秒秒，贯穿了我的整个童年，贯穿了我的小学生活，更贯穿了我十二年的青葱岁月。而我坚信你会一直，一直贯穿我的生命，成为我生命中的永远不变的轨迹！

甩甩头，望着小女孩儿，嘴角扬起一个细微的弧度，回身，大步向前。

回到家，咖啡已凉，哂然一笑：至少，在它温热的时候，我还品过它呢，和着书的味道！

——我的生命中不能没有你。

发表在《青少年日记》初中版 2014 年第 6 期

入选由中央编译出版社出版的"校园文摘"系列《雨伤》

心中的阳光

心中的阳光，是散发出的迷人的熏陶；心中的阳光，是氤氲出的沉醉的芳香；心中的阳光，是流连出的曼妙的风雅……

你的双眼曾在朦胧中迷离了剑光，你壮志未酬的凄苦诉说着报国大愿。挑灯看剑时梦回了吹角连营，那段时光又仿佛历历在目。当年雄志冲了霄汉，如今却得如此田地！你并不曾灰心丧气，对朝廷的不满、胸臆间的愤懑之情，都挥洒在笔墨间，晕染在时间的光环里。"凭谁问，廉颇老矣，尚能饭否？"但还好，一份沉稳的洒脱，是你心中的阳光，辛稼轩，诗词，给了你一方战斗的天地，你那力透纸背的豪情盛开为阳光之花，泛在历史的河流之上。

一介布衣，哀叹平民疾苦，处江湖之远而忧国忧民。亲眼目睹了王朝的没落，心中的愤懑更愈强烈，便用自己的笔，倾吐着百姓的哀痛。"车辚辚，马萧萧，行人弓箭各在腰"是你对社会的愤恨，"安得广厦千万间，使大庇天下寒士俱欢颜"是你在自己生活都举步维艰之时，还为百姓疾苦所发出的呐喊。杜子美，唯有诗词是你心中的阳光，你的喜怒哀乐、生活的酸甜苦辣，以及你对社会战乱所带来的民不聊生的抨击和推己及人的可贵品格，皆在其里！

贵族子弟，却毫无贵族之气，喜广交友，但充满了哀婉与愁苦。爱妻的不幸去世，他方才明悟，妻子之于他是多么重要。"愁痕满地无人省，露湿琅玕影"，哀婉、凄美的语调，正是他不幸一生的写照与他心情痛苦、充满愁绪的表现。纳兰容若，早期的欢快，是你心中的阳光，它令你在后来的不幸中，始终坚持！

"君不见，黄河之水天上来，奔流到海不复回"，我与李白一样慷慨激昂，将狂傲化为心中阳光；"明月几时有，把酒问青天，不知天上宫阙，今夕是何年？我欲乘风归去，又恐琼楼玉宇，高处不胜寒，起舞弄清影，何似在人间"，我与苏轼一起，去月宫尽情游玩，将潇洒化为心中阳光；"空山新雨后，天气晚来秋"，我仿若王维站在雨后初霁的林中呼吸着新鲜的空气，如此惬意、舒畅，将清新化为心中的阳光；"把酒祝东风，且共从容"，欧阳修举杯祝东风，微笑着欣赏大好的春光，将从容化为心中的阳光……

一灯如豆，一文在手。倏然间心有所悟：那用文字温暖了自己心灵的勇士啊，一直在为我们描绘阳光的色彩，诉说阳光的温暖，烘焙阳光的味道……

我心中的阳光，缠绕在吟咏他们的文字时发出的叹息里，弥漫在高歌他们的豪情时流露的愉悦里，泼洒在追寻他们的伟岸时响起的足音里……我持之以恒地沿着光行走，看到惊雷过后，拨云见日，河之彼岸已回暖的欣慰，便是一种自我的内敛，内心的宁静……

任花开花谢，岁月更迭，时光弥散，心中的阳光之花，都永远不败，只为，那春暖花开的时节！

发表在《新新初中生》2014 年第 5 期

《学生之友·最作文》中学版 2014 年 10 月

入选由中央编译出版社出版的"校园文摘"系列、

范开源等主编的《有你，我的年华不寂寞》

有你，我的年华不寂寞

捧一壶香茗，执一卷诗词，在落叶纷飞的傍晚，借着斜阳的余光，轻吟着文字。

自从有了你，小小的两三岁的我就开始不那么寂寞。每天缠着父母读故事，已经是悄悄地踏进了你的大门。直到我能凭借自己的力量看完一本书，我才知道原来我之前接触的你皆是冰山一角。

自从读了陶渊明的《归去来辞》，我便是幻想着也能够成为那样的一名隐士，隐于山水之间，品茶论道，岂不快活？从那以后，我就爱上了品茶，仅仅是因为我的想象。

自从读了《唐雎不辱使命》，我就开始想象着文中唐雎所说的那几名刺客矫健英猛的身影，便希望也能做一名刺客。由于我身材较胖，那种腾飞之势毫无念想。至于武器，后来倒是缠着姥姥给买了一把短木剑，结果再一次玩儿的时候碰到墙上磕断了。从此便断了念想，老老实实做一名红旗下的好少年。

自从读了杜甫的《石壕吏》，我也曾想过穿越到那个时代，做一名隐姓埋名的英雄，劫富济贫，为天下人所敬仰。但是后来当我真正了解了那个时代，心头的冲动便自然而然消弭了。在那个混乱的天下，谁去理会你一个"英雄"，几十发乱箭飞过来，早就成了活靶子。

自从读了沈复的《浮生六记》，我就开始成天成夜地向往着那种闲情逸趣的生活。它和陶渊明兄弟的归隐田园不同，只是在家的一点小趣，便是如此美妙，那可真是宛若天人了！但当老爸给我讲明世事后，在社会竞争如此猛烈的当下，想要有那样的生活，恐怕得等到七老八十的时候去农村才有了。我便瞬间打消此念。

……

有很多书，我读了之后皆有一种欲效仿之感，但是可实现度太低，便还是老老实实上学过活吧。

当然，从一开始读书到现在，我心中总有着一个永远也消不去的念头：在黄昏斜阳的映照下，惬意地靠在阳台上的座椅上，捧一壶香茗，执一卷诗词，看房外落叶纷飞，借着夕阳的余光，轻吟着文字，享受着片刻的欢愉，当真美妙。

我想，在这个雾霾汹涌的社会，能够有这样的黄昏，貌似只是有一点希望。但是，在我认为，即使一点希望也是有的。毕竟，这是我心中读书的至高境界。宁静致远，在这样的一方安隅，享受这样的一片艳霞，体会这样的一种感悟，那当真是人生的一大乐事。

当然，书籍带给我的，也是远远不止这些。只是鄙人感悟颇浅，又迫不及待，只好言此。而也正是因为综上所述的种种因由，书，才能真正"侵吾肌肤"，如清风扑面一般，悄悄地充斥着我生活中三百六十五天中的分分秒秒，让我的青春不再空虚，让我的年华不再寂寞！

发表在《初中生优秀作文》2014年第5期
入选由中央编译出版社出版的"校园文摘"系列、
范开源等主编的《有你，我的年华不寂寞》

渴 望

——读《简·爱》有感

"我渴望 / 一千次地渴望 / 我渴望的不是山间轻柔的玫瑰色氤氲 / 我渴望的是穿破千万重云彩的壮美极光 / ……"

读完《简·爱》，这部著作仿佛是大海中翻滚的巨浪，时时攫住了我的心，让我与其中的人物一起欢笑，一起哭泣……

简·爱，从小父母双亡，被好心的舅舅收养。舅舅临死前委托舅母一定将其抚养成人。然而，简·爱却受到了舅母和她的孩子们的百般虐待……当读到简·爱的舅母里德夫人的儿子约翰以简·爱不配看书为由，而将书扔向简·爱，并砸得她头破血流时，我心中充满了怨恨与愤怒。凭什么？凭什么简·爱就要受到如此屈辱与不公的对待？！我在心中呐喊着。

简·爱渴望阳光，渴望自由；她坚定、刚毅、顽强、正直，敢作敢当，勇于维护自己的尊严；她心中还始终有这样一个信念：心若在，梦就在！

简·爱没有幸福的童年，没有开心的回忆，只有无尽的痛苦。当迫不得已收养她的舅妈为了"摆脱这个累赘"将简·爱送进伍德慈善学校的时候，她以为自己的光明就要到来了！但是，入学没几天简·爱就因为不小心摔碎石板而被布罗赫特斯克先生罚站在椅子上。"她们的视线，宛如聚火镜一样，烧灼到我的皮肤上。""我曾经说过受不了那样子的耻辱，如今却在众目睽睽之下，站在教室中央、耻辱的托座上。"看到这里，我不禁心头骤然一缩。这个还不到十三岁的小姑娘，能经受得住如此屈辱吗？正当我为简·爱担心时，她的好朋友海伦·伯恩斯跑来安慰她，坦普亚小姐也让她诉说了自己从小到大所受的憋屈与凄苦，并证明了她的清白。我胸中的一块儿大石砰然落地，长嘘了一口气，为简·爱的幸运而高兴！

简·爱在罗伍德当了两年教师后，又在一个贵族——罗彻斯特的家中找到了一份当家教的工作，她的人生发生了改变！罗彻斯特爱上了她，然而因为他的前任妻子——一个疯女人并未死去而未能成婚！简·爱因罗彻斯特隐瞒实情而愤怒地离家出走！

简·爱离开罗彻斯特后，在千里之外遇到了远亲——圣约翰一家人。他们给了她许多帮助。当简·爱获得一笔遗产回归故土后，却发现罗彻斯特原先的家：桑菲尔德已经烧成灰烬！他的疯妻子点燃大火后跳楼自杀了；而罗彻斯特也因这场火灾而导致双目失明，重度残疾！

然而，简·爱并未因这当头一棒的打击而放弃对罗彻斯特的爱情！她依旧渴望与罗彻斯特永远在一起！看到这里，我的眼睛不禁湿润了，没想到简·爱竟如此忠贞不渝！

简·爱辗转来到罗彻斯特的新家，见到了罗彻斯特。那张面庞再不复先前的神采飞扬、英俊潇洒！我的心不禁狠狠抖了一下：她能继续爱罗彻斯特吗？！

简·爱没有嫌弃罗彻斯特："你不是废物，先生——不是被雷击坏的树，你苍翠蓬勃。不管你要不要，植物都会长在你的根部周围，因为它们喜欢你的浓荫，而且它们会越长越依附向你，缠绕在你身上，因为你的力量提供了他们如此安全的支柱。"看！简·爱对罗彻斯特的爱情仍然是那么忠贞不渝，"苍翠蓬勃"！

他们成婚了！

简·爱，终于拥有了她渴望的"阳光"！

是的，简是执着的。不懈地努力、奋斗、拼搏，她终于拥有了自己的幸福与爱情。同时，简也是坚强的。儿时的虐待、悲惨的生活、不幸的遭遇……她，经历了太多太多的苦难！但这些"魔鬼"不仅没有打垮她，反而使她更加热爱生活、憧憬未来、追求梦想！

《简·爱》通过对一个柔弱女子坎坷不平的人生经历的描写，成功地塑造了一个不安于现状、不甘受辱、敢于抗争的女性形象。它反映了一个平凡心灵的坦诚倾诉——一个小写的人成为一个大写的人的渴望！它给予了我一种新生的神奇的从未有过的情感，细腻，温暖，温柔，它充满欢欣与鼓舞……如古堡内的甬道般，一扇一扇门掩藏着隐忍与含蓄、执念与思辨，充满着渴望与自由，让我"尝"到了爱情的奇妙，渴望实现的美好！这是一首绝美的赞歌，是一本让人荡气回肠，值得一读再读的爱情经典！

发表在《青少年日记》初中版 2014 年第 3 期
《初中高分作文》2015 年第 12 期
入选由中央编译出版社出版的"校园文摘"系列《剪下一缕清冷的月光》

一座湖的梦

我曾经梦见过一座湖。

那是一座宁静的湖，带着些许芬芳的草木气息。天空是澄澈的，云彩随风漫无目的地闲逛着。湖岸旁泊着一棹木舟，湖边绿草如茵，到处都洋溢着轻松和自由。

那边是一栋小木屋，屋子不大，却格外有一种温雅的风气。屋里有一个男子，儒雅的脸上带着些沉稳与安宁。他有时站在屋边静观潮起潮落、花谢花开，有时乘一叶小舟在湖上云游，有时逆着阳光品味自然的魅力，有时迎着清风享受人间的快乐。

他随手写一写感慨，随手画一画风景，随手勾一勾岁月，随手描一描光阴。

他是梭罗。这座湖就是瓦尔登湖。

瓦尔登湖在我的印象里一向是神秘而又沉静的，如同一位年迈的智者，捋着胡须露出沧桑的笑容。它对所有人敞开怀抱，却又只对那个隐居在林中的男人高看一眼。在我们眼中并不出众的湖边绮景，在他的眼里却仿若万花盛开，瓦尔登湖在梭罗面前完整地展露出了其风雅而优美的一面。他张开浑身的毛孔拥抱自然呼吸自然，感受自然的美好与淳朴。

在追求自然的同时，梭罗也在追逐着生态自然的魅力。"大多数人，在我看来，并不关爱自然。只要可以生存，他们会为了一杯朗姆酒出卖他们所享有的那一份自然之美。感谢上帝，人们还无法飞翔，因而也就无法像糟蹋大地一样糟蹋天空，在天空那一端我们暂时是安全的。"他沉醉在自然的美好与诱惑之中，喟叹人类对其活生生的摧残与破坏。他就像一个隐世的智者，关怀着自己名叫自然的孩子，对社会发出令人震颤的谴责。在他的眼中，绝大多数现代人都已经被现实、被物质生活所困，早已丢失了自己的本心，丢失了自己的精神追求。物欲横流的世界污染了人们的心灵。这种生活，简直不能称之为"真正的生活"。

瓦尔登湖是一座神话，也是梭罗内心深处对伊甸园的向往的具象化。他在这里生活，他在这里耕作，他在这里度过了数年的时光，无数个日日夜夜，数不清的流年更替，他早已和这座充满神秘的湖融为了一体。他用虔诚的语言勾勒着这座湖在自己心中的轮廓，在这里思考着他的人生与梦想过的事情。瓦尔登湖从而不再只是一座湖，它已经成了一个象征，一部自然的浪漫史，一种对自由、对放牧心灵回归自然的执着追求，还有梭罗对人类深深的、永恒的期冀。

梭罗是一个文雅的画家，用手中的笔勾画着这座人间天堂，每一笔每一画，每一字每一句，都浸润着他全部的情感。他像农夫一样在文字间耕作，播种着自然的文字，勾画着岁月的沧桑。他的语言和泥土接壤，他的文风与草木并肩。他笔下的瓦尔登湖鲜嫩如同青春的灿烂，却从未凋零。

《瓦尔登湖》是寂寞的，正如它寂寞的主人。自从出版至今，它一直都是落寞的。它是荒野里的一朵青莲，独自盛开却无人欣赏。只有那些温暖而虔诚的人，用心去感受，体味真正的自然之美，这座湖才被人们所接纳，绽放出靓丽的光彩。

对于我们而言，就应该像航船上好奇的旅客，探出脑袋查看周围的一切，而不是像那些只顾埋头摆舵的水手，低头苦干而忽视了沿途的风景。"唯有我们觉醒之际，天才会破晓。破晓的不只是黎明。太阳只不过是一颗晨星。"

任何一种美丽的事物都需要一双独具慧眼的眸子来发现，瓦尔登湖有幸遇到了梭罗，因此它在他的笔下焕发出了亘古以来未曾泯灭的生机。它寄托着梭罗的梦，一个优雅、美好而迷人的梦。在那个梦里，人们放下手中的事情，深吸着属于自然的空气，徜徉在湖边草地上，体验着自由与美好。

或许，这也是所有人曾经做过的梦吧。

发表在《中学生报》2017 年 5 月 17 日

普洱之味

自古以来，茶客多是年龄较大的文人墨客。然而现在，我这个年龄才刚奔两位数的小屁孩，却也迷恋上了茶。要说起原因，还得追溯到去年的一天……

那天，我们去姥姥家做客。我口渴难忍，一进门就端起桌上的一杯水"咕咚咕咚"一口气灌下去。这水甘甜可口，我顿觉神清气爽："姥姥，这是什么水？"我观察着还剩下一点儿的淡褐色的水。

"这是普洱茶！"姥姥笑道。从姥姥说出"普洱茶"三个字开始，我便与它结下了不解之缘。

回家后，因为总是惦记着那普洱茶的甘甜可口，我便与老妈去银座买了散装的普洱茶。回到家，我迫不及待地撕开包装，条状的普洱茶顿时现在我眼前。"哇！这就是泡之前的普洱茶吗？"我不禁惊呼起来。茶叶成一种土一样的深褐色。嗅嗅，一股淡淡的清香调皮地钻入我的鼻孔。我更加急不可待，迅速开始泡茶。不一会儿，淡淡的茶香就溢满了整个房间。啊，真好闻！

后来，老爸一位从云南回来的朋友又给我们送来了一包云南正宗的普洱茶饼，我欣喜若狂。记得以前从书上得知，普洱茶是年份越多味道越醇厚，堪称"能喝的古董"。不知道这云南正宗的普洱茶饼味道如何？我掰下一点茶饼，放在手心中细细观赏。这茶饼条索肥壮，粗大紧实，色泽褐红。洗茶毕，沸水冲泡，那褐红的颜色迅速在水中蔓延开来。茶泡好了，汤色红浓明亮，陈香浓郁。轻轻品一小口，甘甜带着些苦涩的味道在嘴中扩散，真是滋味醇厚、爽滑回甘啊！

老妈喜欢喝绿茶，曾一度想拉我下水，我奋起反击，同样想拉老妈下"普洱茶"水，两人开始了拉锯战。终于，老妈被我反游说，也狂热地喜欢上了普洱茶。普洱茶看上去没有绿茶的秀美，也没有红茶的妖媚艳丽，给人更多的感觉却是成熟和稳健！

　　早晨起来，一杯普洱茶，那略带苦涩的味道会让我睡意全无，清爽无比；午后，沐浴着微醺的阳光，捧一卷书，一杯普洱茶让我感到无比惬意；夜晚写作时，一杯普洱茶，会让我浑身舒爽，灵感大盛……总之，普洱茶那甘甜略带苦涩的味道，会浸润我的心田，留下不可磨灭的印记！

发表在《全国优秀作文选》初中版 2012 年第 12 期
入选《中国 2013 年度初中生优秀作文选》

渴　望

　　那是我第一次见到书。我拿着它，并不知道是什么，仅会的几个字根本无法表达我心中的疑惑。妈妈在旁边笑着看我，说："这是书，妈妈今天教你认这个字好了……"

　　尽管我不知道从妈妈嘴中说出来的这个"童年轶事"是否属实，但我清清楚楚地记得，我在很小的时候就对书产生了浓厚的兴趣，阅读着里面的一个个故事，无法自拔。虽然那时候我能看的书只是《红袋鼠》《东方宝宝》之类的图文并茂的书，但我仍然乐此不疲。而那时，我也感觉到，我对书似乎有一种特殊的感情。直到长大后，我才明白，那是一种对书的渴望！

　　逐渐长大一点，我开始看一些"正常"的书。但这种渴望却并未退去，而是随着我阅读面的拓宽在不断"成长"着。就连睡觉前，我也必须看上好一会儿书后才能安心入睡。记得五岁左右，我疯狂迷上了一套《校园快乐侦探在行动》的图书，里面生僻字不多，而且与当时热播的动画片还有关系。我如饥似渴地看完了第一本，妈妈又从网上给我买了三本。我在逛书店时偶然又发现了剩余的四本，心中的渴望有如滔滔江水翻涌而出，立刻买下这四本，在老妈肉疼的神情中抱着往家跑去，在回家的路上已经迫不及待地翻看起来。到晚上十点，这四本书竟然都看完了！尽管书并不厚，但对于当时的我来说，不得不说这是一个奇迹。

　　后来上了小学，我心中对书的渴望有增无减，但逐渐转移了方向，我开始喜欢上了古典诗词。还记得我把想买本《宋词三百首》的想法告诉妈妈时，她脸上欣喜若狂的表情。很快，我便把那本《宋词三百首》中我喜欢的词都背过了。随后又买了《古文观止》、于丹的《论语心得》《康震评说苏东坡》等书，疯狂填补着我内心那只名为"渴望"的巨兽的肚子。

与余秋雨的邂逅，是在初一开始的。我做一道历史题时，题干引用了他说的一句话。我被这个诗意的名字吸引住了。脑中仿佛有个声音在说："去看看他写的书。"我遵着"渴望"的意念去做，一发不可收拾，我深深地迷上了他的书《文化苦旅》《千年一叹》《霜冷长河》《问学余秋雨》……当年暑假我就写了一篇《文化苦旅》读后感。

现在，我心中的渴望于我而言已经越来越重要。我渴望，能在不久的将来，执一卷墨香，点一灯如豆，感受着晚风扑面，细品着一个个如墨文字，足矣！

发表在《初中高分作文》2016 年第 12 期

温馨小屋

"源"来是我

从小我就和别人不一样。妈妈说我刚生下来的时候紫光缭绕，神龙冲天，珠光宝气，烨然若神人……

好吧，上面……你们当什么也没有看见。

我似乎有些特别……常常会有许多人没有的体验。比如上厕所，本来打算结束在厕所的征程结果肚子又开始疼了起来，反而被家人误认为故意赖在厕所里不出来；吃个水饺本来很高兴，吃完之后却总觉得一阵阵想要反刍的感觉；和别人聊个天多好啊，却总觉得在哪里聊过一样的话，顿时摸不着头脑……

呵呵，我也是醉了。

不知道是不是因为我命中注定大红大紫，因此上天才要让我不走平常路？说到不平常，估计我身上最不平常的就是体形了……

其实我一直在减肥，只是没有什么效果而已。从上初中前我就下定决心此生不再吃肉食荤，当然减肥是我的最终目的。以后出去面试的时候挺个大肚子出来人家不得用余光看你吗。算盘打得挺好可现实倒挺骨感。自从我不吃肉后苍天看我良心可鉴便大发慈悲……让我连吃素也开始发胖了。不提吃菜，光说吃饭的问题。我从小就只喜欢吃面条和米饭，没有其他，最多再加个水饺……嗯，还有馄饨也可以……嗯，包子也不错……好了好了，不跑题了。自从结婚……啊不，自从戒荤之后我的饭量就开始猛涨，也不知道是不是体内的细胞在抗议我不吃肉。以前吃肉时光吃素菜和饭最多吃一碗半，结果在戒肉的第一个月就猛涨到了两碗，随后以半年八分之一碗的量噌噌上涨。现在我前脚还没踏入高中校门，后脚已经被三碗米饭死死禁锢住了。看这情况，约莫着我上大学的时候不得到四碗饭啊？

而且这还不带菜，去大学吃食堂这可怎么办？我可是有过把一家自助餐厅的油条都吃光的经历啊。

这段时间以来家里的饭菜明显紧缺，每天上午带回来数袋子菜，第二天上午还要让爸妈出去抢购菜品。最可悲的是上次我把整整一锅米饭都吃光还说没饱的时候，爸妈的脸色以肉眼可见的速度绿出了翔来。

什么？你问除了胖之外还有没有什么特别之处？那我对风油精的嗜好恐怕是超出常人的。我也忘了真正迷恋上风油精是什么时候，只知道有一天晚上我趴在床上吃梨看书，顺便洒点风油精……啊，那时候还是无忧无虑纯真无邪的少年啊……结果手一抖洒在了书的封面上，我只好用手将它均匀地抹开……然后吃梨。酸爽无比的精梨在嘴中弥漫出仰望星空的味道，我看着灯光下熠熠发光的书面……就这样恋上了它。

什么？你说风油精的故事我早就讲过了？那我就讲讲我作息的神奇之处。我在假期里的作息是最没有规律的，想睡就睡，真正达到了传说中的大自在境界。不困？妈妈让睡觉？这个小意思！待爸妈关灯睡着，从床上翻坐起来打开电脑，仰面在灯光中瞥见黑暗的窗玻璃上由于光亮而倒映出的一张坚毅潇洒帅气的脸庞，似乎正要说出抑扬顿挫的话来，便使我忽又良心发现，而且增加勇气了，于是喝上一口水，再继续写些为"考试作文"之流所深恶痛疾的文字。但每当一开学，我便会在每天早晨的六点钟准时睁开双眼，精确到秒，绝不拖延也绝不提前，真可谓是人民的好公鸡。

我也不知道发生在我身上的种种事情都是怎么回事。当然这种怪异的事情还有很多，在此就不一一列举。我想大概是上天派我到人间拯救这个充满了宅男宅女的世界，"天使"下凡，自然要有些与别人相左的地方嘛！想到这里，闻一闻风油精，我嘿嘿地傻笑了起来。

收录进《阳光姐姐日记派》

我家，萌萌哒

（开头曲：泰山脚下有座城哎～城市中心有小区哟——小区里面有幢楼呀大楼顶上有间房嘿——嘿哟——房间之中有四人呀……四人喜欢卖个萌哎——）

（旁白：观众朋友们大家好，现在是本次《家庭卖萌指数表》节目播出时间。今天，我们有请到的是著名的熊猫嘉宾，他将为我们带来不同寻常的"家庭卖萌表"，大家欢迎！）

萌妈在此　萌数：五颗星★★★★★

说起我们四人之中最能演绎卖萌一说的，肯定就是这位"凶悍"的大姐——老妈了。老妈别看她身材不高，体形不彪，但卖起萌来那可叫一个厉害。

一、笔盖终结者

"喂喂喂！笔盖儿又丢了吗？！"我望着老妈还回来的无盖的笔，惊叫道。

"Sorry 啦！"只见老妈挠挠头，眨巴眨巴眼，努力做出一副芭比娃娃的萌态，双臂在胸前，手呈莲花状，脸上露出"娇羞"之态，"哎呀，好抱歉哦小范范，又丢了……"

"好像每支笔只要你用过了，再还回来的时候怎么都是丢了盖儿的？！难道，难道你有这个收集笔盖的奇怪癖好，或者难不成是它们自己跑了？"我"悲愤"地大吼。

二、抵抗诱惑型

众所周知，爱美是女人的天性。老妈自然也不例外。我们上学的路上，正好经过一家服装精品店，里面的衣服物美价廉。老妈的许多衣物也都是从那里购得的。老妈对那里是"情有独钟"。

每次放学，经过那服装店的时候，她总会"一步三回头"，恋恋不舍地看着服装店。

"老妈，你喜欢就再去买呗……"我弱弱地道。

"不！"老妈的目光突然犀利起来，抬起胳膊，做了一个展示肌肉的动作，"我要经得起诱惑！我一定要经得起诱惑嘀！"

我愣了一下，顿时满头的黑线……

老妈卖萌，实在是……无法吐槽啊！

萌爸出场　萌数：四颗半星★★★★

之所以如此一个大男人卖萌竟然还能给接近五颗星，是因为……老爸卖起萌来，那可真叫一个"萌"啊！

当然，因为老爸似乎就只会这一种卖萌方法，因此才不到五颗星。不然……（道具：夏天有面纱的女士遮阳帽、未洗的碗筷）

晚饭后，老爸看着收拾碗筷准备刷洗的老妈，大喝一声，道："嘿——哪里走？此碗我来刷！"

老妈听闻此言，诡异地一笑，顿时将碗筷递来："喏……给你，你刷吧。"

老爸顿时从背后拿出一个老妈夏天带的有面纱的帽子，瞬间盖在头上，流露出一副"犹抱琵琶半遮面"的样子，垂下头，双手抱在胸前，摇晃着身体，隐约能看到他噘着嘴，用发嗲的声音腻腻地说道："不嘛……还真让我洗啊……"

"呕……"顿时，在场的我们三人齐齐停了一会儿，纷纷做出呕吐状！实在……（此时无声胜有声。）

萌哥签到　萌数：三颗星★★★

说起来，其实老哥对卖萌也很在行，不过就是没有好好利用起来罢了。但就是简单地一卖萌，却也让人感到十分"肉麻"。

超市里。看着周围琳琅满目的食品，老哥双目放光，情不自禁地舔舔嘴唇，看了看老妈的钱包，开始"软磨硬泡神功"："老妈，给我买呗……"老妈每每被他的"神功"所击败，微微一松口，顿时"泄洪"："这个，那个，还有那个……"

"啊？还有？"老妈目瞪口呆。

"不嘛……买上吧……好不好啊，好不好啊，好不好啊？"老哥嘴巴一撇，双眼之中果断"放电"，"软磨硬泡神功"第二重出现！老妈瞪视半晌，"内血"喷出！

萌萌的我　萌数：四颗半星★★★★

我自己嘛，由于我是得天独厚的"胖纸"，卖起萌来也更有底气。

一、飞吻型

不知道这算不算是卖萌？

噘嘴，眯眼，做出一副欠揍的表情，做飞吻状！不过，嘿嘿，观众朋友们要注意了……（不管你飞吻的对象对你做什么，后果自负。）

二、扭腰型

撅起屁股，双手扶着腰开始扭动，脸上却做出"奸笑"的表情。这个动作曾经风靡家庭南北，打遍天下无敌手啊！

三、小九九型

双手伸出食指在面前不断地有节奏地对碰，同时低下头，做噘嘴委屈状。这个超仿女生的动作，曾经招来了老妈的"一顿顿暴打"。

……

萌，意为事物如同草木发芽一样给人生机勃勃的感受。卖萌，即为将事物有生气的一面表露出来。俗话说家有一老如有一宝，我要说，家有萌人如有大宝！我们一家四口四个萌人，每天都释放着源源不断的"萌力"，让我们的这个家充满了生机勃勃的气息，仿佛一株刚刚发芽的新苗，探出头，以充满活力的微笑对这个世界报之以歌。也正是因为此，我们家才如此和谐、美好。因此，相信有我们四个"萌人活宝"，我们的家庭一定会"长盛不衰"，永远充满活力与生机！

（旁白：感谢熊猫嘉宾的精彩解说与真挚致辞！欢迎收看每世纪一次的《家庭卖萌指数表》，下一次将会挑选另一家"卖萌者"，为观众朋友们提供美味的饕餮视觉盛宴！时光不老，我们不散。下个世纪，我们不见不散！）

发表在《作文周刊》中学版 2016 年 8 月刊；

《初中高分作文》2017 年第 2 期

就这样看着你慢慢老去

夕阳的余晖铺洒在城市的角落，荡漾起一圈圈温暖的涟漪。

"喏，吃饭吧。"熟悉的身影从厨房里端出一碗香气扑鼻的清粥冲我微笑，笑容里充满了久违的味道。我接过饭碗，令人陶醉的气息让我沉迷其中。"老妈，每次喝你做的粥怎么都那么香呢！你到底放了啥啊？怎么做的啊……"

你弯腰坐在椅子上温暖地笑："就是那些东西啊，小米，大米……"你笑靥如花，眉峰的纹路却清晰可见。

一时间惊住，原来在我不知不觉间你已变老。岁月蹉跎了你的容颜，让你在春秋冬夏的轮回中咏叹光阴的流逝。

还记得，听人说你也曾黑发如瀑，温暖地看着怀中尚在襁褓的婴儿哼着不为人知的清曲，眼中流露着满满的溺爱与温馨。

还记得，我蹒跚学步时你脸上绽放的微笑，仿佛酿制在深窖中已过千载的醇香之酒，散发着沁人心脾的幽香，在时光的划痕中永盛于心。

还记得，第一次号啕大哭地走进校门，扭头看你的脸上写满了浓浓的不舍，即便隔着很远，也仍然能从心底感受到你留恋的眼神。

还记得……

一时惊起，茫然相顾，岁月却已悠悠走过十余载的光阴，时光在你的脸上镌刻着唯美的雕纹，低声呢喃着青涩的曲调。你的一头如瀑黑发早已不在，你的一段青春韶华也已在过去的人生路上散漫成沙，唯有你心中的执念永恒依然，护佑着你一路走来。

"怎么了？快尝尝妈妈今天做的粥怎么样？妈妈今天换了一种做法哦！"你的声音轻柔，满漾着期待，却让我悚然而惊，看着你的笑脸，微眯的眼中充满了沧桑的感慨与欢喜，心中却满满释然。

是啊，不求一世荣华富贵，也不求一世游遍天下，只愿陪在你身边，便是我一生的平安喜乐。相信，你也是这样想的吧？本以为三千青丝随年华弥散在滔滔江水中，你的内心定然充满无奈和不甘，鼻翼翕动嗅着这碗粥的醇香，恍然间明悟原来这才是你心中的渴求。橘黄色的温暖灯光下静静地看着我细品清粥，这才是你所追求的平安喜乐吧？

抬头看着你，你再度笑靥如花向我绽放，心中涌起一阵温暖的感动。

原来……就这样看着你慢慢老去，品味着你一生的平安喜乐……也挺好。

发表在《语文世界·中学生之窗》2016 年第 5 期

《先锋小作家》初中版 2016 年第 8 期

吐槽体育

政治课本曰："健康是人们幸福生活乃至生命安全的重要前提。生命健康权是公民参加一切社会活动、享有其他一切权利的基础。"没了健康，你什么都 OVER。因此……说到健康，就不得不说这个意义重大的字眼——体育。

其实，我一直很喜欢上体育课。站在操场上，微风吹过，不仅能够放松一下被学业困扰的心灵，能与同学快乐地谈天说地，还能及时调整好心态应对接下来的课程。

但……

体育，一向是我的硬伤。今天又要"重揭伤疤"，真真令我心痛。

不过，身为一个生在红旗下、长在红旗下的有志少年，尽管这刺到了我的软肋，但我还是要吐槽一下。

跑步

每每听到这两个字，我的心就一阵阵地抽痛。毕竟，跑步对于一个"胖纸"来说，永远都是内伤。

我常常很奇怪，跑得快，不就是让双腿摆动的频率提高吗？可为什么我总是跑不快呢？窃以为，体重和双腿的速度应该是成正比的，既然有胖体，就应该有承载相对重量的胖腿才对，这样算来，比例是相等的……经过复杂演算，我终于放弃了——看来，想要跑快……就应该努力减肥才是啊，体育场上终究不是俺的天下……

肺活量

说到这个肺活量，我真是有口难言。自问肺活量不错，也听人说什么胖人的肺活量比常人要大，但我经过多次验证……发现了我折戟沉沙的地方——吹的过程！

没错！

我第一次拿起测肺活量的那个漏斗，就掉链子了，直接漏气，老师只好让我重测。从此，我就踏上了一条血与泪的不归路。

每当我看到白色的漏斗，我心中都会不可遏制地颤抖一下。我发现我有一个最可怕的缺陷，就是只要一吹，就一定会漏气。我多少次想让自己不发出"噗"的声音，可这看上去极为简单的事情对我而言却是难如登天……对于肺活量，我真的不想再说什么了。

引体向上

说到这个……我真是无颜啊，我连一个也做不了，堪堪能像个长臂猿一样吊在上面，至于……至于做起来嘛……请不要打击我的信心！相信在三百年以后我一定能成功的！

仰卧起坐

这个算是我唯一能够拿得出场面的，平均一分钟能够做 50 个左右，当然那是很久以前的数据……现在嘛，应该下降几个百分点了。

立定跳远

深吸一口气，看着面前的标尺……跳！

"庞大"的身躯在空中化作一道优美弧线，重重砸落！

"一米六！"

听着这个数字，我笑了。立定跳远，是我一直在不断进步的一个项目，第一次考试是一米三，第二次一米五，现在……终于进步到一米六了！

哈哈，这个没有太多的槽点，尽管与巅峰级的"两米多"大神还有一段距离……但我仍然会继续努力的！

说实话，对于体育，我实在想不出什么我比较擅长的地方。但是作为祖国的花朵，我还是会尽我所能来完成一个个艰难的"关卡"，努力登上体育及格的山巅！

发表在《少年博览》2015 年第 5 期；《先锋小作家》初中版 2015 年第 12 期

永恒的约定

屋里白花，眼里泪花，梦里繁花，心里落花。

——题记

天上是洁白的云，地上是碧绿的草，我走在树林之中，看前后周遭，尽是青葱。天上飞机拖着长长尾烟掠过，仰头看着，鼻头酸着，突然又想起了你，想起了那架永远送不到我手中的大飞机。

那时我还很小，妈妈带我去见你。推开门，一个干瘦的身影乐颠颠地跑了过来，一把抱起我，那满是皱纹的脸绽放成了一朵菊花。你看着我，怎么也是爱不释手。看到你这个"生人"，我并没有哭，反而感觉你透着一股子亲切。现在想来，大概这就是亲情吧。

你抱着我用胡子拉碴的嘴亲了一会儿，进了厨房要给我做饭。很快，一锅热腾腾的米饭和几盘香喷喷的菜便端了上来。你舀了一小碗米饭给我。把面前的米饭送入嘴中，那种极硬的不适感，我到现在还记忆犹新。后来妈妈告诉我，你从小在南方长大，就喜欢吃这种硬邦邦的米饭。在吃了几次之后，我也似乎习惯了，还品出了另一番风味。

渐渐地，我开始喜欢在你身边的感觉，拉着你的大手，我总有一种安全感。听着你粗犷的声音，心中总是泛起一种亲切。你很健谈，经常到小区里与那些老爷爷老太太谈天说地，那时我站在一旁，总感觉你是那么"伟大"，只好默默敬仰，直到妈妈来接我回家，我仍然恋恋不舍地看着你的笑脸。

那是我快五岁的时候，你到我们家看我，打开门，你拎着满满一篮子鸡蛋，额头上布满了汗珠。你用粗糙的大手抚摸着我的头，笑着说"等你五岁生日的时候，姥爷给你买一个大飞机，比邻居家小孩子的那个飞机还大，能在天上飞的那种"，边说你还边用手比画。听了你的话，我顿时心潮澎湃，要知道邻居家孩子的飞机，在当时的我眼里几乎就是一个奇迹。

于是，带着甜蜜的渴望，我扳着手指算着距离五岁的生日所剩的时间。而我几乎也隔几天就问一回妈妈，什么时候能买飞机？

而她总是笑着回答，等你五岁生日的时候吧，姥爷不是说了吗？

很快，算算，大约还有一个星期，就能到我五岁生日了。我兴高采烈地问妈妈，是不是马上就能买飞机了？

妈妈却不再像以前那样笑着回答，只是沉默了一会儿后，哽咽着回答说，恐怕不行了，姥爷没法给你买飞机了，他去了一个很远的地方……

哪里啊？为什么不能给我买飞机呢？当时还很稚嫩的我很失望很疑惑地问，本来满满的希望仿佛在瞬间就化成了泡影，打这以后很长时间，我都闷闷不乐。

而直到我真正明白这句话的含义的时候，我的心就像是被撕裂般疼痛。我也终于明白，为什么妈妈不再带我去看姥爷，为什么从那以后再也没听见姥爷那粗犷的声音，为什么再也不能感受到他粗糙的手抚摸我那种温暖的感觉……

清明雨纷，行人断魂。在这春日的清明，我想问您……姥爷，您过得还好吗？看，天上有飞机飞过，长长的尾巴好像一个笑脸呢……姥爷，是您吗？

发表在《学生之友·最作文》中学版 2016 年第 4 期；

《学生天地》2016 年第 1 期；

《青少年日记》中学版 2015 年第 11 期

爱你现在的时光

若不是偶然间翻开相册，又怎会看到那天的你，穿着一袭华衣，巧笑倩兮，端庄的眉眼？

轻拂去照片上零落的灰尘，你的明眸笑脸出现在我的面前。杨柳、晓风、绿茵，和你。你穿着一身紫衣，戴着眼镜，嘴角上挂着一丝淡淡的笑容，端庄优雅。

不禁有些恍惚，这是你吗？急匆匆拿着照片去找你，你正在厨房做饭，停下手中的工作，看了一会儿，脸上露出笑容："这张照片啊，是我 2007 年的时候照的。"说着，仿佛怀念起了旧事，淡淡地笑了。

2007 年？望着你现在夹杂在黑发中的些许白发，看着你略有些佝偻的身影……你的脸瘦削了，你的发稀疏了，你的背不再那么挺拔了……看着在炊烟氤氲里你的脸，我的眼睛莫名地有些湿润。

　　"那时候你才六岁，个子才那么高……"没有发现我的异常，你用手比画着，仍然回忆着，看着现在比你高大半头的我，啧啧感叹着，"时间过得是真快啊，一眨眼的工夫，你就这么高了。"

　　我有点想哭，回忆起你平日里为我操劳的一幕幕。接送上放学时风雨无阻，大雨染淋湿你的发丝；即使生病也坚持着为我做饭洗衣，病痛磨去了你的丰腴；执意帮我背着沉重的书包上学，书包压弯了你的脊背……看着你仍然充满回忆而温馨的脸庞，我心中泛酸。

　　"唉……"你的叹气声把我拽回到现在的时光，"老喽，看那时候多年轻漂亮啊，真是……"你无奈地摇摇头，突然哂笑，"哈哈，怎么聊了那么长时间，你先过去吧，饭马上就好了。"说着用袖子拭去额头上的汗珠，继续翻起锅中的菜来。

　　站在门口望着你的身影，又看看这张照片上你的笑颜，时间苍凉流逝如光的感觉涌上我心头。仿佛有一种亘古不变的情感充斥着我的心房，十分奇妙，暖洋洋的感觉激荡在全身。大概这就是永远的血浓于水的爱吧。我微笑地看着面前的照片，你那消瘦下去的脸颊、日益稀疏的发、瘦弱的脊背，都深深地镌刻在我的心中，也成了我在这个世界上得以存活的理由。再看现在的你，似乎尽管比照片上的佳人苍老许多，却有了一种说不出的味道在里面，那是足够能温暖每个人心房的,爱的力量。

　　我擦掉眼中的泪，笑了：不管你老少与否，美丽与否，我，都爱你……更爱你现在的时光。

发表在《作文与考试》初中版 2015 年第 6 期

《学生之友·中考月刊》2016 年第 1 期

时光白了你的发

　　时光弥散，浅唱清欢，在岁月静好中，在描画光阴里，时光在不知不觉中带走了你乌黑的秀发。不管当年你满头黑发中埋藏着多少欢笑，你明亮的双眸中蕴含着多少喜悦，如今，它们已然逝去，剩下的，只是我成长的印痕。

　　从我出生起，就无比舒适地在你的怀中享受着一切，似乎这些都是理所当然的。随着时间慢慢流逝，我逐渐长大，小时的记忆也逐渐在时光尘埃中消散飘逝，只剩下零星的碎片。但每当我回忆起来，才发现当时的我是多么幸福，每跨出一步，背后都有你艰辛的汗水和深深的脚印。

刚刚上学的我无法承受与你暂时离别的痛苦，啼哭着不去。当我满脸泪花咬着嘴唇走进校门的时候，当我强忍哭的冲动向你挥手告别的时候，我又怎能知道你心中的伤感呢？

还记得刚上初中的第二天，老师让每个同学做一张姓名牌。晚上回家后，我却将此事忘得一干二净。已经上床准备睡觉的我突然想起了这件事，一看表，竟已十一点了！我顿时焦急起来，就要起身，这时你走过来，问明情况后说："你看看你，又忘事了吧？记住，好记性不如烂笔头，以后不管老师布置什么作业都要记下来。不过今天太晚了，明天还得上学，你先睡吧，妈妈给你做。"我想了想，只得答应："好吧，你随便做一个就可以，要早点睡觉哦。"

我突感尿急，半夜醒来，看看时间已是午夜时分，走出卧室，发现茶几上亮着一盏台灯，你正一脸疲倦地坐在沙发上，认真地在一张卡纸上用幼圆字体画了轮廓，又一笔一画地、仔细地填充着空心的"字"。看到我过来，你笑笑说："唉，没有彩笔了，只好先用中性笔代替了。"一种强烈的愧疚感顿时袭来，你今天晚上洗衣服已经很疲累了，却仍然不辞劳苦地为我操劳……看着你专注的神情，我的心好像被针狠狠刺了一下，说不出地疼痛。在我的印象里，你一向是大大咧咧、不拘小节的。记得那一次，你带着我去你学校值班，你在外面买东西让我先到办公室。我问哪张桌子是你的，回答竟是最乱的那一张。

还有一次，你问我要笔用，说你刚买的笔找不到了，然后拍胸脯说明天上学时还我。结果第二天早晨我向你要，你却尴尬地说笔盖弄丢了……从此只要我借给你的笔，绝对"尸首分离"。

没想到，今天，我却看到了以往那个大大咧咧的你的另一面。

那一刻，我似乎体会到了那一张未完成的姓名牌上蕴含着的浓浓的深情。

第二天，同学们见到我的姓名牌都羡慕不已：从没见过这么漂亮的独一无二的姓名牌！直到现在，这张小巧精致、被你用透明胶"塑封"过的可以折叠的姓名牌，还放在我的小书桌上。每当抬起头看到它时，我心中就会被一团厚重的温暖所包围，那种感觉，让我浑身上下都充满了力量。

成长不可能永远一帆风顺，我也逐渐长大了，也逐渐开始了自己的"叛逆期"，开始不愿意拉着你的手，担心被同学们笑我不自立；不愿听你"走路小心点""多吃点不然中午饿了"等唠叨，总认为自己可以独当一面，还经常反驳你的意见。但现实是骨感的，当我一次次碰壁之后，才明白"忠言逆耳利于行""良药苦口利于病的含义"，原来你都是对的。

偶然发现你头上生出了些许的白发，我心里陡然一惊："老妈，你有白头发了？"你笑笑，说："傻孩子，我都快40岁的人了，有白头发不是很正常的吗？"用手拨弄着你的头发，我才震惊地发现，你的头发深处竟大有玄机——原来白发已在我不知不觉中，于黑发的掩盖下悄然滋生！我的鼻头一酸，心里突然有种艰涩的悲伤，本来在我心中一直青春阳光充满朝气的你，不知何时已经被时光沧桑了你的秀发。时间毕竟是对等的，我逐渐成熟起来，也证明了你在渐渐老去。刹那间，往日你的操劳、你的唠叨、你的关心和呵护……一个个镜头浮现在我的脑海，我的心不由得紧缩起来，整个胸腔里都弥漫着一种伤感的味道，刺激着我的泪腺……

拈一颗素心在这清浅岁月中，任时光散尽，岁月荏苒，我都要感谢你对我的关爱和温暖。我用沾满月光的指尖，在键盘上一字一句敲下我对你的爱。

时光白了你的长发，暖了我的心房。

发表在《学生天地》初中版 2015 年第 3 期
《作文新天地》初中版 2015 年 1、2 期合刊

面条达人

说起我最爱吃的饭……你们可能都猜不到。水饺？米饭？馄饨？不，错了，都不是。我最爱吃的，恰恰是我们北方人的本土美食——面条！

结缘

记得从很小的时候起，我就对面条情有独钟。大抵是小时候姥姥喜欢给我做面条的缘故吧。小时候，心灵手巧的姥姥常常给我变着花样做面条。有菠菜面、鸡蛋面、西红柿鸡蛋面、打卤面、肉丝面、香菇面……我觉得若是全说出来，恐怕都能与面条店里的种类相媲美了。因此，长大后的我，只要去姥姥家，就嚷着让姥姥给我做面条，总也吃不腻。

疯狂

说实话，我对面条的喜爱，真是达到了一种疯狂的地步。

嗯？别撇嘴，细细听我说完，你就会发现，疯狂，恐怕还不能详尽地描述我对

面条的热爱。

首先，我吃不腻。

记得从小学开始，我的早餐就几乎都是面条。这样，我竟然每日都还是吃得津津有味，百吃不厌。

场景一：每天晚上

老妈（充满期待）：明天的早饭……咱换换花样？

我（点点头，看着老妈兴奋的笑容）：好吧，咱们吃好久没吃的××面条吧。　　　（然后彻底无视老妈瞬间枯萎下来的面容。）

场景二：我领了几张稿费单子，一片喜气洋洋时。

老妈（笑着）：不错，这次"立了大功"……嗯，奖励奖励吧，想吃点什么好吃的？鸡腿？烤鸭？烧鸡？

我（大怒）：开什么玩笑，怎么可能吃这些"凡夫俗子"之类的食物？我要吃，当然得吃在我心中的食物排行榜上 No.1 的那个充满圣洁绝对光荣无上荣耀的食物才对呀！

老妈（震惊）：什么？什么食物如此高贵？我要深深地膜拜！

我（哈哈大笑）：当然是面——条——！

在我的"威逼"下，我们全家人每天的早餐只有面条。老爸老妈有时看着碗里的面条，不禁"以头抢地"，似是看到了"那难以下咽的芋梗汤"。但我呢，却每天都会狼吞虎咽地将一碗面条喝尽，随后意犹未尽地咂嘴："唉，怎么这么少？"

其次，不求"品质"。

其实，用"品质"这个词，恐怕不太恰当。嗯，该怎么说呢？有时候生病，胃口不好，早晨原本香气蓬勃的面条我却只咽了几口，"含泪"望着碗中所剩的面条，对娘大呼："千万别倒掉，中午回来我再慢慢享用！"

是的，你没听错——就算剩下的，我也肯定要吃呀：这么好吃的面条……弃之可惜呀。

在我眼里，只要是面条，都是我的最佳美食。我常常"饥渴"地望着在常人眼中十分普通的面条——一点青绿色的小葱，点缀在白色的白水面条之上，恶狠

狠地狂吃——它对我来说却是极其好的食物！

最后一点——解痛。

面条还有一个神奇的功能——解痛——当然只对我而言。

每当我生病的时候，只对一样吃食感兴趣——面条！而且吃得津津有味。似乎

所有的苦痛都已经被驱除掉，眼中心中脑海中都只剩下面前的这碗面条！

还记得那件事情。

场景三：小时候，一次生病。

老妈（风尘仆仆从外归来）：儿嘞！快来快来，给你买了好多吃的！看看看看，有小笼包，看看，晶莹剔透的……我还给你做了鸡蛋羹，还买了小蛋糕，点心……来来来，选一样吧！

我（有些迟疑地过去）：还是小笼包看上去更好吃一点。

众人吃饭中。

老妈正吃着一晚隔夜的白水面条，只不过加了点酱油和醋，吸溜！吸溜！

我紧紧盯着老妈的面条碗，手中举着小笼包，迟迟不往嘴中送去。

老妈（关切）：怎么了？是不是难受啊？怎么不吃？

我（瞪着眼睛充满渴望地指着面条）：老妈……我想吃面条……

老妈（大吃一惊）：什么？你想吃面条？搞清楚呀，这可是昨天晚上的呀，我只是加了点佐料……吃了不健康呀！

我（怒）：可是我就想吃呀！昂——

一番鸡飞狗跳后。

老妈（无奈地吃着小笼包）：唉，小笼包多好吃，这可是限量销售呀，你真是……

我欢天喜地地津津有味地吃着面条，哈哈！吸溜！吸溜！

亲，此时的你是不是全身打了一个寒战，是不是感觉全身都毛骨悚然了起来，是不是感觉我就是那面条界中的"独孤求败"？

呵呵，笔者在这里透露一个小秘密，上文所述的，还只是我对面条喜爱之情的冰山一角哦！

哼哼哼，等着"面条王子"驾到吧！我要统治整个面条世界！

发表在《疯狂作文》初中版 2014 年第 12 期
《下一代英才》初中版 2014 年第 11 期
入选《作文盛典·金奖作文精品集》（初中金奖作文卷 2015—2016 年度）

不能说的秘密

在我眼里，老妈可是个"女汉子"，不管遇到什么事都能一路披荆斩棘。但是，"不败战神"却总是在一个问题上麻爪。每当编辑老师要我照片时，老妈总会苦着脸，两手一摊，哀叹："唉……这照相……怎么那么让人犯难呢？"

是的，你没听错。在科技如此发达的 21 世纪，哪个人的照片不是一大摞？可是，我的照片，还真就是少得可怜。

我最害怕照相。

小时候的我体态匀称，五官端正，是人见人爱的小帅哥（妈妈语）。那时我觉得照相是一件很好玩的事情，在小小的黑匣子欢快的"咔嚓"声中，我的喜怒哀乐都被永久地定格在那方寸之间。每每拿出来翻看，一家人都要快乐良久。妈妈说，给我照相是她最愉快的事，因为我的镜头感特别好，每次总有花样翻新的 pose 出炉，带给妈妈别样的惊喜。哦，一照相馆还把我小时候的照片编辑起来做了一个日历。呵呵，我受欢迎的程度由此可见一斑。

不知是不是老天爷对我特别眷顾，别人的身体都如雨后春笋般节节向上攀升，而我却是横向纵向全面发展，且处于极度均衡状态。这一怪异现象直接导致了我平生最害怕的一件事的产生——照相。在现今这个以"瘦"为美的时代，我这个横看竖看左看右看俱是标准的矩形的庞大身躯，似乎有些格格不入。于是很自然的，我在照相的时候，尤其专注于周围人、事的细微变化，我的神识放到最大（如果有的话，呵呵），周围人的一个眼神、一个动作、一举一动尽在我的重点关注之中，精神紧绷。而每当照相者大声喊出"3，2，1，茄子"的时候，我的嘴角便本能地上扬——展现最标准的"照相式的微笑"。哎，不知是不是体积和磁场成正比的缘故，我所到之处，身边总是有人聚集，特别是我照相的时候，人人看得不亦乐乎，这让作为主角的我情何以堪！真真让人痛心不已！每当有人围观时，我便会手足无措，心脏紧缩，血液贲张，大脑空白，浑身抽搐。尽管老妈多次给我增加信心，但最终照片显现出来的总是不伦不类的"四不像"！长此以往，我对照相从深爱直至现在的害怕——听到"照相"俩字，我便面如土色，变色离席，奋袖出臂，两股战战，几欲先走。

68

我四年级时出版了一部科幻小说，当时书的折页上需要一张近期照片，老妈翻翻相册，无奈道："总不能拿你一二年级的照片来用吧？"我只好以大局为重，照了一张扛着网球拍的"微笑哥"。此后每有报纸杂志采用我的稿子要照片，老妈便甩出这张"撒手锏"。这张珍贵的照片，被老妈充分、彻底地加以利用，而我也乐得逍遥自在。这样的好日子一直延续到七年级下学期。

七年级下学期我荣获"雨花杯"全国十佳文学少年，要去南京领奖。老班千叮咛万嘱咐："一定要多照几张，回来交给学校……"我原本愉快的心情顿时沮丧起来——

记得最后一张是在南京大学门口照的。看着来来往往的学生，我感觉自己就像被关在园中供人们观赏的动物。天上下着淅淅沥沥的小雨，我的心里下着哗哗啦啦的瓢泼大雨。

……

每当我看到大方自然摆造型照相的人时，心中便羡慕不已：什么时候我也能像他们一样，能照出自然活泼上镜的照片呢？

若我照成功了……

那不就很长时间不用照相了吗，呵呵……

发表在《课堂内外·创新作文》初中版 2014 年第 9 期

目　送

听着窗外不约而至的夜风的脚步声，仰头一口喝尽杯中醇香温热的牛奶，我望着手中淡绿色书皮上的"目送"两字，不禁一阵心神摇曳。

"……我慢慢地、慢慢地了解到，所谓父女、母子一场，只不过意味着，你和他的缘分就是今生今世不断地在目送他的背影渐行渐远。你站立在小路的这一端，看着他逐渐消失在小路转弯的地方，而且，他用背影默默地告诉你：不必追。"

我在心中咀嚼着这段话，眯着眼望着散发着温和光亮的台灯，眼里好像浮现出了你的身影。

曾记否？

刚上小学的时候，因为我小时没上过幼儿园，没有离开过你，所以乍一上小学，稍有不适应，每次来到校门口，都会拉着你的手，努力地踮起脚尖，不管身边路人诧异的眼神，在你的脸上飞快地亲一下，才欢快地跑进校门，还时不时地回望一眼，只要能看到你伫立的身影，我便能安下心来。

曾记否？

那天，小学第一次升旗，在如此隆重庄严的场合下，我从教室一路哭喊着追着你来到大操场，全校的同学纷纷侧目。我却旁若无人地拉着你的手号啕大哭，泪水早已模糊了我的双眼。

而当我插进自己班级的升旗队伍时，竟然望着天空，有些"惆怅"地说："天……真蓝啊。"

真是不知道，那时的我，还没有从离开你的"悲伤"中脱出身来，是怎么说出这话的？

曾记否？

小学二年级的时候，你每天都要在放学时候站在教室门外，每次我上最后一节课时，总要通过窗子望你的身影。

记得那天，我习惯性地一望，大惊地发现窗外竟没有你的身影，不禁有些"泫然欲泣"。而当时上的音乐课，正好学的是一首关于"爸爸妈妈"的歌。"触景伤情"，我终于抽泣起来。而事后，我才知道，你当时是因为单位有事而拖延了时间。

曾记否？

三年级，学校规定在校门口不得接送学生。那是我第一次在校门前的小卖部旁与你分手。再三"吻别"后，我一横心，大步走进校门，轻轻回头，看见你正目送我渐渐远去，还对我奋力挥手。我的泪水瞬间浸湿了眼眶。

……

在你的目送下，我刚入学时的无助，以及后来的依恋，都好像被你温柔的目光分解，化作点点尘埃飘散。而我，也在你的目送下，一天天长大，一天天成长。你的目光，好像穿过了浩瀚的时光长河，一直留在我心里，生根，发芽。

我又突然意识到，目送，不只是目送着缘分慢慢地远去，也是在目送着时间，慢慢远去。

我慢慢地、慢慢地了解到，所谓时间过得快，只不过意味着，你和时间的缘分，不过就是今生今世，不断地在目送它的背影渐行渐远。而你站立在自己生命的终点，看着它逐渐消失在自己生命开始的入口，而且，它用背影默默地告诉你：不必追，也追不上。

目送，是生命中的一种偶然，也是一种必然。无数的旅人在你生命中一掠而

过，却势必要给自己留下一个深刻的印记，而后随着时光的弥散而飘作飞灰。你，只能目送，默默地目送。

目送着自己童年远去、时光远去，回忆起已经走到生命入口的这些往事，嘴角不禁勾起一抹微笑。当时的点滴小事，在几年后的今日，回想起来，竟是如此有趣，如此美丽而动人。

既然如此，何不珍惜当下呢？

心中质问着自己，将书合起，缓缓仰在椅子上，闭上了双眼。

梦中氤氲着奶香味，让我想起了奶香味的童年，也让我想起了目送。目送着奶香味的童年渐渐远去，我仿佛闻到了一股清新蓬勃的气息，看到了你挂着灿烂笑容的脸颊。

站在名叫"青春"的站牌下，目送着"童年""时间"两辆列车轰隆隆驶向远方，直到消失在目光尽头，我微微一笑，望着远处缓缓驶来的"青春"列车，轻声呢喃着。

"我希望，在不久的将来，我目送你远去时，我的青春，你能够没有留下一丝遗憾；我也渴望，在每一个青春的路口，都能够执着您的手。"

发表在《学语文之友》初中版 2014 年第 9 期；《中学生报》2014 年 12 月

喜欢臭美的人

一直以来，我都在思忖一个问题：到底是哪位高手，把"臭"和"美"放在一起当词用，表达出一种奇葩的深意呢？

本人觉得，用"臭美"一词形容家中老妈，却是真真儿的名副其实！

她的臭美，惊天地而泣鬼神。她是我所见过的最臭美的人！

我来给大家放几段录像，以释各位疑惑。

NO.1

"老妈，你干什么去？"

　　我惊讶地望着面前一袭盛装的老妈，疑惑地问。

　　"现在都十点半了，我能上哪里去？"

　　老妈满脸正经地问我道。

　　"都晚上十点半了……搞毛？你怎么还化了妆？"

　　我看了看老妈的脸，突然大叫起来！

　　"哈哈……你没看出来我穿着新衣服？好看吗？"

　　老妈哈哈一笑，抖抖身上的衣服。

　　"老妈在试新衣服呢，我刚才已经被观赏 N 遍了。"老爸幸灾乐祸地冲我挤眼道，"赶快点赞吧，否则休想脱身！"

　　我下意识地点点头。"顶个砖！"我突然想起了什么，不可置信地道，"你深更半夜化妆就是为了试件新衣服啊……太臭美了吧？你是要开时装展览会吗？"

　　"时装展览会？呵呵，这个不错，我可以考虑一下……"

　　老妈一脸扬扬自得，牵着裙角飘然而去，留下我碎了一地的下巴。

　　可以试想，若是真开起了时装展览会……

　　以后的晚上……不会平静了。

NO.2

　　"啊啊啊！"

　　一个身影推门而入。

　　我抬头一看，不禁悚然汗下，大声惊叫起来！

　　"天哪，你你你……你是老妈？"我看着面前的脸上覆着白色"铠甲面具"的老妈，颤声道，"你……不要那么吓人好不好？"

　　老妈一脸无辜地摇头，但配上毫无表情的铠甲，却是有些诡异："不不不，这是面膜……"

　　"我当然知道这是面膜！"我气不打一处来，"好不好好不好！每一次我都知道这是面膜！每一次我都被吓得灵魂出窍！你能不能先说一声？你知不知道晚上九点十点的时候一个乍看上去没脸的人推门而入是多么恐怖？！"

　　老妈叹了口气："美，是来之不易的，没有贴面膜的恐怖，哪有摘除后的完美……"

　　"天哪！"

　　我抱住脑袋："臭美也没见过这么臭美的啊！太……"

NO.3

上学路上。

"阿姨好！"

同学小宋微笑着打招呼。

"噢，你好……"

老妈一脸亲切，好像是同学的亲戚一样，和蔼可亲。

"阿姨你好年轻哦，好像 20 多岁的样子，你是怎么保养的啊？"

小宋一脸羡慕地望着老妈，"憧憬"地道。

"啊……"

老妈一愣，随即微笑着开始滔滔不绝……全然不顾她的倾诉对象是一个初二年级的学生……

我在一旁无语了。

有这样臭美的老妈，真是……真是……

NO.4

老妈正蹲在地上，奋力地擦着什么。

"这地上怎么还有一个污点？"

俺妈清理地面时，方式很是奇葩。她可不用拖把，而是用了最原始的方法——用抹布擦地！

而且，她竟然一丝不苟，见到一个污点便直到把它"秒杀"才罢休！这……这……这怎么看上去也不像平时大大咧咧的老妈啊！

老妈汗如雨下，仍在艰苦奋斗着："嘿嘿嘿！终于干净了！太好了！嘿嘿嘿！"

难道是由于老妈太过臭美的缘故吗？

我突然想到了什么，不禁无语凝噎……

NO.5

"你给我站住！"老妈一脸正气拦在老爸面前，"换衣服！""我就晚上出去走走，穿得那么好干什么？别人又看不清……"

老爸"怒"了。

"不行！你看看你这样子像什么？告诉你，换上白衬衫，穿上皮鞋，把这脏不啦唧的牛仔裤换掉！不换你今天晚上就别出去了！"

老妈更是"怒"极，大声道。

在老妈的强攻阵势下，老爸终于败下阵来。

"好吧好吧……"老爸只好告饶，"真是搞不明白！你自己臭美也就罢了，还让别人也一块臭美？真是……啧啧！"

——老妈的臭美，还能波及其他人身上？

……

尽管老妈如此臭美……

但是，她还拉着我们一起臭美。也正因为如此，我们的住所才变得整洁，我们的衣着才变得清爽，我们的心情才变得舒畅……

其实，美和臭放在一起，倒是未必失了美的本色。有些看上去在感情色彩上截然相反的二字词语，或许描绘出的那种情感是别有深意的。就比如家中的各位大仙，其实对老妈的臭美是很"感冒"的。

正如老妈说过的："为何不做个优雅的人呢？"

现在想来，老妈的臭美也是对生活的一种热爱。臭美，也是一种生活情趣。面对生活这面镜子，老妈选择展示自己光鲜靓丽的一面，这是爱的绽放，也是对生活的一种积极向上的态度。

因为臭美，所以开心；因为开心，所以幸福。

而老妈……想必就是一个热爱生活、有生活情趣的超级老妈吧！臭美的人，可不都是开心幸福的吗！

（PS：在老妈的臭美熏陶之下，我也有些被同化了……经常在镜子前整整衣冠……嗯，是不是我也开始对生活充满百分之二百的爆棚信心了？呵呵！）

发表在《读写舫》中学版 2014 年第 7、8 期合刊

《中学生报》2014 年 12 月

雨中，那浓浓的爱

当那黑色的身影奔跑在雨中，我仿佛看到，那浓浓的爱。

——题记

雨很大。天空阴沉，闪烁着诡异的光。我站在学校旁的银行门口，边避雨边焦急地等待着。

"唉！怎么还不来？"我暗自埋怨着。好多次我都提出自己上学，但你总是不同意。"这一路车太多，很危险，我不放心，况且我上班也顺路。等上高中你再自己走吧！"可现在……看看表，已经过去十分钟了。以往只要我放学出来，准能看到你站在校门口等我，今天怎么回事？"真是的，有事儿也得先通知一声吧！"心情或许是被这糟糕的天气影响了，我低声埋怨着。

十五分钟过去了，二十分钟过去了……

当我打算自己走回家时，眼神突然一凝，不远处，一个黑色的身影正在一路小跑着向我奔来。

"哈哈！"我兴奋极了，但同时也带着些不满，"为什么那么晚啊？你不知道我等了多久吗！"

你的黑色运动服已然湿透，抹着头上的水，笑道："对不起啊，学校今天下午突然开会，这次会很重要，不能提前退场来接你。儿子，你没事儿吧？有没有被淋到？衣服湿了吗？……"

听着你一连串急促的话语，我心中仿佛被什么东西狠狠地敲打了一下，猛然升起一种惭愧、一种负罪感。不说你来晚有因，你不顾自己先问我的情况，便让我先前那种不满一扫而光，取而代之的是一种感动。这种感动令我在不知不觉中竟有些泪眼模糊。

"今天下午我没带伞，因为走得急，我也没来得及跟同事借一把，你等着，我到对面的超市买把伞，不然会把你淋感冒的……"你抚了把额前湿漉漉的头发急急地说着，还没等我反应过来就跑进雨中。看着雨中你奔跑的身影，我心中一痛，牙齿紧咬嘴唇，忍住了在眼眶中打转的泪。

"有伞了！走吧儿子！"你兴奋地在一旁给我打着伞。看着你潮红的面庞、湿漉漉的头发，那种强烈的负罪感又涌上心头。你为我付出了那么多，而我，却在不久前还埋怨你！我垂下头，内心充满了懊悔和沉重。

雨，肆虐地下着。你把伞使劲地往我这边倾斜，一边走，你一边又开始滔滔不绝了。这往日听起来感觉很不爽的唠叨和问话，此时在我听来，却变得那么亲切，字字句句都充满着浓浓的关怀！我认真地答着，心田早已被爱所滋润。虽然下着倾盆大雨，但心中却被浓浓的母爱包裹，没有半点冰冷，雨水将我的衣服打湿，但我心不湿！唯有你对我的真切感动。

我紧紧地抓住你的手。你惊诧道："咦，以前你不是总觉得自己长大了，就不愿跟我拉手了吗？怎么……"我无言，手更紧，用我热乎乎的手去温暖你被雨水淋湿了的冰凉的手……

忘不了——

雨中，你那浓浓的爱。

发表在《青少年日记》初中版 2014 年第 5 期

我会记得

我的心里，住着一位小天使。

从很小很小的时候起，从第一眼看到文字的时候起，心中的小天使，就欢呼起来，雀跃起来了。于是，我便打定了主意，一定要做一个书写文字的人。在午后，穿着一身家居服，坐在窗边，晒着暖暖的阳光，品一杯咖啡，码出属于自己的、带着特有的墨香味的文字……多美的意境啊！

我心中已经有些迫不及待了——便第一次用自己稚嫩的小手，颤巍巍握着笔，书写了第一篇青涩的文字。我觉得，这就是我的骄傲！

"妈妈！妈妈！我心里的小天使更开心了！"

"傻孩子……你要让她永远开心下去啊！"

母亲笑着摸摸我的头。我眨眨大眼睛，一副似懂非懂的样子。

从此，我开始了我的写作之路。从二年级开始，我就不断地在报纸上发表文章；在四年级时，出了一本书；之后一直笔耕不辍……我觉得，我心中的小天使，变得越来越快乐,越来越兴奋!

但是……

"好累啊……"伸了伸懒腰,我长舒一口气,望着面前的一大堆作业。升入初中后,作业在一夜之间骤然增多!它仿佛一座山,压得我喘不过气来。每天都有太多的作业,周末还要复习、预习……每一天都安排得满满的,几乎没有时间来进行我的小说创作了!

慢慢地,我心中的小天使逐渐淡化了,消失了。

而我,也没有了梦想,没有了动力,只是麻木、机械、呆板地生活着。

那是一个午后,午睡醒来的我正在书橱里找作业本。突然,我发现了一个本子。本子不厚,看上去很新;封面是一只小熊,正咧着嘴笑。

我不禁挠头了,这只小熊,看上去很熟悉,只是……想不起来啊!

翻开本子,我愣住了。里面的笔迹非常青涩,非常稚嫩,但透露着一种纯情,一种天真。

下面是母亲的笔迹:开源于 2005 年 8 月 2 日第一次作文。

啊,这是我第一次写的文章!连忙细细地读文字,不禁咻咻笑了。那时的文笔实在稚嫩,但表达出了一个天真的梦想:长大后要当作家!

看完,我缓缓凝立。心中的小天使,多久没有再听到过你的笑声了?你,离我已经多远了?

心中的小天使,不知何时重新浮现,微笑着:"没关系,一切都能从头再来。只要回归自然,拥有一颗纯真的心,坚持不懈地努力写下去,就能实现梦想!"

"轰——"我的被封闭的心仿佛裂开一个大洞,阳光疯狂地普照着黑暗已久的心房。同时,我也恍然大悟:那只封面上的小熊,是小熊维尼啊!

对,我一定会永远记得我的梦想!

从此,我便努力地挤出生活中的点点滴滴的时间写作:"为了我的梦想,努力!"

……

"妈妈!妈妈!我的小天使一直很开心啊!"

"傻孩子……你要让你的小天使永远开心下去啊!"

"放心吧……妈妈!我一定会永远记得我的梦想!我要实现它!"

发表在《青少年日记》初中版 2014 年第 4 期

送我一路十里花开

我有一个很奇妙的老爹。怎么个奇妙法呢？就像寒冰与烈火的结合体……不，就像大蒜和香油的酱泥一样，散发着诱人却又刺激的新鲜味道。

老爹一直喜欢唠嗑，从古代神话典故到现代科技知识，从旧朝陈年老史到未来世代更迭，凡所应有，无所不有。当然，撇开这些和我们生活关系不大的东西，他最常挂在嘴皮子上的还是一些我们"耳熟能详"的话……果然再神奇的人也会被名为生活的大网捆住啊，他有时会叹息着摇摇头，做出一副老气横秋的样子以反衬自己的年轻……

不管是在家里吃饭，还是在出游的火车上，老爹同志只要一寻觅到空闲的气息，就像一头灵敏的小兽……比喻好像不太恰当，咳嗯……一样，翻动两片嘴唇，字句开始从他的喉咙里快速地蹦出来。内容嘛，多是根据眼前的事物现场发挥，或是对我们生活上的一些不足之处做出批评教育。当然，说得最多的还是我和哥哥两个男子汉要承担起生活的重任振兴家庭balabala……起初我们还蛮有兴致地听着权当评书，但自从老爹每说一句话我们就能轻车熟路地在心里对上下一句话之后，这种小型会议就成了一种煎熬。每次看着老爹的两片嘴唇上下翻飞，我们都双眼无神目光呆滞地坐在那里，一副生无可恋的表情。但老爹似乎格外喜欢对着我俩展示他伟大的表达能力，导致我们的耳朵经常被强制性灌入一些早就消化过千万遍的东西。而最为惨痛的是，每一次发表长篇大论之前他都会狂饮一大口被他自己当作烈啤的茶水来蒙蔽、告诉自己酒量很好，然后信誓旦旦地告诉我们这次只讲五分钟！然而当时间一分一秒地流逝，我偶然间抬头看见墙上钟表已经过去了半个小时，而老爹同志仍然像个永动机一样不停地做功的时候，我告诉自己……恐怕我这一生也无法忘却老爹教诲的这些金玉良言了。

自我感觉老爹的唠嗑虽说槽点满满，但也得说些好是不是，不然再这么黑下去，嘿嘿嘿……嗯，扯远了。不过说起来，每次和老爹回老家的时候我们全家人都感到脸上有光面子倍儿涨。原因嘛……大概就是老爹释放出了无敌的人格魅力闪光弹……哦不是，而是老爹的人格魅力征服了所有人。老爹兄弟四人，他是老幺，但说来也怪，偌大的家族里不管谁有个什么事儿第一时间都会想到最小的老爹，而不是他那三个路人甲乙丙的哥哥……不管是孩子上学考学选专业恋爱结婚给孩子的孩子起名字还是别的什么事情，事无巨细都会第一时间报告到老爹这里来，以至于他有段时间就像军情六处的情报员一样放下这边电话就接起那边的，气儿都不带喘一口。有时候我俩看着忙得马不停蹄的老爹同志，总是思忖老爹这样日理万机是不是就要晋升国家主席才用这种方式来磨炼自己处理事情的速度呢？不过不管怎么说，老爹把这些问题还都处理得蛮好，也因此赢得了整个家族的尊敬……哦不，崇拜。所以当我们作为英雄家属莅临现场的时候，总是会在欢迎完英雄之后得到一些零落下来的依稀的掌声……也算是挺满足了，嗯。

在一个月黑风高的晚上，老爹以一副葛优瘫的样子心满意足地瘫在沙发上，刚刚开完会但还不过瘾的他心里估计琢磨着如何再继续施展自己的过人口才。这时伴随着一阵诡异的铃声电话骤然响起，他鲤鱼打挺一跃而起一把抓起电话，上面赫然显示来电者：小狗蛋。

这个小狗蛋又是何许人也？在农村，许多人小时候都有自己比较土气的小名，据说是因为什么什么的……而这个狗蛋哥哥是老爹的一个侄儿，刚大学毕业不久。这个电话把我们一家人的注意力都吸引了过去，大抵是因为狗蛋哥哥的声音太大太急，就连在隔壁房间的我们哥俩都隐约能听得清楚，不由担心老爹耳膜的安危。似乎是有什么急事儿吧，那个在印象里总是笑得像一个狗蛋……不，笑得很和煦的狗蛋哥哥此刻听起来是那么焦躁不安。随即我们的心也燃起了焦急的烈火，忍不住想一跃而起变身超人飞到他身边帮忙……这时老爹淡定地听完狗蛋哥哥的叫喊声之后说了一句："嗯。"之后就没了声音。我和老哥对视一眼，心说莫非是问题太过严重导致老爹的脑筋转不过来一时当机了？就在我们刚刚打开房间的门向外看，却一眼瞧见从对面的房间伸出头探听的老妈时，老爹依旧淡定地开口了，说出的话一二三四井井有条层次分明，而且最重要的是还似乎颇有道理的样子。但我们都对视一眼没有太大的吃惊……开什么玩笑，要知道老爹可是能临场发挥给我们开上数个小时会的男人啊，这点小事能难倒他？不过这不是高潮，老爹说完之后电话那头就没了声息，正当我们再次面面相觑时电话那头传来声音，这次我们都听得很清楚："叔……你刚才说的那几条是不是从哪本书上找的给我读的啊？"

自从那之后，我们又从侧面发现了老爹的强大之处……也对其光辉的人格更加敬佩了……咳咳。不过自从我上了高中，学业比较繁忙，再加上老爹在我初中毕业那个暑假主动请缨前去贫困地区支教，我们一直也都是聚少离多，这种家庭会议自然也就很少开了……不过主要原因大概还是老爹在课堂上对着那群可怜的小学生已经把想说的都说完了吧，呵呵！不过不管怎样，这段时间以来多少次午夜梦回，衣服已经被冷汗湿透，大口地喘气，梦见之前开会的种种瞬间……仔细想想，突然又有点思念呢。

老爹平日里最爱唠嗑，而唠嗑的时候，最爱谈俭。他很"抠"，有时候抠得让我们目瞪口呆。据这位同志所说从小就养成了节俭的习惯，因此一直保持下来，但这种抠也曾经把我们虐得欲仙欲死，死去活来翻来覆去生无可恋。之前上初中的时候，我和老哥每次都是一甩袖子出门去，结果回家来却面对着老爹一张乌黑乌黑的脸，我们俩总是一脸莫名其妙莫非老爹是去了非洲一游不成？到最后我们才搞清楚，老爹总是在我们走后来到房间中盯着尚未关上的插座满脸阴沉半晌不发一言。恍然大悟的我们很是惊愕地询问当事人老爹你这么抠干吗呀？开电源也浪费不了多少钱啊！老爹闻言长叹着摇摇头，先有感而发这一代年轻人如此不懂得生活的艰辛困苦，直到我开始后悔询问老爹事情的缘由再到我开始逐渐怀疑人生。老爹终于停住了嘴巴，估计是看到我们一脸绝望之色，又开始了一段新的讲话。本次讲话以为什么要保持节俭为主旨，对我们的做法行为进行了深刻的探讨，通过对老爹幼年时期节俭行为的回忆，来从侧面说明我们浪费行为的错误，表达了老爹对浪费行为的痛恨、对节俭的赞美以及对我们的苦心……嗯，上面一段无视就好了，语文题做多了就……咳咳。不过老爹确实意味深长地告诉我们不是心疼钱，而是要让我们养成节俭的良好习惯。且不说我们有没有深刻地理解体悟并且做到这一点，不单单拿老爹来说，这种意识已经在他的骨子里生根发芽了。不只是出门随手关电，包括吃饭问题、用纸问题，甚至连上个厕所都不肯用自带的抽水系统非要用废水冲厕。每每看到我们不解无奈的眼神，他都会长叹一口气，把我们拉到卧室，再次探讨一下人生，最后告诉我们，节俭这种东西，怎么搞也不会过时。

当然，老爹不是真正意义上的抠门。他有句口头禅是该抠就抠，不该抠的时候一定不要抠……正如他的至理名言，在需要"浪费"的地方，这位可歌可泣的同志也从未吝啬过半分。就拿最让我感到震惊的一件事情来说，曾经许诺过无数次带我们出去旅游但最终都是无疾而终的老爹，在我初中毕业的暑假里的一天午饭时拉着呱，突然眼前一亮，提议带我们出去旅游一番增长见识。我和同胞们顿时嗤之以鼻齐翻白眼表示无法可想，并同时提醒父亲同志你从小学就答应的爬山到现在还没兑现呢！结果没想到吃完饭老爹就出了门，回来攥着四张高铁票，紧接着收拾行李，一家子浩浩荡荡出门，直到坐在高铁车上，我还没缓过劲来——卧槽？这还是我的老爹吗？这还是我那个一向只说不做而且格外"抠门"的老爹吗？要知道四张火车票就近两千块钱了啊！之后老爹也应景地表示确实蛮肉疼，不过为了增广我们的见识还是应该大义灭钱云云。虽嘴上这样说着，我却在他的眼中看到了些许笑意和温暖。

当然，老爹不仅对我们杠杠的，对偏远地区的学生们也爱心满满，真是如同亲生父母一般哪……啊……老爹站在讲台上，面对着一群瞪大眼睛渴求知识的孩子，心中格外感动，多好的孩子啊。他发现有一个孩子入冬后一直仅穿一件旧秋衣和破外套，就专门进行了家访，才得知这个孩子是个孤儿，跟着 90 多岁的奶奶生活。大冬天的，老爹他的脸上结起了些许冰碴（流泪）。老爹这次没有抠门，悄默声地去给那个孩子买了一身新衣。相信当老爹看到眼前的孩子满脸真诚笑容的时候，他的心里也一定是喜悦的吧。不仅如此，老爹为了鼓励这帮孩子学习，自费购买学习用具作为奖品；还专门跑去商场给那群小学生买了大包小包的吃的喝的带他们一起办元旦联欢会……听着老爹的叙说，看着老爹脸上露出的真心的

笑容，我真的无法再吐槽……

唯有祝福。

老爹有时或许会脱线一点，或许会正经一些，但始终有一点是不会变的——那就是作为一个中年男士所自带的具有强大魅力的成熟与稳重感以及一举一动之间的老练态度——简单来说，就是一个老男的闷骚啦……咳咳。

老爹给予我的益处自然是怎么也说不完的。若是将来能有幸做一个细碎的梦，有幸唱一首悠远的歌，有幸行一路十里花开，心中总会忆起一个人，一个以一种别样的方式引领我前进的人。老爹就是这样一个人，在这温暖的时光里带给我一些值得回味的时光。

吃饭众生相

这世上什么众生相都有：电梯众生相、看书众生相……今天，咱就来讲讲"吃饭众生相"。

风卷残云——老爸

"唰唰唰唰唰！"亮室中，一个身影正手臂急动，不知在干什么。"唰！"他抽出一张纸巾抹抹嘴巴，抬起头露出一张中年人的脸庞："真是酒足饭饱啊！"

"呃！老爸你这就吃完了？"我望了望老爸空空如也的饭碗，再看看自己还剩

下多半碗的面条，这差距……啧啧。

"当然！你不知道我吃饭一向是风卷残云？！"老爸哈哈笑道。

老爸吃饭有两绝：一绝：速度快。他抄起筷子，手臂连闪，那速度快得只能看到幻影，几下子半碗饭下肚了。二绝：容量"大"。别看平时老爸的嘴巴不大，其实他是"不显山不露水"，吃饭的时候发起飙来才叫一个猛，嘴巴里的容量那可叫"宰相口里能撑船"，一口下去一碗菜就能少很多。每当我们才吃了半碗饭，老爸就吃完了。呵呵，你也能猜到我爸爸是什么性格了吧？对，就是有些火爆，但做事雷厉风行！

纵观全局——老妈

老妈吃饭可不像老爸那样风卷残云了。她吃饭可是纵观全局，一看谁那儿菜不够了汤不够了……就立刻援助，又是倒汤又是盛菜。因此，只要老妈一开始让饭，我们就立即捧着饭碗躲得远远的——不然老妈自己就没得吃了。哎？这不活脱脱一个喜欢帮助他人的"古道热肠"的三旬妇女吗？

细嚼慢咽——老哥

要说起我们家吃饭最牛的人，百分百属于老哥。因为老哥吃饭，就讲究一个字——慢。缓缓地夹起一根，各位看官，可要注意了，只是一根！面条送入口中，老哥闭上眼睛细细品味，一副陶醉的神情。等他吃完一根面条，我们已经吃了四分之一碗。就算有时候上学起床晚了，我在那里心急火燎地吃，老哥还是慢条斯理，细细品味，那架势看得我不禁一阵汗颜：恐怕后面有追兵拿枪扫射过来，他也依然会岿然不动吧？但通常当我们都吃完只剩老哥一人"独坐小餐桌"时，老爸就会路见不平一声吼："你给我吃快点儿！"老哥浑身一震，眨了眨眼睛，就像换了一个人似的，嗖嗖地吃，那速度简直能与老爸比肩了！但一会儿的工夫，就又"蔫儿"了下去……哈哈，老哥的性格就是——慢！

固守城池——本人

本人吃饭那是最平常的了。吃饭伊始，先把老爸老妈老哥都让一遍，然后就开始自己吃饭。但是，要说起本人的"反让法"，恐怕爸妈哥都自叹不如吧？哈哈哈哈哈！每当老爸、老哥和老妈"大举侵犯我饭碗边境"的时候，我就会奋起反击，而那可怜的菜不是被挤到桌子上就是返回故乡。我厉害吧？"即使两败俱伤，也不能让敌菜侵犯我碗边境！"这就是我在"饭场"上的格言。"固守城池"也"固若金汤"！

呵呵，瞧，这就是我家的"吃饭众生相"了。在碗筷交错中，每日上演精彩纷呈的生活喜剧。

发表在《学语文之友》初中版 2014 年第 9 期

《中学生优秀作文》2013 年第 3 期

我的"空调情结"

从小，我就对空调有着独特的爱。夏天每天必开空调，调到最低度，冷风飕飕地吹来；冬天我也要开，开到最高度，热风徐徐溜出。空调几乎成了我夏冬的必备之物。

"老妈，我要开空调！"我义正词严地对老妈说。"行行行！"老妈一脸无奈。因为老妈知道，只要不同意我就会死缠硬磨地泡着她。

我挥舞着双臂跑回卧室，拿起遥控器"滴"一声打开了空调。"欧拉拉欧拉拉……"我站在空调面前跳舞。这就是我夏天每天必干的事情——开空调。

在夏天炎热的太阳暴晒下，即使缩在房间中寸步不出家门，"锋利"的阳光也会钻透房顶来房中"做客"，而且我们家还是住在顶楼，我又是个"汗人"，因此如果有几分钟不开空调我就会浑身燥热，在床上翻来覆去，身体汗汗，两股战战，几欲先走。这也是老妈这么爽快地答应开空调的重要原因之一。

但是，在夏天也会有意外发生。

有一天早晨起来，我随手点击遥控器的开关——

……

我大惊："怎么回事？也没关插排啊？怎么？"我连忙打开灯——没亮。

"停电了！"这短短三个字像一声巨雷，狠狠劈在了我那"脆弱"的心灵上。"啊！那我今天该怎么过啊？"我哀号着。

下楼去看，在传达室的黑板报上明明白白地写着：从早晨 7 点至下午 5 点停电！

于是当天下午来电的时候，我已经躺在床上，神志迷糊不清，嘴角微微抽搐，浑身是汗，热得连站起来的力气都没了！

可想而知，夏天我是多么需要空调了吧？

但到了冬天，我的"空调情结"就更加与众不同了。一到冬天冷得不能再冷的时候，本人就会拿起空调遥控器，打开空调调到最高温度——这样，一会儿卧室里就暖洋洋的了。

大家肯定也有过这样的经历：暖气没来，可窗外已是大雪纷飞的世界，雪花飘落，看着看着浑身就凉透了。恐怕大家的做法和我一样吧？我迅速缩到被窝里只露出头，在身上盖上好几层棉被，身子呈球状，还不断向手心里哈气取暖。但自从第一次被雪花打得大败而回后，我潜心研究，发现原来在冬天，把空调开到最高温度也可以取暖！有了这项"发明"后，每当雪花纷飞时，我就会打开空调，就再也不用做缩头乌龟啦！

说实在的，我发现我最依赖空调的，既不是在夏天给人的凉爽，亦不是冬天给人的温暖，而是——那嗡嗡的声音。

声音？大家都很奇怪了：怎么还喜欢空调发出的声音？

没错，那声音在本人听来，简直是天籁啊！

我也曾追根求源探寻过我为什么会喜欢空调发出的声音，原因却让人大跌眼镜——因为我从小就开空调，因此那嗡嗡的声音已在我的脑海中留下了深刻的印象。我对空调声音的喜爱，甚至达到了这天籁哪天听不见，我耳朵就会奇痒无比的地步！

呵呵，这就是本人的"空调情结"。你的情结是什么呢？看完此文，请拨打电话号码××××××××××，告诉我你的情结吧！

发表在《妙笔作文》2014 年第 8 期

时光留痕

我的 2016

站在岁末的街头，处处洋溢着结束与新生的喜悦。空气中似乎也能嗅到些许旧年新岁的味道。

不知不觉间，2016 已经悄无声息地从我身边走过。年初时生的那场大病还历历在目，却已然要跨过整整三百六十五天与下一个你相见。枝头的柳芽嫩了又绿，绿了又枯，直至几个月后再度绽放生命的新芽。

天空上的云厚厚薄薄涂了一层又一层，大地上的人来来往往变了一次又一次。每一年有每一年的感悟，每一年也都有每一年的收获。或许今年不是收获最多的一年，但 2016 年却是我生命中目前为止最重要的一年。

去年底，一声咳嗽引出了一段催人泪下的往事。在一个周六的晚上，我的咳嗽声划破了长空。周一我就没去上学，卧床咳嗽着一病不起。

之后我就开始了漫无休止的寻医旅程。爸妈带着我奔东跑西，四处给我看病。起初并没有当回事，只去了一家以前常去的小诊所，说是并不打紧，开了几服药。没想到过了一周多还是没有明显的好转，似乎还加重了。爸妈立马带我去市里的大医院，几个大医院都跑了一遍，却得到几个不同的结果。那就去省里的医院吧！马不停蹄地赶到济南，没想到在省医院诊断的结果又是一种新的病症。看着冠在我身上的几个不同的病症，我们真是哭笑不得。

两个月一晃眼就过去了，在除岁的爆竹声里，我于咳嗽声中迎来了新的一年。或许是新春祛邪的缘故，我的咳嗽也竟逐渐有了好转。最后一次去医院，我们却听到了"是雾霾引起的"这个令人啼笑皆非的答案。

病痛或许是一种在生命拔节时的历练，当崭新的鲜绿呼吸到世界的温暖时，心中荡漾开别样的萌动。

咳嗽还没好利落，刚过完春节的正月初八，为了关键的 15 分中考加分，我又拖着残病之躯跨进了机器人培训处的大门。之前也听说过机器人中考加分的情况，心中一直对这传说中的神秘机器人感到颇为敬畏，觉得似乎是我们凡人不可触摸的高等境界。但是当我看到所谓的机器人就是这么个装着几个机械臂的方块时，我心中的纠结能与谁人言说？

机器人的训练倒也不难，每周去一次，学了一段时间之后，我们开始了系统的练习。俗话说处处皆竞争，机器人也无法幸免。每一次刘老师都露着"阴险"的笑容给我们掐着时间计时，桌子上被我们移动的车轮画出了深深的印记。一次次的突破极限，一次次的谜之笑场，一次次的兴奋激动，一次次的"痛心疾首"……在老师们"你们这样连市一等奖都拿不到"的连番吐槽下，万物生长的春天一晃而过。

多少次放学后和同学坐着公交车说笑着驶向训练基地，多少次训练时咬着牙动着机械臂坚持着配合争取成功，都已经被时间的洪流击成了记忆的碎片深深地埋藏在了脑海之中。省赛第一场入场前和同伴的紧张、互相鼓励的微笑还在眼前挥之不去。当听到我们是全省第一名的时候，一切都好像是那么突然，也好像是那样顺理成章。

挑战始终能带给人们激动与兴奋，不管过程悲喜，不管终局好坏，多年之后回味时，总能有一番留恋与不舍萦绕心头。

还未曾欣喜圆梦加分项，人生中第一次重要的十字路口便横亘在了我和每一个同龄人面前。从刚上初一开始就被老师不断提起的中考，终于真真正正跳了出来，蛮横地拦住了我们。上学的日子并没有凝滞，教室里的欢声笑语也从来没有少过。没有书上写的奋笔疾书，没有别人说的人人严肃，黑板上的中考倒计时就这样在谈笑风生之中带着中考逐渐向我们走来。

真正感受到中考的来临是毕业的那天，因为下雨而不能在操场上开毕业典礼。坐在教室里静静地听着喇叭里级部主任的鼓励与回忆，看着周围一张张格外熟悉在梦里都能笑着喊出名字的脸上写满了复杂而悲伤的神情，这才知道往日里平平常常的东西到了离别的时候才是真正的刻骨铭心。拿着前不久拍的毕业照，看着照片上阳光熹微，一张张绽放着笑容的脸庞，心底里像被攥紧了一般疼痛，将毕业照放在心口，却又颇为欢喜。

是啊，你们一直都在，在我心里，任时光荏苒，岁月如梭，你们也永远不会泛黄。

来不及伤春悲秋，两天后我们就要奔赴考场。中考之前却出奇地平静，并没有什么考前焦虑综合征。站在考场前听着周围嗡嗡的背书声却什么也看不下去，只顾着和同一个考场的同学说着最后的话，互相鼓励，互相开着玩笑变着法子缓解着心底的压力。真正拿起笔面对着试题，中考，不过就是如此而已！上午考完中午吃完饭还有时间拿起手机看看小说的更新，听听自己喜欢听的音乐，躺在床上吹着空调闷头大睡，或许还能做个好梦。

当笔尖在试卷上轻轻划过，一笔一画都包含了四年的汗水与拼搏。一路走来，繁花与凋景都已成为生命中最珍贵的回忆，浓缩在面前的纸张上勾勒着过往。

中考就这样悄无声息地溜走了，痛痛快快玩了几天。当知道成绩的时候，虽没有想象中的特别出类拔萃，但考上我们本市最好的高中还是绰绰有余，一个暑假就在对初中的追忆以及对高中的些许未知的恐惧之中度过。第一天到高中报到决心不再重复初中报到的尴尬。好在高中就算不军训也要在教室里上自习，倒是免去了老师对自己的陌生感。一开学就有几本样刊到手，还小小地让老师吃了一惊。有时候看着教室里的新同学，一张张新面孔，似乎与初中并没有什么太大的变化，每张脸孔却又看上去格外不同。有时候心中会没来由地抽搐，真如初中班主任老张所说的，只有初中岁月才是人生中最快乐、最单纯、最美好的年华，每个人都是一张只写了一个开头的白纸，没有谁能决定未来的方向。学习压力不大，升学时间尚早，我们有充足的时间去勾勒自己的人生。每一个朋友都是如此真挚，每一段岁月都是如此美好。

前段时间盘点了一下今年发表过的文章，惊愕地发现大部分都是我的专版。爸妈倒是很兴奋，我却没有什么很激动的感觉（笑）。是已经习惯了，还是对于发生过的事情来说，这些……已经不那么重要了？

时光悠悠，岁月漫漫，旧年已矣，新岁长长。站在新旧的交叉口，心中百感交集。以这篇文章纪念我的青春，也以这篇文章守望我的未来。新一年发生的事情，无论怎样我们都要尽力去做，尽力就好，只求无悔。但正如那句话所说的那样，未来的事情，谁又能说得准呢？

发表在《全国优秀作文选》初中版 2016 年第 12 期

往来成古念

　　总喜欢在阳光温如细软的时日里啜一口茶，望着夕阳西下的城市边缘静静地木然。稀薄的阳光透过钢铁森林照在我的脸上，眼前仿佛流动着一层淡金色的薄雾。窗外的蝉声陪伴着天上的行云缓缓飘过，荡漾开一点一滴的回忆。

　　鲜衣怒马的年华早已随着时间沙漏的逐渐空虚而消散了。在转瞬即逝的人生路上，一路走来曾遇到过暖暖的微笑，也曾遇到过狂风骤雨的黑暗。曾采撷过路旁野花，也曾惊起过林中飞鸟。曾在时光流水边踌躇感慨，也曾在艰难险阻前毫不畏惧。怀念收获过的如行云流水般的美好时光，也惦念经历过的凄风苦雨般的黑暗岁月。徜徉在记忆的宫殿中，在甜蜜的清风吹拂我脸颊的时候，我沉醉了。

　　静静躺在时间之河的河底，看阳光折射的光线透过水面轻轻抚摸在自己脸上，有一种淡淡的温暖。河面上静静地飘着许多深藏在记忆角落的东西，温暖着每一寸毛孔与血液。躺在水底随波逐流，多想闭上眼睛静静地看着水面的青山巍峨依旧，斜阳的光芒照亮了远山的半个山头，勾画了一笔素雅而沉凝的画卷。

　　喜欢一个人坐在天台上，看远处万家灯火，有时候会静静地思索。时光仿佛一个在岁月里穿梭的行者，既是岁月的缔造者，也是岁月的同行者。在自己衍生的空间里越走越远，无所谓有，也无所谓无。它一路走来，不知收割了多少生命，不知给予了多少新生。它就仿佛一个无情的旅人，四处漂泊吟唱着生命的赞歌。有时嘴角会勾起一抹微笑，默默念诵着属于自己的西天梵音。他时而合掌微笑，时而面露狰狞，最终也归于一片缄默的寂静，仿佛尘埃散落，在空中凌乱成寂寞的痕迹。

　　这仿佛川流不息的绵长的逝水终将在每个人的心底刻下永不磨灭的痕迹，不管是伟人还是平民，不管是男子还是女人，又或是君子还是小人。但不同的是光辉者在时光的沐浴洗礼下更加灿烂与明亮，但黯淡者却随着光阴的消逝而化作低微的尘埃俯首在大地上。这段逝水仿佛一个绝精绝妙的画师，蘸着浓墨重彩的画笔轻轻一挥就勾勒出世间芸芸众生的轮廓，恍若女娲造人般，在作品身上涂抹着光阴的痕迹。有的人手持梦想，也只是画师闲来无事所做的点缀罢了。

　　光阴的流逝似乎能改变一切，在时间长河中世事也不断变迁，正如那句话所说的："相传胜利者总是手持正义，只不过正义总是被胜利者定义。"而时光就站在浊世之外，静静地俯瞰着这世间的一切，就仿佛一个慈祥的母亲看着自己无知的孩子在独自玩耍，眼眸中透露出慈爱温柔与无奈。

但我一直以为，时光能改变一切，创造一切，毁灭一切，但终究改变不了自己的初心。它就仿佛新春的嫩土中钻出的嫩芽，虽然羸弱，却坚挺，任凭风吹雨打，兀自不变初心。

天际线将最后一缕阳光吞噬殆尽拉上黑夜的帷幕。天空中点缀了星星点点的银饰。我拍拍身上的尘土站起身，心中仍然在思索着：这些来自万亿年之前的光芒，是否也会在时间的洗礼下被逐渐销蚀呢？

发表在《美文》青春写作版 2017 年第 3 期
《作文与考试》高中版 2016 年第 10 期
《散文诗·校园文学》2016 年第 8 期

老 屋

早就知道要与这栋老屋别离。

就好比一年一度的毕业季，每个人都走到了人生的十字路口，一路走来相遇相识相知的过程，想来是那么亲切与温暖。当时只道是寻常，曾经满不在乎的过往，如今都成了记忆中泛着荧光的流苏。

夏日的夜里，一个人侧卧在床上回忆着过往的点滴。窗外雨声滴滴答答地敲打着窗棂，正如墙上挂表的分针嗒嗒地走过，倒数着这间屋子与我之间的羁绊。一段段悲苦喜乐在我眼前回溯，时而感动，却又忍俊不禁。

记得第一次踏进老屋的时候，幼小的我一不小心磕倒在地上，膝盖上勉强结疤的旧伤口再次绽放。望着鲜血淋漓的伤口，听着爸妈安慰的"开门红"，我止住了在眼眶里打转的泪水，满屋子撒起欢来。

有一天，爸妈外出，我和哥哥玩性大发，在卧室雪白的墙上画了满墙的涂鸦，我俩兴高采烈玩得昏天地暗，当了一下午的"艺术大师"，全然忘记了时间和空间，直到被回家的爸妈发现。我俩得意扬扬地站在床上，指着满墙的"惊世之作"，挥着沾满颜色的手向爸妈炫耀，本以为会得一通奖赏，没承想却看到了两张因愤怒而扭曲的脸。"料理"完我俩后，老爹老娘却看着满墙涂鸦麻了爪子，终于还是去商场买了墙纸回来，细细密密地张贴铺好，这才算告一段落。那天晚上下起了大雨，雨疏风骤，我们俩坐在饭桌前默默地吃着早已冰凉的芹菜鸡蛋饼，心中泪流，总觉得贴上的墙纸远不如我俩的大作抢眼。

一直喜欢在吃饭时细嚼慢咽，盯着碗上的缺口发呆，直到嘴中的饭粒嚼成了一团食糜才吞入腹中。这只有缺口的碗在家里很久了，久到我都不知道它是什么时候入驻的。因了它的缺口，老妈曾想扔掉，而我却觉得它与众不同极有个性，便"强行"挽留，并使之成为我的"御用碗"。"御碗"在手，它独特的缺口常入我的"法眼"，一个个奇诡的形状在我的脑海中迅速勾勒起来，饭也因此觉得更香了。

其实老屋里最具个性的，当属那台洗衣机。听老爹说这台洗衣机的年龄比我都大，上面斑驳的掉了漆的颜色，涂抹了些许岁月的流沙，如一位沧桑的老者。作为电器，它可能不太胜任工作了，因为每至脱水时，它总会发出巨大的声响，就仿佛一百架加特林同时开火的铿锵声。记得第一次听到这声响时，我正在书房学习，当时的我吓了一大跳，心想难道是谁在连发机关枪不成？冲出书房时，洗衣机旁已是家人团聚，都不由得被这奇特的声响搞得捧腹大笑。爸妈也曾因此多次筹划过更换一台新的，但看着这位朴实的老友，总是情感战胜理智，终究是没有忍心"下手"。以至于后来时常在听到这位老友铆足了劲迸发出轰隆声响时，总是会心一笑，竟也对它有了感激之情。

多少个夜晚，我曾在那张熟悉的书桌上奋笔疾书？多少个清晨，我曾在那张不大的床上悠然转醒？多少个正午，我曾在那张掉漆的餐桌上吃得酣畅淋漓？老屋见证了我们每一个人的成长，我发表第一篇文章的激动，姥姥得病时母亲的啜泣，爸爸赚到第一笔外快的惊喜……我们的喜怒哀乐都被老屋深深地镌刻在身体里，一笔一画地勾画在水泥中、砖块上，描绘着岁月不老的痕迹。

八年，两千多个日日夜夜，无数次风吹雨打日晒，老屋始终像一棵大树张着宽厚而温暖的树荫，庇护着我，庇护着每一个住在老屋里的人。

刚刚离开老屋的时候，时常会在脑海中蹦出它的痕迹。它一直伫立在那片角落，静静地注视着我。我抬脚离去，总觉背负了它热切而期待的目光，在我的心湖激起些许的涟漪。离开许久，走出很远，总觉得心还在老屋里徜徉，总觉得还睡在老屋的床上，嗅着枕头上熟悉的荞麦皮的味道。午夜梦回，不禁泪流满面。

回忆是不能被抛弃的，一个没有回忆的人就如同没有水的鱼，没有翅的鹰。每每踏入回忆的殿堂，徜徉在老屋的温暖与舒适里，泪水打湿了微笑的唇角。或许随着时间的变迁、岁月的消逝，老屋也会被我逐渐遗忘在尘埃的角落里。但每当我在犄角旮旯之中寻得一丝半点关于老屋的记忆，总会心头一颤，让这美丽而又芬芳的回忆在我的世界里氤氲、荡漾。

以前住在老屋里，今后，老屋却是永远住在我的心里了。

发表在《全国优秀作文选》高中版 2016 年第 10 期

《中华活页文选》高中版 2016 年第 11 期

追溯最美年华

夜空中繁星点点，温一壶茶捧在手心。静静地看茶烟在空气中氤氲成袅娜的形状，在心田中勾画出美好的印记。有一段时光，柔软得像素云，记满回忆的徜徉，让你在人生的路口徘徊留恋。光阴在我的生命中吹奏着婉转悠扬的骊歌，直到云烟散尽，余音袅袅，仍然不变初心。

还记得当年稚嫩的脸庞，晃眼间鲜衣怒马踏花而歌的年岁却早已不在。四年时光好似时间长河中的一颗沙粒，在心头荡起微微涟漪，充盈着记忆中的每一个角落。那年秋天还在感慨距离会考还有多长时间，眨眼间却在为中考而挥洒汗水；那年夏天还在憧憬中考之后的暑假玩得有多么疯狂，转瞬间却在为未来而唏嘘担忧。我们站在人生的岔路口，望着辉煌的未来却在留恋过去的温暖与轻狂的过往中不肯离开。大概永远无法明白什么才是真正的分别，泪水涌上眼眶却不知道用什么来安慰。

还记得四年前我们的音容笑貌，一颦一笑都在时光的磨砺下凝成永恒。从相遇相识再到相知，我们的微笑早已泛滥成花。每个人都有属于自己的一段风花雪月，我们就在这段青涩的年华中邂逅。窗外的柳树夏盛冬枯轮回反复了几番寒暑，我们也在岁月的流逝中悄然成长。初中四年，有感动也有悲伤，有欢乐也有彷徨。多少次灰心丧气，却始终抬着倔强的眼神，一如既往地凝视着远方黎明映射的微光。

感谢能在最美的年华遇见最好的你们，在我的青春相册上勾画着温馨的轮廓。多少次课间嬉戏打闹时的欢声笑语充盈在耳边，眼角也早已被一起努力一起进步时带给自己的感动充满。你们与我一同走过这个被称为"惨绿少年"的生命春季，让我的世界春暖花开，千万树繁花吐艳，我的青春芬芳满园。永远不会忘记深埋于心底的同学情谊，即使时光飞逝如白驹过隙，我也会在每段春季的清晨，将这捧陈酿洒满心中的每一寸角落。

感谢能在最美的年华遇见最好的你们。你们的双眸灿若繁星，装的都是对我们若子般的爱啊。"一千个人的眼中有一千个哈姆雷特。"在我的眼中，你们承载着我的青春最美好的祝福与期待。严厉的话语温暖着我们的心，鼓励的眼神使我们心底的喜悦仿佛繁花般盛大绽放。感谢你们，让我的青春旖旎了一个盛夏的繁华。恩师情如山重，温软了心头的一池绿萍。

岁月迈着轻巧的脚步与我们擦肩而过，低声吟哦着艰涩隐晦的歌谣。天空倒映着荡漾的笑容，从头到脚的每个毛孔都散发着别离的气息。时光用无形的双手编织出命运的轨迹，让我们一笔一画描摹在流年里。"多情自古伤离别"，让我们在成长的道路上且行且歌，以日夜笙箫祭奠我们的四年。兴许多年之后，我们在记忆的殿堂里重拾这串华美的宝珠，眼眸中晶莹在不断闪烁，正如我们这段最美的青春。岁月清浅，时光依旧，我们从容微笑。

下一个夏天，教室里仍会坐满了人，但不再是我们。遥想大家初次见面的那个夏天，在四年之后却终究要轻轻放下。午后的微风缠绵着拂过耳畔，我们却即将告别一段纯真的青春，一段年少轻狂的岁月。在这段时光里，星光下的夜晚，似乎也温柔如风。

青春终要散场，我们等待着开始新的旅程。逆着回忆，轻轻地割舍痛的离别；迎着阳光，勇敢地开始新的梦想。每一次结束都是一个新的开始。挥别昨日的自己，让过去与这段青春一同随风飘散，化为纤尘在天空中羽化成虚无。天很高很蓝，路很宽很远，我似乎已经闻到了栀子花开的香气，就着一段似兰斯馨的温暖时光，在滚烫的心田之中酝酿，升华，氤氲了人生中最盛大的筵席。

发表在《青少年日记》中学版 2016 年第 10 期

成长的"小说"

当第一次拿起笔的时候，我在想：该怎样构思一个故事呢？

记得第一个在我脑海里成形的，是追捕食蚁兽的故事。那时候我年纪尚小，天真地以为食蚁兽吃蚂蚁就是大逆不道的举动，应该受到法律的制裁！怀着满腔的写作激情，我抓起笔用稚嫩的文字写下了一篇蚂蚁家族的成员无端失踪，白猫警长成功将吃蚂蚁的食蚁兽捉拿归案的短篇小说。大功告成，当我捧着这篇真正意义上的处女作激动地拿给爸妈看时，妈妈却哭笑不得："傻孩子，食蚁兽本来就是吃蚂蚁的啊！"

我听了浑身一震，虎目生威，怒发冲冠……接着顿时沮丧起来。敢情我写的这么多字，全都成了乌龙？

后来在学习中，我渐渐懂得了一些写作的知识，也增长了见识。我写作的雄心未泯，决定挥旗再战。二年级时，翻看着手边的《英雄赛尔号》，我心中突然冒出了模仿写作的主意。看过的小说，觉得不满意的情节，自己变动，让自己满意，这个主意多好！真是不留遗憾啊！我说干就干，拿起笔就在本子上写下了大标题"赛尔号 GO！GO！GO！"，还用笔细细描了一遍，内框涂黑，很是郑重其事。看着满意的书名，我在下面郑重写下"范开源著"四个字，带着写作的热情开始奋笔疾书。

但很快，在金庸武侠小说改编的电视剧的影响下，这个本子迅速被我抛到了九霄云外。我如饥似渴地看着一部部武侠电视剧——《神雕侠侣》《射雕英雄传》《天龙八部》……随着其中的情节起伏而或喜或悲。那天，我看到一个我心爱的人物却凄惨死去，悲伤的同时心中冒起一个念头：何不自己改编一下这些电视剧本，套用里面的一些人物和情节，来写一部续集呢？这样，写好之后，说不定还能拍成电视剧呢！一念之下，我顿时感觉人生又找到了新的方向，充满斗志地誓要书写人生新的篇章。说干就干。没曾想我刚刚在本子上写好题目和人物介绍，就到吃晚饭的时间了。吃完晚饭，坐到书桌前，再次拿起笔，顿时感觉自己整个人都不好了，——写作热情不知何时降到了冰点。我翻开本子看了一眼半小时前写的东西，再也找不到当初的感觉了。悲伤的我把这一切都怪罪在那顿晚饭上，导致此后好长时间我都没再吃晚饭。

那个假期的上午，在被老妈严词拒绝拿休闲书进厕所之后，我只好含泪随便抽了一本《小学语文经典读本》奔进厕所。在厕所里我正左右环顾抓耳挠腮闲得无聊时，目光突然瞥见摊开的书页上有一个"错高湖"的标题，顿时被吸引住了。看了半天突然下定决心，就以这个为主题，写一篇小说！我迅速冲出厕所不顾饭桌上令人垂涎欲滴的饭菜，"神一般地"打开一个本子飞快地写了起来。当我第二天早晨醒来发现我的写作热情仍然没有消退时，我不禁热泪盈眶地赞叹这篇《错高湖》的作者真是"神一般的男人"。

为这篇八千多字的错高湖水怪的小说画上最后一个句号，我的心里充满愉悦。这是我第一次成功写完一篇自我感觉十分良好的小说啊！虽然我的手写字体似乎并不怎么赏心悦目，但看着厚厚的手稿（也不厚，不过是因为字写得大，纸有点小而已），心中不禁升起一种骄傲自豪的感觉，就差喊着"yeahyeahyeah"去跳芭蕾舞了。

那一年的暑假，我就想再接再厉，继续写一部成功的长篇小说！可惜事实证明虽然技术发生了重大变革（从手写转移到了电脑打字），但我的写作水平并没有因为我的心愿而提高。我写作生涯中的第一次重大打击，就是那个暑假好不容易码完十一万字的小说，却被老妈看后彻底否定了。如受五雷轰顶的我这才明白——原来写小说并不是随着自己的心意想写什么就写什么，还得顾及情节的合理性、语言的准确性和优美性等。吸取了这个教训的我在当年寒假仍然抱着"屡败屡战"的心理在电脑上敲下了600多字的第一章。经过我2592000多秒的艰苦奋斗（此处请无视），终于迎来了老妈欣慰的笑容。就这样，我的第一部"大作"《十二生肖玩具机器人奇幻之旅》成功问世了！

之后连着好几个晚上，我几乎夜不能寐，想着小说里的情节，沾沾自喜。

前不久，我的第二部小说《蓝色危机》出版，更增添了我对写小说的热爱。

深夜，写着这种回忆类型的文字，再翻出我现在写了一万多字的小说稿，嘴角微微上扬，仿佛看到了一个在血与汗的磨炼下仍然在写作道路上坚持走下去的逐渐高大成熟起来的身影。

发表在《全国优秀作文选》初中版2016年第4期

守住那份属于诗词的过往

夜色静好，温婉闲适。品尝白日的喧嚣，温暖一世的浮华。坐在窗前感受那缕缥缈的美好，兜住了身世浮沉，圈住了雨打浮萍，任一抹光晕在岁月的长河里温润如烟，恬静而自然。

手捧一卷墨香，静静地聆听天边云朵划过苍穹时发出的低吟，默默地感受大地嫩芽破土而出时满足的深吸。斟饮一盏岁月留香，浅唱一曲往事飞扬，还记得过去的自己，在时光留白的缝隙中轻轻吟诵着摄人心魄的诗句词行，一如现在。

小时候总喜欢躺在山坡上，脸被绒草弄得酸甜，看天上的浮云耳语，口中会不知不觉地吟唱"卧看满天云不动，不知云与我俱东"；仲秋的明月盈盈闪闪，苏轼"但愿人长久，千里共婵娟"的祝福随着夏夜的轻风融化在这轮圆月之中；细雨迷蒙过后的江岸天方破晓，春日的风再一次吹绿了大地，迷迷蒙蒙的青色映入眼帘，"天街小雨润如酥，草色遥看近却无"的朦胧之美此刻充盈着心间。

我曾打翻一地流年，希望能体会到"少年不识愁滋味，为赋新词强说愁"的无奈；我也曾碰碎满地阳光，希望能体会到"守着窗儿，独自怎生得黑？梧桐更兼细雨，到黄昏，点点滴滴"的愁怨；我也曾撞落满瓶的记忆，希望能体会到"当时只道是寻常"的留恋与回忆。我渴望用自己的青春去品味诗词中的缠绵缱绻和忧愁微凉，却沉迷在黏稠岁月里不能自拔，才知道这些在历史长河中逐年沁香的酒酿，是需穷尽一生才能去体会的，何况我还不满弱冠之年呢？

当雨落秋波，暮色凄凉，总能想起"念去去，千里烟波，暮霭沉沉楚天阔"的悲壮；当半笼烟沙，一醉方休，总能想起"拟把疏狂图一醉，对酒当歌，强乐还无味"的凄愁。突然发现古词诗句大多是凄愁哀怨的，并不像现在许多文章无病呻吟，反而充满一种令人沉醉的味道，恍如午后的枫叶，在轻风中摇曳起身姿，在阴影斑驳的地上刻上跳动的痕迹。

我梦想过穿越连绵不绝的群岚，梦想过横渡狂澜奔涌的海洋，去大洋的彼岸，体会不一样的风情。每一首诗词都仿佛一棵大树上葱茏的碧叶，它们互相交融、拥抱、亲吻，用世界上微妙的情感去遨游不一样的苍穹和厚土，用世界上最细腻的笔触记录下一段段生死离别婉转愁肠的风花雪月。短短数十字，却能说尽平生话，道尽平生意，每一个文字都充满着属于自己的灵动与生命，蕴含着不同的美好与芬芳，在这个世界上恐怕只有诗词具备这种独特的魅力吧。

愿时光停驻，愿花谢花开，愿云卷云舒，愿我也能始终守住那份属于诗词的过往，让它在我的生命中，始终滋润着我的轻狂年少与即将到来的黎明。

发表在《作文与考试》初中版 2016 年第 1 期
《新作文》中学版 2016 年第 5 期

话离别

站在街角，看着天边奇形怪状的浮云，耳边传来午后有些喑哑的鸟叫声。看着卡车从小区门口冒着黑烟咣咣咣咣地跑向远方，有些莫名的心痛和酸意像沸水冒泡般打心底升起，最终在胸腔里爆开成若有若无的回忆。

人生总是要经历一些让人刻骨铭心的别离的吧。

就好比一年一度的毕业季，每个人都走到了人生的十字路口，一路走来相遇相识相知的过程，想来是那么亲切与温暖。当时只道是寻常，曾经满不在乎的过往，如今都成了记忆中泛着荧光的流苏。

早就知道要与这栋老屋别离。夏日的夜里，一个人侧卧在床上回忆着过往的点滴。窗外雨声滴滴答答地敲打着窗棂，正如墙上挂表的分针嗒嗒地走过，倒数着这间屋子与我之间的羁绊。一段段悲苦喜乐在我眼前回溯，真正珍惜起来却又觉得心痛。

别离是一个伤感的词语。总喜欢在伤春悲秋的日子里上演别离的戏码，总想搞得潸然泪下，泪满衣襟。别离每一段岁月都要在心弦上割开一道回忆的伤疤，猝不及防的离别让你手忙脚乱地拉扯渐行渐远的过去，却终究是一纸空谈。不管独自黯然还是无动于衷，过往不会因为个人的感慨而就此驻足。停留在时光的路口，顾影自怜无济于事，只能将心中的悲伤与无奈化成推动自己前进的长风，远行千里。

总觉得别离是一个很沉重的话题，背负了太多太多的岁月与渴望重回过去的感伤。心上的秋天已经凋零半落，就算双溪的轻舟都承载不动，又何说小小的两个汉字？惆怅一寸寸爬上心间，恍惚间却已人是物非。

下雨的时候我还在看书，坐在窗台边静静地阅读着一行行溢满墨香的文字。突然听到窗外响起嗒嗒的轻响，扭头望去时已经连绵成激越的琴调。狂风裹挟着豆大的冰雹击打在窗户上，隔着厚厚的玻璃仍然能感受到扑面而来的寒意。放下手中的书来到露台，看着天边的如墨乌云，浓得像一团黏稠的墨汁涂抹在天空的宣纸上，缓缓移动着，张牙舞爪，神情狰狞。我看着天边的乌云，却又想起了老屋。回到房里，裹着凉被看着窗外墨色黑夜和凄风苦雨，心中却无比怀念老屋不大却温暖的被窝。

人生就是这样，每一段旅程都要有一个节点，而这个节点只能是离别。只有与过去彻底分别，才能在下一段生命里闯出属于自己的新的世界。离别就像烈酒，入喉时辛辣苦涩，沉淀后却只有历久的醇香，温暖着心里的漫天宫阙。

发表在《中学生百科·悦青春》2017 年第 3 期

成长的画

看漫画看多了，会自然而然染上"善画症"。

不知从何时起，我迷上了画漫画。起初的我，还专门央求妈妈买了一本素描本，煞有介事地拿起画笔，描绘着我心中的故事。但那时连一分钱都不到的画功，画出来的场景更是丑绝人寰，没有背景，人物头发和脑袋不成比例，仿佛一个妖怪。最要命的是，当时的我不知怎么脑袋抽筋，不仅眼瞳全黑不留一点眼白，耳朵更是超然物外，那作为无数明星性感表现之一的鼻子竟然也不知踪影。以至于从正面侧面看都只是一个二次函数的图像，现在翻出来看也是忍俊不禁，以前竟然还能画得津津有味，真让现在的我"甘拜下风"。

记得我画风的一次重要转变，是在一个阳光明媚的下午。我午睡时常常把漫画书倒放在枕边，因为老妈常常过来视察我的睡觉情况，因此我也不敢爬起来看，就平躺着掀开书，用余光瞥着，竟然坚持了很长时间。

那个下午，中午看的一本漫画中对眼睛的画法深深吸引了我，一起床我就立刻拿出素描本在那里画画画，努力模仿着书上的样子。最终，这眼睛的画技也只是"略有小成"，但比例在换了画法之后却更加失调，眼睛几乎占了脸部鼻子上方的所有空间，看上去与Q版人物极为相似。我可是誓要进军美型漫画界的啊（当时自比），但当时却愣是没看出其中的不妥，还乐呵呵地以为我已经深得真传。

是五年级的一天吧。那天，我在知音漫客上看到一部漫画，里面对脸形的侧面绘画让我觉得有些夸张：这样画不难看才怪呢！

但终于有一天，看着纸上我坚持着自己的画法画出来却越来越糟糕的侧脸，只得忍痛放弃了。我抱着试一试的心态，用笔模仿着那部漫画画下了第一张比较像样的侧脸。一看结果，我大为惊喜，顿时觉得这部漫画就仿佛上天对我的恩赐般，怀揣着崇敬的心情一路追完，而我对脸部的绘画，也逐渐成熟起来。

说起来，我对画手也有着一种特殊的情愫。似乎是特别喜欢画戴着手套的手（是不是因为不用画指甲），因此曾经有一段时间，我疯狂地寻找戴着手套的漫画手，不断临摹，从一开始大拇指比中指还长的畸形，逐渐转变为五指一样长的怪异，到现在五指长短不一的正常，这之间我也经历了许多次"转型期的阵痛"。

说起画胳膊，也有一番趣事。以前的我画手臂，只要是弯曲的，都像两只管子接在一起般，而且乐此不疲。说来让人惊愕，我真正学会画弯曲的手臂，还是在我看一组奥特曼摆酷图的时候，这才发现，原来人的手臂在弯曲的时候，从上臂和前臂相交处内侧点向外侧点画一条弧线，比我原先的"钢管之手臂"要好了不知多少倍啊！尽管这只是最最基本的一种画手臂的方法，但我当时也是如获至宝，画了好久，怎么看怎么顺眼。

写着这篇文章，我不禁又随手画了几笔。看着比最初早已成熟很多的画风，原来，画，也会成长啊。

发表在《作文》初中版 2016 年第 1 期

《语文导报》中考版 2015 年 12 月

《中学生报》2015 年 12 月

在岁月的堤岸慢慢行走

我行走在岁月的堤岸，左手笑靥，右手繁花，走过一段岁月阴霾，行过一段阳光静好，望时光依旧温暖如初，我自依然。

碾过岁月的无痕，恍然：原来，我已经在岁月的堤岸上，行走了十三年啊。

走过匆匆忙忙的"那些年"，总觉得每一件事情都似乎远在天边却近在眼前。我总是在午夜梦回时回想起小时的轶事，这大概也是鲁迅先生作《朝花夕拾》的感触吧！

总喜欢在雨天仰头，看雨滴飞扬，飘飘洒洒，铺一纸素笺，滴墨凝香。在岁月的堤岸慢慢行走，经历着，感悟着。现在我葱茏的青春暗香盈了袖，阑珊灯火，心中总有一种触动。现今与过去内心的融合，让所有的言辞都黯然失色；年少和青春情感的渗透，让所有的时光都谱曲赋词。

清浅的流年里，且看多少醉人的画面被定格成永远的缱绻。光影悠然，斑驳成点点落红，在繁华的韶光里流转成多少回忆。踏苍生而放歌，浅唱低吟，多少魂牵梦绕的瞬间被铭刻成青瓷的婉约？

突然懂得，随缘随心随性，真爱自在心中。感缘以报，感爱以盈，无关风月，却将自己心底那个有爱的灵魂世界晶莹——最好的爱，莫过于此吧。

还记得小时候，自己的顽皮与懵懂。而今的我，如同夜幕卸下了白日的浓妆艳抹，沉静而安宁。漫步于红尘间，聆听着风轻吟，沉醉于云悠然，欣赏着花呢喃。不知何时轻舒柳条，携一抹风轻云淡，牵一份红尘缱绻，在岁月的堤岸慢慢走。

喜欢一个人安静地站在窗前，捧一杯香茗，任凭那淡淡的清香袅袅升腾，氤氲了满屋安闲。再于膝上摊一本喜爱的书，任轻灵沉心的一曲云水禅心在屋内盘旋萦绕，轻柔自然，滋养生息。时光静好，岁月如初。

曾想，盈一江春水，氲一脸微笑，撷一片白云，揽一袖清风。只愿流年清浅，始终不变初心。

唯愿，就这样，在岁月的堤岸慢慢行走。

发表在《中学生报》2016 年 1 月

《语文报》2015 年 12 月

成长的足迹

记得那是一个夏日，我正在屋里看书，妈妈推门而进，说："有一家出版社可能要给你的文章出个集子，你想想，取个什么书名好？"

我愣了愣，我的文章？"就是你平常发表的文章啊……"老妈笑眯眯地说。听了老妈的话，我的脑海中突然蹦出了"成长足迹"四个字，眼前不由迷蒙起来。我觉得，我所有的生命轨迹，都可以在我的文字里找到坐标；而我所有的文字，也同样可以在我的成长足迹中找到坐标。很小，我就养成了写日记的习惯。每每看到这些稚嫩的文字，我就似乎看到了一排小小的脚印不断向前延伸，在阳光下闪闪发光，似乎映照着我的成长。

这脚印，是悲伤。

2005 年 4 月 12 日　晴

我今天把腿摔伤了，破了好大一块，真疼啊！

看着这稚嫩而直白的文字，那个小小的我哭泣的样子，仿佛浮现在我眼前，让我不由轻轻一笑。

这脚印，是甜蜜。

2006 年 7 月 18 日　大雨

今天下午，我和妈妈出去玩，路上下了大雨，我帮妈妈挡雨，妈妈夸我真是好孩子。我真高兴！

看着这篇日记，我回想了一会儿，终于隐约记起，我5岁的时候，有一次妈妈和我买完书回家，在路上突然天降大雨，妈妈抱起我就往家跑，我连忙将手挡在妈妈的额头上。隐隐记得妈妈当时那满足的笑容，我心里也莫名涌上一股甜蜜。

这脚印，是高兴。

2009年1月18日　阴

今天我跳级考试的成绩出来啦，哈哈，都在95分以上，我可以跳级啦！

嘴角牵起一抹微笑，是啊，跳级的喜悦，我到现在仍记得清清楚楚。那种比吃了糖还甜蜜的兴奋心情，令我乐了足足几个星期……

这脚印，是窘迫。

2009年4月3日　晴

今天上午我没听见上课铃，进教室时已经上课十多分钟了，老师问我干什么去了，那时我真是……

眉头皱了一下接着舒展，我忆起了那件至今仍历历在目的事情。想起当时的窘状，以及之后几天都"食不下咽"的难过，我微微一笑，目光里透着怀念——不管是喜是忧，现在想来，只要是童年经历的事情，都透着温馨与纯真。

这脚印，是激动。

2011年6月8日　晴

哈哈哈！我写的小说终于出版啦！下午我带到学校给同学们看看。嘿嘿！

我会意地笑了。呵呵，四年级时出版图书的喜悦，直到现在，我也无法忘却啊！

再往后翻，脚印逐渐变大，时间也越来越近。五年级、六年级、七年级……由幼时的童真无邪到现在的成熟，由幼时字体的歪歪扭扭到现在的"龙飞凤舞"，我，在逐渐长大。

合上这本厚厚的日记本，我突然惊奇地发现，在封皮上，画着几个小小的脚印，上面用阴文刻着"成长足迹"四个字。我笑了。尽管这些脚印有大有小，但毫无例外地，都深深印在我的心里，迎着未来，伸向远方，也通向我心中的美好乐园！

身后是成长足迹，天上是万里晴空。不必顾盼留恋，但只用力前行！

发表在《先锋小作家》初中版2015年第11期

《初中高分作文》2015年第8期

在十三岁这一年

记得小时候，我有一个梦想，登上那充满神秘的珠穆朗玛峰，站在这华夏之巅，俯视众生，望九州浩渺，广袤无际。

记得小时候，总喜欢在秋日的午间，踏一地落枫，看一场落花独舞。飘旋的花瓣，舞出了一曲夙夜的悲歌，舞出了一种淡漠的忧伤。而阳光恰在此时照耀，驱散了心灵的空寂，填充进淡淡的暖意。

记得小时候，总喜欢梦想着像武侠小说中的那些剑客，鲜衣怒马，踏花而歌，行侠仗义，打抱不平。练就一身好武艺，在江湖上行走，多么惊心动魄而又充满意义的人生啊！

在十三岁这一年，我曾经想过，要用自己剩下的光阴，来搭建一所自己的小屋。檀木香的地板上缭绕着淡淡的芬芳，房廊上雕刻着庄严的佛像，沏一杯茉莉花茶，香气氤氲了整个世界。

在十三岁这一年，我常常被一种歌词所感动，能唱出自己心声的美好与梦想，与我产生共鸣。唯美的意境，总是如我心中构筑的月色月景般动人心弦。

在十三岁这一年，我挥手告别曾经故作凄惨的哀愁与叹息，不再因为单纯的言语承诺而或喜或悲，不再因为一时的冲动而心潮澎湃。在日复一日的思忖中，渐渐领悟泰戈尔"天空没有留下鸟的痕迹，但我已飞过"的含义，懂得舍得，懂得放下，懂得如何随缘、随心、随性，将自己闲适的心情安放好；懂得"此中有真意"，是要用一颗悠悠淡淡、清清朗朗的心去好好爱，慢慢活。我也曾让自己双手合十，许一世的安暖，不再渴望"半生戎马，半生厮杀，许你一世君临天下"的豪情壮志，也不再醉心"烽烟起，寻爱似浪淘沙"的真挚情语。

在十三岁这一年，我常在夜晚"踏莎行"，映着清幽的星辉，仍兀自清欢，碾碎无尽的寂寞，融化蹉跎的惆怅，就这样深爱，轻念，遄行，笑出自己心中的自由与轻吟，更有一种富贵在天的感慨。望天，星尘缥缈，那轮月光一如千年，吟唱着千里婵娟；四顾，谁与我把酒青天，且共酣眠？

在十三岁这一年，我也曾想过，人生若只如初见，悠远如沁脾的时光不断燃烧，是否会留下一刹的绚烂？曼殊沙华，红尘喧嚣……我是否又能做到不变初心？

在十三岁这一年，也喜欢一个人漫步清闲，在书香中栖息着灵魂的缱绻，萦绕指尖久久不散。坐在窗前，轻轻地聆听雨打芭蕉，闲品流年。曾经领略过南国的萧索清寒，也抛不去北国的沁骨迷伤，而岁月早已忘记了真假梦幻，用素纸红笺书一曲繁华笙歌来祭奠。

在十三岁这一年，我纵疏狂，踏笙歌，吟婆娑，望天涯。儿时的梦想被青春酿成甘甜的酒酿，入口的辛辣已经化为美好的回忆，此生不变，永存于心。

在十三岁这一年，我改变了很多。

发表在《语文导报》中考版 2015 年 11 月

那些年，我曾穿过的校服

一日，老妈收拾衣橱，嗒嗒嗒跑过来征求我的意见："我把你以前的校服都整理一下，看看亲戚朋友有谁需要的就送人吧，你觉得呢？"我点点头，站起身，下意识地走到衣橱旁，似乎像是来见这些校服最后一面。看着曾经陪伴我多年的校服"们"，我的记忆中突然涌出些许甜蜜，当即大手一挥——盘点一下我曾经穿过的校服。

啊，那一抹青绿

犹记得小学时，现在想想仍然"勾人眼球"的校服。那是多么无法言传的一抹绿啊，新鲜的，清香的，在阳光的照射下，恍若缥缈出尘的动人仙子，远远望去，就好像……就好像那么清新美丽的……一团青草……尤其……上面还点缀了些许的杂色……

于是乎，也幸亏小学要求不太严，所以几乎很少有人每天穿校服，基本上都穿自己家中的衣服。而这特立独行的青绿色校服呢，也只是到了某些特殊的关键场合，才"派上用场"。而每当这时候，同学们就会一片"怨声载道"，望着手中这奇特的草绿色杂花校服，无奈摇头。

墨绿，深沉的绿

摆脱了小学的草绿，却又迎来了初中的深绿。我默默叹息：难道，我终于还是逃不掉绿色情缘吗？

无奈地摇头，我不得不正视现实。令人有些许安慰的是，堂堂大附中，不愧是传说中的大附中，就连校服也那么清新脱俗。深沉的墨绿，就好像不语的智者。

不过……也正是在这深沉之绿上，我还闹了几件糗事。

记得刚上初一时，老妈由于没经验，刚开始订校服时，只给我订了一套。没想到……没想到那套校服到手之后，穿上正合身，把我裹得倒是严实，可是寒假一过，顿时发现有点小。老妈连忙给老师打电话，要再订两套大的。没想到这两套大的，竟然下学期才到。而初二上学期，我有一次要上台讲话，新校服却不知身在何处，还没到手。老妈看着我穿着这身把我裹成"酒桶"的"捉急"校服，急得抓耳挠腮，只好从别人那里借来了一套。由于借者乃一米八多的个子，所以校服穿在我"肥胖"的体形上，略显宽松。而之后两套校服终于到手，老妈却悲摧地发现，一个学期，我的个子和腰围也随之增长，这两套校服又无法"续航"。老妈含泪又让我订了两套新的校服，而且是超大号的。结果，没想到，新校服到手之后……竟然不再是那种深沉的墨绿，而是新的蓝白生死恋！

不禁无语。

蓝白生死恋

说起来，现在很兴那种蓝白生死恋，一蓝一白，仿佛前世的纠葛不清，今生的缘起缘灭，给人一种唯美的遐思。而现在，我们大附中也终于在新初一开始了"生死之恋"，蓝白交织出一个个轻盈的身影。墨绿校服已经成为高年级的象征。但随着"上级"的"校服同化计划"，高年级也开始下发蓝白校服，校园中身着蓝白双色的身影越来越多。而每当我穿着墨绿校服走在人群中时，总有一种莫名其妙的优越感。这恐怕就是"校服同化制度"带来的明显差异吧。

当然，本校校服图鉴并没有收录完全，还会随着本人的升级而逐渐扩充。若大家对此有什么想法，本人将会集思广益，择优选入 2015 年度的《校服图鉴》哦！

发表在《中学时代》2015 年第 11 期；

《疯狂作文》初中版 2015 年第 5 期

苍蝇来了

夜晚，书房，安静得只剩下空调机的嗡鸣声。我坐在桌前奋笔疾书。

"嗡……嗡……"突然，在我耳边响起快频率的"嗡嗡"声。

"又是蚊子，烦死了……"我不耐烦地用手在耳边呼扇了几下，继续埋头做题。

"嗡……嗡……"

令我没想到的是，过了不到半分钟，刚刚的嗡嗡声又一次在我耳边响起。

"哎哟……"我嘟囔了一句，皱着眉头抖抖身子，晃晃脑袋，双手在身边随便挥舞了几下，环顾四周，又低下头。

"嗡……嗡……"声音再次响起。

"搞什么？"我猛然抬头，瞳孔微缩，开启神眼通，扫描着周围，寻找着蚊子的踪影。

没有……

我郁闷地站起身，随手拿起枕头在空中扑打了几下，待了一会儿，嗡嗡声并未再次出现。我安下心来，重新回到座位上。

"嗡……嗡……"

我身体一僵，双目满含"杀气"，深吸一口气，大喝一声"虫子你不要怪我"，右手如电瞬间拿起放在桌角右侧的风油精，打开瓶盖，屏气凝神，放出大招——天油散花！

顷刻之间，风油精从瓶口滴滴飞洒出去，遍布了我周身的一小片空间，刺鼻的风油精味迅速扩散开来。我深吸几口，只觉神清气爽，怡然自得地大笑三声，继续伏笔。

5分钟后。

轻轻放下笔，我端起水杯抿了一口水，"嗡……嗡……嗡……"

"什么？"我震惊地放下水杯，"嚯"的一声长身而起，"竟然……这蚊子，竟然不怕我的'野虎'牌风油精？！"

我目光如炬，搜寻着房间中的每一个角落。突然眉头一挑，蹑手蹑脚走上前去——我看到了！那个黑影，在书柜上正安静地趴着呢！

不对……怎么……这个头有点大？难道……我凑近一看，顿时有些尴尬——原来是只苍蝇啊……

难怪它不怕我的风油重宝！我这样感慨着，心头已经数念闪过，当下右手一动，一张抽纸已然握在右手手心之中，小心翼翼猛地一把将苍蝇盖住，口中还不住念叨着："小苍蝇啊，我素来不愿杀生，你快走吧，快走吧……"

说着，轻轻将纸团从书橱上拿开，但见一个黑影从纸团中飞出，迅速不知所终。

"呃……"我愣了一下，竟然真的跑了？

四处环顾了一圈，没有发现那位苍蝇兄弟的身影。我耸了耸肩膀，心中祈祷着它千万别再来烦自己才好。

"嗡……嗡……嗡……"很明显，祈祷出了差错……苍蝇兄再次出现！

我双目炯炯有神，四处扫视。发现苍蝇兄的踪迹！位于【坐标（1182，3911）】书橱正上方！

啪！我像上次那样如法炮制。

好！捕捉成功！小心，不能让它再次跑掉！对，对，小心，好……好！

我捧着这"苍蝇纸笼"小心翼翼打开房门，将纸笼微微松开一点，一下子抛到了门外，迅速关上门——干得漂亮！精灵放生任务完成！获得奖励：安静的学习空间！

我微笑着重新坐回座位，继续埋头于书本之间。

发表在《全国优秀作文选》初中版 2015 年第 11 期
《意林》少年版 2015 年 22 期

"神蝇部落"来袭

落叶飘零，冬天悄然而至。不知不觉间，我们已供暖的教室里，也暂住了一些小小的"客人"。

那天上数学课，老师正放着大屏幕给我们做题，没想到屏幕却瞬间发生改变，向后自动跳了一页。

"啊？"惊疑的声音在教室四周循环着。

老师听闻同学们的集体骚动，猛然抬头，严肃道："怎么了？王某某，赶快答题！"

可是老师看见的，却是一双双疑惑的眼睛。

老师这才发觉有些不对劲，顺着同学们的目光看去，发现了屏幕的诡异现象。尽管他也有些摸不着头脑，但还是很淡定地转换界面。

蹊跷再次发生！

老师刚刚转换的界面再次变换，而且直接往后跳了两页！但这些，背对着屏幕的老师却浑然不知。

"啊？"

"怎么回事？"

"难道是天意不让我们上课？"

"不会吧，是不是有人在施法？"

"难道是主控电脑的问题？"……

同学们本来集中的精力瞬间分散，议论纷纭。

"又怎么了？屏幕可是没……没……"老师很不解。

他一转头，又发现了屏幕的异常。老师挠挠脑袋，尴尬地笑了几声，摆弄了几下电脑，没发现异常，就走到屏幕前，上下观望，希望能发现一点蛛丝马迹。

"哼！"老师手一伸，抓住了屏幕上的一个黑点，"别吵，安静！只是一只苍蝇而已！"

说着，还没等同学们反应过来，他就松开手指，苍蝇瞬间飞离。

我笑了：看来老师深知大棒加萝卜的道理啊！

知道是苍蝇在作怪，同学们长嘘了一口气。

"嗨！我还以为有鬼呢……"

"是啊……我……"

老师第 N 次制止："安静安静！Stop！！！继续讲题！"

同学们再次集中精力。

然而……

让我们大跌眼镜的是，没过五分钟，苍蝇再次降临，老师在一片哄堂大笑中尴尬地再次赶走苍蝇。

几分钟后，苍蝇第三次登陆，第四次，第五次……

苍蝇锲而不舍的"英勇举动"深深感染了我们，被我们亲切地称为"神蝇"。"哈哈哈哈……"当神蝇第 N 次落到大屏幕上时，小刘再也忍不住了，笑得满脸通红，上气不接下气："哈哈哈……哈哈……神蝇嫌外面太冷了……没得可干……进来跟我们一块儿学习了……哈哈哈哈哈哈……"

小刘的笑声仿佛一根导火索，全班都炸了营。老师终于忍无可忍，脑袋上冒起了"火焰"，挥手赶走苍蝇的同时，另一只手以迅雷不及掩耳之势伸向神蝇，两指一并，神蝇第二次被捕。

"哇——老师好厉害！"

"啊！老师您练过无影手吗？老师？"

"老师是隐居的高人！小隐隐于林，大隐隐于市，武林高人隐于学院附中！"

"哈哈哈……无影手老师……哈哈哈……"

"老师您上！我顶你！"……教室中爆笑声不绝于耳。

在同学们的力顶之下，老师的"武功"也好像更高强了，得意扬扬地望着手中一动不敢动的神蝇，手高高抬起。"斩首——"说着，他手一捏，一代神蝇，死于非命。

"哎……"我们从大笑中缓过神来，甩甩头，集中精力，继续新的课程。

下午第一节，安全课。

我们正看着"平安365"纪录片，屏幕突然一变，片子瞬间关闭，返回桌面！"神蝇？不是挂了吗？"同桌小丁疑惑地道。

突然，桌面被一个巨大的黑影所代替。从外形上看，好像一只巨大的……苍蝇，正在鼓动着翅膀。

全班鸦雀无声。

"啊！苍蝇落在投影机上了！"电脑管理员小尹瞬间反应过来，大声喊道。

"苍蝇？神蝇？不对，是神蝇二世！"小李愣了一下，哈哈大笑。全班哗然。

Ofcourse，"神蝇二世"在安全老师"肉山挤压"的进攻下，毫无疑问地步了"神蝇一世"的后尘。

但随着"神蝇二世"的再次覆灭，又不断有"神蝇三世""神蝇四世"等出现。而"神蝇部落"的横空出世，给我们的学习生活增添了些许的乐趣，也让我们不再疲惫，仿佛一阵和煦的春风，拂过我们的脸颊，带给我们一丝清爽。

发表在《读写舫》中学版2014年7、8期；
《语文报》2014年10月刊
入选由中央编译出版社出版的"校园文摘"系列、
范开源等主编的《有你，我的年华不寂寞》

我的漫画史

还记得第一次看见漫画的时候，我的内心是崩溃的：天哪，还有这种人？脸那么尖，身材都那么好，头发那么奇怪？

一开始看漫画的时候，我是有一种莫名的厌恶的。毕竟整天和一群眉眼板正的人打交道，突然换了畸形儿，谁也会感觉不适应不是。

但当我的指纹逐渐覆盖了整本漫画书时，书里的形象也逐渐在我的眼前生动起来。或许是某一天的下午吧，我像往常一样翻开书，看着里面被我的目光踩躏过不知多少遍的人物，我的心中突然涌起了一阵冲动，仿佛天际与浪潮互吻，夕阳与月晕相拥……

我立刻站起身，转头翻出纸和笔，神色庄重，面色沉凝，深吸一口气，郑重地画下了第一笔，一个简单的弧线……从此走入了一个布满神坑的单向不回头之路。

记得……当时我看完自己画的人物……震惊了。

这是书上的这些图案吗！一定不是的吧！看着我的处女作，我只感觉整个人都不好了。

我要画！我一定要画好！我从此在心中立下了誓言，虽然没有六月飞雪，但好歹也是自己的一个理想国嘛……你懂的。

之后，我就来到了厨房，拿起了一瓶香油。

不知道从哪个地方看到的，还是我自己不小心发现的……油类液体滴到纸上，暂且不管气味如何……但是可以把纸变成透明的。正好可以用来临摹嘛！

我拿着香油回了房间，从书柜顶上的一摞 A4 纸中抽出一张，拧开瓶盖，便向着纸上倒了过去。顿时香油气息浓郁地飘散而开，香油不要钱地洒在了地上。我手中的瓶子瞬间空了……

这当然是不可能的。

我只是很小心地在纸面上滴了足以覆盖整张纸的油量，便将香油重新放了回去。接着，我拿了根棉棒，开始细细地涂抹整张纸面。

直到我涂完，时间已经从下午四点多来到了六点多。随着妈妈一声"吃饭了"的呼唤，我扔下手中的棉棒，吸了吸空气中香油的香味，跑了出去。

　　而在吃饭的时候，天空突然狂风大作，暴雨裹挟着雷霆在空中肆虐，轰隆隆惊吓着我幼小的心灵。好不容易将晚饭吃完，我还惦记着那张即将完成的透明纸，连忙迈着腿跑到房间，一看……窗户没关。

　　而放在窗边桌子上的纸，早已经被雨水打湿……和油以及其他莫名的脏物混在一起，成了一坨很奇怪的暗黑物质。

　　望着这一坨暗黑物质，我黯然神伤，空气中飘荡的香油味道，此刻似乎也充满了忧伤的气息。

　　就这样，我的第一次临摹计划彻底搁浅。而这坨物质，日后也成了我心中的一个梦魇，多次在我的噩梦中出现，嘲笑着我的逗比潜质。

　　在那之后，大约过了一年，当我午夜梦回，再次梦到那坨令人惊恐的物质时，我再次下了决心——我要好好画画！

　　当然，这次也没有六月飞雪，却比上次强多了。我先后撺掇着妈妈和爸爸给我买了画纸画笔和一个画夹，便开始比着漫画书上的情节认真地临摹起来。一开始的结果想必不用赘述，用脚趾想都能知道画出的人物是有多么的鬼畜。但随着我的坚持，临摹的人物也越来越像样了。那时的我颇有兴致地把我的作品一幅幅贴在墙上，缓缓走过这堵画墙，便能清晰地看到我画画水平的提升。

　　但是，看着我最新的作品，我得意极了——后果就是我放弃了临摹。

　　以我现在的角度来说，那时候放弃临摹也是一个极为错误的决定。毕竟还没有真正临摹出画人物的精髓。因此，刚开始自我创作的我……自然经历了一段转型期的阵痛，而且格外不短，得有三四年的时间……

　　起初，我自信满满地抛开漫画书摊开纸，舔了舔嘴唇开始动笔。虽说确实比刚开始画得要好很多……为什么我却总感觉有些不对？仔细端详着我的画作，我一时间默默无言。

　　直到后来，我才找到了我的错误——我画的人物根本就没有鼻子和耳朵啊！

　　当然，现在想来，这种错误无疑是低级而可笑的。但当想到那时的我仅仅是一个刚刚入门、仅仅画了几幅临摹的孩子……这种错误也仍然是低级而可笑的。

　　之后随着我逐渐成长起来，痛定思痛，我的画风也有了翻天覆地的变化，从人棍状无鼻无耳的碳基生命逐渐进化成了现在颇有模有样的人物，其间我也是付出了不少脑细胞和心血的呀。

　　不过，当看到一个挺顺眼的人物在我笔下成形的时候，我的心里还是蛮舒服的。毕竟，这就意味着，我心中的那份执念，从未磨灭啊。

发表在《学子读写报》高中版 2017 年 1 月 9 日

我和风油精不得不说的故事

"砰！"我身体自由落体，沉重摔在床上，享受着暂时的宁静，把脸揉进被子里，目光逐渐涣散下来。"不行，这才几点，就困了……"我浑身一个激灵坐起身，大喝一声，双手掐一印决，右手闪电般伸出："大招——提神神瓶！"

右手收回，手中已然多了一个晶莹碧绿的小瓶。我迅速拧开盖，将鼻子凑了过去，深吸一口，闭上眼陶醉地沉沉吐了一口气，眼睛微张，看着面前的绿色小瓶："哈哈，完全清醒了……你真是一剂清凉药啊！"

碧绿瓶上书三字：风油精。

萌 芽

记得与它第一次相见，是在一个背包里。那是老爸刚出差回来，我在他背包里"缴获"书时，偶然发现了一个碧绿的小瓶子，上面写着"风油精"。我好奇地打开盖子闻了闻，顿时被那浓烈的味道所刺激，直接"仆街"，好半天才恢复过来，连忙掩鼻而走，唯恐避之不及。

不过当我狼狈地坐回到书桌前时，我的心突然莫名其妙地悸动起来，鼻前那淡淡的味道也似乎挥之不去，在我的脑海和心神中徘徊。我有些诧异地愣在那里，好一会儿才不确定地自言自语："难道……是那风油精？"

我抱着"舍身炸碉堡"的英雄气概大步冲上前去，环顾周围无人，连忙将这"邪物"收入腰包，直至坐回到书桌前，才松了一口气，颤巍巍掏出风油精，细细观察。

观摩一会儿，没有什么可疑之处，便大胆再次打开瓶盖，咬紧牙关，再度闻了一口——

顿时，只觉浑身清爽无比，自己的大脑和身心似乎都得到了一种惬意的享受。我一时僵在了那里，心神摇荡，盯着此风油精，眼中不禁异彩连连，没想到这小小风油精，竟有如此之大的功效！

从此，我便深深迷恋上了风油精，在家不管春夏秋冬，也不管它本来的止痒作用，每天都要深深闻上多次，享受一下清凉的美好。

进　步

有一天，我忘了何故早晨起得格外早，中午也没来得及睡觉，下午第二节课的时候，便有点犯困，昏昏欲睡，最终还是靠着强大的自制力扛了过去。在迷迷糊糊间，我突然格外想念风油精那亲切的味道，悔恨自己为何不将其带至学校。从此，我便将风油精悄悄塞进了校服的口袋。

于是乎……

那是一个阳光明媚的上午，课间。我上完厕所，坐在位子上无事可干，突然想起了风油精，四顾见无人注意，便悄悄打开，往鼻孔处涂了一点，迅速放回。

"啊！什么味道啊？"突然一声尖叫响起，我还没反应过来，一女同学便捂着鼻子惊恐地道，"你们闻见了吗？好刺鼻的味道！"

其余的同学也都纷纷点头，面容扭曲。

我暗地惭愧：抱歉，没想到……风油精的分子竟然运动得如此之快……可是，这味道多好闻啊，你们……你们真是不会享受啊……

不知道谁把我"举报"，几天后，我带着风油精的消息竟然在班中不胫而走，同学们几乎都知道了我和风油精的亲密关系。但是，我预想中的集体抵制风油精的现象并没有出现，同学们也只是淡然一笑，微微扇扇空气也就罢了。而且，以小王同学为首，还形成了一个"免疫风油精"集团，令我会心一笑：终于找到知音了。

鉴于我和风油精的"出色表现"，我们班一学霸还把我与风油精的故事写进了作文中，真是幸哉幸哉！

持续稳定发展

现在，我对风油精的依恋虽不比当年，但仍然格外迷恋，每天也是得闻上几下，才能心满意足。而且，我也可谓"风油精粉"哦，也有了自己的独特规律——我闻风油精，定要闻"野虎"牌风油精，那才闻得过瘾，闻得幸福，闻得享受！

嘿嘿嘿，这就是我和风油精那点不得不说的故事了……好了，不胡侃了，老范闻风油精去也！

发表在《小读者文萃》2015 年第 6 期

《中学生学习报》2016 年 6 月

入选由"阳光姐姐"伍美珍主编 2015 年 6 月

出版的"阳光姐姐作文派"《旋转星星岛》

课堂上，老师们的那些事儿

昔有当年明月谈笑明朝那些事儿，今有熊猫小编笑谈五班这些事儿。咱附中大五班，乃一奇班，同学老师各怀绝技，在课堂上叱咤风云，舞枪弄棍，搅得那叫一个风生水起。本次说书，对于同学们的神勇表现，且不一一赘述，毕竟古来师为尊。这里，就让本小编熊猫同学炫炫"英师"们的绝技，不知各位看官意下如何？

镜头一

物理课上。

物理老师清清嗓子，对着教室后排的同学刚张开嘴，熊猫精神抖擞，刚对准镜头，教室中就传来一阵窃窃私语："哈哈，看，又要说'怎么让老师高看你一眼了'……"

这就是物理老师的口头禅——怎么让老师高看你一眼。

刚开始，我们还觉得挺新奇。但逐渐和老师熟络起来，我们也就将此口头禅当成了一个笑柄。在老师双目一瞪，正要张嘴时，班中几个调皮的学生就抢先说了起来："怎么才能让老师高看你一眼？"

后来，物理老师逐渐意识到了他的口头禅，不知从哪节课开始，悄然发生了变化——

"……的话……""这么捏……"

这新的口头禅真让我们绝倒！每一次，熊猫都会准确地捕捉到这"神奇"的口头禅，成功记录下来。

镜头二

语文课上。

看着教室后排没交作业的一群同学，语文老师脸色淡然地清清嗓子："今天……可是个大喜的日子呢。"

嗯？

这句话让教室中的人都禁不住心中八卦起来：怎么回事儿？

熊猫也连忙将镜头对准语文老师。

"我决定，今天大赦天下，没写完作业的同学，不用挨罚。"

哗！

周围一片哗然，怎么回事？一向铁面无私的语文老师，怎么会……

语文老师喘了口气，又说："但是，没写完作业的同学，一律将桌子转一百八十度，背朝讲台！"

我们愣了愣，随即用怜悯的目光望着站起来的同学。

语文老师喝了口茶，闭上眼睛。

轰……

一阵桌椅摩擦后，教室中已然泾渭分明：前六排的同学面朝讲台，后三排的同学背朝讲台。

语文老师走到分界线的位置，高举双手："我以后还要在这里安上个窗帘，上课的时候一拉！呵，多好的氛围！"此时，她已身在讲台，"你们听说过吗？这样，就是传说中慈禧太后的——垂帘听政！"

"哈哈哈……"全班一阵大笑，镜头也猛地晃动起来。

镜头三

数学课上。

"同学们，今天我们学一次函数……"

张老师讲得绘声绘色。

同学们听得认认真真。

但不知怎的，张老师拓宽话题之瘾又来了。说着说着——"同学们哪……我还记得我小时候……"

熊猫连忙镜头伺候。

"火柴还叫洋火，鞭炮还是成串的，用自行车带就能……"张老师一脸陶醉，沉浸在回忆中，不能自拔。

我们同学不禁暗自里咪咪笑了。

"好了好了！别转移话题啊！"张老师瞬间清醒，做严肃状，"快集中精力！做这个题……"

"哈哈哈！"看着张老师一脸严肃的样子，我们再也忍不住了，放声大笑：

这……这变得好快！而且……好像明明是你自己转移的话题吧？

镜头四

体育课上。

由于体质原因，熊猫同学和小猪同学不能跑步，请假后站在一旁。体育老师和我们聊起天来。

"……对了，我昨天晚上梦到你了！"老师目光突然一凝，"真的！"眼瞧着老师望着自己，熊猫心中不禁一紧：怎么回事？莫不是……职业的本能让他拿起摄像机。

"我梦见……你不听话，带着咱班的一部分人罢课……"老师"严肃"地说，嘴角却勾起一抹笑意。

"啊？"熊猫大跌眼镜，"扑哧"一声笑了。

小猪同学连忙说："不可能不可能……熊猫同学可是好学生啊……哈哈哈……"他也忍不住，笑得弯腰肚子疼……

……

其实，这样的课堂小品，在我们班还有 somany，熊猫就不一一列举了。希望这些镜头能够给广大的"熊猫粉"带去生活中的一些乐趣，那也不虚此镜头了。怎么样？是不是想笑？是不是想点个赞？

发表在《今日中学生》2015 年第 7、8 期合刊；

《黄金时代》2015 年第 4 期

入选由"阳光姐姐"伍美珍主编 2015 年 6 月出版的

"阳光姐姐作文派"《旋转星星岛》

心无杂念铸成功

当我们脑海中充斥着对浮华、名利向往的时候，却往往迈不出那通向成功的最后一步。其实，只要将心静下来，心无杂念，你就能迈过那一步，跨进那属于自己的成功的大门。

在很小的时候，我就听长辈们唠叨着"心无杂念才能成功啊"！我很奇怪，心无杂念怎么就能成功呢？它又不是什么灵丹妙药，也不是什么必胜法宝，为什么就会成功呢？

后来，有一件事让我仿佛明白了什么。记得是一次单元测考，由于几次都得了第一，我考试的时候便不由得紧张起来。自从发下卷子来，我就有些心神不宁。"一定要再得第一，一定要再得第一……"我整场考试都默念着这句话，落笔写每一个字时甚至都有些颤巍巍的，担心写错。可当发下卷子的时候才知道，自己竟然没有得第一，而且有很多地方都是不该错的。那时我非常伤心，始终不明白为什么会错得这么离谱。现在看来，却是自己思绪太繁杂了，不够专心，以至于发生了如此大的差错。吸取了这次的教训，往后的考试不管怎样，我都是专心致志、心无杂念地完成，终于取得了很好的成绩。而这件事，也让我联想起了班主任张老师常说的一句话"心静思远"，同时对"心无杂念铸成功"这句话有了更深一步的体会。

有时候，不一定要那么苛求，心无杂念地去干每一件事，往往就会取得成功。而当心无杂念的时候，我们更能体会到人性的美好。最美司机吴斌，正是在肝脏破裂的情况下仍然心无杂念地停车熄火，才保住了一车人的性命；最美妈妈吴菊萍，正是在千钧一发时仍然心无杂念，冲上去抱住孩子，给予了这个小生命第二次新生；邵帅，正是在母亲病危之时仍然心无杂念，毅然捐献自己的器官，才能让妈妈再次陪伴他……正是这许许多多的心无杂念之举，构成了我们常说的美好，铸造了一份成功。

是啊。其实有时候，于成功而言，勤奋、努力、聪颖固然重要，但更重要的却是心无杂念。不管你天赋多么高，多么勤奋努力，但是若你心有杂念，注意力就不集中，无法全身心地投入到所做的事情当中，自然会出差错。就像是一个鼎炉，天赋是火，勤奋、努力、聪慧是炼制的必需品，而心无杂念就是最关键的柴。若没有它，火再猛，也有消退的时候。唯有三者融合，方能熔炼出至宝——成功！

心无杂念铸成功！

发表在《青少年日记》初中版 2015 年第 1 期

《创新作文》初中版 2014 年第 4 期

时间都去哪儿了

门前老树长新芽 / 院里枯木又开花 / 半生存了多少话 / 藏进了满头白发……

——题记

时间都去哪儿了？

他日韶华，今日皓首，时间都去哪儿了？是泯灭在这一刻不停地奔流的长河里，还是丢失在这红尘纷扰的瞬息的世界里，抑或是弥散在这眨眼即逝的本身的时光里？

时光，被铭刻在当年树种今日参天的大树的年轮中，一圈圈弥散在眼前，似让人，迷了眼睛；时光，被篆刻在当年青春今日沧桑的身影的叹息中，一声声流淌在耳边，似让人，疼了心房；时光，被描写在当年阳光今日满皱的脸上的笑容中，一次次绽放在心里，似让人，醉了流年。

氤氲在午后的暖阳中，时间在微闭的睫毛上轻巧走过，跨过白日，越过明月，悄然走向迷茫未可知的地方。门前的老树新芽重发，院里的枯枝花朵又开，房中那个一笔一画写字的身影却已悄然消失。

依稀间记得，那个小小的我，曾在黄昏挽着姥姥的手，蹦蹦跳跳迈进了文学的殿堂；依稀间记得，那个小小的我，曾在深夜拉着妈妈的手，认认真真地聆听着一个个古老的传说；依稀间记得，那个小小的我，曾在清晨捧着一本小书，仔仔细细地阅读着一字一句奇妙情节……昔日的天真和童稚，换回了今日的成熟与稳重。

流年往事，走马观花。未听见铃声而上课迟到的糗事犹在昨日，同学间的欢声笑语仍在耳畔，时间却已毫不留情地将自己拎在手中跨越了数年的距离。自己一天天长大，身边人却在一天天苍老，半生的沧桑，融成了一根根的白丝。当年亲切地背着自己"走南闯北"的身影，如今，已渐渐佝偻。

小时在墙上刻画的身高印痕，每一条痕迹都代表着一个阶段的成长，每一条印痕也充满着时光流逝的沧桑。随着印痕的不断增加、增高，当年童稚的孩童，如今已成为少年，时光的脚印在墙上悄无声息地走过，剩下的只是在不知不觉中的成长。

曾经的自己，在本子上一笔一画地写写画画，描绘出自己的梦想和对未来的憧憬，让我在翻看之余，不由一笑。现在还记得，自己曾经狂热喜爱的"贝贝熊"，现在还珍而重之地放在书橱里，不肯拿去……自出生以来的一幕幕，如走马灯般在自己面前闪过，每一件事都似乎发生在昨日，但已然是十余年的间隔。

顿觉心中一阵说不清道不明的感受，似乎多了一层磅礴，多了一层豁然、大气，也似乎浑身都变得温馨起来，柔柔的感觉遍布全身，大脑自然放松下来，回忆着过去的一幕幕，竟是丝毫没有感觉到自己和往事之间的弘然堑沟。突然发现，其实沉浸在对往事的回忆中，也是一件很不错的事情呢。

"就如同一个人中了邪，躺在河底，眼看着潺潺的流水，粼粼波光，落叶，浮木，空酒瓶，一样样从身上流过去。"时光氤氲在这静寂的水波里，缓缓远去，粼粼波光反射着太阳的光泽，同样折射着时光流年的逝去。时间就这样一直流去，流淌过你的心底。

时间都去了哪儿呢？在童年的欢声笑语中，美好的幼年回忆里，充满墨香的书卷间，飘散茶香的香茗旁，都可以找到时间的踪迹。时间快得令人无法言传，只能意会。它仿佛一个能洞察世事的智者，在瞬息之间便沿着你的回忆走去，不管欢乐还是悲痛，都一笑置之，一路走去，一路放歌，韶华流年，不过一弹指的刹那。

这位年长的智者，很快消失在远方的尽头，去寻觅，你内心的深处。

发表在《中学时代》2014年第11期

感谢有你

第一次见到你，是在那天的下午。

至今还记得，午后的阳光凌乱地洒在教室的地板上。

我呆呆地坐在一旁——刚刚跳级来到这里，一个朋友也没有。现在想来，竟是如此的孤单。

突然在窗边的阳光中，看到了侃侃而谈的你。

你，一头精干的短发，炯炯有神的双目，透着几分桀骜不驯。撸着袖子口若悬河的你，仿佛正沉醉在自己的话题之中，那直挺的鼻梁也在不断动着，时不时"哼"上几声。

后来我才知道，你可是班里的高才生，非常优秀，很多同学都非常佩服你。在当时尚不懂事理的同学们的心目中，你简直就是个神话！

我闻言，心里却涌上一种不服气——我能跳级，为什么就不能再创造奇迹？我不甘心在这个新班级里默默无闻！

从此，竞争的种子开始在我心中生根发芽，我暗暗发誓：我一定要超过你！

无形之中的竞争，让我更加努力地学习——心中有目标，人总能发挥出巨大的潜能。

而在学习的竞争之中，我们也逐渐熟识起来。有一句话这样说：对手，也是朋友。我觉得，我们可谓真正诠释了这句话的含义。

自从知晓了你的成绩，我心中有了一个坚定的目标后，我的学习也开始疯狂起来。

令人欣喜的是，我在第一次测试中得了双百，而你，考了98分。

喜悦之余，我放松下来，以为你这个神话，如此轻而易举就能被我打破，不禁扬扬自得起来。

但就在第二次考试中，你却又超过了我。这如一个晴天霹雳，狠狠击打在我的心头。

在震惊欲奋起直追时，我突然发现——不知从何时起，不管我们孰胜孰败，我们都已经将对方在心中烙下了深深印记！

竞争之余，我们也在互相欣赏对方。我尤其欣赏你的口若悬河，欣赏你的思维活跃，欣赏你的博学多才……

逐渐地，我发现，你这"传说"的称号，真不是凭空得来的。你在上课时与老师辩论，下课后跟同学打成一片……这些都是安静的我所远不能及的。

不过，还是要感谢对手，感谢你。感谢你，让我有了坚持下去的力量！

在四年级时，我出版了十万字的小说《十二生肖玩具机器人奇幻之旅》。全班乃至全校的同学都深深震撼了。

"不，我还没有赢。"我告诉你，"这次只是暂时的胜利，你也要努力哦！"

垂头丧气的你，也重新阳光起来"好！"

曾经的我们，一起不断奋斗，拼搏……

尽管如今已经分别两年，但在我的记忆深处，你，依旧如昨日刚分别般，在我的记忆长河中，熠熠生辉……

发表在《作文》初中版2014年第9期；《初中高分作文》2016年第3期

朝花夕拾

掠

歪头靠在车窗上，嗡嗡声充斥着耳膜。天空阴暗，让人颇为沉闷而焦躁。

雾气一团团盘踞在穹顶之上，远处连绵的群山此刻是那么迷离而神秘，在车窗上留下起落的影子。

列车一路疾驰。路旁大都是细密的树林，蛮横地闯入了视线，层层叠叠地将其遮盖。车窗旁的纸巾无风自动，大概是感受到了窗外风元素的虔诚。目力所及之处，一排排苍树早已披上了萧瑟的外衣，在雾霾的包裹下显得若隐若现，于视网膜上投射着重叠交映的影子。

江南的水田在身下成排掠过，似乎是堆满色彩的九宫，不时有几汪昏黄的水潭，闪烁着暗淡的光泽。不远处的高架桥上静谧得可怕，偶尔出现的排房红瓦白墙，刻画着一个时代的过往。天光越来越暗，在视野中闪过的厂院中机器白得耀眼，烟囱喷吐着袅袅的烟气，朦胧了本就雾蒙蒙的天空。

似乎是下雨了吧。看着雨滴从车窗那头沿着近乎笔直的轨迹缓缓地挪动，身后的足印勾画着一道道浅褐色的痕迹。

一抬眼，远处的山峦不知何时已经近在眼前，山体上深邃的巨洞似乎通往黑暗的维度。列车毫不犹豫地叫嚣着一头扎了进去，发出了低沉的咆哮。周围是死寂的黑暗，窗玻璃上倒映着自己的影子，歪头斜眼瞅着对方，淡漠而冰冷。

黑暗似乎只是一眨眼的沉默，很快列车又暴露在天空下。横跨了半个华夏，苍旻上始终笼罩着淡淡的烟云，远处的农田中时不时突兀地冒起一幢大楼，更显朦胧与混沌。

跨越江水也就是一次呼吸的工夫，依旧昏黄的江水上泊着几艘长船，夕阳洒落在江心，黯淡地散发着波光。田间小径在地面上来回弯曲盘折，勾画着怪诞的图像，仿佛草原巨画，昭示着不为人知的秘密。

雨又下着了，细密的雨珠前仆后继地横渡车窗，摇摆着尾巴，仿佛乌黑的蝌蚪，在水中摇晃着前进。

矗立在原野中高高的输电塔，彼此间线线相连，似乎要构筑一座大荒上的围城。天空中电线力图彼此相拥，却总在交手的刹那脱离出对方的视野。电线如水波般起落跌宕。

路边已经开始上灯，苍白的灯光刺透了昏暗的禁锢，在林中小径边恪守着自己的职责。

窗玻璃上的影子愈发清晰，侧着头都能看到手指在键盘上的律动。

站台上没几个人，周围的景色逐渐清晰着，不远处路口的红绿灯闪烁着鲜红色的数字，站台上匆匆行走的旅客们衣角翻卷着。站台顶棚上亮着刺眼的灯，地面上的水渍反射着站台上的光，一边的路标静静地目送着人来人往。放眼望过去，站台边不远的高楼大厦间弥漫着冰冷而黯淡的气息，站台上作为警示的黄色警戒线此刻也显得沉颓无力。沙砾地面上的车轨彼此相交而后分离，彼此相约在下一个路口再续这段至死不渝的誓言。轨道上擦满斑驳的痕迹，见证着岁月最美的年华。

背起行囊走下车，空气中弥漫着雨后潮湿的腥味。深吸一口气，我从未感觉这么好过。

发表在《语文报》（青春阅读）2017 年第 2 期

清　欢

冬歌夏酌，秋吟春品，抵不过清欢一隅。

曾经想走遍全世界的高山与大海，一边行走一边歌唱自然的造化；曾经想尝遍全世界的清茶与烈酒，一边品味一边感慨生命的奇妙。但最终还是静静地坐在窗边，看着天上的浮云伴着夏日的蝉声渐行渐远，看着杯中的茶叶在水面上划着优美的花纹，把脸氤氲在茶香的浓雾中，品尝着清欢的味道。

我不知道清欢究竟是什么，也不知道清欢意味着什么。我只喜欢我自己的清欢，闲适而又温暖。

喜欢在雨天站在楼洞里，看着门外的地面被雨丝一针一线地编织成一件波纹荡漾的银衫。水花碰撞着水花，弹奏着一首优美的圆舞曲。一圈圈的波痕在地面上密密地荡漾，仿佛万花筒般炫目与千变万化。稍待雨后初霁，站在尚湿未干的泥土上呼吸着清新的空气，仿佛千万种小小的欣喜在胸腔里炸开，幻化成心底最真实的欢喜。

这……大概就是清欢吧。站在自己喜欢的地方，做着让自己欢喜的事情。我的清欢，有时候就这么简单。

还记得东坡的一蓑烟雨任平生，还记得易安的沉醉不知归路，还记得太白的举杯邀明月……他们都是在用自己的人生演绎着属于自己的清欢。清欢不一定指

清雅与闲适，只要能化解心中的忧苦，放浪自己的形骸，沉醉自己的灵魂，陶冶自己的心神，又为何不能称之为清欢呢？

一直觉得清欢是一种态度，是一种从灵魂深处浸润的美好。身处红尘世间，忙碌一生，奔波一世，我们的心灵早已失去了初生的纯良与自由，被世事封锁在凡俗的枷笼里，左摇右晃寻不到出路。清欢就仿佛从窗外倏然蹿入的一束清光，给予我们希望，让我们的灵魂得到片刻的放松与快乐。常在公园里看见小孩子无忧无虑地嬉闹，看见年轻人放下满身的尘土，靠在椅背上听着心灵的歌，看见日暮西山的华发伴侣在夕阳下渐行渐远，虽老却仍许着约定三生的承诺。微风吹拂在每个人的身上和心上，弹奏着一首优雅而绵长的清欢之歌，仿佛小时候吃到的棉花糖，细软而微甜，沁人心脾。

清欢就像是一杯醇酒，浸满了回忆的余香；也仿佛一曲骊歌，唱别着过去的时光；又好似一指流沙，沉淀着未来的仓皇。一晌清欢，带给你的是一种信仰，一种温暖，一种让你的心灵重新恢复弹力与张力，再度活跃起来的力量。享受过去温软的岁月在时光的流苏里描画着优雅，清欢却早已身披白衣，手执墨笔泼墨挥毫，尽管韶华不负，时光崩塌年事纷繁，她仍然不离不弃，不依不饶，站在流光的尽头向你腼腆微笑。笑容穿梭了无数光年的距离印在你的心上，人生路旁的百花早已散漫成沙。

站在同一片夜空下，呼吸着同一片空间的氧气、氮气和二氧化碳，每个人心中的清欢却始终不一。承认也好，否认也罢，清欢始终承载着自己心底对那片伊甸园的向往与追求，横亘在自己颇为繁累的生命里，一眼望去，春意正浓，满树繁花。

发表在《作文与考试》高中版 2016 年第 10 期

《作文通讯》2016 年第 11 期；

《中学时代》2016 年 11 期

风　语

　　在夜里聆听窗外风吹过的声音，暖暖的，拂在心间，发出阵阵清响，好像欢呼声浸满了心田。

　　从小就喜欢风。在炎炎夏日里，当可口的冰棍融化得袅袅出尘时，一缕清风吹来，虽然并不会带来多少凉爽，但心里总会微微一动，似乎嗅到了美好的气息。

　　春日里，在街上走着，空气中似乎弥漫着一层淡淡的腥味，手指已经麻木，感觉搓一搓甚至能掉下一层皮来。空气中扬起的粉尘在阳光的注视下纤毫毕现，明目张胆地四处游荡。树叶也不复往日的葱茏，在这生机勃勃的春日里，枯黄败落。行人急匆匆地走着，戴着口罩防着春日里飘飞的柳絮，但不时想要张开嘴猛吸几口气。街上静极了，没有喧嚣，一辆辆车辆驶过，也似乎悄无声息——来来往往的一切都静默了。

　　突然，心里似乎有一阵小小的雀跃，也确实欢呼起来了。一阵温暖的风从山那边直吹过来，默默地，却似乎饱含着极大的热情扑来了，融入每个人的心里。一时间街道好像活过来了，人们憔悴的脸上露出了笑容，四肢也变得灵活起来，树叶枯败的样子也消失不见，不知从什么时候起，枝头上已经挂满了翠绿的枝叶。阳光下本耀武扬威的粉尘，也在这温和而不容置疑的暖风面前败退了，溃不成军，四散奔逃。行人满脸笑容地拉下口罩，迫不及待地呼吸着这难得一遇的清爽。

　　最喜欢有风的天气，天空晴朗，风静静地吹过，似乎充满了一种沁人心脾的香气。伸开手让风沿着指尖溜走，我在时光的长河里静谧地到达温暖的终点。风吹过我的脸庞，似乎有一簇火焰在心底里跳动，弹奏着天籁，轻轻拨动心弦，素雅而淡漠。

　　我喜欢风，就如同喜欢我手中的笔所倾泻出的游龙般的思绪。风与文字其实是一样的，柔软，清澈，仿佛上天降下的甘霖。文字是那么自然地从心底抒发出来，像流过心田的清泉，滋润每一寸土壤。白色的风在林间轻轻吹过，吹动每一片树叶、每一缕芬芳，拨动心灵的琴弦，清雅地弹唱。来自林间的风像一位舞者，怀抱琵琶奏出心底的呢喃，将微微荡漾的思绪收敛在段段短促的尾音里，在空气中荡开优美的波纹。

　　我喜欢风。风常在我耳畔低语，诉说纷繁世事，悲欢离合。

　　　　　　发表在《读者》校园版 2016 年 10 月（上）《先锋小作家》2016 年第 8 期

做一个幸福的人

"做一个幸福的人"，是泰安一中的校训。

"幸福"是什么呢？怎样才能做一个幸福的人呢？让我们从汉字的本源上来探寻幸福的源泉吧。

在我心目中，汉字可是世界上最奇妙的文字。汉字的笔画之间大有乾坤，一横一竖都有古老的传奇，一撇一捺都有讲不完的故事。

"幸"字根据《说文解字》中的释义，在古代指捕人的刑具，也指监禁犯人的地方。所以，"幸"字的本意是对人的治理教化，表意指向的是安定祥和；"福"字起初的意思为"敬神"，依靠敬神才能得到的东西被称为"福"，隐咏美好之意，实指人须心存信仰，心有敬畏，心生感恩，如此，则胸怀甜蜜。

让我们再走进"幸""福"二字的笔画里面，体味她们绝美的内心世界吧。

"幸"字头上一片"土"，象征基础或希望，但因上下结构，这土确实带来沉重和压力感，却起到强调作用。下面是一头"羊"，"幸"字中间的两点正是羊高举有力的两角在拱"土"，象征力量、突破和追求。再从上往下看，竟然还暗藏着"十"和"一"，还有"干"呢。这是在告诉我们"要使出十分的力气，一心一意，立足实际，善于突破，扎实肯干"。再则，"幸"字中间的两点，正好处于"土"之下，"干"之上，除了羊角的身份，还兼职"眼睛"呢，而且让人立刻感觉到这双眼睛传神达意，好像在说："实干既要立足脚下，又要目光长远！"

——这"幸"字告诉我们：要心怀梦想，肩挑担当，有坚忍的意志，脚踏实地，善于突破，有执着的追求、实干的精神、长远的目光。

"福"字的笔画结构温馨甜蜜，让人流连神往。

"福"字左边是"示"部旁，右边是"一口田"。告诉我们的道理是：有吃有穿，就是福了。

左右结构的"福"字，四平八稳，落落大方，笔画结构错落有致，让人瞥一眼就品到了轻松自在，笔画间春风得意的感觉冲击心扉，喜庆之气弥散得满世界都有。更何况，左手华衣，右手美食，功成名就，一路走来，高昂着头，轻松地甩着胳膊，身边伴着的是得意的事业和追求，这是何等的满足、惬意和荣光啊！

——在美好面前，一切言语都为赘，况且，这"福"字已经把美好演绎得如痴如醉。

人总是有感受的，就如"人"字的一撇一捺，左边的撇好似人在上坡，经历着艰难险阻；但当你熬过这段时光，接下来的一捺便一马平川、一帆风顺了。

我们经历成长的过程，一路走来，或艰难跋涉，或春暖花开，最终破茧成蝶，这就是"幸福"二字的诠释。

"做一个幸福的人"，一句话，温暖了无数人，造就了无数的幸福。

发表在《少年博览》中学版 2016 年第 10 期

来过，就不曾离开

一眼望去是无尽的碧波，内敛而从容。

目之所及，楚楚动人，令人沉溺。水波起伏如鸬鹚翼动，湖面上风景正好，飘扬着温暖和笑颜。水花的梨涡，在岸边留下微不觉察的淡淡印痕。

走在西湖边，潮湿的气息扑面而来，似乎是母亲在温柔地呵护自己的儿女。温暖而带有潮气的风将我裹挟，游离在世界之外。风时而闷热时而清凉，似乎就连上天也无法控制它的心情。一缕缕清风仿佛一张张晴雨表，上面刻画的全是这风、这水的微笑。

眼前渐渐迷蒙，面前浅白的"薄纱"是夜幕和西湖最珍贵的馈赠。周围的景物亦真亦幻，天边夕阳的微光仍然在翩翩荡漾，远处的都市接二连三地明亮起来，将天空渲染出一层金色。灯光斜映在湖面上，湖面仿佛被镀上了一层金箔，与苍旻上悄然登场的清月共舞，卷起优美的夜光。

天空尚带些许晚霞，已有鸟的影子从天边掠过，点点孤鸿，一片霓虹，一池静水，犹如一幅泼墨国画，闪着宁静而温馨的天光。

素闻西湖很美，终于在这夏日向晚之时来到了她身边。她的裙袂似乎在不经意之间沾染了荷香，牵引着每一个朝拜者的魂魄。水面在微风的吹拂下一层层漾开，仿佛无数峰峦般起落跌宕。湖水在我面前不遗余力地展现着姣好的身姿，美丽得少了一点含蓄。

几点寒星在夜空中骤然明亮起来，凭借着微弱的月华星光和远处都市迷离的灯

124

火，湖水迷蒙的涟漪，摇动着魅惑的魔影。远处连绵的黛色群山也兀地弹奏起光明的咏叹，闪耀在苍茫夜空之下，远望去好似给山尖围上了一条淡金色长巾。各种景物映照在湖水上，看起来西湖仿佛是面未经打磨的铜镜，其上环映着五光十色的斑驳倒影，粗糙而精致。

东坡也曾至西湖并吟下千古名句"欲把西湖比西子，淡妆浓抹总相宜"。不论春秋，不分昼夜，她总是在那里静静地展现着自己的魅力。夜色微浓，仰望天空，浅褐色的苍穹上竟淡淡地飘浮着几层薄云。似乎有调皮的娃娃用蜡笔在天空中涂抹着层层的暗色，同时也夹杂着空旷和邈远。一团云丝丝缕缕，浓淡相宜，在夜空中笼罩着不远处的山头，莫非竟是传说中温婉而热烈的白娘子思夫心切，从雷峰塔下幻形出来待君归吗？漫步在白堤的石板路上，顺着清风点点滴滴飞溅过来的湖水洒落在青石板上，深入石板间的缝隙之中，使苍青色的板面更显亘古的沧桑。从前的岁月渐渐远去，从前岁月的影子落在了水面。

踏上断桥，一旁卧着一田荷花，安静而热烈蓬勃地盛开，书写着生命美好烂漫的诗篇。亭亭荷花仿佛小青撒下的一把把翠色小伞，立在湖面上，荷花边的大片垂柳一眼望去仿佛一带碧痕，绿意正浓。满目苍翠中，一湖烟波上，衬着满湖满水满荷的是那满堤的柳丝。柳丝被清风抚弄着，缠绕在心湖里，摇曳成晶莹的翡翠。

直到晚风沁着我的脸颊，我这才发现西湖的夏夜不知何时已披上了清凉的袈裟。淡淡的水雾在空气中浸润着，氤氲的烟影在水面上缥缈着，仿佛生命中的过客，也仿佛狂风中的烛花，如此温婉美丽，却又脆弱得不堪一击。湖面上点点绰绰，暮霭起落浮沉，些许光芒在余光中明亮，好似大深渊里传来的微光，虽柔弱，但仍是光明与希望的传承。湖底好像无边无际般，深邃而浓烈，安静却并非死寂，虚空似乎被湖水销蚀，填充了世界的每一个角落。

既已来过，就不曾离开。

多年之后，无论西湖是否在我的回忆里，是否在他人的回忆里，都无所谓。它始终烟雨蒙蒙，芳草萋萋，湖水依依，垂柳青青，晚风怯怯，不来不去，等待着下一个有缘的人，再次绽放属于自己的笑靥。

发表在《意林》校园第一阅读 2016 年第 9 期

寻 觅

　　寂夜，星河高悬。月光如水洒在天边，也洒在我的心间。窗前一抹温暖的灯光，手捧一杯清茗，茶香四溢，静静地翻阅着一本散发着墨香的书卷，看到一段关于寻觅的心情文字，突然一怔。

　　也常常想过，自打呱呱坠地开始，我们就不停地寻觅了吧？寻觅自己的未来，寻觅一切的一切。是啊，"寻"这个字，简简单单，却又纷纷繁繁。

　　在疲累之余，我也常常渴望寻一条寂静的小溪，寻一缕春风扑面，寻一抹花香动人，寻一片绿荫似海。当我们回归现实，也一样在寻找。寻，既是对现实的一种肯定，也是对未来的渴求与探索。它心系着你的梦想，有无数人为了自己心中的彩虹而苦苦奔波求寻。当我自梦中醒来，想到今天还要继续寻找着自己的梦想，总会微微一笑：寻，寻觅的感觉，真好。

　　人生的路有多长我不知道，但我知道这条路并不好走。大抵也是因此吧，上天把寻这项任务交了予我们，让我们在漫漫人生路上寻找属于我们自己的真谛。人生，不过就是一场寻觅。但每当我们沉静下来，将躁动不安的心重新放回属于我们自己的胸腔，不禁开始思考：我们寻找的，到底是什么？是寻一碗忘忧酒饮罢解千愁，还是寻一江东逝水翻腾事皆休？或者，是其他的什么？

　　其实从我接触"寻"这个字开始，便打心眼里喜欢上了它。或许是因为它在我看来简洁的笔画能少去我学字的困扰，也或许是它所蕴含的深意打动了那时不谙世事的我。从我真正懂得寻的意思后，我便开始寻找支持我走完人生路的动力。一个微笑、一个拥抱、一声赞叹，都能温暖我的心灵。也许，我们穷尽一生所要寻找的，只是这种暖暖的温馨，让它在不经意间蔓延开来，浑身上下，温暖一如。

　　今夜我又邂逅这个颇为神秘的字眼，看着袅袅茶烟在我眼前缥缈，突然觉得寻并不在乎最终能找到什么，而是求寻的过程。好像每一个愉快的旅程般，每一次寻觅都是愉悦的。在这种愉悦里，尘光消逆，杂念皆休，仿佛以一颗赤子之心，面对着这个即将被你探索的未知的世界。

　　或者，每一分每一秒也都在寻。佛说："一弹指六十刹那，一刹那九百生灭。"那在一弹指间，又有多少国度、多少世界烟消云散呢？每一秒钟，我们的心境都在悄然发生着改变，我们所追寻的，也仿佛幽潭之中的粉莲，悄然绽放开属于自己的美好。

人生，就是一场寻觅。我们在这条漫漫长路上不断寻觅，不断收获，一路走来，一路微笑，一路寻找着属于自己的美好。

轻轻吐一口气，看茶烟在空中幻化着优美，听耳边万籁俱寂，看天边星月朗朗，真好。

发表在《最文摘》2016 年第 5 期；
《作文与考试》初中版 2016 年 5 月

我与笔的故事

听妈妈说，小时候抓周，我抓的是书和笔。从此，我就跟书和笔结下了不解之缘。今天先讲讲我和笔的故事吧。

在我一两岁的时候，家里有一盒圆珠笔。虽然样式一样，可胜在数量多。我每天便乐呵呵地拿着一支圆珠笔在手中"把玩"，开开心心地摁下去，又摁上来，再摁下去……

不用说……很快，一支圆珠笔便在我的"玩弄"以及一些写写画画所附加的"buff"之下"香消玉殒"，一命呜呼了。我看着这支彻底崩坏的圆珠笔，拍手大笑三声，又屁颠屁颠跑到盛放圆珠笔的盒子边，伸出白白嫩嫩的小手。又一支圆珠笔，就此落入魔爪，"永世不得翻身"。

而父母等人看在眼中，"急在心里""敢怒而不敢言"，只得眼睁睁地看着一支又一支圆珠笔"葬身"在我手中，却毫无办法。

随着一支支圆珠笔前辈的牺牲，岁月也在不断流逝。终于有一天，圆珠笔家族不再人心惶惶！

有了一个天大的好消息啊！

圆珠笔们互相奔走相告，四顾喜大普奔——大魔王终于走了！

我上学了。

步入二年级，老师严肃要求——要用黑色或蓝色的钢笔书写！

从此，我就开始了与钢笔的"情缘"。

我第一次发现，钢笔竟然还能分两种；第一次知道，世界上还有那么神奇的东西！捏一捏，就能充满水；拉一拉，也能充满水……这莫非是魔法？！

怀抱着如此激动与好奇的念头，我开始了使用钢笔的征程。第一次用钢笔写字，觉得远远不如圆珠笔——竟然还会洇，大大地不方便啊！

但迫于老师的"淫威"，只好忐忑不习惯地用起了钢笔。最后却发现，钢笔虽然不太好用，但真正写起字来还是挺好看的！特别是一笔一画，一撇一捺，那感觉，简直没得说！

于是乎，我又深深迷恋起了钢笔。每每走进一家超市，只要有钢笔卖，就一定会选上一支。而钢笔的价格又不算很便宜，因此爸妈只好哭丧着脸，看看自己日渐变扁的钱包，又看看家里整整齐齐摆放的一排排的钢笔，欲哭无泪……

很快，随着窗外的树一年年拔高，我也逐渐长大。当年对钢笔的挚爱之情也逐渐成了一杯不断加水的饱和溶液之中的溶质的质量分数——越来越淡了。

但紧接着，我在一次无意中发现……自己，竟然对各式各样的笔，都有一种特殊的情愫！

没错！就是各式各样的……

自从上了五年级以来，我就开始用中性笔书写。之后……就一发不可收拾！

由于中性笔品种多样，种类繁杂而且颜色鲜艳……若都能将其收集完毕，那可真是平生一大快事！

因此我走上了疯狂的收集笔之路……

特别是当看到有关动漫或小说的笔时，总会惊喜地大叫一声，然后用楚楚可怜的眼神盯着老妈："母后大人，买上这一支吧！就买上这一支吧……"

说着已然是泫然欲泣的深情。老妈无奈，长叹一声，似是不忍见我如此"痛苦"，只好掏出大把大把的"银票"，交之于卖家，随后领儿归家；儿领笔回，欣欣然悦之矣！

小树一次次地拔高，年轮一圈圈地扩张，岁月一年年地流逝；笔的种类一次次地变幻，笔的新颖一圈圈地更迭，我对笔的心意，一年年地增长，永不褪散。

发表在《全国优秀作文选》初中版2016年第4期

踏雪而来

　　喜欢在雪天，掬一捧流霜，感受"柳絮"在手中慢慢消融，体味一丝静好；喜欢在雪天，呼一口温热，看着浓雾在空中逐渐氤氲，轻嗅一缕清香；喜欢在雪天，踏一地雪落，聆听素雪在身边慵懒低吟，细品一抹芬芳。

　　伸开手掌，面向天空。迎接这场上天的馈赠，欢欣这次美好的邂逅。数年不见的雪在夜阑人静时踏着熟悉的节拍悠然而至，拉着裙裾划过优美的弧线，轻轻拨动唯美的琴弦。举目望去，四面雪花在凛风的裹挟下旋转、飘移，在身边涂抹着美好的图案。天空有几道流云摇曳着，将苍穹分割成几块奇形怪状的拼图。周围入眼处银白一片，仿佛大地上铺遍雪白色的落花，柔软而芬芳。青叶早已落光的街边枯树仿若提前异样地重生，浑身上下流露着银装素裹的从容。四周寂静，聆听雪落地的声音，轻轻地欢呼，脸上绽放开一抹沁人心脾的笑容。用舌尖的味蕾感受冰雪的滋味，用指尖的触感品味素雪的轻柔。轻轻呼出一口气，看湿润的雾气逐渐氤氲着身边一点一滴四散的雪花，内心突然感到一种满足。轻轻地掬起一捧雪，整片手心盛满了冰凉，也盛满了温雅的美好。静静闭上眼睛，白雪纷飞，柳絮飘散，岁月安好。

　　恍然间，似乎有一种美丽，踏雪而来，弹奏一生的素雅。

　　一直觉得，咏雪是一件诗意的事情。站在窗边，看漫天银白尽皆飘洒，挥舞出属于自己的美丽与绚烂。喜欢纳兰的"不是人间富贵花"，恍若天边而来，追溯天阙，低吟着优雅与冷傲；也喜欢岑参的"千树万树梨花开"，火树银花点缀着这片不夜天空，在星空下恍若盛开的雪白梨花般素洁。柳子厚"孤舟蓑笠翁，独钓寒江雪"的凄清，李太白"欲渡黄河冰塞川，将登太行雪满山"的无奈，王摩诘"草枯鹰眼疾，雪尽马蹄轻"的豪放……多少在历史长河中被永恒篆刻的诗句，都融杂在冰雪的素净与美好之中，恍若夏日最美的金色阳光，晒出一地的芬芳。

　　恍然间，似乎有一种美丽，踏雪而来，吟诵一生的诗意。

　　已不记得人生之中看到的第一场雪是在何时，却始终记得刚上初一那年冬日里飘飘洒洒的纷飞白雪。漫天飘舞的白絮撒在脸上、身上、心上，至今仍然记得那缕甘甜而苦涩的味道。今年这场雪恍若昨日，装点着年少的梦。记忆里泛黄的笙箫仍然在吹奏着悠扬的曲调。这场雪却仿佛跨越千年来到自己面前，轻轻诉说着一段静静的往事。踏雪而来，看身后一串依稀可辨的足迹，一瞬间似乎万树梨花盛开向我微笑，恍然间有一种"直挂云帆济沧海"的豪气涌上心头，却又很快缠绵在婉转的回忆里悱恻缠绵。耳边似乎又回荡起那熟悉的声音："2002 年的第一场雪……"却依稀逐渐模糊，沉淀在时光的旋涡里，散发出遥不可及的馨香。

恍然间，似乎有一种美丽，踏雪而来，留恋一生的回忆。

哈出一口气，看雾气一点一滴攀爬在镜片上，双手捧着一杯清茶，在静好的时光里，品味踏雪而来的美丽。

发表在《先锋小作家》初中版 2016 年第 2 期

《课堂内外·创艺园》2015 年第 12 期

《作文与考试》初中版 2016 年第 5 期

你说，我听

在这晚昏小雨中，伴着树梢上寂鸟的孤鸣，漫步在天街雨巷中，雨丝打在油纸伞上，溅起明慧的水花；谛听着尘世的轻声细语，似乎所有的浓情都闪耀在这神赐的甘霖中，绽放开了清雅的淡花，诉说着心中的清欢。

你说，我听。

在这彼岸长河边，和着春风婉转的歌啼，在斜阳晚风中沉思，静听流水玲珑作响，拨动心底的弦，在夜幕笙歌繁华的柳绿岸边，那么醉人凄美。用心去体会，用爱去享受，倾听着江南柳溪的吴侬软语，巧笑嫣然。

你说，我听。

在蓝宝石般的长空中，几缕流云飘荡着回忆，寄托着相思。如母亲的手抚摸着你的脸，总在孤寂之时温暖地保护着你，存留心中的爱与本真，在耳边喃喃地倾诉着你的快乐与忧伤。风，划过天际，留下一阵呼啸。

你说，我听。

拈花微笑，在常青藤下，沉木桌旁，心静如水，澄澈清明。也许只有这样的环境，才能让我们有理由去享受生命与快乐。看，身边蝴蝶舞，樱花繁，无声的语言，让我沉醉于遐想之中。

你说，我听。

月夜，天空一轮明月高悬，浩如烟海，盛放在我的心间。抿一口茶，淡淡的月晕晕染了身遭，旖旎，美好。茶风中的月色流年似要将远山融入天际，化作天边的一点孤鸿。长空之下的月影仍然如此多娇，引无数英雄竞折腰。你轻启朱唇，淡淡地微笑，将那亘古不变的柔婉传递到每个人的心间。

你说，我听。

眼前雁过无痕，耳边涛声依旧。挽一卷黄沙路过匆匆岁月中的胶着，观海边水天一色，潮汐往复，终究是这一幕繁华里倾城的点缀，却始终如此循环，如每日太阳东升西落，亦如生命生死轮回不止。我听见了，那潮汐深处的声音。

你说，我听。

一笔青梅往事，随一指温婉的记忆，停留在那灯火阑珊、玉壶光转的人间。站在窗前看真情淡淡泯灭在锦瑟年华，晕染了红尘的经卷。此去经年，应是良辰美景虚设，虽纵有千种风情，也总有或多或少的思念在时光的渡口默默摆渡，却更与何人说？思念，在空中荡漾，低喃着回忆的美好。

你说，我听。

东篱把酒，看前尘潇潇，红尘寂寥，将寄在文字里的思念抛洒在精雕细刻的栏杆。书籍泛着墨香青衣耳语，朦胧着思念往事，却又笑着面对。翻过一页，那沙沙的动听，早已成为耳边最美好的回忆。

你说，我听。

……

蓦然回首，惊起，沉思。

多久，不曾平定心神，静静地观想？

多久，不曾轻吻一本书的扉页，淡闻一朵花的芬芳？

多久，不曾笑望苍天，用内心来感触世界的美好？

让我，从现在开始。你说，我来听。

《美文》青春写作版 2016 年第 4 期

《作文新天地》初中版 2016 年第 1 期"卷首语"

《创新作文》初中版 2015 年第 12 期

秋

　　总喜欢在月色如水的傍晚，坐在窗前，静静地听着一曲天籁，有风拂过，吹在脸上，只感觉满心清爽，恬静如画。

　　第一次感觉夏末秋初的夜晚是如此美好。皓月当空，月光如水水如天，晚风清凉，让人享受着一份静美。初秋的夜晚不似欧阳子《秋声赋》中所说的凄神寒骨，在夏日的余温中还包含有一丝淡淡的秋之意象，让人沉醉在夜景中而不能自拔。

　　秋夜如水，月光笼罩着的大地仿佛铺上了一层银白色的浅霜。行走在林荫小道上，往常独自一人怕黑的恐惧心理此刻奇妙地全部消失了。听着耳边虫声唧唧，我闭上眼，顺着这条小道独自一人静静走去。一呼一吸之间都带着沁凉的意味，秋日天空的味道扑面而来，酸酸甜甜的，浸湿了我内心深处柔软的地方。突然想着那些世外桃源人间仙境也不过如此吧，静谧的夜晚，虫声，一人，以及天空上入水盈盈的皓月。

　　秋夜的星格外明亮，在天空闪耀着，忽明忽暗。在夏日酷热的温度下躁动起来的内心，此刻也逐渐沉静下去。

　　喜欢一句话："在秋高气爽时节，鲜衣怒马，踏花而歌，锦瑟岁月的流年，品尝着过往，斑驳了往事的回忆，笑看今年年少轻狂。"喜欢话里的轻狂意味，喜欢夹杂着淡淡惆怅的清美词句。秋天包含了太多，暖我半世耀阳，融你半世冰霜。秋天，意气风发；秋天，离愁哀婉。她是所有季节中承载情感最多的，就好像一个未谙世事的小姑娘，瘦弱的肩上负着浓情婉约，却仍笑靥如花，眼眸里透露着晶莹的喜悦。

　　一直不明白为什么人们总是将秋日理解成悲凉的过往，凄美的回忆。自古就有刘梦得言"自古逢秋悲寂寥，我言秋日胜春朝"。的确，初秋时节，亦有百花盛开的景象，不过比之于春朝，却多了一份即将凋零的凄婉与情愁，但更是秋高气爽的盛气时节，没有春日的春寒料峭，没有夏日的炎炎酷暑，更没有冬日的凛凛严寒，温暖中带一份丝丝的凉，潺湲而从容。有时我甚至觉得，在这个人世间，能享受到秋天如此良辰美景，也不枉来到这世上活这一遭了。

　　······

突然感觉脸颊一片冰凉，伸手一抚，侧耳倾听，嘴角勾起一丝微笑：

秋雨来了。

发表在《全国优秀作文选》初中版 2015 年第 12 期

糁馆飘香

眼见寒假快要结束，全家人便一起徒步去泰山书城，在开学前满足我的"书肚"。于是我兴高采烈地沉迷于书海之中直到下午一点，终于碍不住老妈的"怒火"，只好答应先去填饱肚子。出了书城向右一拐，走进了一条小巷，处处飘着浓郁的饭香，仿佛要把人肚子里的馋虫拽出来一样，让人食指大动。

爸妈决定找家饭店随便吃点。我却执不同意见：肚子一点也不饿，午饭就不吃了！争执了一番，现场陷入胶着。

"喝点糁吧，一个人六块钱管饱……"突然，一个大嗓门就在身边的小院中响起，顿时将我们吓了一跳。扭头看去，一个大妈正在院中刷洗着什么，笑道："过来看看吧，咱的糁绝对好吃，喝一碗吧！"

我心中突然涌起一种淡淡的厌恶感，如此美好的环境，却被她的大嗓门给破坏了，不由想起了那次去南京领奖时，我们也是被一名饭店老板大声而又热情的招呼所打动，落座点菜后却发现实在不怎么样。从此我心中就对这种吆喝自己饭店的老板产生了排斥心理，认为真正好的饭店都是含蓄的，真人不露相——金子一定会发光的。

老妈皱皱眉头，低声说："咱们走吧，这儿一看就不怎么样，估计糁也好不到哪里去。"我脸上也露出了不豫之色。

"来！快进来坐！这糁绝对好喝，物美价廉……"那位大妈的声音里满是热情洋溢。

老爸沉吟一会儿，道："不如进去看看，如果不好就出来，感觉可以的话，尝尝又如何？"

老妈和我、老哥都不情愿地同意了。

这小小饭馆从外观看上去很是一般。但走进其中，木质花纹的地板、优雅的隔间、飘扬的糁香，令我们着实吃了一惊。我心中对这糁馆的厌恶感似乎也减轻了不少。

　　尽管已经午后一点多，但这里的顾客还真不少，有一家三口的，有中年夫妇的……看来这里的生意当真不错。

　　"来，坐这里……"那大妈很高兴地擦擦手，安排我们落座，笑道，"要几碗糁啊？"

　　老妈本不愿喝，原想着将就吃点就算了，但耐不住大妈的热情，也只好要了一碗。

　　"来，别客气，到这里就像是到了自己家里一样，油条想吃多少吃多少……我这糁暖胃、醒酒、薏米仁、麦仁、燕麦……好喝着呢，绝对让你喝了还想再来……"大妈边滔滔不绝自豪地说着，边随手将手中的一碗鸡蛋液搅匀，从一旁还冒着热气的装满糁原液的木桶中舀起一满勺撒入碗中，动作娴熟地撒入葱姜蒜末，淋上醋和香油，笑道："来，第一碗……"

　　很快，大妈将四碗冒着热气的糁放在桌上，拿了一个小竹盘装满油条："吃吧，都是自己炸的，绝对环保，蘸着糁吃更好……"

　　看着面前微黄的汤汁中漂浮着缕缕明黄的蛋花，香气扑鼻，竟给人一种惬意的感觉。舀起一勺糁放入嘴中，看上去黏稠的糁在入口的一刹那便瞬间化开，刺激着我的味蕾。浓郁扑鼻的醇香，微烫的汤汁，却有一种别样的可口之感。吞下肚，嘴中还留有余香。抬起头，呵呵，老爸老妈和老哥也都纷纷陶醉于这美味的糁中。老妈更是剥去了"淑女"的面皮，直接扔下筷子，手抓油条蘸着糁汤，大口大口地吃着。老爸嘿嘿笑道："当时是谁说不来的？看看，不来多亏啊，这么好的美食可就享受不到喽……"

　　渐渐地，店里的顾客只剩下我们了。从老爸跟大妈的攀谈中得知，虽然糁馆在这不起眼的小巷，但生意非常好，尤其早晨，顾客满满的，都赶不上卖。我心想，有这么好的糁汤，这么热情的大妈，我也会喜欢来的。

　　在醇香的糁的辅助下，一大盘子油条很快被消灭。老爸又接连去拿了两次油条，最后……竟然把店里的油条全部吃完了。其实，此时的我们也已经吃饱了。

　　看着仅剩了一个底儿的竹盘，正在吃午饭的那位大妈呵呵笑道："别让孩子饿着，吃……"说着将面前盘中正在吃的几块五香饼放到我们面前的竹盘里。"大妈，我们已经吃饱了，您别……"老妈一怔，有些不好意思。

　　"别客气，到了这里就像到家一样……"大妈摆摆手呵呵笑道。

　　与大妈道别后走出小店，仍然口齿留香。不由想起大妈"大嗓门"的呼唤和洋溢着热情的笑脸，我有些羞惭，竟将一位好心人的热情款待当成了街边摊主的冷漠招客。她尽管其貌不扬，却仿佛那美味的糁般令人由衷赞叹。她的热情，如同一缕跳动的寒春火花，尽管微不足道，却在心底弥漫开来，逐渐燎原，在这春寒料峭的早春，让我感受到了浓浓的暖意。

发表在《中学时代》2015 年第 8 期

音的世界

徜徉在洒满夕阳余晖的街头，我的耳边总是充斥着各种声音。人们的喧哗声，车辆的鸣笛声……过滤掉这些，便是我在心绪沉静时最惬意的享受了：或是小鸟的鸣叫声，或是潺潺的流水声，或是风吹树叶声，抑或是雨打芭蕉的声音，还有树木花草生长的声音……如此种种，都仿佛铭刻在我心里，让我感动。

最喜欢的便是风声。听着夏风伴随大雨滚滚而来，打在窗户上发出"乒乒乓乓"的声音。听着这肆无忌惮的音响，我的心中便涌起一股冲动，突然特想跑进雨中长啸几声，抒发一下"我自横刀向天笑"之类的豪情。秋高气爽，"秋风扫落叶"时的"沙沙"声，也一直是我所喜爱的。而欧阳子《秋声赋》中"故其为声也，凄凄切切，呼号愤发"的最高听秋风的意境，我一直在努力去达到。凛冽的冬风呼啸着卷起漫天的雪花，也席卷了一树的心中落花。我站在人生的路口，聆听着呼啸的风声，心中不可遏制地涌上一股难以言传的情感。

说起来，大家都比较畏惧的雷声我反倒不害怕，仔细品品"空空隆隆"的雷声，倒是别有一种韵味。我呢，最害怕的则是一种奇怪的声音。到现在我也不知道是什么东西发出的，就是在黑夜里莫名地出声，是一种极刺耳却又感觉很光滑圆润的尖声，像极了以前在电影里看到的外星人飞船降落的声音。故此每每听到便夜不能寐，好像外星人真要降落一般。不过随着年龄的增长，我也逐渐对它趋于平淡，以前，就权当自娱，安慰我这个患有"轻度失眠症"（自封）的心灵吧。

发表在《初中生写作》2015 年第 5 期

秋　思

　　秋风摇曳，一叶知秋。任思绪荡漾在秋风中，让诗意撰写在秋叶上。捻一片飘零落叶，顺一缕神往秋风，看天边云卷云舒，观庭前花开花落，蓦然间，一卷卷墨香诗词在我眼前缓缓舒展而开，似乎在描画秋日的礼赞。

　　"何处合成愁，离人心上秋"，"最是秋风管闲事，红他枫叶白人头"……一首首近乎绝唱的诗词，道出了词人们心中的哀伤与叹息。每一首词的诞生，都意味着一颗新星的升起，在这寥然旷远的秋日长空之上，闪耀一方。

　　秋叶落，秋华残，秋情深，秋恨起，在这样的时节，每个人心中都充满了一种莫名的愁绪。窗外秋雨连绵，敲在窗沿上，清脆的声音似乎落在心灵的沃土。这种连绵不断的秋雨，总是令人心头有些许的颤动。

　　"一点秋风，从人间走过，枫叶在风中老去霜红，黑发在秋风里染成白雪。"秋风萧瑟，秋雨连绵，听窗外的秋风仍在呜咽，看天上的秋雨细密洒下，滴润了大地，滴润了整个人间。

　　秋，是一个意味深长的季节。草木从早春经历了整个酷暑的蓬勃，一直历练到秋季，把最美的状态呈现在天地之间。但秋天到了，冬日还会远吗？秋日的盛景是如此短暂，时光流逝，带走的不仅仅是季节，还有时光。因此人生的感慨，大都在秋天发出，想必，这就是"悲秋"吧！

　　秋天一向是个感怀忧伤的季节。自古以来，多少怀古伤情，都和秋意的斜阳晚钟、空山寂寥融合在一起。王勃的《悲秋》、杜甫的《九日》、长卿的《长沙过贾谊宅》……一首首脍炙人口的千古佳作，都发之于秋，感之于秋。但是，诗者们不仅可以悲秋，还可以大步跨过这个境界，达到一种豁达。刘禹锡的"晴空一鹤排云上，便引诗情到碧霄"，黄庭坚的"催酒莫迟留，酒味今秋似去秋"……也有许多诗者，在历史长河中的某一个地点相遇，举杯长笑，感慨怀秋。

　　如果说春天用了所有花叶仰起头来，向明媚的长空欢呼，那么秋天则是用所有果实俯下身去，向厚重的大地感恩；如果说春天的花朵是娇嫩柔弱的，那么秋天的花朵便是灿烂磅礴的。阳光洒在一丛丛一簇簇的秋叶上，将秋叶点燃成最亮丽的光彩，铺天盖地，令人震撼。

在亘古以来的浩荡诗篇之中，无论是春花满眼还是秋叶遍地，总会和我们相遇，道尽平生的缘分。无论是喜是悲，是失是得，明天都必将来临。不管是春风还是秋月，都会从我们生命中走过。若我们有了豁达的心，一切感伤便都会随风飘散。饮一杯豪情放旷酒，赏一眼春花秋月夜，让我们伴着秋天的脚步，一起走向前方的未来。

发表在《意林》校园第一阅读 2015 年第 3 期

《初中高分作文》2015 年第 9 期

《疯狂作文》初中版 2014 年第 11 期

秋　夜

夜阑人静，坐在桌前，任一缕夜风飘入屋中，凉了满杯的清茶，氤氲着心湖的涟漪，沉醉依然。

秋夜，意味深长。没有了春夜的静谧，更无夏夜的喧闹，亦无冬夜的寂静，独有自己的风格。凉爽的晚风拂在脸庞上，似乎吹动了绷紧的心弦，背负的如山的压力也似乎如冰雪般消融。

秋夜的天空是晴朗的，疏星点点衬着皓月当空，显得那么和谐与宁静。入耳处没有了夏夜蝉儿的聒噪，寂静的月夜让心似乎也沉浸在这一片祥和中。

秋夜的天空是深蓝色的，如蓝宝石般悠远沉静。盯着天空仔细看，仿佛有一圈圈的涟漪以皓月为中心荡漾开来，水波一荡一荡，群星便恍若天水中跃出的鱼儿，身姿矫健，灵动轻盈。

秋夜使人沉静。经历了春日的静谧和夏日的喧噪，夜晚在秋日的历练中得到了最好的沉淀。站在萧瑟秋风中，自己的心便不由自主地缓缓沉淀下去，仿佛获得了新生，也仿佛将灵魂缓缓洗涤，徜徉在这清爽的秋风中，舒爽惬意。

秋夜，独特而具有魅力。

若有人问我最喜欢的季节，不一定是秋；但若是最喜欢的夜晚，必然是秋夜。

在这个向大地感恩的季节，不论日夜，都有着一种温馨自然的气息，挥之不去。弥漫在这浩瀚世间，总有那么一丝温暖让我受到触动。欧阳修的《秋声赋》中"闻有声自西南来者"的"声"，便是秋之声，秋天独特的韵味，触动了我的心。

便有那么一丝感动存在于心间。明白不论春夏秋冬，自己的执着永恒，自己的爱也永恒，不会因为季节更迭而变换，亦不会因为时光流逝而泯灭，一如这亘古的秋夜，怅然而悠远、执着，生生不息。

秋夜的月，总是静静地悬在那个属于她自己的地方，安静地以一个慈祥母亲的姿态，怀抱着人世间。在她的笼罩下，自己的心似乎也得到了温暖的慰藉，什么沮丧烦恼和失落也都悄然弥散，剩下的只是心灵的永恒。此刻，秋夜月在这深蓝色的夜空中，是那么明亮和温柔，仿佛一场唯美的盛宴，涤荡着心灵，享受着灵魂的芬芳。

秋天，秋声，秋月，秋夜。秋夜所能包容的，似乎是无尽的一切。秋夜，充满着神秘的色彩，也总令人联想起，心灵的空静悠远的唯美画面。

发表在《学生之友·最作文》中学版 2014 年第 11 期

抵　达

世间万物，都有盛衰兴亡，像是一种许诺，告知生命的抵达。

——题记

走下冗长的楼梯，推开大门，深吸了一口新鲜的空气，望见了远处金黄的落叶。捡起一片落叶，上面的每一道纹路都仿佛在向我诉说着它的故事，它的一生。

它也曾有过青春，也曾有过茂盛的年华，但世间万物都有着自己的盛衰兴亡，仿佛约定好了似的，在生命的尽头，告知生命的抵达。

落叶抵达了它的生命尽头，不盛不乱，姿态如烟，从枝头飘下的是它的灵魂，也是它新的希望。第二年的春天，在它，和即将到来的更多的伙伴们的养育下，会有更多更翠的新叶出生，而后，再次告知生命的抵达，如此以往，如同轮回。

而我们，不也正是如此吗？人生苦短，青春易逝。些许年后，垂垂老矣的我们，是否会像它们一样，许诺告知生命的抵达？

抵达，不仅仅是一种结束，也是一种超脱。人生路上，年少轻狂，中年敦实，老年沧桑，一路走来，身上背负着太多的责任和重担，年少时叼着草叶斜躺在洒满阳光的草地上的情景，再也没有。抵达了人生的彼岸，也是抵达了一种境界，一种新的体悟，另一种不同的人生。

抵达，或许是爱，早已皈依了安宁；或许是痛，早已回归了幸福；或许是心灵，早已无怨无悔。只有一颗纯洁的心，通澈地去等待，肩负着应负的责任，披荆斩棘，走过千山万水，跋过茫茫人生路，才能抵达忘川河的彼岸，欣赏到那如梦如幻的彼岸花。

我释然一笑。

那片落叶，还躺在那里，等着遇到下一个发现它的人，每一条纹路，便再次讲述它的故事，告知，生命的抵达。

发表在《青少年日记》初中版 2014 年第 4 期
入选由中央编译出版社出版的"校园文摘"系列、
范开源等主编的《有你，我的年华不寂寞》

观　雪

一夜雪过。

出门观雪，银装素裹，天地茫茫，此非仙境哉？轻捧把雪，细视之，雪花冰晶玉洁，似成六枝状于手中摇曳，宛如天女下凡，是如此奇美也。

望远山，山色俏丽，鲜艳明媚，如方曾娟拭；眺近树，枝叶雪花铺尽，曾如冰霜，却依旧高洁清雅，持雪之本色。寒风冲面，刷洗身心。

趁雪季，徒步回校。看故校则缅怀小之时光，叹时光匆匆，更为一弹指之功。旧室之物仍在，却不再，物是人非。曾感慨小时何结，此未冕，更上层楼。

观雪，曾非此物，却依旧更生，何哉？雪，天地灵气者也。集万物之灵于身，岂不贵哉？况其自天空飘飘洒洒洋洋而落，更为稀有，故更生更远。待春以来，却铺然而下，为绿春掩色是也。雪之本色，亦此，遮一切事物而冰银覆盖，亮晶闪烁而凄神寒骨，反极而异者也。

雪，非雨霜冰之类所及也，其天生高洁，却后为污染之物，岂不谬哉？本不愿降于凡世，却又更加此道数也，乃天意哉？乃物意哉？乃人意哉？未可得知。

雪花"不是人间富贵花"，但冰霜又非，乃高清玉洁，正似人间之大奇大异之物，两厢说法大相径庭，更又谬也。且因此因，缘此缘，故此故，余乃当晚记之所以！

时于丙巳蛇年二月五日。

发表在《实用文摘》初中版 2014 年第 3 期

阳光和细碎的梦

晨光熹微。坐在窗前，尽管窗帘已经半遮半掩，调皮的光线却依旧扭动着身子从缝隙里钻进来，跳跃在眼镜片上，折射出万丈光霞。

喜欢这种微冷而又干净的天气，风从半开的纱窗外轻盈地扑进房间，扫落一地的晨辉。空气中洋溢着大梦初醒的甘甜的味道，前几天刚下了小雪，虽然早已消融，仔细嗅嗅却似乎仍能闻到些许冰凉而沁香的气息。

喜欢岁月黏稠的味道，氤氲在暖阳里散发出淡淡的醇香。时常触摸着时光的脉搏，感受空间在自己的指尖起伏，从鼻孔间吐出温软的气息。

太阳在天边划着优美的弧线，从天空的西南角一路攀升，勾勒出朝日的轮廓。天空中一直闪烁着白日星辰，尽管看不见，却依旧耀眼。

晚上放学回家的时候，总会经过旁边初中学校的操场。一排聚光灯将操场照成了天明，致力于体育的学生们仍然在大声说笑着，岁月在他们挥舞的指缝中穿过，在掌心凝聚成曲折的掌纹，在强光的照射下幻化出梦想的形状。他们，也都是追求梦想的少年啊。

经常想如果能再重上一遍学会是什么样子。想必会和现在有不同吧。

一直喜欢写作，并把它坚持下来，这也算是我的一个梦想吧。脑海里常常会出现很多奇怪的念头，有的是灵光一闪，有的则是乏味的生活带来的副产品。这些想法总是会出现在不经意之间，有时能让我沉吟上一个中午。

或许这是大脑的半球作用吧，也可能是我平常想的事情太杂了，自然生成的产物。总之，我的生活正是有了这些突如其来的想法，才变得不那么枯燥，不是吗？

有很多灵感都是由此而来。我有一个很奇怪的习惯，每当我有空去写点什么的时候，却总是脑海里一片空白；但当时间紧迫没有什么空去写作的时候，灵感就仿佛姗姗来迟一般纷至沓来，将我的大脑压出了褶皱——大脑表层的皱纹就是这么来的。

有时我也在想每个人的命运，世界上数十亿人每个人的生命轨迹都各不相同，仿佛手掌的掌纹一样，时有相交，却终究背道而驰，或许有过邂逅，也或许有过交集，但终究会是在某一个命运的岔路口分道扬镳。无论生命中曾经有过辉煌还是迷茫，最终都归结到原点上，安静而淡漠，仿佛秋叶般静美。

喜欢岁月在如玉温润的脸庞上镌刻，看着一张张可爱的小脸被它雕成一幅幅传世之作仿佛流沙般散落在人间，沧桑和风霜洗礼着，时间和年华消磨着。有时真的感觉人很神奇，如此富有生命力与创造力，并最终在世界的每一处角落播撒成花。

或许每个人都有属于自己的遗憾，也或许每个人都有属于自己的温暖。但不管怎样，只顾向前，心已成舟，且不能再回溯过去的岁月。那便放手向前吧，追寻属于自己的浩瀚的海洋。

发表在《年轻人·魅力校园》2017 年第 6 期

《青少年日记》中学版 2017 年第 3 期

90 秒钟

0：00

天空有些阴暗，似乎在孕育着一场暴雨。风稍有干燥，吹在脸上，给人一种沉闷而燥热的气息。

0：01

我站在十字路口。尽管是中午，街上的车辆仍然川流不息地前仆后继地向着远方的天边疾驰。奈何路段太窄，一辆辆汽车卡在路中间，焦急的车主们按着喇叭表示不满。微弱的阳光透过云层洒下来，在明晃晃的车顶上反射着并不耀眼的光芒。

0：30

不远处十字路口的红灯开始闪烁起来，对面等待过马路的人群似乎都松了一口气。红灯闪烁着光芒，似乎在嘲讽着什么。

它讽刺的眼神终于黯淡了下去，黄色在它眼瞳中一闪而过，人群一阵骚动，黑压压地轧上了马路。车流在滚滚人潮前也不由得停滞了下来，看着人们争先恐后地冲向对岸。人们步履匆匆，街道都似乎颠了三颤。

0：40

我混在人群中快步走着，心里想着自己的事情。天空越来越暗了，似乎没人注意到。

前面突然传来一阵小小的骚动，人流向两边散去了。前面的地上躺着一个老人，看上去很痛苦。是被撞倒了吧，我这样想着，身后突然被人撞了一下，向前踉跄了几步，也差点摔倒。

0：45

我停了下来，在如此拥挤的人群中显得格外注目。我看见了匆匆而过的上班族，看见了挽手散步的情侣，看见了背着书包的学生，看见了精神矍铄的老头，却没有看见一个停下脚步的人。

我看看周围。周围响起了喇叭声。车主们因为摔倒的老人阻碍了交通，焦虑地拍着方向盘。

0：50

我听见了人们的窃窃私语。

"哎，这个老头儿怎么回事？"

"碰瓷的吧？"

"管那么多干什么！快走！"

我低头看看老人。老人七八十岁，已经满头银丝，倒在地上，身体有些蜷曲，痛苦地呻吟着。看样子，他靠自己的力量是起不来了。他浑浊的眼瞳有些费力地转动着，盯着从自己身边跨过去的人们，看着他们脸上的淡漠，他的脸上布满了阴沉和悲伤。

他的双手骨节粗大，布满了岁月的霜痕。脸上一道道触目惊心的刻痕，展示着时光的洗礼与年华的凋零。

1：00

我上前几步，握住了老人的手。老人惊讶地看着我，脸上露出了一抹感激的笑容。

我已经感到了旁人刺过来的尖锐而不解的目光，就好像在看一个奇怪而出格的东西。

我将老人扶起来，拍掉他身上的尘土。老人脸色很明媚，丝毫不见刚才的阴郁。

1：15

目送着老人一步步蹒跚行去，我抬头看看天空。天似乎晴了一些，能感到阳光洒在身上的暖意了。

1：30

我走过马路，踏上了对面的人行道。

发表在《少年博览》中学版 2017 年第 9 期

天黑请闭眼

喜欢黑夜。黑夜在很多孩子的眼中可能是恐怖的存在，无数惊悚的诡异事件都在暗夜里悄然发生，不留一点痕迹。也算是看过不少恐怖惊悚片的我却并不那么畏惧，反而对黑夜，有着一种别样的好奇。

当夜幕降临的时候，白天的喧嚣与浮闹都已经沉在夕阳的边际里消失掉，整个天空好像一本书翻了一页过去，是全新的气象了。抬头仰望，你简直难以想象面前这块遥远而巨大的暗幕是白昼里阳光弥漫的天空。这片幕布上星光点点闪烁，构成了温暖而浪漫的背景。夜晚就衬着这块暗幕婀娜地登场，向所有人展露出自己妖娆的身姿。闭上眼睛，黑夜中的一切窸窸窣窣的声音都好似被放大了无数倍，虫雀的轻鸣、树叶的骚动、晚风的吹拂，乃至不远处楼房里亮着橘黄色温暖灯光的房中传出的低声的细语，都混在一起迎面向你扑来，仿佛古代史官刻在竹简上的文字一般，那么生动而优雅，却又一个字也不多余，轻轻钩动你颤颤的心尖，妩媚得恰到好处。

夜晚就像一把温婉的长琴，以心为弦，以梦为歌，在夜空中奏响属于一场暗夜的盛宴。喜欢躺在床上阖上双眼，聆听着夜空中传来的优雅而灵动的歌声，在脑海中勾画属于自己的一片世界。这个世界是属于我的，每一个人物的一颦一笑一举一动似乎都被我掌握，脑海里想着那些热烈而壮丽的画面，总是有一股战栗在指尖流淌，忍不住扑下床将其付诸笔端。看着笔下带着还未干的墨迹的一行行文字，每每此时我都会从心里涌起一种满足感，一种任凭世事更迭只求岁月静好的温柔与淡然。多少年风霜雨雪，多少年世事更迭，始终磨平不了一个坚定的人心中的棱角。

总觉得黑暗之中似乎隐藏着什么秘密，像是一头择人而噬的猛兽，闪烁着骄傲而凶狠的目光，瞪着你，期盼着你娴雅的微笑。同样是惊惧的黑夜，在我的眼里却截然不同。闪着清脆如水滴的心念，总会有一种相思与寂寥浮在心头。当我在黑暗之中凝目，总是不如闭起眼睛静听云卷云舒，红尘的变迁。一向都认为夜空是无比清澈而明朗的，如今却少了许多无言的记忆，唯有夜空里的那条星星点点的河流，奔腾着岁月的浪潮，把一切抛去。

唯有那条名叫记忆的河流永不散场，相拥在夜幕下温暖依然。天空中仿佛一片虚无，混沌在晃不开的时光里飘摇悠远，荡出回忆的落花。夜幕下总是能发生许多故事，别离的笙箫，重聚的赞歌，人生如水纷纷流流，无数的人们来去，相拥又离散，轮回出了一个又一个白昼与黑夜。

不知道什么时候夜已经深了，有些冷意泛了上来，我裹了裹身上的衣服，再看一眼浩瀚的夜空与明月，转身离开，背影在有些昏黄的路灯下被拉得老长。

发表在《发明与创新·中学生》2017 年第 7 期

相逢在黎明

窗外的阳光安好，恍如岁月的静美。阳光懒散地躺在对面房顶的瓦砖上，荡漾开一点又一点的纹路，直至洒满整片心房。

耳边放着轻柔的音乐，似乎有那么一点忧伤的味道。好像陈年的酒酿里掺了些失落，悄悄地透进心里去，舔舐着胸口有力的跳动。

似乎是起风了。四月底的风还带着晚春恋恋不舍的凉意，想要抚平些许无奈与感伤。长空中响起清脆的鸟鸣声，却从其中听出了鸿鹄之志的味道。天空还很蓝，蓝得干净澄澈，没有雾霾，一望无际。

或许有过无数个这种安好的晴天，也坐在窗前思索过。自己究竟是否真的热爱我手中的笔呢？又真的热爱笔下倾注的文字吗？

我知道没有人会给我答案。所以我自己去寻找答案。我一遍一遍地审问自己，这份属于自己的热爱真的存在吗？如果存在，又能否坚持下去呢？

我动摇了。心里似乎有一个小魔鬼挥舞着尖叉叫嚣着："放弃吧！放弃吧！看清自己，你并不热爱它！拼搏了这么久，你心里肯定不甘心吧！趁早放弃吧！"

它就像我肚子里的蛔虫，在扬扬得意地宣告：它已经放弃你了，你怎么还不放弃它？

于是我终日瞪着浑浊的瞳孔，在茫然中来去找寻。我不知道我到底想干什么，也不知道我究竟该怎么办。抬起头，面前是一片辽远的黑暗。

那个小魔鬼的声音越来越大，在我的耳边回响起来，又好像回荡在殿宇中的庄严佛音，缓缓地诵读着宣判的通牒。我皱起眉头捂住耳朵，它却如穿脑魔音般在脑海里旋转，发出胜利的欢呼。

心里突然微微一动……有一个声音很小很小，但它在微微地轻柔地呼唤：不要……不要……

就好像死寂荒芜的大漠里长出的一抹新绿，塞在被小魔鬼的欢呼充斥的心里，一点点地生根发芽。

它的声音仍然是微小的，却逐渐有力起来。像一缕温暖的火苗，点燃着我几近冰凉的四肢百骸。

我有些诚惶诚恐：已经好久没有感受到这种浓浓的暖意了。

小魔鬼还在叫嚷着，挥舞着红色的叉子，在我的耳边、身旁飞来飞去，脸上带着鬼魅的笑意。

我突然就厌烦了。抬手把它打在一边，抬头看，面前还是浓浓的黑暗，好像泼上了一层漆墨，一点光也透不出来。

我咬着牙大步往前走，步入了深沉的黑暗。周围是寂静，死一般的寂静。一点光都没有，一丝风、一点声音都没有，似乎是与全世界完完整整地隔离开来。

我不想再动了，浑身的肌肉似乎都没了力气。一丝丝酸痛和绝望从脚底、手心里蔓延开来，速度虽慢，却一点一点，坚定不移地爬着。

我闭上眼睛。身体好了些。我听到了声音。

就好像身边突然有了一群人一样，低声的私语包围住我。我错愕地聆听。有无数人在我身边，簇拥着我前进。

我睁开眼睛，私语就都消失了。我又重新迈开了步子，虚弱感再一次包围住我。

小魔鬼不知道什么时候已经消失了。我低下头抚摸心口，那颗种子早已经破土而出，长成了一棵参天巨木，枝叶繁盛如巨伞一般笼罩着我。

我抬起头，前方似乎有了一点光亮，微弱而渺小。我向它走去。

光是越来越大了，好像刺破黑暗的曙光，撕开了面前的黑暗，也撕开了小魔鬼在我耳边吵嚷的恶语。

我笑了笑。迎着光走了过去。

面前是黎明。

发表在《学子读写报》高中版 2017 年 5 月 10 日

第二辑

中短篇小说

有一段岁月叫初三

在青春的路上，左手绿叶，右手繁花，将初三这段刻骨铭心的岁月在心中撰写，用满满的美好回忆，来纪念这段名为初三的岁月。

谨以此文，献给我已经逝去的初三岁月。

——顾歆

一

还没听见闹钟响，顾歆就破天荒地睁开了眼睛。

她是被颈边的发丝痒醒的。

披肩短发闪着柔顺的光泽，眼眸中此时布满了血丝，目光有些迷离，白皙的脸上满是困倦之色。望着已经泛起鱼肚白的东方地平线，顾歆愣了愣神儿，才想起今天是星期一而不是星期天。

在衣柜面前站了好一会儿，她才慢吞吞穿上校服，扭头看了看堆在书桌上的作业，晃了晃脑袋，想要将昨晚熬到一点多而滋生的"睡菌"晃出脑袋。

收拾好书包，妈妈已经在厨房里做着早饭。看见顾歆，她笑道："小歆，怎么起这么早？"

"妈，今天星期一耶……"顾歆嘟哝了一句，揉揉头发。

说话间，妈妈已经将做好的早饭端了出来："以后早起会儿，要不然早饭都来不及吃。你看你，再有一个多月就会考了，还这么悠闲，就没有一点紧迫感吗？我跟你说，家长急是没有用的，要想取得好成绩，全靠自觉主动性……"

顾歆不耐烦地打断了妈妈的话："妈，我都 14 岁了，能不能不要再说这些了？吃饭的时候说话，会厌软骨来不及合上会呛着的……学不好生物真可怕！"

在妈妈惊愕的目光注视下，顾歆快速扒完早饭，一抹嘴背上书包："妈，我上学去了……"

走在上学路上，被晨风一吹，顾歆才彻底清醒过来。

"公元前 3000 年，古埃及，象形文字，为以后的字母文字……奠定基础？"顾歆挠挠头，感觉象形文字的意义似乎背错了。

"啊……会考，真是恐怖的存在……"哀号了一声，顾歆在心里开始画起了圈圈。

推开教室门，尽管此时到的人不多，但同学们读书的声音之大，还是把顾歆吓了一跳。

一屁股坐在自己的位置上，顾歆眨了眨眼，扭头询问："今天是什么早读来着？"

"我说大姐你不会学傻了吧……"同桌用怪异的眼神看了看顾歆，"课代表明明在黑板上写了是历史早读……"

顾歆耸耸肩，拿出学校专门印的提纲，从头背了起来："唉……早就背熟多少遍了……"

"小歆，你报名表打印了吗？"话音未落，顾歆的眼前突然出现一张白皙俊俏的面孔，两只大眼睛闪着灵动的光彩，此刻正冲着顾歆"唰唰唰"地放着电。

这除了坐在她前面的柳梦还能是谁呢。

顾歆漠然地伸手推开眼前的俏脸，继续自己的早读。唉，这丫头这么大了做事情还是一惊一乍的，什么时候才能成熟一点啊！

"什么？报名表？"顾歆后知后觉，这才反应过来——老师要求在这个周末试报名，并将报名表打印出来上交……坏了，顾歆早已忘得一干二净！

"老梦……你打印了？"顾歆一下子抓住柳梦的肩膀，惊悚地连连问道。

"啊？没有啊，老师不是说下午才交吗？"柳梦眨着无辜的大眼，摇摇头，"小歆，咱俩闺密一场，别告诉我你不知道我凡事拖到最后的性格。"

下午交？顾歆皱皱眉头，刚想说什么，却见历史老师大步流星地走上讲台："来，拿出一张纸，默写一下抗日战争的八件事，时间，地点，意义，快，1 分钟。1 分钟已经很仁慈了，其实有很多同学都不用默，完全是照顾那些学习不好的同学……"

早已经熟悉历史老师如此奇葩的讲课风格，顾歆无奈地叹口气，拿出本子，看了几眼提纲，再合上默写——以防老师突然叫起来，打她个措手不及。

历史早读就在这如此快节奏中过去了。

刚下早读（顾歆精准计时：下早读时间 7:56，正常规定下早读时间 7:50），老班就健步如飞地抢上讲台，拍拍手说道："今天市里领导来检查，大家课间除了上厕所尽量不要出去，更不能随意打闹……还有，上周五已经结束了体育期末测试，从这周开始三节体育换成历史、生物和物理……"

"怎么市里又来检查？前几天不是刚来过吗？"

"就是……"

"等等，什么？！又占课？"

"老师你要不要开玩笑？这个学期以后就不上体育了？"

老班的话音刚落，全班立刻沸腾了。同学们群情激昂。

"怎么能这样？"右同桌叶衍的胖脸上充满慷慨之色，一向玩世不恭的眼中此时竟充满了严肃庄严，"生当作人杰，占课非正道！若为体育故，学习皆可抛！这条真理老师您不知道吗？"

顾歆顿时笑倒在桌子上：这是什么奇怪的诗句组合？

"老师，你这样做是有反天理的！老师，每个人都有选择自己人生的权利……"一头短发身材精干的左同桌罗羽悲愤地大叫着，挥舞着手中的历史提纲，短眉紧皱，远远看上去竟然与历史课本上陈胜吴广在大泽乡起义挥旗的插图颇有几分神似。

可惜，同学们的愤慨起义最终还是被老班成功打压下去了。

老班的身影刚淡出同学们的视线，班里就喧哗起来。对此，顾歆早就习以为常，已经麻木了。

"喂，你不感到愤怒与震惊吗？"罗羽拍拍一脸淡然的顾歆肩膀，大声说。

"在乎那个干什么？你想想第一节课上什么再说吧……"顾歆摇摇头，木然地从书包里翻找着课本。

罗羽愣了愣："第一节课……啊！第一节上语文！啊啊啊！"

"上语文！"周围瞬间寂静下来，随即刚才愤慨的讨伐声一下子转为了鬼哭狼嚎！

语文老师，乃本班一大魔神。她个子不高，貌似温柔，但其由内而外散发出来的艳冷的女王气质却犹如实质般包裹着她，形成了传说中的"老师神魔领域"。领域附带效果：禁言！

每当她走进教室，全班同学不管多么喧闹，必会在三秒之内瞬间进入落针可闻的境界，是以成为学校的一大传奇。

正当同学们紧张着急之时，语文老师的身影已经飘了进来，全班同学立马鸦雀无声。"来，提问第五、六单元的课下注释。"语文老师面无表情地停了一下，拍拍手淡淡地继续说道，"都合上课本。"

"哗啦啦"，同学们心惊胆战地合上课本。顾歆愣了一下——第五、六单元的课下注释？

她向左一偏头，拿起书遮住嘴，低声问道："老师怎么会突然提问注释？"罗羽惊奇地小声回道："上周末老师布置了要今天提问的，你忘了吗？"

"啊？"顾歆惊恐地低声惊呼，"我……竟有这事？"她周末都在紧张地复习历史生物，早把复习课下注释这事抛到了九霄云外。

罗羽用怜悯的目光看了顾歆一眼："大姐……你自求多福吧，小弟我是帮不了你了……"

二

顾歆脸色惨白刚想说什么，突然听到语文老师冷冷叫道："顾歆……"顾歆条件反射般"腾"地站起来，心脏怦怦直跳。

"《送东阳马生序》中'俟其欣悦'的'俟'是什么意思？"语文老师翻了翻课本淡淡道。

"啊……呃……等到？"顾歆快速回忆着，良好的语文基础倒让她答了上来。

"翻译'负箧曳屣'这一句……"

"呃……"顾歆顿了顿，脑中迅速思考着，答案似乎就在嘴边……却答不上来。

语文老师扭过头叫道："罗羽，负箧曳屣……"

"背着书箱，拖着鞋子。"罗羽刚刚看到这个注释，站起来脱口而出。

"罗羽，你下课完蛋了！"囧着脸狠狠地瞥了一眼罗羽，顾歆心中不满地将怨气撒到了可怜的同桌身上。

之后，语文老师又提问了几个同学，也都答了上来。看着偌大的教室里只有自己一个人站着，顾歆羞愧得无地自容。

"站着的同学，把自己不会的课下注释抄五遍……"语文老师沉吟了一下，"今天把 21 课的小本练习册讲完……"

教室里的气氛立刻阴转多云，一片翻书的声音夹杂着轻轻的吐气声，同学们都连忙拿出小本练习册。

顾歆脸上发烧，老师这样说还不如直接叫自己的名字感觉好点……

终于下课了，顾歆一下子瘫软在座位上："老梦啊，今天我怎么这么惨啊……"

柳梦回过头来笑道："行了你，要不是你语文功底很好……这还算轻的呢，你忘了以前语文老师是怎么对我这个偏科生的？"

顾歆想到语文老师让柳梦抄 7 遍注解直接将她抄哭的悲惨经历，叹了口气，郁闷地道："可是这一课的课下注释好多啊……还得复习历史生物，真是要了老娘的小命啊……"

傍晚，最后一节自习课。

顾歆满脸苦逼地写着作业。今天下午连上两节自习，本来是能把作业做完的，但因为要抄语文，因此直到现在才刚刚开动作业。望着记作业本上密密麻麻的作业，顾歆无奈地摇摇头，刚想继续埋头苦干，却感觉胳膊肘被人碰了一下。顾歆满脸杀气地扭过头去，却看见叶衍将一个小本子推到她的面前："我写的小说，看看吧，怎么样？顾大神……"

"小说？"顾歆很是诧异，拿起小本子看了看，最上面写着标题，接下来是每一章的题目……原来是目录。

"这写的什么？"由于顾歆经常在家里写些散文随笔之类的文章，还时有发表，她的作文在班里也是数一数二的，因此叶衍才第一时间想到了她。顾歆边看着题目边出声问着。

"这是玄幻的，我给你讲讲……"叶衍来了兴致，低声简单地说着小说的主要构架。

"嗯？"听着听着顾歆有些被吸引了。虽然她是女生，对于玄幻小说并不常看，但还是了解一点的，此刻听了叶衍的小说构架，顿时觉得这部小说似乎有点意思，也来了兴致，"你给我一章章详细讲讲……"

叶衍看见顾歆有些意动，心中大喜，连忙给她一章章详细讲解了起来。直到顾歆背着书包回到家中，心里还在思索着叶衍所讲的小说，越想越有意思，眼中灵光大放，来不及写作业就往床上一躺，思索着之前卡住的一个情节。

想了半天，顾歆这才一个翻身跳起来，拍了一下巴掌："哈，终于想清楚了！太好了，明天就跟叶衍说说。"

之前他们在想一个情节，却怎么也不能让它合理化。现在顾歆脑中灵光一闪，这问题便瞬间解决了。

顾歆有些心不在焉地写完作业，看着一摞练习题却无心去做，想了想便干脆给自己放了个假，直接靠在椅背上继续思索起小说来。

"太妙了！"次日，听了顾歆的灵感，叶衍顿时拍手称赞，"我怎么就想不出来呢？"

顾歆颇为自得地笑了笑，一把抢过叶衍的小本子："我来写！嘿嘿，本姑娘出马，肯定更精彩啊……"

叶衍看着顾歆的笔快速滑动着，眼瞳中露出了欣喜和憧憬之色。

三

顾歆发烧了。

没错，在疯狂地构思了几天小说之后，她发烧了。

早晨起来，她就发现自己浑身滚烫，费劲地抬起酸软的手臂摸了摸额头，更是烫手。妈妈手忙脚乱地为她测了体温，遇到末日似的惊叫道："你怎么发烧了？都39℃了……"

妈妈接着就是打电话请假，翻箱倒柜找药给顾歆吃上……

好一阵子心跳似的忙碌。

顾歆觉得很累，一动不动地躺在床上，却毫无睡意。此时她浑身说不清地难受，脑袋更是疼得厉害，但神智却极为清醒。

"……我最近是怎么了？"

她伸出手臂，张开手掌，迎着窗外射进来的阳光一遍又一遍看自己的左手："为什么会这样呢……为什么这段时间以来总是提不起精神？而且情绪低落到了极点，厌倦做任何事情，更别说学习了，这究竟是怎么回事？……"

她艰难地支起身子看了一眼墙上的日历，就只剩下十多天的时间了，这一生病又得耽误不少事情，估计历史生物要考不好了。"这样下去……心仪的高中就上不了了吧？将来考不上我一心向往的重点大学，那……或许自己开个店也是不错的选择……唔，其实搞搞写作也不错，然后写出一部作品争取一炮走红，这样就……"

一时间，她竟然沉醉于自己对未来的种种幻想之中。

"呸！我在干吗呢？！"顾歆猛然浑身一震，用力拍了一下脑门，虽然不疼，但也把自己打醒了，"我怎么能这样想？任何时候都不能放弃自己的梦想啊！可是……可是……自己真的能把历史生物考好吗……万一考不好……怎么办……"

想象着同学老师对自己指指点点，父母亲友对自己摇头叹息的情景，顾歆一把抱住头。她去年的地理没有考到自己的理想状态，如果历史生物再……那怎么才能达到一中那高得惊人的录取分数线？

天哪……

正在迷茫间，顾歆突然想起自己刚上初中时，曾不止一次坚定地对妈妈说："我一定要考上我最喜欢的高中……"

为什么现在遇到困难就踌躇不前了呢？为什么我不能坚持自己的梦想呢？我什么时候变得如此懦弱了……这不是我的风格！

我要努力，努力，再努力，去实现自己的梦想！

我决不当逃兵！

顾歆的心开始怦怦跳，伸展的手掌重新攥起了拳头。她咬了咬牙，本来迷茫的眼神逐渐变得坚定起来。她深吸口气，努力让自己平静下来。看着床头柜上曾经心爱的课本，一下子伸出手把书像是从谁手里抢过来似的——现在想什么都是耽误时间，还不如赶紧多学点，千万可不能再落下功课了……

看着课本上那一行行熟悉的字眼，顾歆不由自主地诵读起来。

四

"啊……"

看了看墙上显示 00：53 的挂钟，又看看左手边写着大大的"4 天"的倒计时，顾歆打了个哈欠，合上手中的辅导书。

用风油精涂了涂太阳穴，顾歆有些疲惫地靠在椅背上。现在虽然困乏，但躺下却睡不着——她以前有过很多次这样的经历。

闭着眼，她不禁回想起了去年这时候的自己，那时她还没有经历过会考，总觉得与平常考试一样，依照自己的水平，不用怎么准备，就能考得很好。但没想到上了考场，顾歆才发现自己竟然两眼一抹黑，有些题甚至连题目都看不太明白。

估计是上天眷顾她，地理倒也没考得太差，但也在 A 的底线左右徘徊。而去年的暑假，就因为地理的失利，顾歆根本就没过好。

"老天保佑今年一定要考好哇……"

心中默默祈祷了一番，顾歆搓了搓脸，心中有些忐忑。

她所在的城市学制是五四制，高中录取可是实打实的分数录取。而本地最有名的高中，乃诸多学子的梦想之地，每年的录取分数线奇高无比。作为众多学霸之一的顾歆，压力自然很大。她无数次想抛下手中的课本，听自己喜欢的歌，看自己喜欢的书，做自己喜欢的事，出去旅行，游遍华夏……但每当她想到老师说的"周末和假期是赶超别人的最好时机，人与人的差别，就在于如何利用课余时间""要知道在中考时 1 分之差就是上百上千人""地理没考好的同学这次历史生物一定要抓住"等，心中那根紧绷的弦就死死地将她定在书桌前，无法挪动一步。

三天的时间很快就过去了，明天就要考历史了。顾歆已经将提纲与错题背了不知多少遍，抬头看表——才晚上十点多，现在上床根本睡不着。

想了想，她打开电脑，登上了 QQ，想看看在群里有没有同学问一些有价值的问题。

155

"辛亥革命是在一片胜利的欢呼中失败的，这里的'胜利'是指（　）。"

"A. 推翻封建制度……"

刚进群，顾歆就看见历史课代表陈迹发了这么一条消息上来。

"应该是推翻封建制度，选 A 吧？"顾歆刚想发答案，却看见陈迹接着发："为什么选 C 建立中华民国啊？"

"啊？"顾歆愣了一下，"不选 A 吗……"

她连忙拿出错题本，将这道题抄了下来，画上三角号，随即发上："为什么选 C 啊？不对吧。"

"辛亥革命推翻了清朝统治，结束了我国两千多年的封建帝制，使民主共和的观念深入人心。而 A 项的封建制度不等于封建帝制。所以答案是 C 吧？"一个昵称为"一叶知秋"的同学突然冒出来推测道。

"啊……原来如此……没想到叶衍这小子竟然挺智慧的……"看了好一会儿，顾歆恍然大悟，立马发了一个大拇指上去，"赞，多谢！"

叶衍发了个笑脸，开了小窗："顾歆，你还没睡觉？"

"没呢。"顾歆回着，"想到明天要考历史就睡不着……"

"唔……你课本看完了？"

"课本？"顾歆一个激灵，"坏了，光忙着复习历史提纲，课本忘看了！"

"既然这样，你赶紧睡觉吧，女生熬夜会毁颜的。"叶衍发了个笑脸。

顾歆看着这条信息待了一会儿，脸微微有点红，犹豫了一下，发了个"加油"的表情，退出了 QQ。

第二天清晨，顾歆很早就醒了，浑浑噩噩度过这一上午，中午又心不在焉地吃了几口饭，便一头栽进了床。

"下午就会考了……"顾歆喃喃念叨着，根本睡不着觉，"怎么办？总感觉还有好多地方没有复习到……"

她一翻身坐起来，抽出历史提纲，拼命地翻看着，想把看到的所有知识都直接塞进自己的脑子里去。

无意中一抬头，顾歆才惊悚地发现，竟然已经 15:30 了！

"不行，不行啊……"顾歆瞬间陷入了焦躁的状态，穿着衣服，额头上已经冒出了细密的汗珠，"怎么时间过得这么快？历史再过一个小时就要考了……"

她穿好校服在房间里来回转了几圈，来到卫生间浇了一把凉水在自己脸上："记住，考试之前不能乱了心神，要用平常心去对待……会考也没有什么可怕的……何况自己历史又学得挺好，应该能考得不错……"

安慰了自己一番，顾歆的心才渐渐平定下来。长长地呼了一口气，她给妈妈招呼了一声。妈妈对她要认真仔细的叮嘱还回荡在空气中，她已经奔向考场。

五

"来来来，都进场了……"监考老师站在考场门口大声招呼着，"快点快点，再晚就不让进了……"

"天哪，如果考不好该怎么办？"

"我还没背好呢！"

"啊，上帝保佑，菩萨保佑，一定要让我历史考好啊……"

听到周围同学们的各种聒噪，顾歆面色冷峻凝重。走进了考场，顾歆脑中还在想着刚才背到的一个知识点："哎……罗斯福新政的最后一条是什么来着？是什么来着？坏了坏了，是什么来着？怎么忘了呢？考到怎么办？"

顾歆心中有些慌，刚想再重温别的要点，却突然自嘲一笑："这都进考场了，还纠结这些干什么？先趴一会儿……"

开始发试卷了。

顾歆拿到试卷，瞥一眼题目，一眼就看见了试卷上的一个选择题："这……这不就是陈迹问的那个题吗？"

她呆了呆，暗自庆幸：幸亏昨天晚上……不然自己这个题……

顾歆顿觉心中一阵轻松，浏览了一遍试卷，心中大喜：这次题也不算很难……看来不会考坏！

有了定心丸，顾歆便开始大胆做题。

直到回家，她还一直认为自己的历史考试考得不错，应该能得满分。

没想到她抱着傲视天下的态度打开QQ，刚看了一个同学们争论的题就蒙了——她貌似选错了。

"这个题……怎么可能选这个？"呆呆望着屏幕，顾歆张着嘴"啊啊"了几声，脸色煞白，"分……1分就这么没了？"

让她感到欣慰的是，其他几个难题，自己倒都做对了。

郁闷地躺在床上，顾歆漫无目的地翻看着手中的生物课本，一个字都没看下去。

"老梦，咋办？我历史减了1分……"

无奈之下，顾歆QQ求援。

"啥？你历史才减了1分？"柳梦很惊诧的语气，"这次历史题很难啊，我都

157

减 3 分了。你才减 1 分，这还不满意？你你你……"

顾歆痛心疾首："我可是想要历史考满分的啊……"

"行了吧你，真是不知足……"柳梦回了个流汗的表情，"赶紧复习生物吧，别瞎想了。"

顾歆仰面朝天叹了口气，无奈地关上 QQ，随意翻看着手中的生物课本，却还是看不进去，似乎知识都关上了大门，半点缝隙也不留。

顾歆心乱如麻。

时间滴滴嗒嗒地过去，连续几天的疲累令顾歆在不知不觉中睡着了。

"啊！"

顾歆睁大眼睛猛地坐起来，喘了几口气，定了定神，下意识地望向墙上的挂钟："什么？都晚上九点多了？！"

"不行……都九点多了……我怎么就睡着了呢？赶紧复习！"顾歆的心一下子慌了，翻身拿起生物课本，一行行快速看了起来。

"唔……胸外心脏按压……"顾歆快速低声背诵着，心里仍然有些懊恼，"怎么会突然睡着了呢，这种时候睡觉真是要命的事情！"

一页一页翻过课本，时间如细沙流过，转瞬之间，已经到了凌晨两点多。

"唔……六册课本终于看完了……"

眼皮打架的顾歆强忍着倦意看完课本的最后一页，如释重负地长嘘一口气，一头栽倒在床上，昏昏睡去。

看着手中的生物试题，顾歆脸上露出笑容：有很多知识点都是课本上的一些冷门。若不是她昨晚刚刚通看了一遍课本，估计……

哼着歌走出考场，顾歆的心情简直如一尘不染的蓝天一般愉悦："太好了，终于考完了……接下来，只要期末考完，就可以安心过暑假了！"

压在心头三年多的巨石终于快落地了，她心中不是一般的高兴。

六

"同学们，历史生物会考结束，并不意味着学期结束，大家别忘了还有两周后的期末考试。这一次期末考试的分数，就基本上代表了你在班里的位次与中考的位次……同学们，初四再拼最后一年，你们就可以顺利迈入高中的大门，千万不能在这时候放松懈气……"

老班在周一的班会上严肃地做着考前总动员："所以，大家一定要认真学习，绷紧最后一根弦，考出好成绩，让自己的暑假过得愉快……"

顾歆趴在桌子上，打了个哈欠，慵懒地哼了一声，眯起眼睛，这种舒畅的感觉，真是很少见啊。

"唉，和会考比起来，期末考试简直不算什么了！"感叹地摇摇头，同学杨旭嗤笑道。

顾歆深以为然："没错！"

在这段特殊的日子里，大家连走路似乎都快了几分，学校里到处充斥着考试前的紧张气氛。而在这种大环境下，同学们就很容易被同化。因此，尚学之风也在校园中愈演愈烈。

时间说快不快，说慢也不慢。两个星期的时间就好像潺潺水流，在不知不觉间悄然而逝。

走进考场，望着面前的语文试题，顾歆突然发现，以往自己在这种时候都会剧烈跳动的心脏，此刻似乎很是平静……沉静如水。

"看来，我真的成熟了吧？"

望着窗外，顾歆感慨地叹息一声。

尾声

"老梦……怎么了？"正在看着一部青春偶像剧，顾歆突然发现QQ窗口弹出了消息，点开发现是柳梦，便疑惑地回道。

"小歆，你查成绩了没？"过了一会儿，柳梦蹦出一条消息。

"成绩？"顾歆身体一僵，"怎么今天就可以查了？这不才7月3日吗？"

这是暑假第一天。期末考试，顾歆取得了令人满意的成绩，便打算放松几天犒劳犒劳自己，同时怀念一下刚刚结束的艰苦的初三生活。

可是……听人说，不是7月5日才能查成绩呢？怎么……

"是啊，刚才就能查了……我历史95，生物94……还好吧……"柳梦发了一个囧的表情过来，"看看你考多少？"

顾歆深吸一口气，迅速打开查询页面。

页面转换，出现一个表格，第一排是学科，第二排是分数和等级。

"……历史，97，A。生物，96，A……"

目光快速扫过成绩查询栏，顾歆重重地松了一口气，这时她才发现，自己的后背早已经被冷汗湿透。

但随之而来的，就是无尽的快乐与兴奋！

颤抖着双手把自己的成绩发给柳梦，顾歆哈哈笑了几声，一下子倒在床上，心中的巨石终于彻底放下了。

恍惚间，她想起自己还在上初二的时候，曾经听几个初四的学长谈论，说相比初四而言，初三那可真是压力山大，不仅有历史生物会考，还新开了物理化学，各科难度都上了一个台阶，甚至比初四还要"炼狱"！如果说初三是靠近太阳的高温，那初四则是春日的暖阳！

当时听了学长们的话，她还记得自己淡淡一笑，心中甚至有点小骄傲——初三很难？在我面前算不了什么吧！

但现在，跋涉过这一段艰苦的日子，她才明白：只有经历过，才能有话语权。

现在……终于都过去了啊！

既然已经过去，就不要再徘徊犹豫。不论明天如何，依旧大步向前！

站在窗前，眯着眼看着天空，顾歆的嘴角露出一丝微笑。

是个艳阳天，万里晴空，真好。

后记

我的初三已经过去，不会再来。我相信每个人的青春都是一段水木年华，一段不可复制的美好时光。因此我用拙笔把这段时光粗浅地描绘下来，权当一段记忆。谁的年少不轻狂？

顾歆身上，固然有我的影子，但更多的是同学们性格的集合体。当然，罗羽、叶衍、陈迹……每一个人物，都能找出性格与其相仿的同学。把他们写下来，只是想通过这篇短短的文字，记录下这段美好的时光。相信这个故事中的班级，也是很多现实班级的缩影吧。而初三这段充斥着笑与泪的日子，也一定会铭刻在我们心头，无声绽放。

后之览者，亦将有感于斯文吧。

入选《2016年中国校园青春文学精选》；入选《齐鲁文学作品年展2016》

连载于《作文通讯》初中版2016年第1~6期入选"阳光姐姐"伍美珍主编的"阳光姐姐小说派"

幻影追踪

Chapter1 *未知的病毒*

班上来了新同学

枫叶市枫叶日报 2017 年 3 月 13 日报道：

"昨日，我市再次发生一起夫妻昏迷案，杨某某、白某某二人在商场中突然昏迷。据悉，医生在他们体内检测出了一种未知的病毒，与几天前两对昏迷的夫妻身上的病毒相同。医生将这种病毒暂时命名为 FQ6Y 型病毒。据专家分析，这种新病毒带有高度的传染性和破坏性，会逐步蚕食人体机能和器官，中病毒者最后并不会死亡，而会成为植物人。截至目前，病毒的来源尚未查知。这是我市发生的第三起夫妻感染病毒案……"

枫叶市，枫叶中学，初三（2）班。

"同学们，这位同学是新转来我们班的，以后大家要和她好好相处……"一名中年男老师正站在讲台上向大家介绍着身边的一个女生，"来，自我介绍一下吧。"

女生一袭白衣，黑发柔顺地披在脑后，眼眸中闪烁着灵动的光芒。"我叫云艺艺，从北山中学转来的……"女生毫不拘谨，神态自若，侃侃而谈。一看就是个比较外向的孩子。

"云艺艺，你去那个位置吧，正好那边的同学转学走了。"班主任笑着指了指靠窗的一个座位。云艺艺点点头，几步走了过去，轻轻推了一下坐在外桌的同学，一闪身便坐了下来。

白啸天被云艺艺推了一下，猛然回过神来——他刚才走神了，脑中正回想着昨晚临睡前从学校网站上浏览到的一个帖子。

枫叶中学十大不可思议

一、午夜十二点，站在校园操场上，会听到鬼哭狼嚎，看到鬼影重重。

二、通往宿舍楼二楼的楼梯，本来有十二级台阶，但走着走着会出现第十三级台阶。

三、校园食堂中，午夜时分会看到一个红影一闪而过。

……

直到被云艺艺推了一下，白啸天才回过神来，意识到这是在上课，连忙正襟危坐，开始听老师讲课。

下课后。

"你们听说了没，又有一对夫妻昏倒了，似乎是中了什么未知的病毒？""听说了，这种病毒被命名为 FQ6Y 型病毒，听说传染性很强呢。"

"哎呀，太恐怖了，万一传到我们身上可怎么办啊？这病毒还是在我们市蔓延的，到时候我们这里会不会被封锁啊？"

一时间班里人心惶惶。

白啸天却是一副悠然自得的样子。

什么病毒？他根本就不怕。因为他从小到大，不管是在非典流行期，还是在甲型 H1N1 流感流行的时候，他都没有被染上过，甚至是感冒，也从来没有得过！

因为，超能力，带给他完全异于常人的体魄。

自己有超能力这件事情，是他几年前无意间发现的。

两种超能力

当时，白啸天在网上浏览一个关于超能力的帖子，看着现实生活中的那些实例，不由心生羡慕。心动之余，他想要看看自己有没有超能力。结果当时，年仅 12 岁的白啸天就惊呆了。

他稳定心神，集中意念伸出手，缓缓地握了握，突然感觉一股热流从他体内涌出来，冲出他的手心，周围的光线顿时一阵扭曲，最后集中在他的手上方，形成了一个耀眼的光团。

而在这个光团周围，却很诡异，一丝光亮也没有。

白啸天欣喜若狂，自己真的有超能力！经过一番探究，他终于确定，自己的能力是控制光线。

还不仅仅如此。

不久之后，他在街上碰到一个乞丐，拿出一块钱递给他。白啸天看着乞丐，忽然心中一动：不知道这时候，乞丐的心情是高兴还是无助呢？

结果，刹那间，一段陌生的意识便浮上他的心头。白啸天一怔，下意识地浏览起来。

不看不知道，一看吓一跳！

白啸天骇然发现，这段陌生的意识，竟是乞丐的记忆！

他感到非常疑惑。但很快，他便想到了一个可能——自己，会不会有第二种超能力呢？这样一想，他便再次做了试验。

再次试验的成功，令他确定了自己的判断——自己，拥有第二种超能力——读取记忆！

夜半惊魂

当晚。

由于枫叶中学是全封闭式管理，有小学、初中和高中三部分。小学生和初中生可以选择回家，但好多学生的家长都赞成孩子住校，毕竟这样能够培养孩子的人际交往能力和生活自理能力。

白啸天就是一名住校生。

夜深幽静。

一阵阵的尿急将白啸天憋醒。一个翻身坐起，白啸天甩甩头，头脑渐渐清醒，这才发觉自己的囧样，低叫一声，连忙飞身下床，一溜烟奔出门去。

他的宿舍在宿舍楼三楼，厕所在二楼。

很快，从厕所出来，白啸天长长舒了一口气，扑面而来的晚风也令他清醒了许多。突然，他脑中浮现出了母亲的脸，鼻头不由一下子酸涩了。

他到现在仍清楚地记得，在他五岁那年，一个雷雨交加的晚上，他的父母被一团黑漆漆的怪物直接吞没了，他自己爬到床底下才得以幸免，是奶奶含辛茹苦将他养大。当时那种恐怖的感觉，令他暗暗发誓，将来一定要找到这怪物报仇雪恨！

"呼……"白啸天深吸一口气，甩甩头，强迫自己不再想它，快步向前走去。

"嗯？怎么还有人？"经过护栏的时候，白啸天突然隐隐约约地看见在宿舍楼正对着的操场上，有一个模糊的黑影正在快步绕着圈子。

"不会吧，难道真的遇见鬼了？！"白啸天正疑惑着，突然想到一个恐怖的可能，一时间汗毛乍起，但很快，心便恢复了平静——就算是鬼又能如何，我有超能力，我可不怕你！

胆子大了，他的好奇心也随之大起来，控制着光线聚集，手一扬，光球飞到黑影上方，一下子把那人的周围照得雪亮！

那人明显吓了一跳，连忙用手臂挡住眼睛，慌慌张张地跑了。但可以看出，这人是个女生。

"怎么回事，这么晚了，她还在这里干什么？"白啸天百思不得其解，"而且，为什么这女生给我一种熟悉的感觉？"

Chapter2 神秘的解药

果然是她

第二天。

坐在座位上，白啸天刚拿出语文课本，就听见"让一让……"云艺艺的声音响起，她轻盈地侧过身子，坐了下来。

白啸天皱着眉头看着她。云艺艺被注视得有些发毛，疑惑地道："怎么了？我有什么不对劲吗？"

"啊！！"白啸天突然恍然大悟，"你你……"
他终于想起来了，那个令他感到熟悉的女生，就是云艺艺啊！

"我怎么了？"云艺艺大惑不解。

"昨天晚上……"白啸天低声道，"你干什么去了？在操场上乱逛什么？"云艺艺愣了一下，不解地道："我有吗？"

看着白啸天肯定的眼神，云艺艺拍拍额头："那可能是我有梦游的习惯吧。"

白啸天"哦"了一声，心中疑窦更重。刚刚在他说"昨天晚上"的时候，他分明看到了云艺艺眼中的一丝震惊。

需不需要读取一下她的记忆呢？白啸天这个念头刚冒出来，立刻就打消了：算了吧，每个人都有自己的隐私，我不能因为有超能力就随便探查别人的隐私啊！

上午，大课间时分。

班中的同学还在讨论那个 FQ6Y 型病毒，可见这个问题已经引起了人们的高度关注——包括学生。

云艺艺静静地坐在那里，"唰唰唰"写着作业。

白啸天走进教室，一屁股坐在座位上，疑惑道："喂，你就不担心吗？不怕被传染？"

云艺艺抬起头："啊？不担心啊，担心有什么用？"

白啸天看了她一眼，突然听见教室外面传来一个男声："艺艺，你出来一下……"

云艺艺一愣，大声答应了一声，挤开白啸天，跑到了教室外。

"他是谁？云艺艺的朋友？亲戚？"白啸天的八卦之魂开始燃烧起来，"过去听听，说不定能知道什么秘密。"

这样一想，他便蹑手蹑脚走过去，来到和云艺艺仅一墙之隔的教室门口，静静地听着。

此时教室里的人很少，多数都在聊天，因此也没人注意到白啸天的奇怪举动。

"艺艺，还好吧？"

"嗯，还可以。"

"有什么消息没？"

"没有，噢，对了，我昨天晚上似乎被人发现了。"

"嗯？是吗？那以后小心点。"

"你有什么线索没？"

"没有，爸让我们找的什么鬼东西，一点儿线索都没有，真是无语。"

"……"

声音渐渐远去了。

白啸天直起身子，脸上震惊。他没想到自己的无意之举，竟"破获"了一个如此重要的秘密。"果然，昨晚就是她……她到底为什么要半夜里去操场呢？操场上究竟有什么东西，值得他们这么重视？而且找东西的还不止一个人？"

白啸天握紧拳头："不行，得看看她的记忆了……"

神秘的父亲

当天下午，放学。

白啸天早早收拾好书包，在教室外等着云艺艺出来。

云艺艺很晚才离开教室。同学一个个都走了，她才不紧不慢地从教室出来，随手将教室门锁上，一回头，看见白啸天："嗯？你还没走？有事吗？"

"我想知道她的记忆……"白啸天在心中默默重复着这句话。

云艺艺突然惊叫一声，身体一软，直接瘫倒在了地上。

尽管成功抽取到了记忆，但白啸天见此情景，仍然被吓得大惊失色："云艺艺，喂喂，你怎么了？"

云艺艺脸色苍白，嘴唇青紫，不知道犯了什么病。白啸天正束手无策，打算去叫校医的时候，云艺艺嘤咛一声，缓缓睁开了眼睛。

"喂，你刚才怎么了？"白啸天紧张地道。

云艺艺坐起身子，清醒了片刻，疑惑地问道："刚才……我怎么突然晕过去了？！"

白啸天长嘘一口气，道："你刚才真是吓死我了，咋回事啊？你是不是有什么隐疾？"

"没有啊……"云艺艺迷茫地想了一会儿，甩甩头，"不管了，反正醒来就好，谢谢你……"说着站起身，拍拍身上的灰尘，跑远了。

白啸天站在走廊上，沉思良久，眼中流露出不可思议的神色！

"云艺艺……怎么这么一个阳光的女孩，会有这样凄惨的童年？！"白啸天不可置信地喃喃自语。

云艺艺的童年，在他读取的记忆中是很悲惨的。要不是他相信自己的超能力不会出什么差错，自己也不会相信的。

2岁丧母，父亲不知所终；5岁被寄养在孤儿院，由孤儿院支付学费上学，一个月前刚刚被亲生父亲云海涛寻回，得知自己还有两个哥哥和一个姐姐。

云海涛将她找回之后，把四个孩子都转学到了这所学校，并交给他们一个秘密任务，让他们在午夜十二点的时候，到操场上寻找四个画着奇怪符文、直径为半米的圆圈。真是个奇怪而艰巨的任务。

"看来云艺艺就是因为此事才半夜里去操场的。"白啸天恍然大悟。

"可是……"他又突然疑惑了起来，这云海涛让云艺艺他们找这四个圆圈，是想干什么？

"算了，先不想了……"白啸天摇了摇头转身离去。

女生宿舍。

云艺艺在作业本上写下最后一个字，放下笔，伸了伸懒腰，打了个大大的哈欠。

　　她上铺的女生刚才就把作业完成了，正在看小说，旁边的两名女生还在做着作业。尽管十一点多了，但在如此紧张的时光里，稍稍懈怠一分都不行。

　　正准备洗刷一下去睡觉，云艺艺突然听见兜里的手机发出了悦耳的铃响。她连忙紧走几步走出宿舍，掏出手机一看，脸上顿时露出了兴奋的神色，直接按下了接听键。

　　"喂？爸爸！你终于给我打电话了……"云艺艺嘟起嘴巴，不满地道。

　　"呵呵……"一个中年男子浑厚的声音响起，"艺艺啊，这不就才两天时间吗，就想爸爸了？对了，那个事情有消息了吗？"

　　"没有……"云艺艺摇摇头，有些委屈，"爸爸，这是什么要求啊，这样的要求，恐怕整个学期过去了都找不到哇。"

　　云海涛缓缓道："没关系，尽力找，一定要尽力！"

　　云艺艺点点头，突然反应过来这是在通话，连忙道："好……对了，爸，今天晓波哥来找我了，他好像也没线索，不知道颖姐和逸哥那里有没有线索……"

　　云海涛道："没关系，不过一定要尽力找就是了，这件事情对爸爸很重要。"云艺艺答应一声，突然想起了什么："爸，我的身体是不是有什么隐疾存在啊？""隐疾？"云海涛疑惑地道，"什么隐疾？"

　　"今天我放学的时候，突然昏倒了……"云艺艺简单地说了一下今天的情况。"是吗？"云海涛的声音猛然低沉下来，"这是真的？！"

　　云艺艺有些惊慌："真的……怎么了，爸，有什么不妥吗？"

　　云海涛道："……艺艺，你回去吧，明天再给你打电话。"

　　云艺艺答应一声，就把电话挂掉了。

　　一栋别墅。

　　二楼。

　　云海涛半躺在靠椅上，搭着二郎腿，脸上的神色却极其难看。

　　"不可能，云艺艺这种情况，明明就是二次受创后的表现……难道那里也有异能者？"

　　"老爷，您吩咐的都准备好了。"突然一个优雅的女声响起，一名20多岁身着职业套装的女子恭敬地站在门口。

　　"都好了？"云海涛精神一振，转过靠椅，欣喜地道。

　　"嗯，店铺已经买下来了，招牌和包装已经准备完毕。"女子轻声道。"很好！"云海涛大手一拍，哈哈大笑，"明天，明天……哈哈！"

病毒解药

第二天。清晨。

这天是周末，和煦的阳光透过纱窗洒在地上，投下斑斑驳驳的光影，让人仿佛置身于一个光怪陆离的世界之中。

白啸天从床上坐起来，心里已经在盘算着去哪里玩玩，放松一下紧张的心情。

"嗯，就去那边的××大街吧！"

很快，白啸天心中便有了决断。

当日下午。

白啸天心情愉快地走在××大街上。

他一向喜欢来这里的一个古色古香的书店看书。陶醉在书卷中，他真是欲罢不能。

"嗯？"白啸天的脚步一顿。原先的书店，已经不见了，取而代之的是一家"云天药店"。店门口围着很多人。

"唉……现在书店越来越少了……有时候走好几条街都遇不到一个书店……"白啸天感叹了一声，目光突然在云天药店挂出的横幅上一凝："本店主打良药：专治 FQ6Y 型新型病毒！只要你敢买，没有治不好！！"

"哟？还专门治病毒的？"白啸天无奈地暗叹了一声，"这种黑心商家，真会抓人的心理，这里刚刚发现一种新型病毒，他就推出专治的药物来，比专家还专家，真是无所不能啊……那书店，也不知道搬哪里去了？"

"啊啊！让让，让让！快让让！"突然一阵急促的叫喊声响起，本来围在这药店周围的人群下意识地让开一个口子，一个小伙子冲了进去，"老板老板，再给我些药，我爷爷吃了这个，医生说已经有苏醒的迹象了！"

众人面面相觑，一时间周围一片寂静。突然，一个颤抖的声音响起，一名围观的中年男子跑上前去："老板，也给我来几盒，我也要回去用一用……"

有了这名中年男子的带头，一时间周围围观的人群顿时空了一大半，人们一拥而上，将这不大的店铺挤得水泄不通："老板，快点，给我来一些，我用两倍的价钱，先给我！"

"先给我！我出三倍！"

"老板，快点，我家老头子快不行了……"

一时间，这小小的店铺，竟成了整条繁华大街上的一个焦点。

白啸天惊愕地看着这一切："啊？怎么可能？！真的有效果？！不科学啊，这种新型病毒才出来不到一个月的时间，科学家们都没有个头绪呢，这人怎么就研制出来解药了？！一定有问题……"

这样想着，他心中一动，迅速挤进人群。

白啸天一挤进人群，便大呼不妙："太挤了……失策失策！"他就像一叶孤舟，在波涛汹涌的大海中飘来荡去，岌岌可危。

白啸天咬着牙，拼命抵抗着来自四面八方的压力，只感觉自己呼吸困难，快被撞晕过去了，情急之下，直接释放出了光线能力！

"唰！"

所有在云天药店里买药的人，都感觉自己眼前突然漆黑一片，随即又恢复过来。

"哎，怎么了？"

"刚才你看见了没，怎么突然黑了？"

"对呀，怎么搞的？"

"是不是激动过度，眼前发黑了？"

"呵呵，有可能。"

人们轻松地谈笑着，全然没有发现，一个身影已经挤开他们，来到了柜台前。

"老板，给我来上一盒药……"白啸天急急地道。

"一盒？小伙子，一盒可不够啊，一开始那个年轻人要了三盒才有点效果……"药店内，一个中年男子笑着说道。

"不了，我还是先要一盒回去看看效果吧……"白啸天摇摇头，随手拿起一盒放在桌上的药观察起包装来，"老板，那个人不会是托吧？"

"哎，小伙子，你说什么呢，我这是为了大家好，你怎么能这么说呢？我真那样做不成了害人了？"中年男子顿时不满。

"是啊，小伙子，你不买没人逼你啊，别在这里挡着啊……""就是，你不买我们还买呢，不买一边去！"

顿时，白啸天身后排队的人纷纷嘈乱起来。白啸天只好苦笑两声，随手付了钱，拿了一盒药转身离开了。

疑团重重

走出药店，白啸天回头看了看。他已经能够确定，这中年男老板，一定是个异能者！

那种异能者专属的气息，自己一定不会感觉错的。

此事，必有蹊跷！

店中。

云海涛看着刚刚走出去的白啸天，眼睛微微眯了起来："这小子，绝对有问题……"

刚才那一刹那间，他已经感受到了来自白啸天身上的敌意。这种敌意，带着专属于超能力者的气息，很是古怪。

嗯……这男孩，看样子也不大，像个学生，难道他就是让云艺艺二度昏迷的人？

云海涛这样想着，心中却不太敢确定。毕竟人海茫茫，超能力者也并非就他二人，是其他人也说不定。不过，云海涛心中，已经将白啸天列为一等危险人物。

第二天的报纸上，就登出来一条新闻：

科学家束手无策的病毒，被市井药店老板制服为哪般

（据枫叶新闻社发）昨日，××大街上的云天药店推出了主打药"解毒专液"。据悉，此药被一些病人服下后，当即醒来，且全无后遗症。此事已经引起了滔天波澜，一个连科学家都束手无策的新型病毒，被市井药店老板用了不到一个月的时间研制出解药，已经令市民对科学家们的信任度降到了最低点。不过，此事也颇有些疑点，比如药店老板如何拿到病毒样本……

宿舍里，白啸天望着手中的白纸黑字，脸上的表情阴晴不定。是真的治好了，还是治标不治本？

他怎么找到这病毒的破解办法的？还有，这病毒的本源是什么？他是怎么知道的？……其中，又有什么关联呢？

这一个个谜团围绕在白啸天心头，久久不去。

Chapter3 异度空间

找到怪圈

第二天。晚。

云艺艺如往常一样，在半夜 11:50 醒来。

不过刚躺下十分钟，其他三个舍友却已经沉沉睡去了。

云艺艺甩甩头，用手理了一下头发，站起身，小心翼翼地穿好衣服，蹬上鞋子，蹑手蹑脚地走出门去。

迎面便碰见了舍管老师。老师眯着眼打量了她一会儿，恍然大悟地道："你是那个每天晚上都要去上厕所的学生吧？以后先上完厕所再去睡觉，看看这样刚睡下就爬起来多麻烦啊……"

云艺艺耸耸肩，笑着点点头，迅速向女厕所奔去。

在即将走进女厕所的时候，她身形一转，拐了个弯，顺着旁边的楼梯跑了下去。

已经走了两次，她基本熟悉了这里的环境，拐弯，下楼，再拐弯，就到了学校的操场上。

"唉，还有五分钟……"看着手腕上的荧光手表，云艺艺嘟哝了一声，就低着头开始在操场之中搜寻起来，"这样的任务，真是……"

"12点了！"她转了一会儿，无意间瞥了一眼手表，心情顿时紧张起来，"让我碰到吧，碰……"

她的话还没说完，就震惊地发现，自己，正站在一个布满奇异纹路的圆圈里！——真的找到了！

"嗡——"突然，巨大的嗡鸣声响起，云艺艺只感觉整个地面都在晃动，天上忽明忽暗。她下意识地就想拔脚奔逃，却惊骇欲绝地发现自己的脚已经无法动弹！

"啊！"她惊呼一声，身体一软，意识缓缓消失……

坍塌事件

"谁能告诉我发生了什么？！"白啸天一睁开眼睛，突然一种怪异的感觉涌上心头，随即便感觉浑身剧痛无比，特别是腿，那种深入骨髓的痛，令他一下子就清醒了过来。

努力睁大眼睛向四周看了看，再仔细看，白啸天愣住了。

"这里……这里是宿舍吗？"他喃喃着。

自己正埋在一片废墟之中。头顶上是天空。

此时天已渐亮，东方地平线上朝霞满天，又是一个晴朗的早晨。本该出现的喧闹声、盆碗的碰撞声，和匆匆忙忙的洗刷声、早起小鸟的鸣叫声，都消失了。好像从来都没有出现过。

周围是一片断壁残垣，满地狼藉，往日里高大的教学楼已经消失不见了，身下就是不知何时倒塌的宿舍楼。整个校园都已经支离破碎，也就是操场中央有一点点未被波及的安全地带。此时的白啸天就躺在倒塌的宿舍楼的两块石板的夹缝中。

"这是怎么回事？怎么睡了一觉就全塌了？！不是在做梦吧？"白啸天挣扎着坐起身，拍拍头上的沙土，深吸一口气，拼尽全力把腿从石板的夹缝中挪出来，"该死，腿好像断了……"

心中正五味杂陈疑惑重重的时候，他突然瞪大了眼睛。他眼睁睁地看着自己已经扭曲变形的腿慢慢地恢复了原状，浑身火辣辣的疼痛也逐渐消减下去……

"啊？"白啸天不可置信地抬起双手，拍拍自己的身体，尝试着站了起来，"开什么玩笑，就算有超能力也不可能恢复得这么快！太妖孽了吧！！这还是我吗？"

无语地摊摊手，白啸天此时不知是应该高兴，还是悲伤，也只能接受了这个现实。抬头望去，四周满目凄凉，一片死寂，他不由得大喊一声："还有活着的吗？"

压抑的声音过后，没有一丝回应，白啸天的心渐渐沉了下去，正在这时，却听到一个弱弱的声音："咳咳！"

"嗯？"白啸天眯着眼循声望去，发现就在那操场中心的安全地带之中，似乎有一个人影。

看看自己脚下几层楼高的废墟，白啸天顿时苦了脸，小心翼翼地向下爬去。

只是爬下废墟，就花了白啸天半个小时的时间。白啸天长长嘘了一口气，飞快地向着那人跑去："你怎么样？没……"

他话还没说完，就惊愕地看见那人已经站起身来，活动了一下手脚，抬起头。白啸天这才看清楚这人的面貌："云艺艺？你怎么会在这里？"

云艺艺也是愣了一下，支吾了半天，道："我去上厕所……"

白啸天跄跄了一下。厕所明明就在女生宿舍楼里，上厕所竟然到了操场上，那得有多大的动力才能把她从厕所抛到操场上？而且是操场中心？开什么玩笑？但他现在也无心追究，道："你怎么样？没伤着吧？"

云艺艺摇摇头，突然想起自己脚下的圆圈，连忙低头一看。地上却是空空如也，什么都没有了。

"咳咳……怎么回事？"又一个声音响起。云艺艺和白啸天齐齐转头看去，一个人影大声咳嗽着从废墟中爬了出来。

消失的学校

"颖姐？"云艺艺惊喜地叫出声来。

172

"颖姐？"白啸天疑惑地看向云艺艺。

"嗯，那天来教室找我的人是我的三哥云波，我还有个二姐叫云颖颖，大哥叫云逸……"云艺艺道。

"呃……"白啸天愣住了，"云艺艺，云颖颖……云波，云逸……怎么感觉四个名字里面也就是云波最正常了？"

说话间，云颖颖已经跟跄地站起身来，突然惊叫道："我的伤……好了？"

白啸天一愣，难道……难道我的伤恢复得那么快，不是超能力的功劳？这还真奇怪了。

"咳咳……艺艺，你没事吧？你谁啊？"云颖颖小心翼翼地从不远处的"山坡"爬下来，关切地扶住云艺艺，没好气地向着白啸天翻了个白眼。

"哦，我是她同学……"白啸天耸耸肩，"现在……是不是应该找一下其他的幸存者？"

云艺艺点点头："白啸天，你去那边找吧，我和姐姐在这里……"白啸天答应一声，迅速爬上"山坡"，开始了搜寻。

"艺艺，怎么回事？"云颖颖还是心有余悸。

云艺艺低着头道："姐，我找到了……"

"啊？"云颖颖大吃一惊，"你找到了那个诡异的圈子？"

"嗯……正好它就在我脚下，当时我就感觉天昏地暗，也走不动，就晕了……"云艺艺苦笑道，"爸爸让我们找的到底是什么东西，怎么会这样？"

云颖颖也是大惑不解、"对了，我先给爸爸打个电话。"

"啊！"云艺艺一下子想起来，"对呀，我们怎么忘了还有电话呢，听爸爸的语气好像他知道点什么，快打！"

"不对！"云颖颖突然出声道，"发生了这么大的灾祸，为什么除了我们仨，一个人都没见到？学校外面也应该有人来搜救了吧？"

云艺艺浑身一颤，有种不祥的预感："姐，我们先去大门那边看一看……"

这一看，二人顿时大惊失色。

因为学校的大门是离"震区"最远的地方，因此大门附近塌掉的也很少，姐妹俩很轻松便找到了学校的原大门处——整个学校也只有学校大门还保持原样。

只见大门之外，城市街道如往常一般，人来人往，熙熙攘攘，似乎根本就没有注意到已经坍塌的枫叶中学。

"怎么回事？"云艺艺顿时抓狂了，"他们有没有人性啊？怎么可能！这么大一个学校崩塌了他们竟然熟视无睹！！看不见吗？！"

云颖颖原本也是愤怒当胸，闻听此言，突然一愣："艺艺……会不会他们就是看不见？！或者……有什么幻术……？"

云艺艺不由一怔："这……"

确实，若是学校遭此大难而周围市民、警察却熟视无睹，那真是太不像话了。现在，似乎也只有这一个可能来解释这一切了。

"我去看看！"云艺艺飞奔到校门口，抬脚就要迈出门去。

空中囚笼

"啊！"

云颖颖一惊："艺艺，你没事吧？"

云艺艺龇牙咧嘴："没事。那是什么东西啊？怎么我一靠近大门就有一种强大的吸力要把我吸过去呢？"

云颖颖心中一沉，走上前，仔细观察了一下，脸色突然变得难看起来："艺艺，你看，光线到这里发生了扭曲。"

"啊？"云艺艺莫名其妙，"什么意思啊？"

云颖颖深吸了一口气："我想，这里恐怕就像是小说中所写的那样，我们可能被困在一个空间囚笼里了，周围都是扭曲的空间，刚才你所感到的吸力，恐怕就是空间裂缝所发出的……也就是说刚才你如果被吸过去，你可能就完了。"

"啊？"云艺艺吃惊道，"空间囚笼？这不是只有小说里才会存在的东西吗？"

云颖颖苦笑道："对啊，所以我才说像小说里写的那样……可是，如果不是，那你说这东西是什么？能够蒙蔽外面人的视线，还可以无形有质，还会出现空间裂缝……除了传说中的空间囚笼，还有什么？"

云艺艺有些发愣："也……也就是说我们被困在一个空间囚笼里面了？而外面的人还不知道，也不会有人来救我们？"

云颖颖点点头，二人面对面站着沉默不语。毕竟如此离奇的事情竟然让她们遇上了，有点像天上掉馅饼被砸的感觉，而且馅饼还是铁打的。二人现在的感觉就是一个字——晕。

大早晨的就一件怪事一件怪事地发生，而且一件比一件光怪陆离，就是平常做噩梦也不会出其右吧！

云颖颖毕竟年长一些，定了定神说："我们先去找白啸天吧，让他过来看看到底是怎么回事。"

云艺艺木然地点点头，几步跑上废墟，刚想喊白啸天，看到眼前的情景，大吃一惊："白……白啸天，你是怎么做到的？"

只见面前原本庞大的"山坡"已经缩减了三分之二。消失的三分之二，不知道去了哪里。

地上，躺着一个人。站在旁边的白啸天闻声回头朝云艺艺干笑了几声。

在二云走了之后，白啸天为了提升搜救速度，直接使用了自己的超能力，用光球轰开了一块块石板，截至目前，却只找到了一个人。

这令白啸天感到十分不解。

"这人你们认识吗？"白啸天随口问了一句，接着道，"太奇怪了，找了这么长时间，只有一个人，难道其他人都被砸成粉末了？不应该呀。"

"哥？"云艺艺和云颖颖异口同声叫出声来。

"啊？"

传说中的梼杌

半小时后。

白啸天终于第一次在外人面前暴露了超能力，直接在废墟之中轰出来了一片空地，将昏迷过去的云家大哥妥善安置。他和云艺艺、云颖颖坐在一块石板上。

值得一提的是，被找到的就是云逸。

"这样啊？"白啸天皱着眉头，"这可不好办了啊。哪里来的空间扭曲呢？"醒过来的云逸淡淡地出声了："这应该是梼杌的封印。"

"梼杌？"白啸天三人诧异地望向云逸。云艺艺更是疑惑道："梼杌？哥，你从来没说过啊……这到底是怎么回事？"

云逸道："梼杌，古代传说中的一种猛兽，上古帝王颛顼第六子，穷蝉之弟、昌意之孙、黄帝之曾孙。又名傲狠、难训，与少昊之子、蟜极之弟——穷奇一样，梼杌后来也成了四凶之一。也泛指恶人。它还有年轮的意思。"

"我不是问你这个！"云颖颖翻翻白眼，"你怎么会知道的？怎么不早说？"

云逸淡淡地道："我本来就知道。这时候，云海涛也应该快来了吧。""云海涛？"云艺艺不可思议地道，"你叫爸爸叫云海涛？！你……"

云逸弹了弹身上的灰尘，冷笑道："呵，都到了这个时候，我还叫他爸爸？那我岂不是太亏本了？他叫我祖宗我辈分都小了。"

"什么？"白啸天眼睛一眯，"你到底是什么人？"

"我是什么人？"云逸怪异地笑了，"你想知道吗？"

云艺艺愣住了："哥，你……"

"我不是人哦……"云逸微笑着摇摇手指，"所以，我就自然不是你哥哥喽。""什么？！"云艺艺和云颖颖大吃一惊。

白啸天冷哼一声："你究竟是谁？"

云逸舒服地伸了个懒腰："呼……马上就能重新见到阳光，呼吸到新鲜的空气了，真是说不出地惬意啊。"说着他用余光瞥了瞥如临大敌的白啸天，笑道，"你也不需要这么防备我，我既然不想让你死，你就绝对不会死。若是我想让你死，你就算逃到天涯海角也躲不掉哦。"

云艺艺颤声道："你……你究竟是谁？"

"我是梼杌啊……哎呀呀，这么快就说出来了。"云逸轻笑了一下，"是不是很震惊啊？"

"梼杌兄，别来无恙啊？"突然一个低沉的声音响起。

云逸回头一看，大喜："海涛，你来了？"

云海涛正满脸微笑地站在几人身后。

白啸天怒声道："你们到底想干什么？"

云海涛抬起头来，面对着白啸天，冷笑道："你看看我是谁？"白啸天仔细一看，顿时一怔！"你……你是那个药店老板？"

云海涛冷笑道："呵呵，看样子记性不错啊！梼杌，你先破开封印吧。"云逸激动地点点头，大手一挥，地面再次震荡起来！

"等等！"白啸天大吼一声，双手一聚，一团光球便出现在他手中；而方圆20米之内，顿时变得一片漆黑！

"光炸！"白啸天大喝一声，手一推，光球飞速前进，猛然爆裂！"轰！"刺耳欲聋的声音响起。

黑暗缓缓散去，白啸天大吃一惊。只见云海涛和云逸正满脸微笑地站在那里，而云艺艺和云颖颖却晕倒在地上。

"你……"白啸天怔住了。

"来来来，先坐下吧，好好聊聊。"云海涛满脸笑容，直接在一块石板上坐了下来，"反正解开封印还需要一段时间，我们一定要好好聊聊。梼杌，你叫我来得可真及时啊。"

云逸微笑着道："海涛说得也是，我们要好好拉近一下感情……什么？！等等……我什么时候叫你来的？"

"啊？"云海涛愣住了，"不是你传音给我，说让我过来，然后有个虚空之门就出现在我面前，我就来了啊。"

"先搞清楚状况！"云逸大惊失色，"这里不知怎的被布下了一层空间囚笼，不是你干的？我怎么可能穿过空间给你传音？"

"啊？！这空间囚笼不是你的杰作？！"云海涛也大吃一惊！

二人四目相对，大惊失色！

真相大白

白啸天翻了个白眼，怒声道："不管你们怎么来的，这究竟是怎么回事？什么封印？！"

云海涛暂时把这件事情放在一边，心道反正是胜券在握，便说："看在你也是将死之人的分上，说给你无妨，也让你死个明白。记得那是我第一次在一本书上看到有关上古四大凶兽的记载。上古四大凶兽，分别是饕餮、穷奇、梼杌和混沌。四大凶兽的形态各异，尽管狞恶万分，但还是对我有一种极其强大的吸引力。

"几年之前，我在一次睡梦中，来到了一处墓葬，在里面发现了一卷古书，上面记载，四大凶兽最后被四大神兽所镇压，分别被封印在四个地方。醒来之后，我便发现自己旁边多了一张中国地图，上面标注着四个点。离我最近的一个点，根据我的考察，就在你们枫叶中学。"

"啊？"白啸天一惊，"你……你这是要开启封印？你疯了？"

云海涛摇摇头，冷笑道："我没疯。根据我的梦中显示，开启这个封印，需要用四个18岁以下的孩童进行血祭，方可打开这个梼杌的封印。从我做了这个梦之后，我就拥有了一种能够令人重置人生、重置记忆的超能力，还附带一种病毒。"说到这里，他阴森森地笑了笑，"哈哈哈哈，这种超能力真是太神奇了，比如云艺艺，她的真名叫陈鸾鸾。我对她使用超能力之后，这个世界上所有关于她的信息都被抹去了，甚至她的户口，从此以后世界上就没有陈鸾鸾这个人了。更神奇的是，这能力还可以将所有见过她的人脑中与她相见的记忆抹去哦。不知道你能不能听懂……"说着他得意地架起二郎腿，从兜中掏出烟，悠然自得地抽了起来。

"什么？！"白啸天浑身一震，"病……病毒就是你弄出来的？"

"对呀！"云海涛笑着吐了口烟圈，道，"凡是被我这个超能力波及的人，体内都会出现一种隐性的病毒。我可以像设定定时炸弹般，控制这些病毒的激发时间，比如说一个月、半个月等。而因为是我的超能力导致的病毒，因此我也自然而然拥有破解之法。呵呵……你说我只要不断地释放病毒，再卖解药，是不是就能日进斗金呢？这是多好的一本万利啊！"

"什么？！"白啸天震惊，"也就是说云艺艺、云颖颖和云波的身世，都是你编造出来的？病毒，也是你亲手下的？！"

云海涛微笑点头："在我寻找第一个血祭对象的时候，发现了梼杌。呃，就是云逸。当我发现我的超能力对它没有效果的时候……"

"你到底为什么要打开这个封印？"白啸天总感觉莫名其妙。

"哈哈哈！"云海涛愣了一下，随即哈哈大笑起来，笑声中充满了邪恶，"我需要强大的力量！"

"这跟力量有什么关系？"白啸天丈二和尚摸不着头脑，"力量，你不是已经拥有超能力了吗？"

云海涛笑声逐渐收歇："呵呵，那个超能力，算什么力量？我要的是自身的强大力量！"

"那你打开封印，又怎么会获得力量？"白啸天仍然不明白。

云海涛似乎没听见他的话，继续道："我发现我的超能力对他没有效果，云逸突然出手制住了我。后来，经过一番长谈，我才知道云逸就是梼杌在冲击封印的时候逃出的一缕残魂所化。"

"等等，现在……"白啸天似乎意识到了什么，"他……在解开封印？怎么回事？又没有人血祭。"

"呵呵，本来封印就被冲开了一个裂缝，云艺艺阴差阳错之间，又恰好打开了血祭的四分之一，加上我本体的冲击，封印根本就不用血祭了。对了，你知道为什么这学校会塌掉吗？"正在化解封印的云逸回头笑道，"之前我说过，梼杌有年轮的意思。尽管现在的史书上并没有记载，但我的确可以控制时间的力量，现在的枫叶中学，就是很多年以后的枫叶中学啊！"

白啸天完全蒙了。

"至于我第一次怀疑你，是从云艺艺给我打电话说，她突然晕倒开始，不知你还记不记得？"云海涛悠然自得地接着说。

"晕倒……你说那次？！"白啸天顿时醒悟了过来，不正是那次自己用超能力读取云艺艺的记忆的时候吗？

"对啊，一个人的精神能量是有限的，云艺艺受过我一次超能力，若是再承受第二次异能冲击，精神就会暂时性地崩溃，导致昏迷。"云海涛很有耐心地解释道，"第二次呢，是……"

"哈哈哈哈，封印解除！给我起！"梼杌突然放声大笑，一团光球缓缓从地面升起，直接融入云逸的体内！

瞬间，云逸身上爆发出万丈光芒，随即缓缓变淡，但他的身形却更加高大、雄壮，透着一股邪恶的气息。梼杌已经与云逸彻底融合了。

一旁的云海涛却突然颤抖起来，浑身弥漫着黑光，黑雾缭绕，甚是恐怖。一盏茶的工夫，黑光才逐渐转为乳白色。

梼杌愣愣地望着这一幕，突然颤抖着道："混……混沌？！是了，我怎么没想到？重置人生，重置记忆！混沌，既是创造，亦是毁灭！重置人生和记忆的过程，不就是一个毁灭而后再造的过程吗？混沌、混沌、混沌大哥，你还好吗？！"

白啸天脸色极其难看。时不我待，他大吼一声："光明啸天破！"

一个从云海涛刚刚同他说话就开始酝酿的大杀招，抽空了他体内所有能量的大杀招，在此刻终于爆发了！

一束圣洁的光焰，直接穿破虚空，猛然轰击在了云海涛和梼杌身上！

白啸天，从云海涛说病毒是他所放的开始，就已经将他列为十恶不赦的那种大罪之人！这次攻击，他必定会受重伤；到时候，自己再专心对付刚刚破解封印尚很虚弱的梼杌吧。

Chapter4 神兽传承

危情时刻

"BOOM！！"

惊天动地的爆炸声响起！

白啸天的身形如同断线的风筝般倒飞而出！摔落在地上，白啸天抹了一把嘴上的血迹，挣扎着站起身，看向远处的二人。

下一刻他惊呆了。

只见梼杌淡淡地笑着，双手撑起了一片无形的壁障。而云海涛，已经站了起来，全身缭绕着乳白色的光芒，却有一种邪异的感觉。

"这是……"云海涛愣愣地看着自己的双手。

"你，你是混沌大哥的后代啊！"梼杌没有理白啸天，激动地扭头对云海涛道，

"你想想，混沌，是毁灭又是创造。而你的超能力，不正符合吗？先毁灭，再创造。"

云海涛一怔，大喜："也就是说，我现在相当于混沌了？"

梼杌摇摇头道："不是的，混沌永远只有一个，你只能算是混沌大哥的传承者，不过力量也很强大了……快点，先把他灭了，我们再去找其他人吧！我真是迫不及待要把其他兄弟放出来了。"

云海涛低下头，眼中闪过一丝狞笑，道："好，先把他灭了……小子，去死吧！你知道的东西太多了！"

他抬起手，"唰"的一声，一道银光闪过，直直地冲向白啸天！

白啸天心中绝望了：难道今日自己就要交待在这里了？

"混沌、梼杌，几千年了，你们还是屡教不改哇？"

突然一个低沉的声音响起，白啸天身体一震，缓缓站起身来，眼中不知何时变成了双瞳双色，冷哼一声，抬手，屈指一弹，便将那道光束撕成了碎片！

"白虎？"梼杌一愣，随即面色剧变。

白啸天冷笑："枉你还记得我。"

"你……你不是已经死了吗？！"梼杌惊疑万分。云海涛却是一脸奇怪地向梼杌道："你怕他作甚？我们有两个人，他就算再厉害，也不可能超过你我联手吧？"

梼杌一愣，随即哈哈大笑："说得对！哈哈，白虎，没想到你也会有今天吧？给我去死吧！"说着，他的手指向虚空一点，"时光流逝！"

"混沌泯灭！"

云海涛和梼杌，一时间全力出手！

"哼！"白啸天冷笑，正经八百地摆开架势，脸色也渐渐凝重起来，一头猛虎的虚影在他身后若隐若现，"虎啸震寰宇！"

他身后的老虎猛然张开大嘴，澎湃的空间巨浪如海潮般涌出！

轰！三股力量狠狠撞击在一起，大地"勃然变色"，空间片片碎裂！

白啸天的身形"嗞嗞"退出好几米远，才勉强站稳身形，冰冷的目光注视着对面。硝烟散去，云海涛和梼杌喘息地半跪在地上。这样看来，似乎还是现在的白啸天更胜一筹！

"该死……他身上有光明神力保护着，还有他老大的神念加持，我们打不过他！"梼杌低声喘息着，"先退……呃！"

梼杌不可置信地转头望着云海涛，只见云海涛的手已经穿过了梼杌的胸膛，伤口处光芒四射，这些光芒像是被吸引一般，倏忽间便钻入云海涛的手中消失了。而梼杌的身体却渐渐缩小、干瘪起来。

"你……你……你干什么？"梼杌又惊又怒。

"哈哈哈哈！"云海涛大笑，"我吞了你，就能拥有和他抗衡的力量了吧？去死吧！"

梼杌的身体逐渐消失，目光中充满不甘与绝望。他万万没想到，自己刚刚摆脱封印，刚刚重见天日，竟然这么快就彻底在这个世界上消失了——还是因为窝里反。

"呵呵。"白啸天愣了一下，随即轻笑起来，"混沌，你真是自寻死路啊。"

"哈哈哈哈！"云海涛放声大笑起来，面目狰狞，"去死吧！时间泯灭！"

他已经将梼杌完全吞噬了，此时身上充满了无法言说的强大能量！手一挥，一道灰色的光剑射向白啸天！

白啸天面色剧变："你……你怎么这么快就可以融合成功？！"

白啸天还没明白这是怎么回事，那灰色光剑却已到了他身前！他大吼一声，

虎啸震寰宇再次发动，却被那灰色光剑一穿而过，全无防御能力。灰色光剑瞬间来到他的面前，眼看白啸天就要性命不保！

"唉，白虎，你还是那么毛糙……"突然，一个清朗的声音响起，一个身着黄衣的年轻男子突兀地出现在了白啸天面前，左手轻轻一挡，那灰色光剑便骤然消失！

"大地之力，翻天覆地，泯灭！你这种渣滓，不配留在这个世上。"黄衣男子冷声道，双手微微一扬，云海涛周围的地面猛然波动起来，瞬间幻化成一个大手，爆发出金黄色的光芒！

"轰！"

等到尘埃落定，云海涛消失了，好似从来没有存在过一样，一切恢复了平静。黄衣男子出手之后没有再去看云海涛，转过身来，手一招："白虎，回来吧。""唰"一声，一道白色的光线从白啸天体内飞出，直接融入黄衣男子的体内。

"这到底是怎么回事？你是谁？"白啸天尽管之前被灵魂附体，但他还是能看到所发生的一切的，不禁问道。

秘辛

"上古四大神兽，上古四大凶兽，你应该知道吧？"黄衣男子笑道。白啸天点点头。

"你也应该知道，四大神兽青龙、白虎、朱雀、玄武分别代表着木、金、火、水四种元素，也分别镇守一方。

"但你有没有想过，既然金木水火都有了，为什么没有土呢？其实，四大神兽，

不仅仅是四灵兽，还是五行神兽。而四大神兽之上，就是土系神兽——黄龙。"

"啊？不是麒麟吗？"白啸天大吃一惊，敢情自己一直错了？

"呵……"黄衣男子摇头，"这是大多数人所犯的一个常识性的错误。并不是麒麟，而是黄龙。

"而上古四大凶兽，尽管不是五行，却也有着一个'头子'，就是蚩尤。

"你可能会很奇怪，蚩尤不是被黄帝杀掉了吗？非也。被杀掉的只是蚩尤的一个比较强大的分身而已。其实蚩尤的强大已经到了手眼通天的程度，因此以黄帝的能力也无法感知出它的本体藏在何处。

"在接着往下说之前，我还要重点强调一下四大凶兽。因为四大凶兽是人间的怨气所化，因此他们无法延续后代，也就是说若是被人击杀，就无法复活了。因此，他们都布下了一个属于自己的梦幻墓穴，若是心智淫邪、黑暗的人，在机缘巧合下即可得到，并会传承一部分他们的力量，当然……看上去这个云海涛就继承到了混沌的墓穴，不过被我直接干掉了……

"在佛教祖师释迦牟尼佛飞升的时候，想把蚩尤彻底解决掉，以免它再次出来危害人间。佛陀以强大的法力和神念搜寻，终于找到了蚩尤的本体，与其大战三天三夜，终于以纯净的能量胜了蚩尤，并消耗一万年的寿元，将其封印于中华龙脉之中。这也是从来没有一个朝代能够一直延续下去的原因。因为每一个朝代的兴起，都需要点亮一支龙脉。但因为蚩尤被封印在中华主龙脉之中，逐渐蚕食周围的龙脉，因此不管是哪个朝代，都会带有一丝蚩尤的黑暗之气，所以是不可长久的。不过，在我看来，现在世界上的国家建立和兴起，并不再依靠龙脉了。大概是科技发达的原因，或者是地理位置的变动，或是龙脉已经全被点亮……我也说不清楚，还是接着上面的话题吧。"

"释迦牟尼佛将蚩尤封印之后，四大凶兽噪乱暴怒，五行神兽也只好出马抵抗。但因为老大被封印，每一个凶兽都似乎不要命地四处破坏，因此四大神兽也只好牺牲自己，将四大凶兽封印。

"从此，四大凶兽和四大神兽的故事就变成了传说。

"但在四大神兽和凶兽拼斗的时候，黄龙正在与蚩尤的另一个修炼多年的分身对抗。这个分身是在蚩尤被封印前就已经分化出来的，因此尚存留在这个世上。黄龙以其精湛的修为击杀了这个分身，赶到神凶打斗现场的时候，正好看见四大神兽牺牲自己将凶兽封印。就在四大神兽神元消失的一刹那，黄龙出手将四神兽的一丝精魂留存下来，烙印在他的体内。

"就在这几年，当初释迦牟尼佛对蚩尤所下的封印逐渐淡化，我能感觉到蚩尤在不断冲击着封印。因为凶兽互有联系，也就是所谓的心灵感应，因此他们也在奋力地冲击封印。而因为四大凶兽的封印比之蚩尤的封印来说，要薄弱一点，四大凶兽在这几千年来也积蓄了不少实力，因此我预感到他们会一个个冲破封印，便四处寻找四大神兽的继承人，用以对抗即将苏醒的蚩尤和四大凶兽。而你就是白虎的继承人……所以，加入我们吧，这可是一个保卫世界的伟大事情哦。"

"等等……你是黄龙？"白啸天似乎听出了什么。

"对，不过我也不能算是黄龙，只是黄龙的转世罢了。"

"那这个空间囚笼也是你弄下的？"白啸天疑惑地道。

"空间囚笼？"黄衣男子摇摇头，"这不是空间囚笼，而是一个幻境。在这个幻境中，无论发生什么，在现实生活中都是虚假的。对了，云海涛也是我叫过来的哦。"

"啊？"白啸天顿时愣住了，这幻境，连梼杌都无法察觉，那这黄龙的转世者，实力得有多么强大！

"嗯……还有，混沌的事情到底是怎么一回事？难道混沌也跟着苏醒了？"

"不不不。"黄衣男子摇头，"呵呵，上古神兽或是凶兽，都会自动分裂出一个类似人类的复制体，他们可以用这个复制体来繁衍后代。云海涛应该就是一个复制体的后代。当然是混沌的。"紧接着，他又笑道，"我叫黄澜，很高兴认识你。"

"啊……呃……"白啸天愣了愣，伸出手去，"你好……"

黄澜微笑着点点头。

尾声

解除了幻境后，学校也因为梼杌的死而恢复了原状。而因为云海涛失去记忆的所有人也都恢复了正常，云艺艺和云波、云颖颖都得知了事情的经过，也恢复了记忆，和他们的亲人相认了。

至于那些病毒，因为云海涛的死，也全部消失了，人们都恢复了正常。

而关于云海涛的一切，黄澜也给白啸天做了解释。

原来云海涛从小身体瘦弱，在学校中常常受人欺负，家人也不理会他，童年的不幸，导致他形成了一种格外扭曲变态的心理，想要获得强大的力量，让所有人都臣服在他的脚下。正是在这种欲望的驱使下，才发生了这一系列的事情……

"害人害己啊……"记得当时，黄澜有些惆怅地说，望着黄色的夕阳，不知道想起了什么样的过去。

一个月后。

"你小子够了吧？"黄澜愤怒地吼着，"要了我的知识不说，竟然想再休息一周？不可能！现在就给我走！去找朱雀！"

白啸天一脸尴尬，连连点头。

半个月前，黄澜提出让白啸天暂停学业，和他一起去寻找朱雀的继承人。是的，最笨的方法，往往就是最安全的———一个个去寻找，总比黄澜坐在家里用神念召唤来得放心。毕竟这事关整个中华大地的安危，可是容不得半点马虎的。

那是要去南方沿海的一个小城，沙滩美景，椰树风光，想想就让人心醉不已。但白啸天还是拒绝了——他是时刻把学习放在第一位的。

黄澜气急败坏，无奈之下只好用传授记忆的方法将他脑海中的知识传授给了白啸天。

结果是——白啸天立即震惊了。

他没想到，黄澜看上去吊儿郎当的，可他的知识却真可以称得上是……博大精深！

文学、物理、化学、纺织、建筑、天文学、地理、数学、历史、生物……几乎每一样都可以达到世界顶尖水平！

当白啸天一脸震惊地询问黄澜的时候，黄澜只是淡淡地笑道："你以为传承了几千年的智慧，是那么浅薄吗？"

白啸天愣了好一会儿，才明白过来，原来黄龙的每一个转世，都可以将前世的所有记忆全部传承在脑海之中。

当然也有痛苦的地方，这对脑容量的需求量太大了……因此每一个黄龙转世者都是不凡之人。

话说回来，既然有了如此高深的学问，白啸天就真的没必要再上学了……再继续上下去，真的就是浪费时间了。

而且白啸天并没有想依靠这些知识直接去考个研究生、博士之类的文凭，一方面是避免自己成为报纸上的"再一个神童"；另一方面，他的理想并不是成为一个只会学习读书的书呆子，而是成为一个旅行者。他的偶像就是明代的徐霞客。《徐霞客游记》，白啸天已经看过不知多少遍了。而现在能够和黄澜一起云游华夏大地，尽管这旅游是他自己从寻找神兽传承者这个目标中体会出来的另一层含义，但也同时可以游览祖国的大好江山，也就算是旅游了吧！他这样想着。

还有一件事情值得一提。白啸天在事情结束后的一个晚上，突然想起了一件事情。他记得自己不久前看过的"枫叶中学十大不可思议"，第一条就是晚上十二点在操场中心会听到鬼哭狼嚎等，现在想来就应该是梼杌在作怪了。

既然如此，看上去十大不可思议之中第一条是真的了，那其他几条呢？白啸天心中有些不寒而栗，但很快这感觉就消失了。自己的未来，早就不仅仅局限于一个枫叶中学、枫叶市了，而是在更加广阔的世界之中。

这次的梼杌事件结束了，下一次，又会是怎样的一段故事呢？

让我们拭目以待吧。

又名《白虎啸天》，入选《齐鲁文学作品年展2014》小说卷，连载在《科普童话》2015年4~8期；发表在《少年科普报》初中版2015年7、8期合刊。入选由"阳光姐姐"伍美珍主编2016年5月出版的"阳光姐姐小说派"《乘时光机来的男孩》，入选时题目被改为《决斗封印彼端》

剪忧师

一

待春风又一次吹绿了江南岸，这座沿海的小城里也悄无声息地多出了……

春日和暖，惠风和畅。

郁金香盛开，在一条小吃街上，新开了一家理发店。

装潢很奇怪，大大的牌匾上只写着"理发"二字，下面是一把剪刀。店面虽然不大，但是也摆得满满当当。理发店分里外两间屋，里面那间关着门，不知道是做什么的。外面的房间有着所有理发店正常的设施。

在理发店所在的街道不远处，有一所高中。每到下午放学至晚自习前的这一段时间里，这条街总会人满为患。很多来不及回家的同学都会到这里简单就餐，谈天说地。

夕阳，黄昏。街口开始逐渐涌入密密麻麻的学生，这条本来还算安静的小道瞬间被嘈杂的人声充满。穿着高中校服的男女同学互相说笑着，手中还拿着冒着热气的盒饭或是小吃。

"咦，这里新开了一家理发店哎！"几个女生走过理发店，突然惊奇地发现了什么。

"这里原先不是卖鱼香肉丸的吗？挺好吃的，怎么改成了理发店？"一名女生嘟囔着沮丧地说道。

"咦……正好我也该去剪剪头发了，反正用不了多长时间，我去了……"一名长头发的女孩摸了摸口袋里的钱，笑着给同伴们打了个招呼，推开理发店的门走了进去。

理发店里弥漫着一股淡淡的芳香，清新舒爽，让这个女生不由多吸了几口，

清秀的脸上露出微笑，随后这才突然缓过神来：怎么就被迷住了？自己不是来理发的吗？

"老板，现在理发吗？"女生大声问道，声音在这个不小的理发店中回荡着。

半天没动静，女生又喊了一声，就看见里面关着的木门打开，一名年轻女子走了出来，冲她微微一笑："您好，理发吗？"

她的笑容很纯净，很阳光，一头黑发绾在脑后，脸上充满恬静的笑容，两眼黑亮而纯净，荡漾着如水般的灵动。穿着一件黑色的绒衫搭配紧身牛仔裤，将她窈窕的身材完美勾勒出来。尽管看上去年龄不大，才20岁左右的样子，身上却带着一种神秘的气息，让人情不自禁地愿意亲近。

女生呆呆地看了半天，直到女子微笑着又问了一遍，才猛地回过神："理发，你……"

心中却在暗想：天哪，世界上竟然有这么美的女人？

"叫我叶晨就好，我比你们大不了几岁。"女子似乎看出了女生的纠结，微笑着说道。

女生笑了笑，接着道："哦……我剪剪发梢外加修刘海一共多少钱？"叶晨微笑说道："20元，你需要心理咨询吗？"

"心理咨询？"女生愣了一下，看了看表，说道，"你这理发店还搞心理咨询？嗯……心理咨询的时间长不长？不长我就试一下吧。"

"只要10分钟。"叶晨笑答道，"来，先帮你理发吧。"

很快，女生的头发就理好了。睁开眼睛，女生看着镜子里的自己，有些欣喜地说道："没看出来啊，你的理发技术竟然这么好！"

叶晨笑着说道："过奖，在这里洗头吗？"

得到女生的首肯后，她很快帮女生洗完头，用毛巾擦着她湿漉漉的头发。

"跟我来吧。"叶晨转身走进了里间的小屋。女生擦完头，将毛巾搭在一边的架子上，好奇地跟了上去。

里间并不算太大，布置却很温馨。一张床，一个床头柜，一盏台灯，一张桌子和一把椅子，就将这小屋填得满满的。

"坐吧……"示意女生坐在床上，叶晨关上门，拉开椅子坐下，从桌子上拿过一张表，笑道，"先把这张表填一下，谢谢……"

女生接过来，上面的内容很简单，就是姓名、职业，以及目前工作所在地。她很快填写完毕，递给叶晨。

看着表上"于月"的名字，叶晨抬起头，微笑说道："于月，说说你的烦恼吧……"

于月沉思了一下，说道："上高三了，我的学习不算太好，老师天天说高考是人生最重要的关卡之类的话，父母也天天在耳边唠叨，压力很大……同时也很焦躁，有时候甚至好几天晚上都睡不好觉，严重影响次日的学习……"

叶晨笑了笑，站起身，关掉台灯："我知道你的烦恼了……那么，请你躺在床上好吗？"

"啊？不是心理咨询？"于月有些吃惊地看着叶晨，"你想干什么？为什么要躺床上？"

叶晨耸了耸肩膀，说道："躺在床上，有利于我帮你排解烦恼啊！"

"什么排解方式还需要躺在床上？"于月犹豫着，百思不得其解。

叶晨看着于月警惕的神色又耸耸肩膀，无奈地说道："躺在床上，真的方便啊！而且你看看我的样子，会做什么不好的事吗？我还是个女人，能干什么？放心吧！"

于月又看了看这个女子，长得很美丽，笑容又那么纯净，应该不是那种心怀不轨之人吧……

想着，她不由自主地仰身躺在了床上，却看见叶晨走过去把窗帘拉上，房间里顿时一片漆黑。

于月一惊，刚想起身，便感觉一只柔软的手轻轻抚上她的额头。她突然感到一阵莫名的心安涌上心头，随即安静下来，张嘴想说什么，倏地感觉眼前一亮，一束七彩光芒照亮了大半个房间。叶晨手中拿着一把……一把剪刀？

她惊愕地瞪大了眼睛，叶晨按在她额头上的手突然轻轻一抖，随后于月就看见无数根彩色的丝线从自己的额头上被抽了出来，顶端被叶晨牢牢地抓在手中。

"天哪，自己头里什么时候出来这么多丝线，我自己怎么不知道？！"于月心中有些惊恐，但随即就看见叶晨用剪刀尖很轻松地挑出了一根深红色的丝线，随后轻轻一剪……

"啪！"

于月瞬间感觉自己心中有什么东西消失了，似乎有一块大石沉重落地，那种舒适感让她不禁呻吟了一声，惬意地闭上了眼睛，突然感觉脑海之中眩晕了一下，很快便被眼前的光亮刺得睁开了眼。

"怎么回事？"于月迷糊地坐起身，灯和窗帘都被拉开。叶晨微笑着站在床前，说道："你的烦恼已经解除了……"

于月甩了甩头，感觉内心一片轻松。想了想之前的学习烦恼和压力，总是与其伴生的焦躁竟然不翼而飞！

"太感谢了……"于月激动地道。

叶晨笑了笑，摇头道："没什么，这是我身为一名心理咨询师应该做的。"

二

"老板，在吗？"

清脆的声音响起，叶晨抬起头，理了理鬓角的头发，合上手中的书，随手理了理衣服，微笑着走了出去。

"帮你拉客啦，怎么样，感谢我吧？"于月的脸上较之前多了几分阳光，大声笑着。她身边跟着几个女孩子，都好奇地看着小店里的摆设。

"……她还是个心理咨询师呢！很厉害的……"听着于月兴奋的声音，叶晨脸上的笑意浓了几分。

几名女生好奇地看着叶晨，叶晨微笑着说："你们谁先来？"

一名女生立马站出来道："我来我来，我来试试！"

看见叶晨点头，那名女生兴奋地坐下，道："帮我理理刘海，还有，把我的长发剪成短发……对了，心理咨询收费吗？"

"不收费。"叶晨微笑。

很快，随着叶晨"理完了"的声音，女生抬起头睁眼，惊喜地看见镜中的自己由原来的长发妹已经变成了一个精神抖擞的短发女生，且短发的造型别具一格。女生爽快地掏出钱，笑着道："洗完头就该心理咨询吧？"

叶晨点点头，示意女生躺倒在洗头椅上，轻轻挽起袖子，熟练地洗着头，不经意问道："现在就说说你的烦恼吧！"

女生沉默了一下，道："呃……我的爸爸妈妈从上学期开始关系就变得很不好，经常吵架，但是因为我还在上学，所以他们并没有提出离婚。虽然每次他们都是关着门，但我也知道他们在吵架。我的学习成绩还可以，但数学一直不好，现在我的心情一坏就更差了……我担心考不上大学……你能帮帮我吗？"

叶晨挑眉道："你到底是想让我帮你开解学习的困惑，还是家庭的纷争，抑或二者都要？"

女生有些不好意思地道："听于月说你很厉害，能不能去我家里一趟，帮我爸妈开解一下？我可以付钱……"她也实在被逼得没办法，才会想到让叶晨这个外人去她家里排解父母的烦恼。

叶晨微微皱眉道："去你家这件事先暂时不提，算了，我还是先帮你开解学习的困惑吧。"说完，她用毛巾包住女生的头发，道，"你叫什么名字？"

"宋溪。"女生低声道。

叶晨点点头，拉起宋溪："走，去里间吧。"

二人走进里屋，看到里面的摆放，宋溪愣了一下，疑惑地道："这是你的房间？你在这里睡觉？"

"不……"叶晨摇了摇头，坐在桌前，将一张表递给宋溪，"喏，给你，把它填完……"

宋溪接过，低头看了看，好奇地道："你让我填这张表干什么？有什么用吗？"

叶晨道："这个自然无可奉告啦。"

宋溪一笑，也没再说话，拿过笔迅速填完递给叶晨："怎么样，我的字漂亮吧？"

看着宋溪娟秀的字体，叶晨耸耸肩膀，盯着宋溪沉默了一会儿，直到把她看得脸上发毛，这才开口道："宋溪，你有没有想过你的将来？"

宋溪眨眨眼，道："我的将来？哦，我希望将来有一份自己喜欢、稳定的工作，不错的收入，能生活得幸福。"

叶晨笑道："嗯，很好。这就是你的目标！那么请问，你觉得为了实现这个目标应该怎么做啊？"

"自然是要好好学习了。"宋溪的声音渐小，慢慢垂下了头，"你要说的我都明白，我也想努力学习，可是我家……"

叶晨轻笑道："没有什么可是！一切都取决于你自己。如果你真心想学好，你一定能做到学习的时候心无旁骛，专心致志，不会受外界的影响和干扰。那样的话，你现在的困惑就不再是问题了。"

宋溪没有说话，陷入了沉思。

叶晨站起身，走到宋溪身边，将手放在了她的额头上。正沉思中的宋溪突然一惊，就感觉一阵无比的放松感从内心深处涌出，随后直接软软地躺在了床上，全身上下舒服得都不想动弹。

叶晨将左手放在宋溪的额头上，右手轻轻一摇，一把散发着七彩光芒的剪刀出现在她手中。她左手一抬，千万根彩色丝线从宋溪的额头中抽了出来。稍稍眯眼，叶晨很快就发现了一根颜色由深红逐渐变为浅红的丝线，轻轻一挑，"咔嚓"一声，丝线应声而断，化作星星点点的光芒飘散在空中。

叶晨左手将千万丝线压回宋溪额头之内，右手再一晃，七彩剪刀消失，伸手在宋溪的眼前晃了晃。处于震惊中的宋溪眼神瞬间恢复了清明，沉思道："你说得对……"

那样子，仿佛刚才的事情没发生过一样。

叶晨柳眉一扬："好了，剩下的你自己回去再思考吧，你把你的家庭住址写下来，我抽空去拜访一下你的父母。"

"啊？真的？太好了，谢谢您！"宋溪顿时惊喜得不知如何表达，手忙脚乱地写下自己的住址。

叶晨微笑着说道："好了，你一般什么时候有空？"

宋溪沉默了一下道："能不能在我上学的时候去？"

"你爸妈不上班吗？"叶晨疑惑地问道。

宋溪道："我周末不是还上课吗？我爸妈周末放假呀。"

叶晨拍了拍额头。

当晚。

皓月当空，皎洁如水。安静的房间之中却一片狼藉，杯盘茶碗摔得到处都是，枕头也被扔到了地上。卧室之中，一名男子打着响亮的呼噜熟睡，客厅中一名女子躺在沙发上，眼角带着泪痕，也在睡梦之中。

"哦……关系还真的不太好啊……"

宋溪家的窗台上，不知什么时候出现了一个人影。叶晨眯着眼看着房间里的景象，无奈地摇摇头。

她身形一跃进入房中，没有发出一丝声响，几步来到中年女子身边，右手轻轻抚上她的额头，闭上眼睛手一动，千万条彩色丝线就从她的额头上抽出，随即叶晨的脸色突然变了，那一缕缕丝线之中，鲜红色的竟占了大半！

"这……"叶晨感到有些棘手，"这女人的红色情绪竟然如此之多……"

情绪，根据好坏分为五种颜色，分别是青、绿、黄、橙、红。青色，自然是指开心愉快的精神状态。而随着颜色逐渐变深，情绪也就逐渐变得暴躁。现在……这个女子的暴躁情绪竟然如此之多，全部剪断则会影响到她的精神本源……不太好办啊。

叶晨皱皱眉头，先将女子的精神丝线收了回去，随即转身走入卧室。果然，那名男子的情绪红色丝线也颇为丰富。

叶晨皱眉，看样子这家人的"心魔"还真的有些麻烦……她无奈地摇摇头，右手一招，一个七彩的光圈缓缓浮现，随后逐渐凝聚成一道人影。叶晨扭头，轻声道："这次要靠你啦……"

"是吗？怎么啦？"一个清脆的声音响起，赫然是一个穿着黑色西装的小男孩……不，不是小男孩，看上去十六七岁的样子，只不过是整个人的缩小版。叶晨似乎习以为常，再次将宋溪父亲的情绪丝线抽出："喏，你看看……"

"唔，又是这种情况？"男孩微微皱眉，似乎很不好办的样子，"嗯……该怎么办呢？让我想想……"

"好了，小云，你别闹了……"叶晨无奈地道，"明明前几天你刚出来过……"

名叫小云的男孩吐了吐舌头，一脸的谄媚样："嘿嘿，竟然被你看出来了！"

叶晨翻了个白眼，无力吐槽："快点吧，时间有限……"

小云见叶晨有些急了，见好就收，正色道："好吧，不过这次动用精神能量的话，得有5天的禁制了哦！"

叶晨道："我知道了……可答应别人的事情总得做到吧？好了，赶紧开始吧！"

"哦……"小云答应一声，英俊的脸上变得严肃起来，轻喝一声，一把与叶晨召唤出来的剪刀有些相似的七彩剪刀出现。他飘身上前，轻轻挑出一根红色的丝线，"咔"，丝线应声而断。

"咔嚓咔嚓！"接连剪断数根丝线之后，小云脸色凝重起来，下一剪剪下去的同时，剪刀底端悄无声息地飘散出一点点光芒，竟又重新组合成了一根青色的丝线，补在了断线处。

"唉，这个能力真是神奇啊……"叶晨看着感慨道，"竟然能边剪边补……"接着又想到了什么，"不过，提醒一下，这回有两个人的分量，你要省着点用啊！"

"啊？！"小云吃了一惊，"你怎么不早说？"随即哭丧着脸，"早知道刚刚就不用那么多了！"

叶晨一脸鄙夷："行了，一共才消耗你多少能量啊，快点吧……"

小云脸色凝重几分，右手快速闪动，一根根红色丝线被剪断，随后又被迅速补充。很快，一大片红色便被正常的青色取代。

"呼……"看着手中已经缩减一半的"剪刀"，小云嘘了一口气，"总算完了！哈哈，小云是不是很厉害啊？"

叶晨连忙道："没错，小云，你太厉害了，快去下一个吧！"

很快，随着"咔嚓"一声，小云手中的剪刀彻底消散，而宋溪母亲的红色灵魂丝线也彻底全部消失。

"哈哈，终于完成了！"小云欢呼一声，脸色突然变得苍白下来。

"唔……这次消耗的能量太大了……得先睡一会儿……"

说完，身形一闪，直接消失掉了。

叶晨无奈地摇摇头，长叹一声："总算把这个任务解决掉了！哈哈，无事一身轻！"

说完，转身走向窗台，一跃而下。

第二天，周日，是高中隔两周放假的一天。宋溪走在回家的路上，心中纠结着。虽然自己很想家，但是家中父母的吵骂总让她心烦意乱。尽管被叶晨做了心理疏通，但仍然担忧着这个家庭。

"当当当……"

宋溪站在门前犹豫了一会儿，抬手敲了敲门，门开了。

"妈，我……"宋溪的话才说了一半，顿时愣住了。开门的妈妈笑容可掬，而爸爸正一脸和蔼地坐在沙发上看着电视！

"你们……"宋溪惊愕得说不出话来。

"小溪，怎么了？"妈妈笑着问道。

"你们……和好了？"宋溪惊愕。

"我们也想开了，没什么可吵的，都是一些鸡毛蒜皮的小事……夫妻之间应该互相包容嘛……"爸爸的声音传来，看着妈妈笑着点头。宋溪心中惊喜的同时，也想到了什么——一定是叶晨来过了！她……果然好厉害啊……

三

叶晨坐在理发店里，看着窗外的蓝天，手捧一杯茶，轻轻地吹着。就在这时，门突然被推开，叶晨闻声抬头，一名穿着校服的男孩走了进来，状似腼腆声音很小地问道："请问……这里理发吗？"

"理啊……"叶晨连忙站起来，合上手中的书，很自然地随口问道，"理完发后，你需要心理咨询吗？"

"什么心理咨询？"男孩的样子和第一次听到这句话的于月有的一拼。

"就是帮你解决心理问题……"叶晨无奈地说着。

"哦？你是心理咨询师？"男孩愣了一下，重新打量着叶晨。

"呃……"叶晨竟然被他的目光审视得有些尴尬，道，"嗯，我会尽可能地帮你解决你的困扰。"

男孩沉默了一会儿，道："好吧。"之后便不再说话。

叶晨张罗着洗头的物件，嘴角勾起一抹微笑。看来，来到我店里的，也都是有故事的人啊。

叶晨娴熟地给男孩清洗完头，理完发。男孩戴上眼镜，站起身，吞吞吐吐地道："能……能不能请你到我家进行心理咨询？"

"啊？"叶晨愣了愣，诧异道，"为什么要去你家？"

"在这里我不太方便……"男孩低声道。

"有什么不方便的？"叶晨疑惑地皱起眉头。

男孩无奈地道："我妈妈……"

"哦，这样啊……那好吧。"叶晨看着一旁局促不安的男孩，心中一动，似乎明白了什么，不动声色地问道，"你家在哪里？"

男孩依旧腼腆地在她身旁道："华西路的向阳小区……"

叶晨在脑中回想了一下，似乎也不算太远，点点头，笑道："好吧，我们走吧。"转身迅速收拾了一下，拉下卷帘门，二人向着华西路而去。

那里离理发店并不远。很快，向阳小区便出现在他们眼前。男孩带叶晨七拐八拐，来到了一幢单元楼。男孩在四楼停住了脚步，打开门，侧身示意让叶晨进去。叶晨深深地看了男孩一眼，走进门去。

普通的二居室，普通的装修布置，房中静悄悄的，一个人也没有。叶晨站在客厅，四下看了看开口淡淡地问道："为什么让我来你家里？"

"哇哈哈哈哈！"突然，一阵大笑声传来，叶晨被惊得浑身哆嗦了一下，同时心中一片了然。回过身，只见一名穿着衬衫裙的女孩从一个房间里闪了出来。

"哈哈哈！怎么样，看见我是不是激动万分啊？"女孩看着一脸惊讶的叶晨大笑三声，扬扬得意。

"二姐，你怎么会来这里？"叶晨终于憋出一句话，脸上尽是无奈之色。

女孩一把搂住叶晨的肩，浑身没骨头似的挂在她身上，扬了扬眉，嘻嘻笑道："当然是为了接你回去啊！我亲爱的妹妹……你说，见到我是不是特惊讶！"

叶晨嗤笑："有吗？"

女孩不干了，一把推开叶晨，一手叉腰，一手指着自己，皱眉瞪眼道："难道你之前就看出是我了？"

叶晨微微一笑，一脸的得意："二姐，别忘了我现在是剪忧师，有着异于常人的感应能力，你我又是血亲，我要是再识别不出你的伪装，还如何出师呢？再者说，你以为就因为你的一句话我就毫无防备地跟着你到这里来了，这连小孩子都不会上当的事，我会干？唉，二姐，你落伍了！"说着还不忘伸手拍拍女孩的肩膀，一副恨铁不成钢的样子。

二姐叶欣的易容术，她从小就体验过，被蒙骗过这么多次，今天终于扳回一局，自然心情畅快无比。

叶欣横眉怒目，半晌后哈哈一笑感慨道："唉，小妹真是长大啦，看来我这一招以后再无用武之地了。好了，你出来的时间也不短了，跟我回去吧。姐姐我可是大老远专程来接你的。"

叶晨毫不领情，一屁股坐在沙发上，懒洋洋道："叶欣同志，我的任务还没有完成呢……"

叶欣走过去坐在叶晨的身边，看着这个意气风发的妹妹，叹了口气，道："你啊，就是这么认死理……以你现在的水平，完全可以出师了。"

叶晨摇头道："姐，你就不用再说了。我一定要把所有的任务都完成再回去。现在还剩下三个病案，很快就大功告成了。"

叶欣摇头，无奈道："得，随你吧。从小就拗不过你……不过……好歹先在这里吃顿饭吧。"

四

从二姐那里回来，叶晨开始认真地思考。

从上初中开始，就发现自己拥有神奇的能力，能够解除别人的烦恼。后来被亲人寻回，才知道自己原来是被人领养，真正的家庭是一个神奇的超能世家，每个亲人都拥有着属于自己的"烦恼之剪"，剪上有器灵，器灵拥有自己的意识。烦恼之剪可以帮助人们剪断他们的烦恼。这种人就被称为"剪忧师"。而叶晨此次出来开理发店，就是为了完美地完成她正式出师的任务：帮助五个人消除他们的烦恼。

之前，她帮助了两个人解除烦恼，已经算是完成了半数。只要再帮三个人，就"功德圆满"了。

叶晨正思索着，一名中年男子走进了理发店，看上去很是焦躁。

"理发吗？"男子没好气地问道。

"理发，请问您要不要心理咨询？"叶晨彬彬有礼问道。

"什么心理咨询？不需要！"男子一屁股坐下，"快点给我理，我还有事！"

叶晨惊愕，第一次碰见连问也不问就拒绝的人："您真的不……"

"什么破服务，老子不需要，快点给我理发！"男子破口大骂，"快点，我的时间很宝贵！"

叶晨无奈，只好安心给男子理起发来。

男子很快理完发，随手丢下 20 块钱，转身大步离开。

叶晨很快收拾好郁闷的心情，刚刚在内间坐定，外面又传来敲门声。

"咦？今天生意不错啊！"叶晨心情大好地站起身打开门，外面是一个穿着时尚的女孩，一进门就大声道："理发吗？剪刘海 15 元，不剪拉倒……"

叶晨有些奇怪，还从没见过这样的人："行，15 元，需要心理咨询吗？"

195

"心理咨询？"女孩用怪异的眼神瞟了她一眼，"你有病吧？我不需要！"

叶晨尴尬："那就过来洗头……"

三下五除二修剪完毕，女孩离开，叶晨刚想松口气，外面又来了一位40多岁的大叔。

"理发吗？"大叔的声音在门口响起，叶晨连忙招待："理发，20元，请问您需要心理咨询吗？"

"老子不需要……什么乱七八糟的。"大叔瞥了她一眼，"快点，我赶时间，不然我就走了！"

叶晨只好无奈地帮大叔洗头理发，很快他就结账走人。

"太奇怪了，连来三个人问都不问，怎么回事？"叶晨百思不得其解，只能归结于运气——自己今天的运气实在太差……

这样想着，叶晨很快就释然了。她从小研习古代经典，自然知道人的运气是有定数的。泰极否来，否极泰来。之前她的运气还算好，现在有些起伏，也没什么。

不过……很快，叶晨便发现……自己的这一套泰极否来否极泰来的说法……真的讲不通啊！

一连进来数人，态度都十分恶劣。还有人恶性吐槽，让叶晨苦不堪言。特别是一听到心理咨询，没有一个人愿意搭理一句。

"绝对有问题！"

又一次"伺候"完进来的三位顾客，并在他们身上再次"折戟沉沙"后，叶晨终于觉察到不对："如果按照概率学的说法，他们之中也应该出现一个正常人吧，这究竟是怎么回事？"

她思索良久，还是不得要领，便推开店门，眯起双眼看着湛蓝的天空。突然，脑海中一个念头一闪而逝。

"啊！原来是烦恼师！"叶晨双眼中精光一闪，似乎明白了什么。

烦恼师，顾名思义，就是带给人烦恼的人。既然有叶晨这种帮人解除烦恼的，肯定就有带给人烦恼的。而这两种人是天生对立的，因此，叶晨猜想到，估计是有烦恼师觉察到了自己，给自己添堵来了。

叶晨皱起眉头，心中迅速思考着解决方法。那名烦恼师不知是用了什么技法，竟然能让来理发的人都对心理咨询如此反感……这该怎么办呢？

"小云，你说怎么办？"叶晨苦思良久无果，只好召唤出器灵。正好五天时间已过，小云"唰"的一声出现在她身边，微笑道："主人，怎么了？"

叶晨愁眉苦脸道："我遇到麻烦了……"

接着将她遇到的事情陈述了一下。小云想了一会儿，道："主人，看来是有人专门针对你啊！"

"这个我当然知道，可是我接下来该怎么办呢？"

小云笑道："这个好办！你只要找到烦恼师对凡人下的'烦种'，不就万事大吉了吗？"

"烦种？"叶晨愣了一下，紧接着恍然，一拍自己的脑袋，"哦！对啊，我竟然忘了这个最重要的东西……"

烦种，就是烦恼师在人们脑中种下的烦恼种子。有了烦种，人们就会有许多烦恼接踵而来。当然，也有自然形成的烦恼。而叶晨等人的任务，就是将烦种与受害者的联系剪断，从而使坏情绪消失，这样就使人们的情绪变得平和起来。

"可是……"叶晨正欣喜找到了答案，却又突然想到了什么，"小云，可是现在的问题是如何让这些人接受'心理咨询'啊……"

小云笑道："真是当局者迷，你只要把他们的烦恼线剪断不就是了！"

叶晨这时候才完全明白过来，大喜："太好了！多谢提醒！"

小云少年老成地摇摇头道："主人啊，以后遇见这种事情，请先自己开动脑筋想一想……"

叶晨尴尬地笑着挥了挥手，小云的身影便消失了。

叶晨转身走进理发店，身后跟着就有一名顾客上门。

果然不出叶晨所料，顾客仍然没好气地拒绝了心理咨询。叶晨想到小云所说，忍下心一咬牙，直接对着顾客使用了烦恼之剪！

费了好大一番功夫寻找到烦种，将其消除。顾客很满意，心情舒畅地离开，而叶晨的脸色却变得难看起来。

"怎么了？主人，我感觉到你的心情似乎很不好。"小云突然飘出来，皱眉疑惑地说。

"嗯。"叶晨道，"根据我所发现的烦种来看，应该是柳家一脉所下。"

柳家一脉，是烦恼师中比较有名的一派，所种下的烦种复杂难解，而且所催生的烦恼比普通烦恼更多，因此也算是赫赫有名。

"柳家的……"叶晨沉吟片刻，"不行，得把这件事情向家里汇报一下。"

五

"嘟嘟嘟……"

电话拨通，还没等那头说话，叶晨便急火火地将此事诉说了一下。

说完后，电话那头沉默了一会儿，一个女子的声音传来："小晨，爸爸让你自己处理这事。处理成功，就算你完成任务了……"

"什……什么？大姐，你是在开玩笑吧！"叶晨吃惊得差点咬掉自己的舌头，今天发生的一切怎么感觉那么不真实啊。

"爸爸说，根据你所描述的烦种形态来看，施法者的能力并不算很强，你完全可以应付得了。"被叶晨称为大姐的女子淡淡道。

"可是……"叶晨刚想再说什么，电话已经随着大姐的一声"再见"而挂断了。

"这……"叶晨愁眉苦脸地拿着手机，不知道如何是好。

苦恼地抱住脑袋，叶晨绞尽脑汁思索着对策。

突然叶晨眼睛一亮，猛地站起身来："敌暗我明。好，既然你隐藏在暗处，那我就把你逼出来！"

次日。

一大早就有顾客上门，依旧是恶劣的态度。叶晨采用像昨天一样的强制手段消除了烦种后，用精神力召唤小云。

"主人，叫我有什么事吗？"

叶晨皱眉道："能不能把快乐的情绪丝线添加上？"

因为之前柳姓烦恼师将烦种种在此人身上，因此如果将烦种去除并补接上快乐的情绪丝线，那么就会对烦恼师造成一定的损伤。如果她对每个上门的顾客都这样做的话，估计很快幕后主使者就会露面了。

小云点点头笑道："当然可以，主人！"说完，一条青色的丝线凭空出现，直接连接在了这名顾客的脑海之中。

"成功了！"叶晨有些激动，这样下去，大概不用多久，就能逼出幕后黑手了吧！

仔细思索了一番，叶晨并没有发现此计划有什么不妥之处。气定神闲地在理发店之中坐了下来，叶晨深吸口气，平复自己的心情。

但令她没想到的是，接下来的时间里，每天还是会有顾客前来，仍然态度十分恶劣。叶晨在郁闷地强制性帮助他们清除烦恼的同时，心中也在思索：究竟哪里出了错误？为什么还是会……

"到底该怎么办呢？"叶晨苦着脸，有些纠结。

"咦，对了！"突然，她灵光一闪，一个绝佳的主意出现在脑海之中。

"当当当……"

又一名顾客前来，叶晨不用说，也知道他绝对会抵制心理咨询。这次，她出奇地没有询问，而是直接快速理完发，就让顾客离开了。

叶晨的嘴角勾起一抹笑容。刚才，在理发时，她往顾客脑海之中的烦种留下了一丝精神印记。因为只有持续不断向烦种传送能量，烦种才存活下来。因此，她的那丝精神印记，完全可以等到烦恼师向那名顾客脑中的烦种传送能量时，逆着能量波从而确定那人的位置。

"我这办法简直太妙了，怎么之前没想到呢？"叶晨有些沾沾自喜。

布置好一切的叶晨便安心理起了发。其间又来了几名顾客，叶晨也都一言不发，没有询问心理咨询的事。她现在要专心等待波动传来的时刻，因此不能有丝毫分心。

"啊哈！有波动了！"

叶晨正捧着一本书看着，突然感到自己的精神印记收到了一缕强大的波动，顿时欣喜起来，控制着精神印记迅速"逆流而上"，寻找着波动的发源地。

"哦？离这里不近嘛……那人是怎么注意到我的？"叶晨有些疑惑地感知着，随即笑了起来，"不过，终于知道了他的位置！你等着！"

她明白要想把这件事情圆满完成，还得与那人见一面。叶晨闭上眼睛，更加仔细地确认着那人的方位。

一天后。

叶晨背着一个双肩背包坐上了前往 K 市的火车。经过她昨天的感知，大致确定那人的方位是在 K 市。K 市离这里比较远，在经过一番计算后，她决定坐最实惠省钱的火车。

此刻，她的座位旁坐着一名男子，正在安静地看着书。

叶晨将背包安置好，伸了个懒腰，便掏出一本书看了起来。

火车开动了，"况且况且"的声音萦绕在耳边，叶晨很快就沉浸到书中的情节里去了。

"咣当"一声，火车突然摇晃了一下，叶晨感觉大腿一凉，却是身边男子放在桌角的杯子被晃了下来，里面的水撒到了自己的腿上……

叶晨眼疾手快，伸手捞住杯子。男子也反应过来，连忙接过杯子，不好意思地道："抱歉，真是不好意思，没事吧？"

叶晨摇摇手，笑道："没事。"

她这才认真地看了一眼这男子，他看上去 20 多岁，英俊潇洒，眼睛亮而有神，一头黑发被打理成标准的绅士发型，此刻正一脸笑意地看着她。

"你也要去 K 市吗？"叶晨随口问道。

男子笑着点点头："嗯，看来咱们顺路啊！你去 K 市旅游吗？"

叶晨挠了挠脑袋："啊……去办点事……我还不知道你叫什么呢。我叫叶晨……"

"我叫柳寒。"男子回道。

"柳？"叶晨对这个姓很敏感，愣了一下，狐疑地看了一眼面前男子，随即打消了心中的疑虑。自己太多疑了，怎么可能随便碰上一个姓柳的就是烦恼师呢？只是，自己为什么不受控制地与一个刚见面的陌生人互通姓名，这种颠覆自己的一贯行为的做法令她百思不得其解，心中隐隐有些疑惑。

柳寒笑了笑，道："我去找一个朋友。"

"哦……"叶晨点点头，二人愉快地攀谈起来。

很快，K 市到了。二人下车作别后，叶晨便把全部心思投入到寻找柳姓烦恼师的过程中去了。

"嗯？"叶晨刚打算采取措施，却又感觉那缕精神波动一阵紊乱，顿时大喜，"竟然又注入了能量，哈哈，真是天助我也！"

连忙感知。

"嗯？怎么回事？怎么感知不到？"

眯着眼感受了好长时间，叶晨突然皱眉："怎么回事，为什么只有朦胧的感觉？按说，离得这么近，应该很清晰才对啊！为什么连之前在理发店时的感应强度都不到？"

想了想，叶晨无奈，最近这段时间的事情远远出乎她的预料。

"现在该怎么办？"叶晨抓抓脑袋，都追到了 K 市，却……

突然之间，那股波动又剧烈起来。叶晨一愣，已经能够确切地感知到那人的方位了！

叶晨虽然心里高兴，但仍然谨慎小心，总感觉整件事情透着蹊跷。究竟是怎么回事？一开始让我感知到是在 K 市，后来又突然朦胧，接着又十分强烈……怎么会这样呢？是不是那个人知道我在寻找他？那为什么还要自曝方位？太奇怪了……

想了半天，叶晨还没有理出个头绪。

"算了，不管如何，既然来了，就算是龙潭虎穴，我也去闯上一闯！"叶晨心下笃定，迅速向着感知的方位而去！

六

叶晨走过一个拐角，看着面前的建筑。

这是一家饭店，而她所感知到的烦恼师气息，就在这家饭店之中。

"怎么感觉不对劲……"

叶晨脑海中的感知越来越强烈，只是那种波动竟然隐隐给她一种熟悉的感觉，踌躇片刻，心一横走了进去。

这家饭店档次不低，一楼并没有那名烦恼师的气息踪迹，叶晨大步走上二楼，气息越来越强烈。

"我倒要看看，你究竟是谁！莫名其妙在人身上种下这么多烦种，究竟是何居心？"叶晨咬牙，确定气息就在不远处的一个包间之中！

啪！

叶晨猛地推开包间的房门，刚要开口质问，却突然愣住了，瞪大眼睛一副不可思议的样子。

"你……你们……"叶晨看着房间中的两名男子，已经震惊到无以复加的地步。

"小晨啊，你怎么才找到这里啊……"

中年男子看着叶晨惊愕的表情哈哈大笑。

"爸，这……这是怎么回事？"看着自己的父亲和在火车上有一面之缘的柳寒坐在一起，叶晨感觉大脑有些眩晕。

"你……你就是那个烦恼师？！你们怎么到一块的？"呆愣半晌，叶晨费力地问道。

"谁说烦恼师和剪忧师就不能合作了？"柳寒笑眯眯地说着，"更何况是和闻名遐迩的叶肃先生合作呢？"

叶晨扶额半晌，弱弱地问："可是……我明明感知到那股气息是在 K 市啊，你怎么会在火车上？那，那股气息是谁的？"

她心中充满憋屈，自己在怀疑柳寒的时候还替他打圆场，没想到这么快就被打脸了……

"是我的啊！"叶肃理所当然地说道。

"啊？"叶晨愣了一下，震惊道，"爸，怎么会是你？你竟然……"

叶肃看着自己女儿小脸上一时间变换的各种表情，畅快地笑了："我这个剪忧师竟然帮助烦恼师去害人是不是？还帮着外人找你的麻烦……"

叶晨气鼓鼓地扭头坐在远离二人的座位上，一句话也不说。

柳寒微微一笑，道："前几天，叶叔叔找到我，请我出马向几个人脑中植入烦种，并利用潜意识命令他们去你那里理发。前几个人很顺利，你没有察觉到异常，他们离开后我就将烦种收回了。"

"我一开始的想法，只是考验你强制解除非自然烦恼的手法，却没想到你会顺藤摸瓜想要找出'幕后黑手'……"叶肃插嘴，言语中不乏夸赞的意味。

柳寒笑笑，接着说："当你发现来人被植入烦种并接连剪除，我也没在意，但后来你没有剪断那个人的烦种反而在他脑海之中留下精神印记，我就立刻觉察了，和叶叔叔商讨了一下，立刻就明白你想顺藤摸瓜找下种之人。"

叶晨皱了皱眉问道："为什么那缕波动是爸你发出来的？"

柳寒和叶肃对望一眼，笑道："我们烦恼师维持烦种的能量，不是烦恼师特有的。因此我只需要把维持烦种的媒介注入一个东西里，然后随便找一个人往那媒介之中注入能量就可以维持烦恼。因此……"

说到这里，叶肃拿出一个巴掌大小的玉石嘿嘿一笑，叶晨这才恍然大悟，原来自己竟成了他们的测试品。

"可是……你们这样做有什么意义？"叶晨余气未消，只是心中还是有些疑惑，继续问道，"如果想要测试我的能力，直接在这里等我就好了。柳寒，你为什么还要跟我一起坐火车来这里？"

叶肃严肃起来，说道："这个测试，其实考验了你很多方面。

"首先，就是你解除非自然烦恼的手法！这个，你已经很熟练了。

"再者，你处理后续的事情时心思细腻，如果不是精神印记太过明显，这一步就做得很完美了！

"之后，你要顺藤摸瓜找出幕后黑手的决心，让我很赞赏！特别是你在推开门的时候脸上的表情已经证明你要对那位烦恼师愤怒地斥责！这很好！"叶肃严肃道，"要知道，作为剪忧师，拥有一颗慈悲心，是成功的重要前提！

"我让柳寒去和你一道坐火车，是为了观察你在来途的举动。你让我很满意，没有对敌前的紧张与慌乱，很镇定……而且能沉下心看书，这种冷静，很好！不过，小心不要被这种冷静绊了手脚。"

"呃……"叶晨愣了愣，所有的疑惑似乎都真相大白了。

"任务算你完成了！以后，你可以按照自己的想法，独当一面了……"叶肃微笑着说道。

叶晨眼中精光一闪，却提出了最后一个问题："不过……为什么要找他呢？"说着，指了指柳寒。剪忧师和烦恼师合作，真是颠覆了她的认知。

柳寒笑着道："我和叶叔叔以前就认识啊！你可别把我们烦恼师看得那么坏，不过是天生如此而已，其实本质都是一样的……"

尾声

五天后。

"你这心理咨询室还真开起来了……"望着装修一新的"理发店"，看着上面五个鲜明的大字"心理咨询室"，柳寒感慨地说着。

"当然了……"叶晨擦了一把头上的汗，捋了捋头发，满意地看着面前的店铺，"任务顺利完成了，既然有这个资格，肯定要正大光明地开始我的人生规划了……"

柳寒耸肩道："你一个女子，放着你爸给你的那么好的工作不做，反而来这里开心理咨询室……要不是了解你，都会认为你脑子有问题……"

叶晨一脸容光焕发，带着丝丝兴奋道："工作再好再舒适也不如帮助人们解除烦恼所获得的成就感大啊！……这是多么伟大的工作啊！"

接着扭头看了一眼柳寒，扮了个鬼脸："好吧，忘了你是烦恼师了……"

柳寒剑眉一竖："你认为烦恼师都是坏人吗？如果人生没有烦恼，将会失去很多乐趣！烦恼师和剪忧师一正一反，互相平衡，才是天地真理！"

叶晨连忙告饶："大哥，我真的错了，你们烦恼师都是大大的好人哪……"

入选《2016年中国校园文学精选》；发表在《山东文学》2015年10期；连载于《少年科普报》2016年寒假合刊

诡 书

楔子

夜晚。

A市的一家书店。

书店的五楼。皎洁的月光透过高大的玻璃窗洒落下来，四周一片寂静。突然，一个淡淡的金色光球流星般破空而入，犹如脱缰的骏马，在空中倏忽而来，倏忽而去，异常兴奋地飞驰着。幸亏书店的楼层比较高，又是深夜，否则这金光一闪一闪的，真的会被误认为是书店失火了呢。一盏茶的工夫，似乎是激情疏散得差不多了，那光球的速度渐渐缓慢下来，"嗖"的一下钻进一本书中消失了。

一切又恢复了平静。

一

看着面前如墨似水的文字，陈玄依依不舍地放下手中的书，一边回味着刚才书中的故事情节，一边搜寻着自己喜欢的书籍。

高一的暑假，他又来到了这个从小就经常光顾的书店。这里不仅有许多"美味"的书籍，更承载着他小时候的回忆。

正随意地翻看着，陈玄发现身边的一本书有些古怪，就下意识地拿了起来。这是一位畅销小说作家的作品，很受欢迎，将它摆在最显眼的地方倒是情有可原。

书的名字叫《踏雪原》，封面是一个潇洒俊逸的男子，手拎一把长刀，踏雪而来，在茫茫雪原的背景衬托下，显得缥缈出尘。

但是……这男人的眼睛怎么那么奇怪呢？有点尖斜，还泛着血色光芒？陈玄拿起另一本《踏雪原》看了看，并没有这种情况。

正想把这本书放回去，陈玄突然惊愕地发现，封书的塑料薄膜不知何时竟然悄无声息地飘落在地上。

"呃……这，这不是我弄的……"陈玄愣了一下，连忙手忙脚乱地捡起塑料薄膜，"刚才不是还好好的吗，怎么突然就掉了？"

紧张地向四周看了看，周围的人都在专注地看书，没有人注意到他。陈玄放心了，轻轻舒了口气，小心翼翼地收起塑料薄膜，摊开书看了起来。

这本书说实话有些随大流的"风范"，讲的是一个自幼父母双亡的少年偶然被一个叫"雪宗"的宗派长老所救，从此踏上修炼之路成为一代巅峰强者的故事。尽管内容有些老套，但故事情节生动有趣，陈玄一看之下，竟有些不忍释卷了。

意犹未尽地翻到最后一页，陈玄惊讶地发现——竟然是一张白纸。他疑惑地又看看前面的内容，确定无误，是少了结尾的内容。

难道又是印刷错误？

他翻看了一下书的封面和书号，确定这是正版，心中却更加疑惑了："最后一页忘了印？出版社不会犯这种低级错误吧？即便是还有续集也该标注一下本书未完或未完待续之类的字样吧？这是啥情况？"他有些困惑地挠挠头，合上书，又看到了那双怪异的眼睛，心中一惊，暗道这到底是怎么回事？为什么一看到它自己心里就会有一种难受压抑的感觉？

陈玄不甘心地又翻到最后一页，突然，一个黑色圆形凸起的图案突兀地出现在这张白纸上。还未等他有所反应，那图案瞬间旋转起来，随即淡淡的黑色光芒浮现，陈玄只觉一阵恍惚……

定了定神，睁开眼睛，望着周围安静读书的人群，陈玄愣住："刚才是怎么回事……不对，这里不是五楼……是一楼？"他怔怔地看着不远处的书店大门，一时间有些迷茫，突然仿佛想起了什么，暗自惊呼一声，迅速向楼上跑去。

来到五楼刚才自己所在的地方，那本书安然无恙地躺在那里，四周看书的人似乎并没有发现什么，依旧自顾自地翻看着书籍。

陈玄迷茫地呆立在那里，恍然如梦。

百思不得其解，他再次翻开《踏雪原》的最后一页，却发现一切正常——白纸一张。

"这是怎么回事？难道刚才是幻觉？"陈玄暗暗称奇。

"陈玄，你也在这里看书啊？"突然一个清脆的声音响起。他抬头一看，一个扎着马尾、身着蓝色运动衫的女孩在不远处正向他微笑着挥手。陈玄立刻认出，这是他们班的苏瑶，活泼好动，多才多艺，最神奇的是她的成绩，高一的每次考试她居然都能把持着全班第二的"宝座"，真不知是怎么考出来的。

"苏瑶！"陈玄笑道，"你也来这儿看书？"

苏瑶点点头，好奇地从陈玄手中拿过那本"奇书"，看了看封皮："《踏雪原》？神芒写的？现在网上很火呢……你也喜欢看这类书？"

苏瑶好奇道："我还从来没看过这类书呢……包装怎么拆开了？正好看看……"

陈玄耸耸肩膀："我看见的时候就开了……哎等……"他还没说完，就发现苏瑶粗略地一翻，直接到了最后一页。

"唰！"

这回陈玄可看得真切，一道光芒闪过，苏瑶的身形瞬间消失了。

"坏了……不会又去一楼了吧？"陈玄转身向楼下跑去。

在二楼楼梯拐角，他遇见了一脸迷茫正在上楼的苏瑶："刚才……是怎么回事？怎么我到了一楼？刚才不是在五楼吗？"

陈玄无奈道："之前我也被传送过了……真不知是怎么回事。对了，你刚才看没看见在最后一页有一个黑色的符文状的东西？"

苏瑶点头道："对啊，当时我还以为是附赠的小礼品呢，正想仔细看看，结果就……"

说话间，他们已经回到了之前的地方。《踏雪原》仍然安静地躺在那儿，没有丝毫异动。

"对了苏瑶，你看看这儿……"又看见了那双令人心悸的眼睛，陈玄拿起书指给苏瑶，"你看这眼睛，是不是有点儿不对劲？"

苏瑶仔细看了看，皱眉道："确实，似乎太诡异阴森了，还有，怎么那么红？呃……是不是印刷纰漏？"

"应该不是吧，其他的书都很正常。"陈玄随手拿起另一本《踏雪原》，"你看，原本的眼睛是大而有神透着一股锋芒，再怎么模糊纰漏也不应该成这样啊……"

"那个，要不我再试一次。"陈玄抬手挠了挠头，"一会儿如果我又消失了，你在这里等我就行……"

不等苏瑶回答，他迅速把手中的书翻到了最后一页。

果然，那个黑色的图案又出现了。

陈玄只感觉一阵眩晕，重新清醒时果然到了一楼。

"呃……你怎么也过来了？"陈玄定了定神，一眼看到身边的苏瑶，诧异地问道。

"啊，刚才我也看见了那个……"苏瑶尴尬地笑了笑，突然低声惊呼道，"你看那里是什么？"

顺着苏瑶手指的方向望去，陈玄看见在不远处有一本书正散发着淡淡的光芒，几秒钟过后，光芒消失了。

"光？"陈玄揉揉眼睛，"书会发光？……这太离奇了吧？难道我的眼睛花了？"

"有点自信好不好？大千世界无奇不有，书会发光就了不起吗？说不定明天你还会遇到外星人也未可知，至于这么大惊小怪的吗？"苏瑶对陈玄的表现嗤之以鼻。

"走，过去看看，今天非把这事弄明白不可，我猜这书和那《踏雪原》之间定然有什么瓜葛……"苏瑶拉着陈玄急急向刚才发光的那本书走去。她已经被这种奇怪的事情吸引住了。

说起来，这二人神经都有些大条，不知道是不是应了"无知者无畏"这句话，遇到这般离奇的事，他们居然没有害怕，真是怪哉。

苏瑶好奇地抽出那本书，上下前后，看了又看，哗啦哗啦地翻看着书页："似乎……没什么不同嘛，就是一本普通的书……咦，《踏雪原续》？"

"《踏雪原》？"陈玄闻听，凑上前一看，这本书竟然是《踏雪原》的续集，封面是一个眉目清秀的窈窕女子，但……这女子的双目竟也似那本《踏雪原》封面男子的一样，格外凶厉，令人恐惧。

"这是怎么回事，难道是《踏雪原》的作者神芒犯了天怒不成？"苏瑶挠着脑袋笑问了一句，旋即发现了一个重要问题，疑惑道，"不可能啊，《踏雪原》属于玄幻类小说，应该在五楼，怎么跑到一楼杂志手册这里来了？"

"是不是有人拿过来结果却没买，把它随手放在这儿的？"陈玄沉吟了一会儿，猜测道。

"不会吧。"苏瑶摇头道，"这样的书有专门的放书台，每天下班后都会有工作人员把这些书分门别类地再放回去。而且……就算是顾客随手放的书，工作人员也会及时拿回去的。"

陈玄皱眉："那就奇怪了。还有，怎么这两本怪异的书都是《踏雪原》呢？"

想了想，苏瑶突然笑道："小玄子，快去把五楼的那本《踏雪原》拿过来……"

陈玄绷着脸道："你想干什么？"

苏瑶笑容可掬地道："把这两本书买回去呗。你看啊，会发光的书，能把人瞬间转移的书，这样的奇书今天居然被咱们遇上了，这和中大奖有什么不同？或许这两本书隐藏着什么惊天大秘密也未可知呢。"

苏瑶抱着书两眼冒着小星星，一脸憧憬之色。

陈玄迟疑了一下，道："好吧，你在这里等我……"说完飞快向楼上跑去。

二人付了钱，刚走出书店，苏瑶便迫不及待地伸手抢过陈玄手里的书："给我第二本……"说着一把抢过书，迅速翻到最后一页。

"唔……这里也有哦？"看着最后一页的黑色符文，苏瑶抬起头，惊道，"哎？陈玄？"她面前的陈玄竟然消失了。

"我在你后面。"陈玄的声音响起，苏瑶扭过头，发现陈玄满脸黑线地站在她身后。

"呵呵……似乎我们俩换了位置？"苏瑶干笑道。

陈玄迅速思考起来："难道……这两个符文是配套的？它们之间有什么联系？"

苏瑶皱眉道："这事儿还真是复杂啊……哎呀，现在几点了，我得回家了，书就交给你了……"

"呃……"陈玄愣了一下，抬头看着苏瑶，"你……你不想探究其中的奥秘了？"

苏瑶扑哧一笑："其中的奥秘……好吧，你那么聪明，这等耗费脑细胞的事情自然应该由你来完成了。结果出来别忘通知我一声……你应该有我的电话吧。拜拜，我先回了……"

说完挥挥手竟然转身走了。

"呃……咋回事？这怎么就成我的事了？"望着苏瑶远去的背影，陈玄愣是没反应过来，"刚才还兴趣盎然的，怎么一下子就变成甩手掌柜了……"

陈玄满心不爽。这也不能怪他，这被动和主动的区别可是天差地别的，——虽然他也对这两本书的异象产生了极大兴趣。

二

当晚。

陈玄趴在床上，看着手中的两本《踏雪原》，苦苦思索着。

突然他眼睛一亮，站起身，将《踏雪原》放在房间的一角，然后走到床边迅速打开《踏雪原续》的最后一页——

"唰！"

在他看到那黑色符印的一瞬间，便来到了《踏雪原》所放置的地方。

"果然！"陈玄嘿嘿一笑，"看来这两个符文的确是有联系的，不管看到哪一本上的符文，都可以被传送到另一本所在的地方……不过，这两本书的神奇之处应该不止这一点吧？"

想了半天没有头绪，他郁闷地一头栽倒在床上，拿着书，恶狠狠地盯着那双血红色的眼睛。越看越不舒服，一股无名之火涌上心头，陈玄恨恨地一拳落在那人的眼睛上。突然他惊愕地发现自己的手上一圈圈血红色的光芒正在缓缓扩散，

一闪一闪的。

"怎么回事？！"陈玄大骇，不知自己的手为什么会出现这样的异变，但并没有疼痛的感觉，反而凉丝丝的。

正疑惑间，他的手上一阵剧痛传来，那宛如蚀骨钻心之痛，把陈玄疼得差点背过气去，嘴里嘶嘶地抽着冷气。他刚想有所动作，那痛感瞬间传遍全身，似乎身体的每一个细胞都要被分裂一般。

"要死了吗？怎么会这样？……"这是陈玄的最后一点意识。

不知过了多久，陈玄渐渐恢复了意识，慢慢地睁开眼，转转眼珠，看到熟悉的天花板、熟悉的书桌、熟悉的一切，神情有些恍惚。

陈玄从床上跳起来，浑身上下摸了个遍，然后长长地出了口气。

"吓死了，还好，零件不多不少。不过之前是怎么回事？"

回想起之前的剧痛，陈玄心有余悸。

渐渐平静下来的陈玄明显感觉到自己的身体与以往不同，身体宛如羽毛一般轻飘飘的，似乎一阵风就能吹起来。而体内却充满了力量，真是奇怪至极。

闭上眼睛，陈玄感受着身体的变化。突然，他发现自己的脑海中似乎多了些什么，——似乎空间变大了。

"空间变大！"陈玄被自己的想法吓了一跳。"怎么可能？"他稳了稳心神，把意识集中到脑部。是真的！眼前是淡淡的白雾笼罩着的一大片空间，看不到四周的边际。

"难道这就是传说中的意识海？"陈玄激动万分。

就在这时，意识海中的白雾一阵鼓荡，陈玄感觉自己对外界的感知力越来越强了。

"这种感觉……"陈玄怔怔地坐着，随即双眼之中瞬间发出了明亮的光芒！"难道……我拥有了超能力？！"

第二天。

通知苏瑶后，陈玄提前来到了附近的一个公园。他已经迫不及待地想要告诉苏瑶他昨晚的异变了。

刚刚八点，此时公园里的人并不多，天蓝得仿若一块宝石。阳光透过树叶洒在地上，羞涩地圈画出斑斑驳驳的光影流年。鸟啼声声，清脆动听。

苏瑶准时到达，疑惑地道："怎么，小玄子召唤我有什么事？这么早？"

　　陈玄神秘地一笑，抬了抬手，苏瑶的面前骤然浮起一卷清风："呵呵，这是我的风异能！"

　　陈玄将昨晚的发现讲了一遍。

　　"这么神奇？"苏瑶张大了嘴巴，"这……这……难道这红色是一种变异能量，能让人拥有超能力？！"

　　陈玄点点头："呵呵，今天叫你来就是想让你试一下，说不定你也能拥有超能力呢！"

　　"快快快……"苏瑶已经等不及了，嘿嘿笑道，"超能力，多么神奇啊……"

　　来到一片偏僻的小树林中，苏瑶拿过那本《踏雪原续》，轻轻一下，点在了封面女子血红的眼睛上。

　　看着毫无变化的手，苏瑶疑惑道："难道在我身上不灵验？"

　　陈玄摸了摸鼻子，道："这个应该有不确定性吧？或许……"

　　他话还没说完，苏瑶突然脸色一变，抬起手，手上一圈圈血色光纹缭绕。

　　"哈哈，我当时也是出现的这样的光纹。"陈玄呵呵笑道。

　　苏瑶刚想说什么，身体却猛地僵硬起来，随即一圈淡淡的蓝色水环从她脚下升起，缓缓上升，直至形成一个椭圆形的蓝色水蛹，将她掩盖其中。

　　陈玄吃了一惊，刚想上前，却停住脚步，紧张地盯着这水光粼粼的大蛹。数秒钟后，水蛹轰然爆裂，细密的水花漫天飞舞，顷刻间被蒸发得无影无踪！

　　里面的苏瑶浑身透湿，无奈地一抬手，一缕跳动的水花在指尖浮现。"刚才是个意外，是个意外……对了，我的异能是水哦……"说完手一挥，衣服以肉眼可见的速度干爽下来。

　　陈玄则一脸沉思地望着这两本已经恢复正常的《踏雪原》，喃喃道："为什么这两本书能有这么奇异的能力？这血红色的能量到底是什么？那个黑色的符文……究竟是什么东西？"

　　苏瑶突然惊声道："咦，你看……"

　　陈玄低头看去，顿时发现不知何时两本书上都冒出了淡淡的光芒，光芒逐渐凝聚成一个箭头模样，两本书的箭头都指向一个方向——西南。

　　"难道说……它们对西南方向有什么感应不成？"苏瑶猜测道。

　　陈玄皱眉："西南方……我们需要去看看吗？"

　　苏瑶点头："当然了，这么离奇的事情，你甘心就这样放手不管？俗话说得好：多一分力量，就要多承担一分责任。我们既然拥有了超能力，嘿嘿，有事情自然要掺和掺和了，你说是不是？"她一脸正义凛然。

"言之有理。就这么办！"陈玄赞同道。

就这样，满腔正义感的二人拿着两本奇书，一路向 A 市的西南而去。

在的哥的帮助下，二人很快便来到了城西南。

但是……

"怎么回事？难道不是指 A 市的西南？"苏瑶拿出书，呆呆地望着手中仍然指着西南的"箭头"，张大了嘴巴。

陈玄低声道："会不会……是云南那一块儿？"

"你说什么？开什么玩笑呢，云南离这儿上千里路呢，怎么可能？……"苏瑶有些崩溃。

陈玄不以为然地送上一大白眼道："任何事情都是有可能的。不然，今天我们拥有超能力这件事，又怎么解释？"

苏瑶无奈地道："那……那你说怎么办？难道要我们坐飞机去？"

陈玄郁闷地蹲下身，双手拿着两本书："是啊，究竟怎么办？"

无意间，他将双手一合，两本书的封皮撞到了一起。

两本书顿时发出了耀眼的光芒，随即在二人的注视下，缓缓融合到了一起，幻化出一个空间之门。

"这是……"二人对望一眼，惊愕道，"空间之门？不会吧，这样就能触发空间之门？"

陈玄犹豫了一下，旋即释然，笑道："既来之，则安之，还等什么，走吧！前面或许还有大惊喜在等着咱们呢。"说完，他大步走进门内。苏瑶也紧紧地跟了上去。

这里是一个缤纷多彩、光影流转的时空隧道，一眼望不到头。

"这是要通到哪儿去呢？"陈玄喃喃道。

"会不会跑到外星球去了？那我们怎么呼吸啊？"苏瑶环顾四周，紧张道。

陈玄愣了一下："那……那也只好看天意了……"

二人正说着，面前突然光芒一闪，通道正在缓缓闭合。

"快跑！"陈玄低喝一声，迅速向前冲去，苏瑶也连忙紧跟其后，二人险险地跑出了通道。

脚下是一片修剪整齐的草地，四周树木葱郁，前面是一条宽阔的大道，尽头立着一个牌子：

西市热带雨林景区近期频发异常情况，停止开放，游人严禁入内。

"西市热带雨林景区？"二人对视一眼，"难怪这里一个人影也看不到，原来是出事了。"

　　突然，陈玄想到了什么："会不会就是因为这里频发的异常情况，这本书才指引我们来到这里呢？"

　　苏瑶精神一振："有可能！"

　　陈玄犹豫道："那我们还进不进去？"

　　苏瑶豪放地一挥手："当然，不进去怎么能解开谜底？小玄子！上吧！"陈玄苦笑一声："我们这样贸然进去合适吗？"

　　"有什么不合适的，别忘了，我们拥有超能力。说不定我们能成功解决这件事呢……那岂不是做了件好事？就真正是见义勇为的好公民，政府的好伙伴……"

　　苏瑶振振有词。

　　陈玄望着有些无厘头的苏瑶，默默加快了脚步，走进了西市热带雨林景区的范围。

　　神秘而幽深的雨林……等待他们的是生存，还是消亡？

三

　　这是一个神奇的世界。

　　二人沿着书本指引的方向，避开景区巡视的工作人员，快速行进着，渐渐远离了正常的景区路线。

　　没有说话声，只有脚踏着树叶发出的"沙沙沙"的声音。很快两人便感到了不适，似乎全身上下十分刺挠，还有一种痛痒的感觉……

　　"哎呀……"苏瑶突然脚下一绊，几欲跌倒，双手胡乱挥舞着，一下子抓住了什么东西，身体平稳下来。

　　苏瑶好奇地看着自己抓住的东西，握在手里凉滑绵软，韧性十足。

　　那是一根白色的长条，顶部尖刺，一直延伸到草丛里。

　　"小玄子，过来看看，这是什么？"苏瑶兴奋地招呼一声，顺着长条就向草丛深处走去。

　　陈玄回过头，也看见了那根白条，疑惑地挑挑眉，走上前去。

　　没走几步，苏瑶便惊愕地发现，四周竟然还有许多这种类型的长条，五颜六色的，很是奇怪。

　　"这是什么东西？"陈玄跟在后面疑惑地问道。

　　没有听到苏瑶的回答，他也没在意，继续向前走。

　　"啊啊啊！"凄厉的叫声仿佛要刺破陈玄的耳膜。苏瑶急促地转过身没命地向后跑去，"救命啊！"

陈玄定睛一看，不由倒抽一口凉气，头皮发炸，转身就跑，没曾想脚下一颤，数根尖刺猛然抬起，将他卷在其中。陈玄大骇，用力撕扯，勉强打开一道缝隙，狼狈逃窜，一路还不忘吐槽："这，这是什么怪物？！这里看起来真的有问题……那个牌子上说得也太简单了啊啊啊！"

"陈……陈玄，那……那到底是什么？"苏瑶埋头闷跑，好不容易逃出长条的"势力范围"，大口地喘了一会儿，后怕道。

陈玄在她身后，也心有余悸："不知道，还从来没有见过这种奇怪的动物，不会是热带雨林的特产吧？可是……怎么从没听说过？"

苏瑶的脸色突然变得苍白，随即颤抖着指着陈玄背后："你……你身后……"

陈玄扭头看去，顿时浑身寒毛倒竖，下意识地向后一跃。在他的身后不到五米处，一个巨型怪物悄然出现。它身上长满了灰白色的长毛，两片椭圆形的嘴唇上长满了许多锋利的尖刺，鲜红的小眼睛看上去十分骇人。

不知何时，那怪物已经跟了上来，长毛迅速延伸，如同一只只触手，向他扑来。"苏瑶，快！用水异能协助我！"经历了刚才的一番"磨难"，陈玄也已经冷静了许多，大声道，"你的异能攻击力不强，辅助我，我来主攻！"

苏瑶脸色煞白道："你……你别开玩笑了……太可怕了，我不行啊……这是什么怪物？啊啊啊！"

陈玄没再理她，左手一挥，一个个风刃带着刺耳的呼啸声斩向怪物。怪物庞大的身体一扭，触手闪电般卷来。陈玄低喝一声，狂猛的罡风瞬间在周身成形，割断了许多围攻而上的触手。陈玄左手前指，一支风矛迅速凝结，随即猛然射出，直接插入了那怪物的大嘴之中。

"嗷……"怪物痛号一声，但那风矛却在第一时间散开，化成许多细小的风刃在怪物嘴中切割着。终于，怪物嘶吼几声，口中喷出黑色的液体，重重倒地。

陈玄长嘘一口气，看向此刻头发散乱、目光呆滞的苏瑶道："你没事吧？"

苏瑶眼神复杂地看了陈玄一眼，点点头，突然惊愕道："你看……你看它的尸体！"

陈玄扭头一看，顿时骇然——这怪物的体形在迅速缩小，很快便化为了一只小小的虫子，趴在地上不动了。

陈玄走上前去仔细查看，顿时大跌眼镜："啊？这，这竟然是……"

"毛毛虫？"苏瑶也颇为惊讶地大张着嘴巴，刚才让自己惊叫着逃跑的东西竟然是一只毛毛虫！"真的是毛毛虫……它怎么会变得那么大？！"

陈玄疑惑道：“这究竟是怎么回事？”

二人实在理不出什么头绪来，陈玄只好道：“我们继续往前走，说不定还能探寻到它们身体变大的根源呢。”

苏瑶点头：“好吧……小心点。”

二人深一脚浅一脚地走在这幽深的丛林中。

四

接下来的路，却是艰难无比，随着二人的不断前进，一些怪物不断出现。当然这些怪物从严格意义上来说，都只是一些昆虫、小动物的变异而已，但也都让苏瑶吓得半死，而陈玄的耳膜经过这一路的摧残，已经到了即将崩溃的边缘。

“天哪……”与陈玄联手成功消灭了一只巨型虫怪后，苏瑶脸色发白道，“太恐怖了，这里究竟发生了什么，竟然有这么多的东西产生变异？”

陈玄顿时恍然：“嗯……变异的动物对人类危害极大，看来我们此行意义重大，一定要想办法找到这种变异的根源，也算是为民除害了！走吧！”

“喇！”

费劲地拨开一片巨大的树叶，二人继续向前走去。

走在前面的陈玄突然感觉眼前一花，再睁开眼时，顿时愣住了。面前不再是雨林，而是一个大盆地！

盆地之中有许多像金字塔的建筑，还停靠着几艘形状怪异的飞船，一切都显得那么神秘。

“这里……”陈玄被惊得目瞪口呆。苏瑶也悚然震惊：“不会……这里就是那种变异病毒的来源处吧？”

陈玄低声道：“这很难说……不过我们怎么进来的？刚才还没有这一切，怎么突然……”

苏瑶皱皱眉头：“我们还下去吗……”

“你想在这里待着？”陈玄翻了个白眼，看见苏瑶摇头，道，“那就赶紧下去吧，说不定秘密就在这里。走吧！”

二人交换眼神，悄悄潜行下去。

也不知道是不是二人运气爆棚，他们一路躲躲藏藏，居然没有被发现，最后成功来到了一座建筑前。

一路奔波，加上精神高度戒备，苏瑶的身体有些吃不消了，呼呼喘着粗气，额头上满是汗水。

陈玄也不轻松，一屁股坐在地上，擦了擦脸上的汗，两眼警惕地扫视着四周。

他们现在在一块大石后面，周围还有草丛掩护，应该比较安全。不过……自从进了这个"基地"之后，那些变异的虫子、动物却是一个都没再出现。

片刻之后，二人小心翼翼地站起来，跃出"掩体"，蹑手蹑脚地向面前的建筑跑去。

这建筑很奇怪，有几层楼高，整体呈圆形，上面还有许多凸起，不知是干什么用的。大门半掩着，没有什么声音。

"门怎么开着？"陈玄皱皱眉，周围太安静了，他们进入得也太顺利了些。

"哎呀，管那么多！不入虎穴，焉得虎子！"苏瑶挥挥手，率先踏进了大门。

门内是一条银色走廊，尽头是一个不大的空地，空地中央有两个蓝色的光柱，正在不断波动着。

"奇怪！怎么上楼呢？"陈玄绕着大厅走了一圈，没有发现向上的通道，皱眉疑惑道。

"这里那么奇怪，自然不可以用常理度之啦……"苏瑶目光在一楼扫视了一遍，定格在了那两个蓝色光柱上，"你说……是不是这个东西呢？"

陈玄若有所思道："有可能……我先试试。"

说完大步走进光柱，只见他的身体一颤，突然消失了。

很快，陈玄的声音从里面传出："进来吧……"

苏瑶连忙走进光柱，就见陈玄摩挲着下巴思索道："这光柱可能就是一个电梯，你看——"说着他指了指光柱的一面。苏瑶抬头望去，一个精巧的光屏赫然出现。

"在光屏上输入楼层数，试一试。"陈玄皱眉迟疑着，随手写了一个"3"。

"滴滴滴……"仪器发出细微的鸣声，随后一大串莫名其妙的"鬼画符"从里面冒了出来。

二人紧张地对视一眼。

突然，一只大手瞬间穿过蓝色光柱，揪住了苏瑶的衣领。苏瑶惊恐地张了张嘴，头一歪，直接昏了过去。

陈玄大惊，刚想有所动作，但随即眼前一黑，也晕了过去。

头痛欲裂地睁开眼睛，陈玄只感觉脑海中一阵天旋地转，连忙扶住额头，勉强向四周看去。

这里是一片银白色的世界，银色的墙壁，银色的地板，两张银色的床，他和苏瑶分别躺在床上，除此之外别无他物。

　　陈玄只感觉浑身酸痛，头痛欲裂。他艰难地坐起身，使劲摇了摇脑袋，终于清醒了一些，急忙下地，踉跄地来到苏瑶的床边，使劲摇晃她的肩膀："苏瑶，苏瑶！醒醒……"

　　苏瑶缓缓睁开眼睛，沙哑的声音道："陈玄，这是哪里？"

　　"不知道，我也是刚醒过来。"陈玄低声道，"之前的那只手是怎么回事？你看清楚了吗？"

　　苏瑶摇摇头："看来我们被人发现了。"

　　"肯定的……我就觉得我们一路不可能那么顺利，这样看起来，似乎那扇虚掩的门，也是有人故意打开的。"陈玄无奈地道。

　　二人正说话间，突然身后传来"咔咔"的声音，两人连忙回头望去，只见在他们身后的墙壁上，缓缓裂开一道缝隙，一个脸上有一道疤痕的中年男子走了进来，用一种奇怪的声音说道："你们醒了？"

　　陈玄顿时全神戒备："你是谁？这是什么地方？"

　　男子咳嗽了一下，说道："这是一处国家秘密实验基地，专门为了探究人体的极限能力而设置的。你们两个误入这里晕倒了。我们在给你们治疗的时候发现你们的体质很特殊，因此上级决定暂时留你们在这里住几天，想给你们做一个全面的身体检测研究一下，你们不会介意吧？"

　　二人对望一眼，陈玄开口道："怎么会呢，能为国家做贡献是我们的荣幸……不过我们离家时间不短了，父母该着急了，我们想打个电话说明一下情况。"他自从进了基地就发现随身带着的手机竟然没有了任何信号。

　　"恐怕不行，因为我们这里是国家的秘密基地，不能随便同外界联系。这样，这件事之后我们派专人护送你们回去，到时再同你们的父母说明情况吧。"

　　"……也好。"陈玄勉强同意，只是心中有一丝被监禁的感觉。而苏瑶则大大咧咧，一切听从陈玄的安排。

　　男子满意地笑道："好吧……既然这样，我就先带你们去住的地方。"跟随着男子的脚步，拐了几个弯，男子伸手推开了一扇门。

　　男子回身对他们微笑道："这套房间设施齐全，有两间卧室，这几天你们就住在这里，一日三餐有人给你们送，有什么需要可以跟我说。你们不用担心，很快就会送你们出去的。没事不要到处走动，毕竟这里是秘密基地。"说完，男子转身走了。

　　房间中，一缕暗香缭绕，中式风格的室内装饰，简单明快。木质沙发、茶几、电视一应俱全。客厅的一侧并排着两间卧室。另一侧是洗手间和休息室。

　　陈玄笑道："看来这里的条件还是很不错的嘛……我们先休息一下，待会儿再出去看看。"

说着，他走进卧室，一头倒在床上，放松精神，感受着大床的柔软，一时间恍如梦境。

"这是怎么回事？难道那两本奇书就是指引我们来这里检查身体，供他们研究？似乎又不对。究竟哪儿不对呢？……"陈玄思索着，渐渐进入了梦乡。

不知过了多久，苏瑶过来敲门："小玄子，起来了，咱们出去看看……"陈玄应了一声，走出门去。陈玄道："这里有两条路，咱走哪一条？""从这儿走吧……"苏瑶指了指左边的一条路，也就是他们来时的那一条。

一路走来，二人却没有见到一个人影，只看到通道旁银白色的门一扇扇紧紧关闭着，也不知里面有没有人。

"这里究竟是什么地方？"苏瑶有些胆怯地道，"怎么一个人也没有？"

"嘘……"苏瑶刚想说什么，陈玄突然竖起一根食指，随即蹑手蹑脚来到一扇门前，小心翼翼地把耳朵贴了上去。

"……所以，在融合期间，你们操作一定要认真，出了问题一个都逃不掉！……另外，融合的时候注意千万不能碰到背……"

陈苏二人正听得聚精会神，突然里面的声音渐渐小了，似乎在往里面走。

陈玄直起身子，向苏瑶招了招手。苏瑶道："这里面应该就是工作人员了吧？好像在训话耶……"

陈玄点头笑道："走吧，我们还是别来打扰他们工作了……就是不知道他们说的不能碰到背是怎么回事？"

苏瑶笑道："哎，你管那么多干什么，这可能是人家的工作机密……"

五

三天后。

陈玄躺在床上，正在闭目养神，突然门被推开，那名中年男子出现，对他招招手。陈玄连忙下床，见苏瑶已经站在外面了。

"我带你们去做一个实验，要检测一下你们的脑域波动，因此会有暂时的意识丧失，不过不要担心……"边往前走，男子边对他们解释道。

陈玄点头道："好的，没问题……"

中年男子点头笑道："这样就好，等会儿检测的时候，不要乱动……"

二人在中年男子的带领下，来到了一个不起眼的小门前站定，男子回头朝他们笑笑说："别担心，这是进入实验室的例行检查，任何人都不例外。"这时小门开了，露出一个仅容一人的狭小空间，男子走进去，小门缓缓关上。片刻工夫，小门打开了，还是那个狭小空间，男子不见了，陈玄稍一犹豫，扭头看看苏瑶，交换了一下眼色，毅然走进小门。

小门关上，狭小空间的四面突然出现数道光线，围着陈玄从上到下扫描了一遍，"叮"的一声清响，眼前的墙壁向两旁一分，男子正微笑地站在那里。

检查完毕，三人又通过一道狭长的通道，途中又有数道光线掠过他们的身体扫描着，然后是消毒间……最后来到一间四周遍布各种电子设备、中间安置着一个大型的黑色装置的房间。这黑色装置大约有两个人高，体积庞大，正前方有一个按钮。

男子站定，摁动按钮，就听见"咔嚓"一声响，那个黑色装置的前半部分向后翻开，露出里面的胶囊舱室。

中年男子淡淡笑道："进来躺下吧！放心，不会有什么事的，就当睡了一觉……"

陈玄点点头，先走一步，小心翼翼跨进舱室，就看着苏瑶也亦步亦趋地走进另一个舱室。

"很好，只需要一个小时……"中年男子满意地点点头，双手一拍，黑色舱盖缓缓合上。二人顿时陷入一片黑暗之中。

"没事吧？"苏瑶毕竟是女孩子，有些害怕。

"放心，不会有事的，这是国家机密，怎么可能出什么事故？"陈玄安慰苏瑶，只是暗中提高了警惕。

苏瑶还没来得及说话，装置内部就传来一阵嗡鸣声，二人只感觉大脑一晕，不省人事了。

缓缓睁开眼睛，陈玄发现自己正站在一片白茫茫的空间之中。他扭头看着周围，除了白雾什么都看不见。

"下面，请全身放松，什么都不要想，我们要测试你的精神上限……"中年男子的声音传来。听到这声音，陈玄不由得精神一松。

"很好，下面开始对你催眠，催眠后才能测出你最真实的情况……"

陈玄有点疑惑：为什么非要进行催眠才能测？

陈玄的精神开始恍惚起来，看样子是催眠术起效果了。他的意识渐渐涣散。突然，他的怀中仿佛有什么东西发出丝丝凉意，令他瞬间清醒过来，意识回归，狐疑地摸了摸——正是那本奇书！

"这奇书似乎从我们进了这基地就一直没再出现过，以为是在路上不慎丢失了，这会儿怎么又跑到我怀里来了？"满头雾水的陈玄也搞不明白这"神出鬼没"

的书想干什么。

疑惑间，陈玄突然听到一声轻笑，那个声音说道："两位大人，催眠已经成功，可以开始了……"

"很好……"一个男人很满意地说。

"大人请进……"那个声音再次响起。

陈玄已经听出来了，那个声音就是让他们进行测试的中年男子的声音。

"大人？开始？进入哪里？"陈玄更是一头雾水，还没来得及细细思索，似乎感觉舱内空间一阵荡漾。他心中一动，连忙闭眼，装作被催眠的样子。眼前的局势有些不明朗，还是先假装被催眠了比较好。

隐约之中，他感觉面前一个人影缓缓成形，似乎来到他面前站定。那人影低笑道："呵呵，不错，体质很好，魂魄较弱……"

魂魄较弱？体质很好？什么意思？陈玄心中困惑。突然，他感觉一阵狂猛的吸力袭来，似乎要将他的神魂整个撕碎。陈玄大吃一惊，下意识睁开眼大喝一声："你们在干什么！"

"嗯？"那个声音就在他面前响起，冷笑道，"看来黑幽的工作没做好啊……"

陈玄愣了一下，面前这人，一头黑发，脸上荫翳之色浓重，就连声音也都是阴仄仄的。

"你是谁？这里究竟是什么地方？你们是干什么的？"此时，陈玄终于明白了，原来，什么国家机密重地、什么测试灵魂上限，都是幌子！真正的目的，估计就是眼前即将发生的事情了。

"哈哈，看你死到临头，我告诉你，我就是天恒座！想必你可能不清楚吧……说得简略点……我就是天恒星的首领，明白了吗？"面前的男子一脸淡漠地看着陈玄。

"天恒星？你们……是外星人？"愣了一下，诧异地望着面前这个与地球人没什么两样的男子，陈玄惊愕道。

男子点点头，说道："没错……我应该是你们所说的外星人吧。现在，你想知道的都已经让你知道了，安心去死吧！"

说完，他大手一挥，一道浩瀚的力道铺天而下，向着陈玄压了过来。

"你到底想干什么？"

陈玄在狭小的空间内狼狈地躲过男子的攻击，怒道。

"没什么……只不过，就是成为你的一部分而已……"男子淡淡道。

"成为我的一部分？"陈玄愣了一下，而男子的攻击也不知什么时候消失了。

"对，我融合进你的身体里，然后成为你的一部分，你能拥有我的一切力量，多好的一件事情啊！相当于双魂共存……"男子热切地道，"怎么样？只要你同意，我们都能省去很多麻烦，轻松地结束，多好啊！如何？"

陈玄脸色变换着，他能那么好心吗……

看到陈玄的犹豫，男子继续道："以我刚才所施展的力量，估计你肯定接不下吧？如果你被我击败，你也就消亡了，灵魂消散于天地之间。这和我们两个共存于你体内相比，哪一个更好呢？相信只要有点头脑的人都能做出正确的判断吧。咱们和睦共处，你带给我新的身体，我带给你强大的力量，双赢啊！"

陈玄皱着眉，紧张地思索着对策。片刻后，他抬头迟疑地问："你说的都是真的？你不消灭我的魂魄？"

男子面无表情地点点头，眼中闪过一丝嘲讽。

陈玄憨憨地又道："你融合进我的身体，想干什么？你自己的身体呢？"

男子脸色一变："闭嘴！你问得太多了！你同不同意？"

尽管感觉凶多吉少，事情发展到这一步，陈玄也没有其他选择了。

"你要说话算数！"陈玄无奈道，下意识地悄悄抬手伸进怀中，紧紧握住那本奇书。

男子大喜，点头道："好，那我们就按照程序一步步地来……"

说完，男子身体猛然缩小，瞬间化为一个黑色的光点，没入了陈玄的脑海之中。

陈玄静静感受着。开始，他只感觉自己的脑海之中多了什么东西，随即慢慢扩大，自己所控制的身体范围也在逐渐减小，明显有被压迫的趋势。

很快，双方所控制的范围便形成了五五分成的局势。

"应该停下来了吧？"陈玄心中念叨着。不过令他大惊失色的是，那股力量竟然没有停下来，仍然以先前的速度扩张着！

"你想干什么？"陈玄惊呼起来。

"哈哈，你以为我有那么好心吗？若不是你答应我，我还不会这么容易地融合呢！安心地去吧！相信由我掌管你的身体，你会释放出比现在更大的能量！"

陈玄感觉到自己的精神力越来越虚弱了。此刻似乎已经到了绝境，他的脑海中突然灵光一闪，一个熟悉的字眼在他脑海中浮现——融合？！

"……所以，在融合的时候，一定要认真工作，出了问题谁都逃不掉！……注意不能碰到背……"

融合，是这个意思吗？

背？

碰到背？

为什么要碰到自己的背？

陈玄绞尽脑汁，——难道，不是碰到自己的背……是碰到这首领的背部？！

可是……这首领现在，根本没有实体，怎么碰……

脑子一转，一个大胆的设想涌上心头。他一咬牙，拼了！

心念沉稳，灵魂融入精神之海！

果然，面前一花，他看见那个身影，正一脸冷笑地看着自己。

"背……"

喃喃念道，陈玄眼中骤然涌起一股拼命的执着与勇气，大步向前走去！

"怎么，以你现在已经弱小到不足原先百分之一的灵魂力量，还想垂死反抗？"天恒座冷笑着说。

陈玄没有说话，仍然向前走，在天恒座惊愕目光的注视下……与他擦肩而过！

"你要干什么？"天恒座心中涌上一股不祥之感，猛然回头，身体却突然一僵！一双手无情地拍在了他的背上！

陈玄惊愕地看着天恒座的背。……天恒座背部竟然是空的！

"你……你怎么会知道？"天恒座浑身剧烈颤抖着，低喝一声，已经吸收大半的能量开始缓缓消散，他的身形也渐渐淡薄，"你……你怎么会知道我背部没有防御？"

陈玄心念飞速旋转，已经明白了什么："哈哈，天要让你亡，必先要你狂，你觉得现在你还有胜算的可能吗？"

"百密一疏，百密一疏啊！没想到你那由于基因突变所产生的异能，竟然会让你的灵魂力量提升这么多……"

天恒座长叹一声，身形淡去，随即消融在陈玄的精神之海中。

基因突变？看来，他们所拥有的异能就是体内的基因变化所产生的。陈玄来不及感叹，脑海中骤然多了许多信息。细细体会，他恍然大悟。

原来，这"天恒星人"，原本生活在距离地球千万光年的天恒星上。在几百年前，由于天恒星寿命耗尽，他们举族搬迁。在宇宙中漂流了几百年后，以他们强大的科技实力，终于找到了另一个生命星球——地球。在首领天恒座的带领下，他们暂时在这里落户了。他们原本的打算是清除掉所有地球人，将地球变为他们的另一个天恒星。但由于天恒星人本身十分渺小，成人也才只有地球人的一指高，因此就算科技再发达，攻占地球的时候也十分麻烦。所以天恒星人就想出了"夺舍"的方法，用他们的高科技，将人类的灵魂从体内剥离，再将天恒星人的灵魂注入进去。而这种夺舍，有一种提高成功率的方法，就是被夺舍者若保持平静甚至快乐的心态，那么夺舍的成功率就会提高百分之十左右。为了抓捕地球人，他们便设了一个防护罩，只要有人踩到，就会瞬间变小被传送到防护罩内的基地之中。而想要完美地实施这个计划就要与地球人交流，所以天恒星人只好暂时吸收了几个地球人的记忆，学会了地球人的语言、文字、生活习惯、社会常识等他们觉得与地球人打交道会用得到的知识。经过一段时间的研究，天恒星人终于成功地将族内一位地位不低而且甘愿当试验品的"英雄"黑幽的灵魂转移到了地球人的身上，也就是之前接待陈玄和苏瑶的那个中年男子。而事实证明，在转移到地球人身上之后的天恒星人，只能说地球语言。因此才有了陈苏二人听到那中年男子用地球语言训话的那一幕。接下来，就要让首领夫妇二人夺舍了，自然被夺舍者就选定为他和苏瑶。而之前那黑幽对他们说的所谓"国家机密"等，都是根据他所融合的地球人的记忆编纂而成，完全就是一个幌子……

至于天恒座的背，因为天恒座的能量不够，实在无法达到凝聚全身神魂的地步，因此背部只有一层透明能量覆盖，如果在融合的过程中被人打破，那他的整个神魂能量就会被与他融合的人所吸收掉。因此陈玄才险险逃过一劫。

而那些变异生物，也都是黑幽等人在实验过程中放射性元素外泄污染所造成的。

明白了这一切，陈玄惊喜地发现——自己竟然拥有了天恒座的所有能力！

是该出去的时候了！

"给我破！"陈玄低喝一声，体内劲力猛然爆发，整个黑色装置顿时解体，舱室也瞬间破碎！

扶着晕乎乎的额头，苏瑶踉跄地站起来："刚才……那个阿姨呢？怎么回事？这是哪儿……陈玄？这个机器是你把它打破的？"

陈玄笑着点头："不知道你和天恒座的妻子谈得怎么样？"

"天恒座……的妻子？天恒座是谁？"苏瑶还是有些晕乎。

陈玄扭头，只见原本黑色机器的后面，竟然还有两个舱室，其中的一男一女都被震出舱外，倒在了地上。随着几阵抽搐，全都化为了黑烟，远远飘散。

"这里是天恒星人的一个秘密基地……"整理了一下思绪，陈玄一边给苏瑶简单介绍着所发生的一切，一边拉着她快速离开。

"没想到竟然会是这样！"惊愕地听完，苏瑶不可置信。

"呵呵。"陈玄笑笑，"现在……也该结束了！"

出了大楼，他身体一震，一团火焰喷薄而出，直冲云霄！

"轰！"

整座建筑瞬间消失无踪！

基地中的天恒星人骚乱起来，到处都是叽里呱啦的喊叫声，无数人影向这里奔来。黑幽，来到陈玄他们面前激动地道："首领，你成功了？！太好了……"

"首领？"陈玄玩味地笑了笑，"你们的首领嘛，现在正在冥界神游呢！"

"啊？"愣了一下，黑幽迅速调动记忆……紧接着脸色大变，"你……你不是首领，你把首领杀掉了？！"

"非也，他只是按照我们的约定，已经和我融合了。顺便说一句，你们的这个方法还是蛮有效的。"陈玄淡淡地道。

"你，你……"黑幽愣了一下，突然明白过来，眼睛瞬间变得血红。

"哎哟，什么杀人不杀人的，好吓人呢。我们还是孩子，知道不？我们是被你们强行留下的，记得不？实验也是你们骗我们做的，还有印象没？我们很胆小的！千万不要威胁我们，我会哭的，我一哭就收不住，后果很严重的噢。到时别怪我们没提醒你哦！"

一旁的苏瑶自从知道了事情的真相，怒火上冲，正没处撒呢，黑幽这时撞到枪口上，她岂能善罢甘休。

"小家伙，你的口气未免太大了吧，别忘了，我们拥有最先进的科学技术，有顶尖的武器装备……你们这些无知的、未开化的人类。"黑幽狂笑一声，"你们杀了我们的人居然还不承认，好，既然这样，就别怪我不客气了。你们就统统留下吧！"黑幽气急，首领被融合那是他的严重失职，无论如何他都不能放过这两个地球人。他狰狞着面孔，抬起手命令道，"给我彻底消灭他们！"

话音未落，一道碗口粗的水柱箭一般冲向黑幽，随即一个大浪铺天盖地席卷而来。顷刻间基地一片汪洋，奇怪的是这水并没有蔓延到其他地方。

苏瑶此刻兴奋地在一旁张牙舞爪，操控着水柱疯狂地打压着在水中冒出头的外星人。自从拥有了异能，还从来没这么过瘾地使用过。

耳边充斥着水浪击打的声音和天恒星人各种尖厉的叫声，良久之后，却仍未听见黑幽的声音。陈玄惊奇地挑了挑眉，难道他们还有什么秘技？

"好了，苏瑶，住手吧。"陈玄开口道。

苏瑶不情愿地一挥手，前一刻还汹涌的大水瞬间消失，只留下一地的泥泞。

"这，这就是你们的待客之道吗？"黑幽半跪在不远处的地上，衣衫尽湿，血红的眼睛盯着陈玄，冷声道。

陈玄看着黑幽，身后的双手渐渐握紧，轻笑一声："纠正一下，你这是概念性的错误。如果有人到你家，对你说："你这地方很不错，我要了。你要么留下来给我干活做我的奴隶，要么滚蛋。'对这样的人，你会把他当作朋友吗？会恭恭敬敬地双手奉上自己的家园吗？"

"我们中国自古以来就是礼仪之邦，对待朋友我们有美酒招待，但若敌人胆敢来侵犯，我们不惜一切代价也要将他驱逐。请你们立刻离开，这里，不欢迎你们！"

黑幽脸色变幻，经过了之前的大水浇灌，断定面前的这两个地球人还有自己未知的底牌，再加上那个男子又融合了首领的所有能量，此刻已经不是自己所能抗衡得了的。他长叹一声，转身冲着身后惊恐的天恒星人无力地挥挥手，大声道："撤，准备迁徙！"

望着天恒星人驾驶着飞船冲向天空，陈玄笑了，刚想说什么，却感觉胸口一阵冰凉，连忙探手，拿出那两本奇书。

"对了，就是这两本书让我当时清醒过来……"

陈玄正说着，手中的书突然幻化成一团金光，在空中组成了几行字。

"上古异书神言，前可知三千年事，后可知三万年事，华夏一劫，尽在此书，特蛰伏数千年，毕功于此役，现劫消之，故乃散。"

很快，光点在空中消失了。

"这……"陈玄惊诧。

"好像是说，上古有一本奇书《神言》，知道今日的劫难，特来帮助我们，现在劫难消失因此散去？"呆呆地望着陈玄，苏瑶不确定地道。

"这……也太神奇了吧。"陈玄惊愕，"原来……不是《踏雪原》啊！"

尾声

罪魁祸首天恒座夫妻二人都已被陈玄击败，陈玄也没有将剩余的天恒星人杀掉，而是让他们回到宇宙，重新寻找新的星球去了。毕竟一个种群，代表的也是一个希望，一个未来。

待二人离开这里之后，方才惊愕地发现，外界的时间，竟然仅仅过去半天。经二人的推测，大概是这外星人基地与地球上的时间有着一个时间差。

……

公元 2508 年。

"……据悉，我国航天员在这次星际探险中发现一个有生命活动的星球，这里的居住者浑身都笼罩着一团黑雾，很是神秘。令人震惊的是，这其中竟然有会说地球语言的居民。据悉，他们是数百年前搬到这里来的，之前曾在地球安居落户，却因当时首领的野心膨胀而被地球上的一名神秘男子驱逐，在反思自身的行为后，他们重新踏上旅途，终于来到这里建立了居住地。而问及他们是何人时，他们告诉航天员，他们的祖先是来自一个新的星系——猎苑星系（音译）的天恒星人……"

"爸爸，真的有外星人啊！"

"呵呵……在科技这么发达的今天，外星人也终于出现了……"

"孩子他爸，别感叹了，不过说起来那男子是谁啊，那么厉害，竟然能驱逐外星人？真是了不起……"

……

发表在《少年科普报》初中版 2016 年 1、2 期寒假合刊；入选由"阳光姐姐"伍美珍主编 2016 年 9 月出版的"阳光姐姐小说派"《女巫的长不大药水》，入选时题目被改为《雨林中的秘密基地》

蒸 发

引子

楚月寒蹬着车，走在回家的路上。

"哈哈，今天又发现一个妙招，春节的时候再捉弄捉弄陈子枫。嗯，看他那傻样，还胖乎乎的……真是捉弄的最佳对象。不过……会不会惹起公愤？哼，我那么漂亮，学习又好，大家巴结我还来不及呢……哈哈。"

心中这样想着，楚月寒不禁"扑哧"一下笑了。

她是××高中的"校花"，17岁，1.72米的个子，面容娇美，一头黑发瀑布般散在脑后，两条修长的腿不知吸引了多少人的眼球。

不过，别认为她只是个花瓶，是个绣花枕头，她不仅长得漂亮，还天资聪颖，学习那是没的说，几乎每次考试都是级部前三的名次。

大概是这多重因素的作用，导致了她的性格乖张。平日里总是趾高气扬，对同学不理不睬，还喜欢捉弄人。日子久了，同学们刚上高一时对她的热情便早已熄灭。

时至今日，她在班里竟然还是"孤家寡人"，没有人愿意交这样一个朋友。对这一情况楚月寒却丝毫没有觉察，依旧我行我素。

几天前她忽然发现班中有一个叫陈子枫的男生，长得白白胖胖，显得又憨厚又老实，真真是个被捉弄的绝好目标。楚月寒一时"技痒难耐"，时常从他身边走过去的时候"一不小心"碰掉他的铅笔盒，看着他手忙脚乱的样子，不禁暗中偷笑。

从那之后，楚月寒捉弄他的频率是直线上升，几乎除了上课和放学之后，其他时间都被她充分利用，陈子枫简直成了被她捉弄最多的一个人。许多同学都看在眼里，却"敢怒不敢言"——对着校花吼，谁敢啊？就算脸皮厚，你也不占理啊。

一

"嗯……"楚月寒睁开眼睛，打了个哈欠，一个翻身坐了起来，"啊？都六点五十分了？闹钟怎么没响？"

她一个激灵跳了起来，只穿着睡衣便"蹬蹬蹬"下楼："妈！"

……

"妈！你在吗？爸？"

楚月寒疑惑地挠了挠头："不对啊，好不容易回来一次，不是说要待一周吗？这才三天呀，怎么又出国了？"

"啊？"她来到餐厅，望着空荡荡的桌子，发出一声"惨叫"："不会吧，爸妈什么时候走的？怎么不给我留点早饭？开什么玩笑啊！"

甩甩头，她迅速跑上楼，不多时，又背着书包几步跑下楼，打开门冲了出去。

她今天穿了一身靓丽的套装，白色上衣，白色长裤，一双米色的中靴，而一条红色的束身腰带更显她的腰肢纤细。

"吱……"猛地刹住车，望着面前"××高中"的牌子，楚月寒嘘了一口气，跳下单车，奔入校门。

"咦？怎么一个人都没有？现在才七点多一点儿，难道都去上课了？怎么回事？"楚月寒疑惑地挠挠头，将车停在了车位上。

走进班内，楚月寒惊诧地发现教室里没有老师，而同学们都在认真地学习，静悄悄的，只能听见笔尖在纸上划过的"沙沙"声。

更令楚月寒诧异的是，她从门外走进来，全班同学似乎都没有察觉，谁都没有抬头看她。

"怎么了？"楚月寒心中不禁充满了疑惑。往常这时候班里总会乱糟糟的，有学习的，有大谈特谈自己"奇闻异事"的……为什么今天那么反常？老师已经来过了？

她满腹疑惑来到座位上，边从书包里往外掏书边碰碰同桌，小声道："喂，怎么回事？今天这是什么情况？"

令她诧异的是，她的同桌竟然理都没理她，仍然专心看书。

"喂，你聋了吗？我问你话呢！"楚月寒立马怒了。自己是校花，学习又优秀，平日里老师同学都对她敬让三分，只有她不搭理别人、捉弄别人的份，而现在居然敢有人不搭理她！世界怎么忽然间就颠倒了呢？她气急败坏地摇晃了几下同桌。但她立即惊诧地发现，同桌一个女孩瘦弱的身体，自己竟然怎么也摇不动！

楚月寒有些慌了，正过身子拍拍前桌："喂，喂！"

前桌同学也好像没有听见她的问话，认真地写着一份试卷。

……

楚月寒愣在那里。

她把前后左右的同学都挨个拍了一遍，却惊讶而又有些绝望地发现，每个同学都不理她。

"不对呀……难道是他们联合起来捉弄我？"楚月寒脑筋一转，便立刻蹦出这个念头。

"丁零零……"突然，下课铃响了。令楚月寒大惊失色的是，同学们立马全部站了起来，无视她的存在，纷纷欢呼着跑出了教室。

"啊？"她心中的怒火再次燃烧起来，"真的是在捉弄我！"说着一把拦住身边的一个同学，"喂，你们刚才干什么呢？为什么都不理我？"

"砰！"那名男同学却喊着另一个同学的名字，似是没看见楚月寒，直接将她撞向桌子，跑出了教室。

"等等啊！"楚月寒愣了，咧嘴揉了揉被撞疼的腰，"这是怎么回事啊？"她有些糊涂了。

五分钟后。

楚月寒失魂落魄地站在教室门口的台阶上。她拦住了许多人想问个究竟，却谁也没有理她，完全视她为一团空气。

突然她眼睛一亮，看见班主任陈老师正快步向这里走来。

"老师！"楚月寒像见了救星似的欣喜地连忙跑过去。

然而，让她如坠冰窖的是，陈老师竟然也没有看见她，直接野蛮地撞开她，继续走向教室。

楚月寒一屁股坐在地上，望着周围熙熙攘攘的校园，彻底呆了。

这到底是不是我的学校？为什么所有人都不理我？为什么陈老师也不理我？以前老师见了我老远就跟我打招呼，今天这是怎么了？我的语文可是考第一的呀，我也没做错什么呀！为什么要这样对我？谁能告诉我啊！身处喧闹的校园，她第一次感到了孤独。

天哪，我该怎么办？

她绝望地坐在那里，浑身颤抖着，感觉这个世界似乎与她格格不入了。

"你在干什么？"

突然一个温和的声音传来。

　　楚月寒并没有理会，她知道，这个声音绝对不会是对她说的。不过，怎么有些熟悉？好像是陈子枫的声音？他不是一直喜欢泡在教室里看书吗？什么时候出来了？

　　"你在干什么？"那个温和的声音第二次响起。

　　楚月寒眨眨眼，抱着亿万分之一的希望转过头去。

　　在她身后站着一名男子。黑色的长发披肩，一双眼中闪烁着宇宙的深邃，一袭白衣胜雪，正微笑地看着她。

　　楚月寒愣住了——这人，她从来没见过：什么时候男的也长发披肩了？我见过这个人吗？不对，这人的眉眼……有一种熟悉的感觉……

　　"你是谁？陈子枫？"她有些疑惑地开口，"你是在和我说话吗？"

　　男子微笑地点了点头。

　　楚月寒嘴唇哆嗦着，一大早所遭遇的所有委屈一起涌上心头，毫无形象地哇哇大哭了起来："他们怎么能这样，为什么都不理我？我碰他们为什么没有反应啊？呜呜呜……你真的是陈子枫？你怎么会变成这个样子啊？"

　　陈子枫微微一笑，道："你想知道他们为什么会没有反应吗？"

　　楚月寒抽泣着点点头，抹了一把眼泪。

　　"跟我走，我带你去一个地方。"陈子枫说着，向前方走去。

　　楚月寒不由自主地紧跟在他的身后：太奇怪了，难道……这到底是怎么回事？

　　陈子枫走进老师的办公楼，楚月寒疑惑地问："你带我来这里干什么？"

　　陈子枫微笑着，伸手一晃，楚月寒还没来得及看清他是如何做的，精神一恍惚，凝神再看时，他们的周遭已然被绚丽的霞光所笼罩，面前是一道虹色光门："你把它打开吧。"

　　听到身边陈子枫略带命令的口吻，楚月寒皱了皱眉，踌躇了一下，还是小心翼翼地推开门。

二

　　里面是一间教室，一个女孩正站起身，桌子上压着一张满分的化学试卷。可是……这女孩……分明……分明就是楚月寒呀。

　　"不是啊……怎么有两个我呀？"楚月寒惊诧万分地指着那个"楚月寒"，有些口吃了。

　　陈子枫做了一个"嘘"的手势，道："别说话，仔细看。"

楚月寒内心充满了疑惑，却不再作声了。

"楚月寒，这个题我不会，能教教我吗？"这时，她的同桌叫住了她，指着一个题问。

"哟，这么简单的题都不会！你天天都在学的什么呀？不过可惜呀，本小姐现在没时间教你哦！""楚月寒"瞥了一眼，摇摇头，高傲地转身飘然而去。她的同桌愣了一下，撇了撇嘴："哼，不就是一个校花吗，有什么了不起！刘青阳，这个题怎么做？"

这就是前天的事。

楚月寒望着她走了之后的"后续"场景，怔了一下："什么？她，她竟然这样说我？"

"你别光埋怨别人，你想想你自己难道没错吗？"陈子枫瞥了她一眼，似乎有些不满。

"我？"楚月寒嗤之以鼻，"我有什么错呀？你搞清楚，我没时间，我要去上厕所！她有什么问题不能等我回来再问吗？而且，这是我的知识，我凭什么要给别人说？"

陈子枫叹了口气，摇摇头，转身出了房间。楚月寒气哼哼地跟在他的身后。

眼前又是一阵霞光闪烁。

这里是一间教室。

里面一片喧闹。

"楚月寒"此时正站在一个男孩的不远处。男孩正专心致志地看着书。"嗯？陈……"楚月寒愣了一下。

就见那"楚月寒"快步走过来，手在男孩的桌面上"不小心"地一扫，"哗啦"一声，那男孩的铅笔盒便整个掉在了地上。

"啊，对不起啊，陈子枫，我不是故意的！""楚月寒"满面无辜地连忙"道歉"。

男孩坐在那里，望着散落一地的文具，有些手足无措。"没事，没事……"无奈地说着，便蹲下身子有些笨拙地去捡文具。

看到这里，楚月寒的脸第一次有些红了，抬眼望了一下不远处的陈子枫，他正负手站在那里，并没有回头看她。但楚月寒却觉得心中有些不安，便胆怯地低下头去。

"楚月寒"连忙道："啊，我帮你捡吧。"便也走过去，蹲下身子。"啊！"男孩惨叫一声，蹦得老高。

"楚月寒"连忙道歉："对不起对不起，我不小心踩到你的脚了，没事吧？"

楚月寒穿的是"半高跟"的鞋，踩到一个人的脚上……那种感觉可想而知。

男孩坐在座位上，双手抱着脚龇牙咧嘴。"楚月寒"低着头捡着文具，脸上却是掩饰不住的笑意。

楚月寒看到这里，头低得更低了，怯怯地后退了几步，突然感觉自己像是被抓当场的小偷，羞愧得无地自容……没等楚月寒反应过来，周围的环境一阵恍惚。

在操场上。

"楚月寒"正坐在大树之下休息。

"陈子枫"在不远处看着书。

"楚月寒"的眼睛一闪，掩嘴一笑，蹑手蹑脚地来到陈子枫背后的一棵大树旁，抬起头似是寻找着什么。

突然她伸出手小心翼翼地从树上捏起一只不断蠕动的长长的毛毛虫，看准陈子枫由于低头而空出来的衣领口，往空中一抛！

毛毛虫被甩在空中，又急速下落。

"啊——""陈子枫"猛然一个激灵，浑身打了个哆嗦，立即站起身，手在后背四处摸着，"什么东西？什么东西！"他仿佛摸到了什么，大叫一声，手抓着衣服急速地抖动着。

"陈子枫，你怎么了？啊——毛毛虫啊！""楚月寒"装作不知情的样子凑上前，在背后一看，"惊恐"地大叫起来。叫声引来了不少同学，望着陈子枫的"悲剧"，都愣住了，有些人脸上露出幸灾乐祸的神情窃笑着。

"陈子枫"脸上扭曲了，猛地将短袖衫脱到一半，用手一抖，一只毛毛虫掉落下来。他穿好衣服，冲到"楚月寒"面前，愤怒地大吼："楚月寒！你太过分了！"

"楚月寒"有些"惊慌"，"疑惑"地道："啊？跟我有什么关系？哎，你要搞清楚，是我帮你发现的好不好！"

"对呀，陈子枫，你错怪她了吧？就算她平时再怎么捉弄你，她一个女生也不敢拿毛毛虫塞你衣领里呀。"

"是啊，而且我看见了，是这虫子自己从树上掉下来的。"

一时间不少声音纷纷"支持"楚月寒。

"陈子枫"两眼冒火，脸因气愤而涨得通红，不断喘着粗气，瞪着"楚月寒"好一会儿，慢慢地坐回去，拿起书继续看了起来。但他的拳头，仍然是紧紧攥着的。

楚月寒看到这里，已是愧疚得满脸通红，第一次感觉自己做得有点过分了，刚想鼓起勇气说声对不起，却是眼前一花。在她和陈子枫的不远处，是一个乒乓球桌。此时，那桌上正坐着一个女孩。

她穿着一身天蓝色的长裙，梳着一个马尾辫，大眼睛中闪着灵动，嘴角勾着一抹狡黠的微笑。

这女孩分明就是楚月寒呀。

只见"楚月寒"正无聊地晃着腿，突然眼睛一亮，翻身下桌，向不远处正在练习跑步的一个男生跑去。

她没有搭讪，只是跑到了男生跑步的必经之路旁，似乎在等待着什么。

那个男生起跑了，跑得飞快，几秒钟的工夫便来到了"楚月寒"不远处。"楚月寒"狡黠一笑，脚尖一动，一颗小石子便悄然滚了出去。

"啪！"那个男生的右脚正好踩到了石子，脚一滑，一崴，"啪叽"一声狠狠摔倒在地。

"楚月寒"却是已经跑远了，还不住捂着嘴偷笑。

楚月寒望着这一幕，心中突然一跳——她隐约记得，这好像是上学期的事。这个男生是她的前桌，这一摔导致这个男生的腿骨折了，好长时间都没来上学。当她得知他的腿骨折的消息，心中只是稍稍恐慌了一下，见老师家长没有追究，便泰然处之了。此时再次见到这一幕，楚月寒也没有多大惊慌："反正我也没想到他的腿能骨折，只是怪他自己没看见那颗小石子，受伤了，能怪我吗？"不过内心却有一种被抓现行的忐忑。

陈子枫淡淡地看了她一眼，没有说话，转身向着门走去："走吧。"

楚月寒疑惑了：为什么要给我看这些呢？他是怎么知道的？什么时候拍下来的？

但见陈子枫快步走出门去，楚月寒也不好多问，紧跟着出了门。

三

"事实证明，从去年刚开学，到今年六月二十五日，你共捉弄我了一百四十五次，愚弄他人共计一千二百四十五次。"陈子枫缓缓转过身，盯着面前的楚月寒道。

楚月寒一愣，这怎么有些像是在法庭上宣判？我……我似乎也没做错什么事情吧？不就是……不就是戏弄了同学们几下吗……有……有那么严重吗？

"陈子枫……嗯，我……"她结结巴巴地开口。

陈子枫却伸出一只手阻止了她的话。

楚月寒心中怦怦乱跳。完蛋了完蛋了，他是不是要……看他这个样子，好像很不好惹……

陈子枫冷哼一声，楚月寒只觉得眼前一花，情景又是一变。

一条阴暗的街道。

此时天空正下着毛毛细雨，整条街道都散发着阴冷潮湿的气息，甚至还有一种发霉的味道。

"这是……"楚月寒疑惑，"这里……我从来没有来过呀。"

陈子枫没理她，自顾自地向前走去。楚月寒也紧跟其后。走了几步她便愣住了。尽管下着雨，自己却丝毫感觉不到淋湿。而在不远处，有一个肥胖的身影正站在一杆遮阳伞下。

"他是谁啊？下雨了怎么……"楚月寒好奇地向前走了几步，突然大吃一惊。

这个人，真心有些丑陋。

一只眼睛瞎了，脸庞之上还有几道扭曲的疤痕，留着光头，头上、脸上还有被烧灼的痕迹。而且——他的左手腕处竟然是空荡荡的。

"啊？这是……"楚月寒惊讶地望着面前的人，将目光投向旁边的陈子枫。

陈子枫的眼中突然流露出淡淡的忧伤，深吸了一口气，却什么也没说。

楚月寒睁大眼睛，见那男子正坐在一条劣质的木板凳上，面前是一个塑料筐，杂乱地堆着几瓶矿泉水，脚下是一盆品相不太好的鸡蛋。在塑料筐前，贴着一个招牌：矿泉水，2.5 元一瓶。

"这是哪里？这人是谁？"楚月寒大吃一惊。

陈子枫冷声道："他是谁，你看不出来吗？"楚月寒一怔，仔细向着男子脸上望去："他是……怎么那么熟悉……天哪，不会是陈子枫？！"

陈子枫缓缓点头。楚月寒惊声道："这，这是什么时候？难道——难道是几年之后吗？"陈子枫再次点头。楚月寒诧异道："他……你……怎么会落到如今这般田地！"

此时，一对父女打着伞结伴而过，"陈子枫"的眼中闪过一丝欣喜，连忙吆喝道："卖矿泉水了，要不要来一瓶？"

那女儿惊疑地望了"陈子枫"一眼，一下子扑到父亲怀中："爸爸，那人怎么回事，怎么长得那么可怕，好恐怖呀！"

那父亲拍拍女儿的背，有些厌恶地看了"陈子枫"一眼，快步离开了。"陈子枫"眼中闪过一丝颓然之色，长叹一声，缓缓坐了下来。

楚月寒已经惊呆了。

陈子枫冷冷道："哼！还不是拜你的鞭炮所赐？看看我的眼睛、手、脸……自从那天我'不小心'被鞭炮炸伤，为了给我治伤，我爸妈倾家荡产也没有治好我。

而我的父母为了给我筹钱治伤起早贪黑地去挣钱！就在不久前，也因一起车祸双双丧生了。现在我已经家破人亡了。呵呵……一个鞭炮，这就是你要的结果吗？"

"呃……"楚月寒听着这"白衣陈子枫"全身完好无损地在那里义愤填膺地大声说着，心中涌起一种奇怪的感觉……

楚月寒脑中灵光一闪，突然愣住了。

鞭炮？！

她昨天放学路上想的鬼点子，便是在春节的时候约他出来一起放鞭炮，然后趁他不备在他身边丢个鞭炮吓吓他。嗯，反正马上就到春节了。可是……看这样子，好像出了什么岔子？当时的想法只是在离他不远处的地上放一个鞭炮呀。她脸色煞白，木呆呆地愣在了那里，脑中突然多出了什么。

……那是她一生当中最为愧疚的一件事情。当自己点燃鞭炮准备扔的时候，由于前一天与同学打了一天的羽毛球，胳膊有些发酸，手一抖，比原定距离近了一些，紧接着鞭炮爆炸了。随着这爆炸声轰然响起，还夹杂着陈子枫凄厉的惨叫声……

"我现在只能在这条阴暗的小街道之中以卖矿泉水和鸡蛋为生，我甚至租不起房子，晚上只能露宿街头你知道吗？这里的小孩子都欺负我你知道吗？这就是你想要的结果吗？我的一生都被你毁了！我只能在这里苟延残喘！事后你立刻转学，家也搬了，一点消息都没有留下！你难道内心就没有一点愧疚吗？你难道就一点也没觉得良心不安吗？"陈子枫怒声道。

那种奇怪的感觉并没有消失，楚月寒除了最初见到几年后的陈子枫内心震惊外，并没有觉得这事与自己有多大关系。在她想来，如果事情真是很严重的话，陈子枫和他的父母还不早就找她了。而她不知道的是："鞭炮"事件发生后，楚月寒的父母出于保护自己孩子的心理，立刻为她办理了转学手续，并搬了家。所以她对此事并没有多大的心理障碍。

"我知道你现在心里一定不以为意。"陈子枫冷然道。

楚月寒愣了一下，他会读心术吗？

陈子枫继续道："楚月寒，别告诉我你还觉得很好玩！我告诉你，这是十年后的真实一幕！有很多事情都是起于微细！我的一生彻底改变，就是因为你的无意捉弄之举！我告诉你，同学之间善意的玩笑没有关系，可是你做得太过分了，太极端了！刘青阳、张晓纯、王晓辉……哪个同学没被你捉弄过？你可曾考虑过别人的感受？你可曾考虑过你所谓的玩笑可能对别人造成伤害？！没有！你从来只是关心你自己！觉得你高高在上！你是'校花'，是学习优秀，是家里有钱，难道仅仅凭这些就能随意愚弄别人吗？难道这些就成了你愚弄别人的本钱了吗？你太自私了！太自以为是了！有些责任你担不起！！”

　　楚月寒的眼神无力地躲避着陈子枫咄咄的目光，眼中流露出迷茫之色，“不，我……我，只是觉得好玩而已……你……”

　　陈子枫盯着她的眼睛，道：“你这样刻薄刁钻自我，只会让你的人生之路越走越窄，不断树立新的敌人！

　　“有时候我也在想，为什么有些人会傲慢无礼，会无视他人的利益随意践踏。他们就是太自命不凡。有的是因为父母为官，有的是因为家产万贯，有的是因为学习优秀……但是，不管是什么原因，都不能把这当作伤害他人的理由！己所不欲，勿施于人。都说要换位思考，你呢？你有没有过？

　　“说实话，我不知道你有没有发现，同学们对你已经非常冷淡了。你知道是为什么吗？”

　　楚月寒张张嘴想要说什么，陈子枫抬手制止了她。

　　“我只是个普通人，没有什么显赫的身世背景。我一直努力学习，就是希望能够上一个好的大学，找到一份不错的工作，为父母分忧。但就像你刚才看到的，你无心的一次捉弄却毁了我，毁了我的一生！毁了我的家庭！毁了我所有的一切！也毁了我的生命！我只能在这里苟延残喘！这个责任你承担得起吗？”陈子枫越说越激动，“若你换了我，被我这样的捉弄，你会很高兴吗？会很开心吗？你这是把自己的快乐建立在别人的痛苦之上的最佳范例啊！

　　“楚月寒，你确实很优秀，但你不能因为自己优秀就自以为是、恃才傲物，将之作为愚弄、侵犯别人利益的资本！大家都是平等的！”

　　陈子枫深吸一口气，闭上眼。

　　楚月寒泪痕未干，怔怔地听着，大脑里一片轰鸣：“难道……我一直错了吗？”她脑中不断回想起自己捉弄人时的情景，想到自己每次捉弄完后的哈哈大笑，心中突然涌上一种奇怪的感觉，为什么刚才看到那些画面，自己却笑不出来了呢？“当自己以一个旁观者的角度去看自己以前的所作所为时，为什么会有一种十分厌恶的感觉？自己做得实在是太过分了！以前的自己，现在想来真的是太不应该了……”楚月寒回忆起刚才的一幕幕，心中羞愧得想找个地洞钻进去。

　　陈子枫睁开眼，又恢复了先前的平淡：“走吧，我送你回去。”

　　“陈子枫……对不起，我现在才意识到以前的自己是多么可笑、荒唐、可悲！我一定会改的……”楚月寒低着头小声地说着，眼睛有些红肿，“谢谢你，陈子枫，是你让我明白了这一切……放心吧！”说到最后一句，她猛然仰起头，一脸的阳光明媚，似乎自信又重新回到了她的身上。不过，说着说着，她心里却产生一丝奇怪的感觉：自己以前从未向别人道过歉、服过输，总觉得那样很没面子。今天这是自己有生以来第一次认错，为什么却如此真诚、发自肺腑呢？

听闻此话，陈子枫愣了一下。蓦地，两人眼前又是一变，竟是站在了一座山峰之顶，远方一轮朝阳突破云雾的阻隔冉冉升起，一道道红焰在空中吞吐不定，太阳正尽情释放着它的光芒。

陈子枫迎着朝阳微微一笑："楚月寒，你恐怕还不知道吧，你所遇到的这些场景，都是你心中的未解的心结，俗称'心魔'。你现在的内心世界如此美丽，说明你已经解开了心结，真是一件可喜可贺的大事。好啦，你的心结解开了，我也该走了，后会有期吧！"

楚月寒一怔："陈子枫，你……"

陈子枫却是抿了抿嘴唇，手一挥，一团云雾突然从天而降，猛地将楚月寒裹挟而进！

尾声

"啊！！！"楚月寒一个翻身猛然坐起来，大口大口地喘着粗气，汗珠从脸上大滴大滴地落下，睡衣已然湿透了。

"刚才的……都是梦吗？"她瞪着眼睛看着四周，还是她熟悉的房间、书桌、衣柜……

她望了一眼闹钟，才六点半。

她翻身下床，抖抖湿透的睡衣，心中突然有了些奇妙的变化。"我想……我是该改改了。"

学校。

蹬着车进了校园，看着校园中零零散散背着书包的人群，楚月寒却恍如隔世："天哪，有人真好啊。"

进了班，很早，班中就一个人：陈子枫。

嗯？怎么回事？他为什么感觉瘦了些？皮肤也白了些？嗯，怎么……好像更……帅了？楚月寒望着陈子枫，有些疑惑，想到最后一句，连忙低下头："我这是怎么了？怎么那么奇怪？"

听见教室门口的动静，陈子枫抬起头来，见是楚月寒后眉头挑了一下："今天你怎么这么早呀？以前你都是很晚的。"

他本来没期望楚月寒回答，却出乎意料地听到了清脆的声音："今早起早了，睡不着，就来了。"

陈子枫愣了一下，刚想低下头继续看书，却见楚月寒走到他面前。陈子枫连忙警惕地看着她："什么事啊？"

陈子枫突然愣住了。他第一次看见楚月寒如此清澈的眸子，和她微微红了的脸颊："陈子枫，对不起，也谢谢你……"

陈子枫听了这无厘头的话，愣神的工夫，楚月寒已经回到了她的座位上。

陈子枫低下头继续看书，嘴角却悄无声息地扯起一抹奇异的微笑："我很期待……你的转变呀。我希望……那一幕，不会出现。"

楚月寒惊讶地望着他，嘴唇翕动着，想要说什么，却又哽在了喉头。难道……陈子枫……那一切，难道不是梦吗？！

陈子枫也缓缓抬起头，微微一笑，眼中再次出现了那种宇宙般的深邃。

入选《2015年中国校园文学精选》；发表在《中国校园文学》2015年第1期；连载在《少年科普报》中学版2017年2~5期；入选由"阳光姐姐"伍美珍主编2015年10月出版的"阳光姐姐小说派"《西瓜小子的"世界杯"》，入选时题目被改为《恶作剧的审判》

扭 曲

一

祝渊将越野车停在了大屋门外的一小片空地上。

"这里怎么会有房子？是教堂吗？怎么连院墙也没有？"梦音下车，叉着腰看着面前高耸的老屋，疑惑地问着，"我怎么从来没听说过这里还有个教堂？什么时候建的？不过气氛还可以，荒郊野岭，这种诡异的哥特式建筑……这里可是大天朝，为什么会有这种奇怪的建筑？"

她和祝渊都喜欢一些奇异灵怪的事情，从认识开始就打算一起去个闹鬼的地方探探究竟长长见识，但一直到分手都没能实现。正好最近二人都有些空，祝渊便邀请她来这里一探究竟，一是圆了二人的愿望，二是当分手旅行。

"不知道。"祝渊转到车后，"谁也不知道这里为什么会有这么一座屋子，谁建的、什么时候建的、为什么在这里建等事情都一概不知道。从被人发现到现在已经过了很多年。最初，偶尔经过这里的人听见屋子里发出奇怪的声响，可是进去查看时却没有发现什么异常。这件事传开以后，吸引了不少人来这里探险。很多人来了以后没发现有什么奇怪的现象发生，不过也有几人失踪了，有两个人在里面似乎受到了很大的惊吓，却说不清他们到底经历了什么事情。时间长了，这个地方也就渐渐淡出了人的视线。这一次希望我们能揭开这个谜底。"说着，他对梦音笑了笑，伸手从后车厢拎出一个登山包。

"嗯？你没带登山包？"

"不就是待个一天一夜吗。"梦音闻言扭头看了看祝渊摇摇头，"带什么登山包？而且我不也带东西了吗。"说着举了举提在手里的随身包。

祝渊耸耸肩心里暗叹一声"随你吧"，便随手帮梦音拿上包，走向大屋。

"你怎么进去？这里没有人打理吗？"梦音突然想到了什么，打量着大屋，疑惑地问着。

"这里所有的房门都是开着的，从来不锁，而且连锁具都没有。"祝渊边走边解释着，脸色也有些古怪，"就好像……专门为探险者们准备的。"

"这么玄乎？"梦音此时也来了兴致。她算是比较资深的灵异事件爱好者了，阅事无数，之前也去过传说有灵异事件发生的地方，但都没有碰上什么古怪的事情。祝渊也是如此，因此当时二人才能走到一起。像恐怖游戏里面那种吓你一跳的桥段，她已经毫无感觉了。这年头，说实话，让她能有些兴趣的诡异事件不多，现在看来，这屋子应该也算是一个。

她走上前，面对着高大黝黑的大门轻轻一推，门一动也不动。

看着梦音用疑惑的眼神盯着自己，祝渊无奈地摇摇头："大姐，这门多重啊，是你这样推就能推开的？"

梦音顿时有些尴尬，脸上涌起些许潮红，冷嗤一声："这还用你说？"双手放在门上一用力，大门发出"咯吱吱"的声音，缓缓地打开。随着大门的开启，一阵粉尘在并不刺眼的阳光照射下慢悠悠地扩散开来，铺撒在空气中。梦音连忙后

退了几步，用手掩住了口鼻。

门里的景象呈现在二人面前。这栋屋子虽存在了不少年份，也无人打理，可里面却无半点腐朽的气息，只是遍布薄薄一层灰尘。屋子很是高大、空旷，正对着大门的墙壁上挂着一幅巨画，占据了整面墙壁，因距离大门比较远，屋子里的光线也不好，所以看不清画面的内容。屋子右侧摆放着一圈复古样式的桌椅，桌子上放着茶具，似乎不久之前还被人拿来使用过。屋子左侧有一个壁炉，壁炉旁环绕着几张藤椅，藤椅的旁边放着一张矮桌，矮桌上静静地躺着几本书。地面上铺着厚厚的地毯，如果不是阳光透过彩色玻璃投射下光怪陆离的光影，如果不是这里所有的物件都是黑色的，这一切还是蛮祥和美好的。

"这里也没有什么很特别的嘛。"梦音四处打量一番，扭头对祝渊说。

"咦？祝渊？！"身边空无一人，梦音的心突然一抽，尖声惊叫起来。

没有回音。

这幅画。奇怪的画。一幅布满了线条的画。

祝渊只觉得画里有一种力量深深吸引着他，不由自主地一步一步走上前去。

画里的线条似乎活了，一闪一闪的，仿佛在缓慢地移动，远处的线条交叉在一个点上，瞬间发出明亮的光芒，一闪而逝。祝渊吓了一跳，使劲眨眨眼睛，再仔细看时，却一切如常。他不死心，快步走上前伸手刚想触摸，突然感觉头脑一阵晕眩，眼前的画面扭曲了起来……

"祝渊！祝渊！你怎么了？"梦音看到祝渊着了魔似的向那幅巨画走去，叫他也没有反应，顿时吓坏了，连忙跑过去一把拉住他，使劲地晃了晃。

"哎，哎，别晃了，再晃我就散架了。"祝渊一回神，就悲摧地发现自己正在遭受非人的折磨，赶紧出声道，同时龇牙咧嘴地掰开梦音的手指，小心地抽回自己的手臂，唉，指定是破了，这得对他有多大的"仇恨"啊。

"祝渊，你……你没事吧，你刚才怎么了？吓死我了！"梦音激动地一把抱住祝渊，声音颤颤的。陌生的环境，诡异的情况，压抑的氛围……唯一熟悉的祝渊还差点迷失了，梦音所受的惊吓可想而知。

"这，这就拥抱上了？……"祝渊脑袋有点蒙，梦音什么时候这么奔放了？他们相处以来牵手的次数都屈指可数。

"我没事，你看我这不是好好的吗。"祝渊心有不舍，却还是不着痕迹地轻轻推开梦音，笑着说。

"来吧，我们准备一下，要在这里待上一天一夜呢。"祝渊自己也是第一次见到这里的景象，四处观察了一番，拎着登山包对梦音说道。

"好，听你的。"她抬脚跟上祝渊，回头看了看，"大门就这样开着？"

"关上吧，我带了灯来。而且现在天还早，四周也有窗户。"祝渊扭头看了看门外的越野车，又看了看梦音，"你在这里等着，我去关门，把你的包拿上。"

梦音从登山包上拿起自己的随身包，门也"砰"的一声关上了。祝渊拍拍手转过身："好了，我们……"

祝渊的表情突然凝滞了。梦音奇怪地问道："怎么了？有什么问题吗？"

祝渊瞪大了双眼，盯着梦音的身后。梦音被他看得头皮发麻，似乎意识到了什么，转过身去。

"这……这是什么……"梦音惊恐地盯着面前的一切喃喃自语。他们身后不再是刚才的景象了。

他们的面前是一个空旷的大厅。先前的一切都荡然无存。这是一个封闭的空间。在大厅的上方五六米处有一个凸出的露台，周围是高高的护栏，除此之外别无他物。

"开什么玩笑……"似乎想到了什么，祝渊猛地扭头，立刻骂了一声，"该死，这究竟是怎么回事？"

梦音闻言扭头，本就瞪大的双眼顿时睁得更大了——他们身后的大门已经消失，取而代之的是一扇沉重的铁门，用铁条封着。

"幻觉吧？"梦音揉了揉眼睛，不明白这是怎么回事。当人们瞬间遇到某些不能理解的事情时，反应总不会太过激烈，因为我们暂时失去了对事物的判断能力。

祝渊脸色数变，似乎在控制着自己冷静下来，用稍有些颤抖的声音说着："这里……看来真是有点问题。"

"我们怎么出去?"闻言,梦音抬起头,满脸惊恐,"这里到底是哪里啊,我们被困在这里了!"她张了张嘴,眼中有些许不可置信与绝望。

"……"祝渊沉默了一会儿,突然大声喊了起来:"啊!啊!啊!"

"怎么……怎么了?"梦音被他吓了一跳,扭头睁大眼睛问。

"没什么,发泄发泄……你也可以来一下,我现在感觉好多了。"祝渊深吸了几口气,对梦音笑了笑说,然后从口袋里掏出一只小手电筒打开,"没想到真会碰见这种诡异的事件,你说咱们的运气是太好了还是坏透了?"他倒是没有过于慌张,因为他本就胆大,喜欢寻求刺激和冒险,更何况他是男人,就更有一种不服输的胆魄,因此倒是很快镇定下来。

梦音接二连三受到惊吓,此刻更是手足无措,满脸惊慌,只感觉嗓子有些发干,下意识地抓紧了祝渊的手,似乎只有这样才能给她些许安全感。自打二人关系恶劣以来,好几个月的时间两人都没有这么亲密过了。现在梦音主动牵手,二人却都没有一丝一毫旖旎的心态。

"我们该怎么办?"

"只能往前走了。"祝渊沉默了一会儿,低声道,"往前走,说不定还能有一条生路。如果一直待在这里,恐怕就永远也出不去了。"

梦音抿了抿嘴唇,脸色虽说不算很好,但至少已经不再那么恐慌了:"好吧,听你的。"

"这里……有什么可去的地方吗?"环顾四周,梦音找不到能出去的路。四面都被墙壁封着。

"只有上面的露台能上去。"祝渊皱着眉头看了看,断定。

"开玩笑吗?我们又不会飞。"梦音的脸色又垮了下来,刚打算前进,却已经找不到出去的路了。

"不……还有机会。"祝渊打开登山包摸索了一阵,脸上露出了喜色,"哈哈,太好了。"

梦音低头,看着祝渊从背包里掏出一条一头带锁扣的绳子、一个打火机和一把小刀:"自从看了《荒野求生》之后就搞了这么一套弄在身上,没想到还真派上了用场。"

"太好了!"梦音欢呼了一声,但接着又紧张地说,"可是我从来没攀过岩啊,这样行吗?万一绳扣开了或者绳子断了怎么办?而且那栏杆结实吗……"

"我们现在只有这么一个办法,只能孤注一掷了。"祝渊皱眉,深吸一口气,

"上天保佑。"

他荡起手中的绳子，向上方露台的一个栏杆猛地抛去，绳子成功地绕上了栏杆，在上面缠了几圈，锁扣一合，"啪"一声绷紧了。

"你先上，万一掉下来，我在下面接着你。"祝渊深吸一口气，示意梦音。

"好……"梦音也没有推辞，上前几步搓了搓手，双手抓住绳子，颇有些艰难地顺着绳子爬上去。

"呼……"仰头看着顶端即将到达的露台，梦音轻松了一口气，下意识地低头看了一眼。

"啊！"她立刻感觉一阵头晕目眩，梦音想起来了，她恐高！还没等她反应过来，双手就下意识地一松，整个人直接掉了下去。

砰！

她狠狠地砸在一个怀抱里，祝渊蹬蹬蹬后退几步直接向后撞在了地上，双臂传来的几欲骨折的疼痛让他咬紧牙关。要不是他平常没有间断训练，现在双臂早就废了。

"抱……抱歉……"看着祝渊龇牙咧嘴的神情，梦音狼狈地爬起来道歉，"我，不是故意的……"

"没事，你只管向上爬就好，别看下面。"祝渊揉着手臂，摇摇头笑着给她鼓劲儿。

梦音点点头，稳了稳心神，重新开始攀爬。

这次没有什么差错，梦音很顺利地爬上了露台。祝渊晃了晃还生疼的手臂，咬牙抓住了绳子。

"我……我拉你上来吧！"梦音有些不好意思，主动请缨，还没等祝渊说话，她直接抓住了绳子，靠着露台栏杆用力拽了起来。

祝渊见状苦笑了一声，喝止了梦音的行动："不用了，这样你费力不说，我也不安全，还是我自己来吧，没事的。"

闻言，梦音也只好停手。祝渊倒是很快爬了上来，看他的样子，似乎并没有什么大碍。

"走吧。"祝渊收起绳子，转身推开了露台后的门。门后是一条幽暗深长的拱形走廊，走廊很长，充斥着诡异、恐怖的气氛。走廊的两侧和上方遍布浮雕，在手电灯光的照射下显得迷蒙而惊悚。

二

二人在走廊中走着，一片安静，静得都能听见自己的心跳声。

"走了多长时间了啊，这条走廊还没完？"梦音呻吟了一声，一下子瘫倒在了地上，她的精神快要崩溃了。一直在一片黑暗中行走，周围又是一成不变的场景，要不是身旁有祝渊陪着她，她早就撑不住了。

祝渊的脸色也有些难看。尽管在黑暗中行走不知道时间，但二人估计也得走了快半个小时了。这么长时间，这条走廊竟然还是没有尽头，一直往前延伸着。

"呼……"祝渊也坐在了地上，长长地吐了口气，将手电筒放在一边，"不要放弃啊！这里不可能是无限循环的，我们一定会找到出路的。"

"我们要是一直出不去怎么办？"梦音一脸悲凄地说着，"我爸妈还在家里等我回去，我……这到底是怎么回事啊！"她哽咽了，声音都带着哭腔，"明明我们只是来这里玩儿的啊！世界上怎么可能真有灵异事件啊？！都是你，没事来探什么险？你想探险自己来就是了，干吗拉上我，现在好了，回不去了，呜呜呜……我不要待在这里，我要回家，我要回家……"

"够了啊……"尽管觉得有些刺耳，祝渊还是皱眉说道，"别再哭了！哭一点用处也没有！还不如想想怎么离开这里！你做事一遇到困难就想逃避，生活中哪里来的那么多可逃避的事？！难怪你平常事事不顺，遇到困难，就知道抱怨别人，有这工夫怎么不想想怎么解决问题！早就看不惯你这样,怯怯懦懦的像什么样子？！"

他的出发点是好的……想让梦音赶紧恢复镇定，不然她只是一个累赘。但是……

梦音闻言顿时愣住了，抽泣声一时停住，好半天才张嘴，颤抖着开口："你……"

"我……我这也是为了你好呀。"看上去似乎适得其反了，祝渊尴尬地连忙解释，说着伸手拍拍梦音的肩膀。

"滚开！别碰我！"梦音一下子爆发了，狠狠地甩开祝渊的手，踉跄地站起身，决然地向身后的黑暗之中跑去。

祝渊一脸无奈地呆坐在那里，看着梦音的身影逐渐消失在黑暗中，半晌，轻轻叹了口气。

"呼……呼……呼……"

梦音眼前是一片黑暗，她离开了祝渊，就是离开了手电，就是离开了光明。她不知跑了多久，只感觉双腿越来越沉重，似乎失去了知觉，只是本能地向前移动，胸口火烧火燎的，每一次呼吸都像刀割一样痛苦。她用双手撑着膝盖，摸索着靠在墙上，大口地喘息着。

梦音脸色有些苍白，恨恨地念着："祝渊，你竟敢这样对我？竟然敢对我吼，竟然敢凶我，好歹我还是你的前女友，我真是看错你了！"那个温文尔雅、纯真阳光、英俊洒脱的大男孩竟然是个伪善者。

休息了好一会儿，她直起身子，正打算继续走，脚却突然碰到了什么东西。

"这里还有东西？"梦音有些疑惑，同时心中燃起一丝希冀。连忙伸手一摸，圆圆的，有些滑，逐渐向下还有两个洞，不知道是什么东西。

"这是什么啊。"梦音蹲下身子，仔细地在黑暗中瞧着面前的东西。"啊——！"

祝渊自然没有听见梦音的惨叫。他并没有转身追梦音，而是继续向前走着。

他很明白在这种情况下是万万不能返回头去的。且不说他们已经走了很长的一段路了，返回去毫无意义；更重要的是万一此刻身后的路出现了什么新的危险，那他们脱身的可能性就更加渺小了。如果他找到了出路，也就有了救梦音脱困的可能性，否则他们就只能被困在这里。

紧握着手电，祝渊可以感受到手心越来越滑腻。"这究竟是怎么回事，为什么感觉这条路像是刚走过的？！这是个无限循环空间吗？这个空间循环究竟是怎么形成的？"祝渊暗自思索着。他平时也看过一些关于空间的信息和资料，但这种能无限循环的事情还真是让他有些措手不及。

祝渊突然又想起了离开的梦音，顿时叹了口气。他和梦音认识也已经快两年了，刚开始认识还是在大学里。两人都很喜欢神鬼灵异一类的事情，自然就结成了好友，后来随着交流的逐渐深入，很快就发展成了恋人关系。

随着时间的推移，二人接触得多了，渐渐发现对方身上存在着这样那样的自己不喜欢的毛病，一两天还好，几个月一年下来，积少成多，经过几次大爆发之后，二人终于决定分手。

想到过去和梦音在一起的一幕幕，祝渊心中也有些许甜蜜与不舍，但很快就将其抛之脑后。在目前这种情况下，他不得不打起十二分精神。

"希望你能冷静下来返回来。"祝渊叹气自语，眼睛突然一亮，不可置信地瞪大双眼。

"太好了！终于不是走廊了！"看着面前的楼梯口，祝渊呆愣了半天，欢呼道。

"终于能离开这里了……吧？"祝渊心情稍稍放松了一下，在楼梯上坐了下来，从兜里抽出一根烟，用打火机点燃了凑到嘴边。他吸烟是从大学毕业后开始的，很少吸，但因为吸烟能让自己紧绷的精神放松，因此偶尔会尝试一下。

很快一根烟吸完，他有些生涩地将烟头按灭在地上，眼神突然凝固住了。在烟头按灭的地方，有着许多黑色的焦痕，就好像……有很多个烟头都在这里被按灭过一样。

"这是怎么回事？"祝渊疑惑地低头观察了起来。

他的疑问梦音自然是不知道的。此刻，梦音正瘫软在地上，惊恐地看着面前，连话都说不出来了。

她的面前是一具骷髅。刚刚梦音摸到的圆滚滚的东西，就是它的脑袋。

"这……这……这，这里怎么会有这……这种东西？"梦音口吃得厉害，大声说话给自己壮胆，"这是谁……谁的，难道是以前进来的那些人？"

她脑子里一团糨糊，恐惧让她彻底失去了镇定与冷静。她浑身哆嗦，艰难地从地上爬起来，努力尝试前进，双腿却像筛子一样抖得厉害，根本停不下来。

"扑通……"她再次跌倒在地上，嘴唇颤抖着，不知道为什么害怕得如此厉害。她是医生，知道自己现在的心率绝对超过了 140，但她不知道该怎么解决。骷髅有什么可怕的，又不是没见过，骷髅不可怕、骷髅不可怕……一遍遍的心理暗示没有一点作用，只要想到骷髅，想到自己或许不久以后也变成这副样子，她就浑身发冷。

"当时要是不来就好了，真是好奇心害死人……"她后悔地自言自语，背后一阵发麻，总觉得身边有人在盯着她看。

"谁？"梦音猛地转头，周围一片黑暗，但她却感觉整个身体都开始发麻，似乎在黑暗中有无数双眼睛盯着她，看着她，瞧着她。

"都滚开！不要看我啊！"此刻，之前看过的恐怖片都涌上梦音的心头，她尖叫一声，原本不屑一顾的情节在此刻的她看来，只要随便出现一个，就能把自己吓得心脏骤停……特别是在这种未知的空间环境里。

不知道哪里来的力气，她双手撑地一下子就跳了起来，没命地向前跑去："都给我走开啊！啊啊啊……"

似乎大声吼叫能给自己带来些许勇气，梦音跑得更快了。

"啊！"她正跑得飞快，右脚迈出却猛地碰到了一个坚硬的东西，整个身体不受控制地向前扑倒在地上，狠狠地摔了一个狗啃泥。

"怎么回事……"全身的疼痛让梦音暂时冷静下来，她强忍着剧痛扭头看去，地上物体熟悉的轮廓让她再次尖叫了起来。

"骷髅？！又是骷髅！啊啊啊！"虽然她是医生，但现在这么短的时间内在这么压抑的环境中在她心情极度紧张恐惧的情况下碰上了两具真货，彻底击垮了她的心理防线。

"啊——"她感觉自己的嗓子都要破了，但梦音还是喊了出来，狼狈地转过身，挣扎着一瘸一拐地继续跑。她今天穿的是裙子，膝盖部位自然没有防护，刚刚狠狠擦在地上，应该已经破了。

腿有伤，跑步速度自然会大幅降低。她紧咬着牙，拼尽全力向前跑着。

"啊！"她的目光远远地又看到了一个黑色物体，跑到近前才发现又是一具骷髅，心中再次狠狠一跳，大声尖叫了起来。

不过因为之前已经有两个骷髅做铺垫了，因此她这次也没有太大的情绪起伏，继续艰难地向前。

在接下来的十分钟里，她的心灵遭受了极大的摧残———一路骷髅，各种姿势，似乎在昭示着前方必死的境地。

"楼梯，楼梯？！"几近麻木的梦音只是凭着自己的意志在本能地前进，根本就不知道自己在干什么。正当她打算彻底放弃的时候，面前的黑暗似乎有那么一点点变化……不，面前黑暗中的前路发生了一点变化。

似乎面前出现了一段楼梯，是一路向下的。

"哈哈哈！"梦音看清楚楼梯，身体几乎是瞬间就向后倒了下去，躺在地上，心里的恐惧、身体的疼痛似乎都感觉不到了，"终于结束了！祝渊啊祝渊，没想到吧，我还是跑出来了！你是不是该后悔没有跟着我。哈哈哈哈哈哈哈……"

神经质地大笑了一番之后，她强撑着起身，一瘸一拐地向着楼梯快步走去。

楼梯是向左下方旋转的，似乎很长很长。梦音边走，心中边思索着离开这里之后要做的事情。

"一定要先去报警，没想到……"梦音正咬牙切齿地念叨，前方的楼梯却突然发出了光芒……不，不是楼梯在发光，而是不远处有光源！

"太好了！"梦音见状欢呼一声，强忍着腿痛加快了速度，待她看清了光源，却是浑身一震，脸色瞬间变得惨白。

楼梯的尽头是一个平台，墙壁上有一扇门，此刻光源就在门前——那是祝渊的手电筒。

"梦音？"祝渊也有些惊讶，"你怎么从上面下来了？我明明是从下面上来的啊。你之前还走了楼梯？在走廊那边也有路？"紧接着他就看清了梦音的灰头土脸和右膝的伤口，眉头微微一蹙，"怎么回事，怎么受伤了？"

"你……"梦音张着嘴巴，喉头在抖动，却说不出什么话来。祝渊见状，又想起了他之前说的话，无奈地说道："好吧，之前的话我向你道歉……虽然可能有些极端，但我也是为了你好呀。以后遇到事情多想想解决的办法而不要做一些无用功好不好？算是分手前给你的忠告吧。如果你还不满意，拜托暂时忘掉吧，既然我们又相遇了，那就先齐心协力离开这里，有什么账，等我们出去再算，好吗？"

梦音瞪视着祝渊，好半天才颓然垂下头。细细想来，祝渊说的话虽有些不中听，不过确实是真的。她从小到大都是顺风顺水的，遇到难事自有爸妈主动帮她解决，根本不用她操心，她还真没经历过多少挫折。自从到外地上大学、工作以后，遇到事情只能靠自己了，她才发现自己竟无从下手。为了面子为了维护自己的自尊，她本能地把所有的过错都推到别人身上。当初她遇到祝渊的时候，他就说过类似的话，但梦音却并没有放在心上，反而很是埋怨，最后她提出分手，很大程度上也是这方面的原因。现在想想……似乎自己真的错了吧？梦音脸色有些复杂。

见状，祝渊苦笑道："好了，还那么记仇？都什么时候了？一起出去吧。"

三

梦音苦笑了一声，甩甩头："这是哪里？"

"我正想问你呢。"祝渊耸了耸肩膀，"我一直往前走看见楼梯我就上来了，结果在这里碰到你了。你那边是什么情况？往回走还有路？"

"路……路上有骷髅。"梦音心有余悸，"几乎走几步就有一个，太恐怖了……"

"骷髅？"祝渊皱起眉头，"怎么回事？是其他冒险者的？还有，你也太不小心了吧。"他习惯性地走上前帮梦音拍打着身上的尘土。梦音半晌没什么反应，直到他下意识地想帮她拭去脸上的灰尘时，梦音轻轻抬手挡了他一下，祝渊这才反应过来，两人已经分手了啊。

"谢谢……"梦音轻声道，"绊在骷髅上摔的，应该没什么大问题。"

"哦，那就好。"祝渊苦笑，"都过去了就别再想了。然后呢？"

梦音道："我在那边跑了很长时间经过了很多骷髅就看到一个向下的楼梯，下来就到这儿了……哎，等等，怎么回事？"

"是啊。一个往下一个向上，怎么碰头了？"祝渊皱着眉头念道，"莫非这个走廊不是水平笔直而是弯曲的？"

"那得弯成什么样子？！"梦音摇摇头，"至少我们不会因为错觉而认成平直的吧。"

"那是怎么回事？"祝渊皱眉想了想，无果，便不再纠结，"既来之，则安之，反正已经困在这儿了，目前最要紧的是想办法找到出路。不过眼下我们是不是该补充一下能量。"说着拉过背后的登山包。

二人吃喝完毕。梦音的精神恢复了一些，问道："这房间里是什么？你看了吗？"

"还没。"祝渊看了她一眼，转身推开了房门，"一起去看看吧。"

房门被推开，一层黄晕的光芒发散了出来。

"这里面有光啊！"梦音惊喜地说着，经过之前的走廊，她已经对黑暗产生了畏惧。

"看看里面有什么。"祝渊关掉手电，快步走了进去。

梦音紧随其后走进了房间。房间里有一套红木桌椅靠墙放置，桌上放着一盏煤油灯正徐徐散发着光明。房间四壁都是书架，摆满了书籍。在门对面的墙上还有一扇门。

"怎么，这里是书房？"梦音四下打量着说道。

祝渊眼神一凝，走到书桌边。桌上放着几张纸，他一把拿了起来。

"哦？写的什么呀？"梦音瞥见祝渊的动作，快走了几步凑过去。

那是一封信，看上去是给什么爵士的。信的内容很长。

"这是什么呀？"梦音皱眉说道，看了看信纸和桌上的羽毛笔、墨水，"看上去像是古代的信件。"

"英文……看不太懂。"祝渊和梦音都不是外语专业，对于这种外国的花体英文自然是一头雾水。而且里面似乎有很多专业词汇，他们见都没见过。

"Space，空间？"祝渊看到一个自己认识的单词，念了出来，突然想到了什么，"空间？这封信在这个扭曲的空间里，那是不是就在说关于这个空间的事情？"

"我看看，我英语好歹比你好。"这是实话，祝渊学的是中文系，而梦音因为职业原因，接触到的英文要比祝渊多得多。

"Mobius……fold……"梦音艰涩地念道，"这是……第一个单词是什么……第二个是折叠？"

"莫比乌斯？"祝渊听到梦音念的单词，顿时愣住了，"莫比乌斯？莫比乌斯环？折叠……"他似乎想到了什么。

"莫比乌斯是什么东西？"梦音好奇地问道。

"莫比乌斯是一个物理学家，他发明了莫比乌斯环，这玩意应该算是一种概念模型。"祝渊解释道，"拿一张纸带，将其一端旋转一百八十度与另一端相连，这样这张纸带就只有一个面了。"

"哦？真的哎。"在脑海里迅速想象了一下，梦音惊奇地说。

"这里的空间……和莫比乌斯环有什么关系？"祝渊思索起来，他有些庆幸自己曾经疯狂地迷过一段时间莫比乌斯环，查了很多与之相关的资料。

"Twodimension……parallel……"梦音见祝渊思索着，便又低下头费力地看起了这封信，念出了几个单词，"二维……平行。"

"二维？"祝渊像是抓住了什么似的，双眼猛地一亮，"莫比乌斯环就是一个二维的空间结构！平行……平行又是什么东西？"

"Parallelspace，"梦音抬起头，似乎也明白了什么，"平行空间。"

"平行空间？"祝渊双眼明亮了起来，似乎有什么东西触动了他的心底，一段回忆瞬间涌上了他的心头。他曾在一个网站上看过，平行空间之间是彼此交叉的，每一个平行空间之间都有交点，只不过因为空间稳定，交叉点没有显现而已。当时他也看过其他的专业书籍，当时看这个言论，便一直认为是错误的。但……

"如果是正确的呢？"祝渊心中开始紧张起来。

"怎么了？"梦音看着祝渊的脸色，连忙问道。

祝渊深吸了一口气，打算给梦音解释，顺便自己再理一遍思路："莫比乌斯环广义上来说是一个二维的结构，但它不只有二维，只不过很少。还有三维、四维的莫比乌斯环。但我觉得我们所说的三维莫比乌斯环本身应该是一个2.5维的物体，因为它是一个二维纸带进行三维构象但未完全构成三维立体的产物。"

"呃……"梦音已经处于听不懂的状态，"你一个文科生搞这些东西？你怎么知道的……"

"等等。"祝渊皱眉打断了梦音的话，"莫比乌斯环有一个重要的特征：一个物体在上面运动一圈回到原点的时候，该物体就会出现手性现象，意思就是身体的所有成分什么的都像照镜子一样被对称了一下。"

"哦？这个我听过，手性我知道。"梦音笑了，终于有她知道的东西了。

"所以……同理，一个三维物体如果进行高维构象，形成高维的莫比乌斯环，那么当三维手性物体在其上运行最终回到原点的时候，应处在与其原本状态成镜像的状态。"祝渊一字一句地说着，脑海中迅速地思索，"所以还是同理……如果说时间作为第四维的话，那么……四维以及更高维的莫比乌斯环，当物体在上面运动一周的时候，因为加入了时间这个元素，因此就会……"祝渊停顿了一下，豁然开朗了，"产生轮回的现象。"

"嗯？"梦音一头雾水。

祝渊苦笑了一下："用简单的说法……高维的莫比乌斯环就是一个轮回。"

"可是这和平行空间有什么关系？"梦音似乎懂了莫比乌斯环，但接着又有了疑问。

"平行空间之间是互相重叠、交叉的。"祝渊说出了自己的想法，"当一个高维的莫比乌斯环结构的空间产生的时候，所有与这段空间相交的平行空间都会和它产生交点，进入交点就进入了这莫比乌斯环之中，在其中开始了轮回。而我们之前的走廊，和轮回也差不太多吧。"

"……"梦音沉默，似乎懂了什么，"那现在这个房间又是怎么说？"

祝渊嘘了口气："你看看，那封信中还有什么能看懂？我现在也解释不了。"他心中很是震惊，同时也有些许成就感。

梦音低下头继续看着，念着单词："Coincidence……node……gravitation……one……pass。"

"重叠、交点？引力……一个……通过？"这两个单词祝渊认识，不用梦音说他也知道。他皱着眉头将这几条线索串在一起，却没有丝毫头绪。

"也就这些了。"梦音放下纸，满脸抱歉地说道，"只认识这么多……"祝渊脑中突然灵光一现："画，那幅巨画！对着大门的那幅巨画！"

"怎么了？怎么了？你想到出去的办法了？"梦音两眼放光，一脸希冀地望着祝渊。

"呵呵，我突然想起刚进来时看到的那幅画，似乎和这个空间有关，但具体是什么我还没想出来。"祝渊尴尬地挠了挠头。

"既然这个房间里没什么东西……那就打开这道门看看吧。"说着，他走到另一扇门前一把将其拉开。

四

门外是一大块探出的石板……除了石板之外，什么也没有了，包括墙壁。这间房竟然是在空中的。

"怎么回事……"梦音震惊地探出头看了看下方，顿时有些眩晕，连忙缩回脑袋。

祝渊皱眉，轻轻踏上石板，向前方看去。

距离石板下方很近的地方，有一个圆形的洞。没错，就是洞，在空中的洞。洞的边缘闪烁着黑芒，在空中细微地起伏着，看上去很不稳定。

而在洞的另一端，与祝渊二人所在的屋子和石板相对的地方也是一样的设置，对面的门也开着，石板上垂下一条绳子，在空中摇晃。

通过对面的门看去，那里似乎是在一个古堡的内部，周围是围墙，凸出的露台，长长的楼梯，飞檐浮雕，透露着古典的气息。

"这里的空间完全扭曲了。"祝渊皱着眉头，如果这里是一个古堡，那这两边的走廊和屋子就完全不可能是这个配置，更不可能这么长。

"这个洞是什么……"梦音低头看着洞，掩饰不住脸上的震惊。

祝渊盯着洞周围扭曲的黑芒，一瞬间，所有的疑惑都消失了，他的心中似乎有一扇门对他敞开了。

"我明白了！"祝渊眼神连动，突然大叫一声，声音中充满了无尽的喜悦与些许悲壮。

"怎么了？"梦音看着祝渊，直觉告诉她，祝渊发现了什么重要的东西。

"这个洞是空间节点。"祝渊语速飞快，"之前我说过，很多平行空间都与我们所处的这个高维的莫比乌斯环空间有着交点。而莫比乌斯环空间因为空间产生了扭曲翻转，所以产生了引力，引力作用在平行空间上，就导致无数个平行空间穿过莫比乌斯环的一端，而全部交于莫比乌斯环的另一端，也就是引力的作用点上。而当所有的空间重叠交会在同一点的时候，那个点就会变得极为不稳定，打破莫比乌斯环的限制。"他看着梦音不明就里的眼神，说道，"因此……那个点，就是这个莫比乌斯环空间的出口。"

"这里是出口？"梦音猛地扭头，看向了下方的黑洞。

"应该没错。"祝渊点点头，接着说完了自己的判断，"而穿过无数个平行空间的我们，通过交点来到这个地方，之前你看到的骸骨，或许应该就是我们自己的。而我之前在楼梯上抽烟的时候，发现在我扔掉烟头的地方有很多灼痕，这说明有很多来自平行空间的我在那里扔过烟头。"

"骸骨是我们的？！"梦音闻言惊恐起来，"我们是怎么死的啊？！这里有什么危险吗？"

"他们会遇到危险，我们不一定。"祝渊低头看看下方的黑洞，"至少我们现在要做的事情就是从这个通道口离开。"

"这怎么下去啊？"梦音皱眉问着，"从上面直接跳下去吗？那不一定能那么准确啊，万一砸到地面……"

"哈哈，我有绳子。你忘了？"祝渊从背包里掏出一捆绳子。

"太好了！"梦音脸上终于露出了喜色。

"把这绳子绑在一个地方就能下去了。这个高度应该可以。"祝渊四处看了看，快步走到了门框旁边。门框和门之间有一个空隙，他将绳子绕了一圈缠住，拉了拉，"没问题。"

"那我们就快走吧，终于能离开这里了。"梦音催促着。

　　"等等……"祝渊突然想起了什么，脸色大变。

　　梦音见状顿时惊了："怎么了？你没事吧？"

　　"这个通道……只能过一个人。"祝渊脸色沉了下来，"之前那张纸上说的，一个人通过，你忘记了吗？"

　　"啊？"梦音愣了愣，"没有……"

　　祝渊扑通坐在地上，脸色灰败起来："为什么……为什么只能一个人通过啊？"

　　"一个人吗……"梦音顿时安静下来，姣好的脸庞上闪烁着复杂之色。

　　两个人都沉默着，没有出声。

　　一盏茶的工夫后，祝渊抬起头，叹了口气，强打精神站起来，握了握绳头，刚想说什么，梦音突然开口道："你下去吧，我留在这里。"

　　"不，我……"祝渊闻言大吃一惊，连忙上前几步，却被梦音堵住了话头，"你懂得比我多，这出口要不是你我都发现不了，还是你去吧。"

　　"我……"祝渊脸色涨红，张着嘴刚想说什么，却感觉胸口猛然传来一股大力，他毫无防备之下，直接向后砰然摔倒在了地上。

　　他还没反应过来，梦音便一把从他手中抢过绳子，毫不犹豫地一跃，瞬间向下掉去。

　　"呵……"祝渊半坐在地上，咳了几声，苦笑，"你……又是何必呢？"

　　看着脚下的黑洞在自己面前越来越大，梦音心中五味杂陈，但更多的是侥幸。

　　"啧……"她轻啧了一声，"幸亏我动手得快，不然我这个女生和他抢起来真是毫无胜算。他指不定就自己下去了。"梦音的脸上掠过一丝阴影，"虽然这样可能不太好……不过抱歉，毕竟我也想活下……嗯？"

　　她突然瞥见，身下的那个黑洞一下子变形，紧接着一道道黑芒开始从其中爆发出来，一道道空间裂缝也时隐时现，最后"啪"的一声，黑洞瞬间闭合了。黑洞闭合的同时，整个地面也在一瞬间消失掉了，下面是深不见底的深崖。

　　梦音还没反应过来，就突然感觉双手紧握的绳子抖了一下，顿时心头一紧，抬起头向上看去，就见那绳子剧烈地抖了一下，紧接着绳子那头一下子崩到了空中，绳结竟然开了！

　　"啊！怎么回事？！"失去了绳子的拉力，梦音的身体顿时开始做起了自由落体运动，径直坠落下去。

　　"啊啊啊啊！"梦音惨叫起来，她怎么也不明白，之前好好的黑洞怎么会突然就消失了？原本坚实的地面，怎么也没了？！

　　梦音只感觉自己的身体向着黑暗中坠落下去，越来越深，越来越……嗯？

　　她感觉自己的身体停住了。梦音浑身颤抖着睁开双眼向上望去，高处的石板边缘，祝渊死死地拉住了绳子。

　　"祝……祝渊？"梦音怎么也没想到，竟是祝渊在最关键的时候救了她一命。

　　上面的祝渊似乎在呼喊着什么，她也并没有听到。但很快，梦音就看到，上方的祝渊开始向后拉起了绳子。

　　"为什么……"似乎能看到祝渊那张因用力而变得狰狞的脸庞，梦音双眼有些无神，"你的手臂刚刚受过伤，为什么还……"

五

　　"该死……"祝渊大吼了一声，最后用力，梦音的手碰到了石板，她咬牙，双腿一抬搭上石板，打了个滚，重新回到了石板上。

　　"终于救回来了。"祝渊躺在地上真是一动也不想动了，身上的衣服已经被汗湿透了，额头上淌下滚滚汗珠，手臂已经没了知觉，之前接梦音再加上刚刚拉梦音，这次手臂估计得修养上一段时间才能恢复了。他的双手也早已被绳子磨破了皮，鲜血淋漓。幸亏梦音的体重略轻，加之他平时也多锻炼，绳子质量也不错，不然……这三者只要少一个，梦音就要魂归九天了。

　　"为什么……"梦音坐在石板上呢喃着，突然大哭了起来，"我明明……明明那样对你……为什么你还要救我？"

　　"每个人……每个人都有活下去的权利，你那样做也无可厚非。"祝渊喘着气笑了，"况且我本来就要把绳子给你的呀。"

　　"对不起，对不起，对不起……"梦音大声哭泣着，"我不该怀疑你，我……"

　　"行了，现在是说这个的时候吗？"祝渊打断了她的话，"空间节点没了，我们该怎么出去？"

　　梦音闻言，抽泣了几下，抬起手擦了擦眼睛，没再出声。

　　"除了空间节点……还有什么能让我们出去……"祝渊有些悻悻地喃喃念叨着，一脸失望与专注，尽管浑身疲累，但还是迅速思索着。他本来就打算让梦音出去，因此现在也没什么太大的心理反差。

　　"我知道那些骸骨是怎么回事了。"祝渊苦笑，"他们没有走出去，或者只出去了一个。剩下的人在强烈的绝望和饥渴的压迫之下，自然活不了多长时间。"

　　"空间……出口为什么消失了？"沉默许久，梦音低声问着，声音带着浓浓的鼻音。

"空间是不断运动的。"祝渊解释着，"当所有的空间都聚集在那一个点上的时候，空间通道才能开启。当空间之间的交叉点错开……自然通道就会消失。"

"那我们岂不是真正出不去了……"梦音一脸黯然神伤，绝望地说道。

他说着，眼睛突然瞪大了："什么！等等……既然空间是运动的，那么莫比乌斯环空间也肯定是运动的！"

祝渊一跃而起，抓住梦音的肩膀："我知道了！我们能出去！"

"什么？"梦音愣了愣，似乎没听清楚。

"对，莫比乌斯环空间，现在相当于串在原来空间线上的一个'8'字。"祝渊一拍大腿，抑制不住心中的喜悦之情，"既然它是运动的，那只能在两个空间线的端点上来回运动。"

"也就是说……它会和原来的空间线相连？"梦音疑惑地提问，似乎明白了什么，"这也太玄乎了吧，空间哪有那么简单。"

"希望如此。这是我们唯一的希望。"祝渊皱着眉头说道，"当它与某一个端点相连接的时候，两个空间的能量会碰撞，导致势弱的那个空间被压缩。看来这个空间就是这样，被压缩成了那栋老屋的空间。我们刚才进屋的时候一切正常，那个时候莫比乌斯环空间还和空间线相连接。之后断开向着另一端空间线前进，因此就恢复了原状，成了现在的这个样子。"

"那……我们应该怎么办？"梦音一脸不明的样子，声音都有些颤抖了。

"等着……"祝渊迟疑地说道，"如果我推理得没错，那么空间将会在一段时间之后与另一端接轨，那时这里将再次恢复原状。不过……因为空间的运动速度不同，因此我不确定，下一次与对面接轨，是在十分钟之后，还是一个月之后。"

"希望如此。"对此梦音没有提出什么异议，毕竟她今天经历的事情已经够多了，有些麻木。就算现在祝渊说跳下石板掉到下面的深渊中才能逃生，她也不会质疑。

"那，那封信到底是谁写的呢？"梦音坐在石板上平复着心情，突然想起了什么。

祝渊摇摇头道："不知道，估计是这栋屋子的主人吧。这里的空间不知道怎么发生了折叠扭曲，他可能对此有研究，打算写信去和别人讨论，但信没有送出去。也不知道主人是谁，究竟之后经历了什么，他也是被困在这里了吗……"

梦音无言，周围的气氛一时间凝结了下来。

"祝渊……"梦音突然开口。祝渊扭过头："怎么了？"

"如果真能活着回去……"梦音低声道，"我们和好吧。之前那几次吵架，是我太任性了。"

祝渊没想到梦音会这样说，他连忙摇头："大姐，可别了，我可不想和好之后又三天两头被你骂，得不偿失，您还是去另寻高明吧，我应付不来了。"

闻言，梦音的脸色顿时黯淡了下去，但她还是坚持着说完："之前的那些事情对不起……以后我会努力改变的。我身上有什么缺点，你都可以跟我说……难道一次机会也不给我吗？"

经过这一系列的事情，她总算明白……祝渊才是真正对自己好的人。平日里其他看上去对她不错的人都只会阿谀奉承，哪敢有半点批评的话？要是换了他们，估计在石板那里早就踹开自己先下去了，就算是让她先下，也不会冒着生命危险来救自己。紧接着她又想起了之前祝渊对自己的好，又想起了自己对他的颐指气使指手画脚，顿时心中一阵后悔。

祝渊看着梦音，她含着泪水的双眼充满了期冀和乞求之色。他叹了口气，想说什么却又没说出口，好半天才笑了笑："既然你诚心认错了……那，到时候就看你的表现咯。"

事实证明，祝渊的话是正确的。当初晨的阳光再次洒在两人的脸上时，喜悦的泪水伴着沉默落下。

"太好了……终于出来了。"梦音哽咽了。她第一次发现，阳光是这么温暖，这么美好。

她转身抱住了祝渊。

"原来才过了一晚上啊……在里面还以为过了好几天了。"祝渊看了看天空，"谢谢命运给我们这一次机会。"他低声说着，"让我们能离开这里……同时，也让我们有机会去共同面对未来。"

尾声

山风凛冽。

"这个地方你是怎么找到的啊？"看看有些阴沉的天空，低头瞥了眼表，下午三点多，梦音裹了裹身上的外套问。

闻言，祝渊微微偏头："这种地方很好找，从网上搜一搜、问一问就知道了。而且这个地方离我们市区很近，我同学也有知道这里的，说这里似乎确实有点问题。"

梦音耸了耸肩膀，啧了一声："分手之前还要专门来鬼屋探一回，亏你还能想得出来。"说着她从后座上站起身，趴在敞篷越野车的后车窗上看着两边的向后飞驰而去的山路。

祝渊无奈地说着："这不是咱俩刚在一起的时候就有的愿望吗？现在反倒埋怨起我来了？"他顿了一下，"而且我建议你坐下去，我的车技不算很好，万一磕着碰着伤了你我可赔不起。"

梦音沉默了一会儿，道："咱们俩认识时间也不短了，互相的脾气性格大家也都清楚。我……"

她话还没说完，祝渊就打断了她的话："到了。"

"哦？"梦音抬起头，看向前方。在不远处的山崖有一处向内的凹陷，那里伫立着一座哥特式的建筑风格的大屋，整体是黑色调的，顶端几座高耸的尖塔和尖形拱门在幽幽山体的映衬下更显得神秘、怪异。大屋别墅从外部看有两层，却比一般的房屋更加高大。窗户是镶着彩色玻璃的长窗，加上布满整个外墙的精美雕刻。这栋大屋倒不如称之为教堂更为贴切些。大屋的主门也是黑色，厚重而紧实，仿佛……在迎接着下一位旅客，吞噬着来自不同时空的……同样的人们。

发表在《泰山文艺》2017 年第 2 期

火 疑

人物介绍:

周子言: 心思缜密, 勇敢正直, 喜欢冒险, 饱览群书。拥有超能力。任晨: 天真聪明, 活泼开朗, 喜欢探险。

楚岚: 机智、勇敢, 性格沉稳, 对探险情有独钟。

周父: 公安局局长。

楚鹰: 拥有超能力一直是他的梦想, 穷尽一生去研究超能力, 是一位震古烁今的科学家。

夏犷: 贪婪、自私、丧尽天良。拥有超能力。用不正当的手段攫取了大量钱财。喜欢去国外旅游。

引子

"哈哈哈!" 半倚在沙发上, 一个中年人端着一杯红酒, 狞笑着。此时, 他的老板在办公室内。

本来安坐着部署第二天公司计划的老板, 突然毫无征兆地无声爆炸开来, 只剩下一堆灰烬!

一

夕阳的余晖洒在地面上, 渲染了一层奇异的光晕。不时有冷风吹过, 掀起地上枯黄的枫叶。

"喂喂喂!"

一个穿着棕色夹克的男孩儿拍拍正在眺望远方出神的楚岚: "哥们儿, 想什么呢?"

思索中的楚岚浑身打个寒战, 猛然回头: "吓死我了你! 周子言!" 但见周子言神色肃穆，疑惑地问："怎么了？出什么事了？"

周子言冲他挤挤眼睛："今晚，咱去……"

"你是说……'那儿'？"楚岚愣了一下，随即恍然大悟。

他俩心有灵犀地点点头。

"我要过来了！有什么秘密待会儿再说哦！"一个穿着红色运动装的女孩儿跑了过来。她扎着马尾辫，一双大眼睛水汪汪的，透着灵动与狡黠。

"老实交代！又要去干什么？一看你们的神色就不对，偷偷摸摸的，讨论什么呢？竟敢瞒着我？！"看见两人的神色，女孩儿天真聪明，一猜就准，佯怒。

"啊？任……任晨？呃……呵呵，讨论游戏上的事情……"周子言忽遭"袭击"，支支吾吾道。

"哼哼……别想瞒过我！是不是……是不是又打算去探险啊？老实交代！不然，哼哼……"任晨满脸"阴笑"。

"我们……我们打算去'那儿'啦！"楚岚清清嗓子，神秘地小声说。

"什么？'那儿'！太好了！我也要去！啥时候行动啊？"

"今晚八点钟，不是在四楼的阶梯教室要开全校文艺联欢会吗？正是个好机会哇！八点半我们悄悄溜出来，在'那儿'集合，一探究竟！……"周子言小声部署着。他心思缜密，足智多谋，素有"小诸葛"之称。

周子言、楚岚和任晨是××中学的初二学生，他们性格开朗、活泼，都喜欢探险，喜欢看侦探推理小说，因情趣相投，所以成了无话不谈的好朋友。同学们送其雅号"探险三人组"。

是夜。

学校后墙对面。

三个身影悄悄地潜伏在夜色中。

"就是那儿了……"周子言望着对面的一道黑色的小门，小声说。

这个小门，就是周子言等所说的"那儿"。它本来属于旁边的小卖部，但不知为何那道门从来没有被打开过。老板娘还经常告诫想去那儿看个究竟的学生："那里是有说法的！你没看旁边都阳光灿烂，而那小屋周围大约五步之内都是阴森森的吗？千万别过去啊！……"

一传十，十传百，加上几个不听劝阻亲身尝试了的学生口述，逐渐在学校里散布出来一个传说：那个小门在五步之内不能靠近，有一种无形的力量会阻挡你的去路！在深夜之时，还曾有人看见过那里有什么东西飘出来！

"这个地方……在晚上还真恐怖啊……好阴森……会不会……真的有什么东

西啊？"

今晚月色朦胧，四周环境与白天截然不同，显得那么狰狞。他们三人打着手电照明。任晨望着小门旁遍布的杂草，以及在幽蓝色的电光下显得略微阴森恐怖的黑色小门，颤颤地说。

由于那个传说，再加上老板娘的极力渲染，他们三个现在也是有点害怕了。

"哼哼哼！我可是无神论者！相信我！"楚岚壮着胆子，"笑呵呵"地说，摩拳擦掌，飞身上前，"看我的！我要打破传——"

砰咚！

他被"空气"撞得倒飞而去，与周子言撞了个满怀。

"啊……怎么会？！"楚岚惊愕地望着不远处的小门。

"我试试！"由于楚岚带来的冲击力而倒退了几步的周子言紧皱眉头，挽起袖子，跺了跺脚，慢慢走了过去——

噗——哧！

随着一声轻响，周子言突然顿在了原地。而他的手心，冒出了一股深蓝色的火焰！幽幽的火焰随风妖冶地摆动着，在这漆黑的地方，显得无比怪异。

已在小门五步之内的周子言，惊愕地望着手中的火焰，感觉身体里似乎有一种力量在不受控制地往手心蹿。这股力量使他不由自主地摊开手掌。

"这……这是怎么回事啊？"

楚岚望着周子言手心中的火焰，擦擦眼睛，不敢相信："这……这火是哪儿来的？你手不疼吗？快扑灭啊！"

周子言尴尬道："真是怪事！我手不疼！而且我感觉，它好像是我身体中的一部分……"

"不疼？……啊！这，这莫非是……是超能力？！"任晨最先反应过来，顿时瞪大了眼睛，兴奋地叫了起来。

周子言却出奇地冷静："我先拉你们进来！"

"好！"

周子言的手抓住楚岚，往回一拉——

"啪！"

"啊！"

楚岚一脸痛苦状："周子言！你……你……我怎么还是不能进啊？"

"我试试吧？"任晨壮着胆子走过去——

很快也败下阵来。

"看来还是只有我能进！那你们在外面等着，我先进去看看！"

说着，他一转身，小心翼翼地走到小门跟前，发现门是虚掩着的。周子言定了定神，猛地推开门，同时脚下滑动，身体迅速靠向一旁的墙壁，集中精力，竖起耳朵，就像一只伺机而动的山猫！

就在周子言推开小门的一瞬间，其他两人发现自己面前的一切突然变得模糊起来，随即，小屋不见了！！但是周围的教学楼却还在？！

话说周子言静听小门里面没有动静，闪身进入。他还没有行动，就被其中的烟尘呛得直打喷嚏。周子言打开手电环顾四周，只有一桌、一椅、一台老式电脑，和在电光照射下浮在空中的灰尘。

望着桌子上积累的厚厚的尘土，周子言摇摇头，这间屋子不知有多长时间没人光顾了。他围着电脑上下左右地瞧了个遍："奇——怪！这里怎么没有线路？怎么打开电脑啊？"

抓耳挠腮了一番后，周子言还是选择尝试着打开电脑。

按下开机键，屏幕奇迹般地亮起！

桌面上只有一个文档——《关于超能力的研究》。

周子言好奇地打开文档。

"呃……啊……！！！"周子言越往下看，眼睛睁得越大，最后不禁惊呼起来！
……

他一脸震惊，走出小门。

"嘿！那里面……有什么啊？"两人好奇地问。

周子言来到朋友身边，悄悄地耳语了一番。两人的脸上，好奇、惊讶、不可思议——各种表情轮番上演，甚是精彩！

"什……什么？！神秘……杀杀杀杀杀人案？！"

楚岚一脸惊奇。

"那可是12年前的国际特大案件啊！"任晨此时也从震惊中反应过来，小手捂住了嘴巴，"那个案件中所有的死者，都被烧成了灰烬。但根本找不到凶手的作案痕迹，也排除了自杀的可能。没想到……"

"呵呵！看来我们真要为民除害了哦！"周子言大笑道。

二

"最新报道，××小区的一户人家突然发生爆炸，令人费解的是家中的电器和家具在爆炸发生后没有丝毫损毁。据其家人介绍，爆炸发生时只有这家男主人在家，只是现场没有发现男主人的遗体，仅有一堆不知名的灰烬，男主人失踪！"

望着电视上紧急报道的新闻，正在吃早饭的周子言眉头紧蹙了起来。当天晚上。

三人在周子言家后的小花园里集合。

"你们说怎么办呢？那人又害死了一人！"任晨担忧地说。

"只有根据电脑里的信息，将凶手绳之以法！"楚岚握紧拳头，"可是……凶手能确定在我们市内，但……住在哪儿呢？"

"放心！我查过了！凶手的住址，我已经熟稔于心了！"周子言信誓旦旦。

"哇！你好棒啊！"楚岚兴奋。

"你可别忘了，他爸可是公安局局长呢！"任晨笑道。

"哦对……那……那就明晚动手吧！哈哈哈……"楚岚欣喜地笑着。第二日夜。

周子言一袭黑衣，轻步上山。

这是一栋矗立在平缓山腰上的别墅。两个朋友在山下等着。周子言信心十足地沿着山路，直向别墅扑去。

突然，山路一拐，前方出现了一片齐人高的树丛！而里面好像还挺错综复杂！

周子言环顾四周，发现要想去别墅，只有眼前这一条路可走。他试探着向前走了几步，突然一下子明白了过来：这是一个树丛迷宫啊！哼哼！这可难不倒我！我可是青少年迷宫大赛的冠军啊！

想着，他认准方向飞速冲了进去。

突然听见一阵格楞楞的响声，周子言连忙半蹲下身去，警惕地四下张望。他打开微型手电，朦胧中只见远处的迷宫四面各升起了一道白色的墙壁，随即灯光大亮，一个悦耳动听的声音响了起来：

"欢迎进入树丛死亡迷宫！闯关时间20分钟。入口会在你身后闭合，你必须在20分钟内找到出口，否则你将永远留在这里。死亡倒计时！"

周子言大吃一惊："这是什么玩意儿？"他抬头一看，只见迷宫的上方出现了一个白色雪亮的屋顶！

"咦？哪儿来的屋顶？！"周子言诧异。

这时屋顶上突然出现了一个红色的荧光屏，上面闪烁着红色00：20：00的字样，随即变为 00：19：59，00：19：58……

"死亡迷宫？呵呵，人家好害怕噢！这人还真会起名字……"周子言一边寻找路线，一边暗自偷笑。

但真正进入迷宫，周子言就笑不起来了。原来里面的树丛枝条上悬挂了无数面镜子，这些镜子反射屏幕发出的光芒耀眼得像一颗颗璀璨的宝石。一阵风儿拂过，这些"宝石"兴奋地荡漾起来，将周子言的眼睛闪花了！

"哼！火来！"周子言灵机一动，手一握，火焰喷薄而出，狠狠击向镜子！

轰隆——啪嚓！瞬间，面前的镜子都被周子言的火焰击碎了。但是，那些树丛却是毫发无损！！

"这是怎么回事？！"周子言大惊，抬头一看，00：16：54映入眼帘！

"不好！还有16分钟了啊！"周子言来不及细想，连忙向前跑去，边跑边用火焰击向路两旁的镜子。

"呃……不好啊！"前方是一个死胡同！而此时，还剩下13分钟。

"怎么办……"周子言苦苦思索着。

1分钟，2分钟……

很快，三分钟过去了，只剩下十分钟了。

"啊哈……！"突然，周子言猛地一拍巴掌，"看我的！火焰之翅！"话音未落，他用火焰在自己背上凝聚出一对翅膀，迅速飞起。啪！

他的头撞上了房顶！

周子言头痛，摸摸脑袋，然后放眼望去——

"啊啊啊？这么大的迷宫？"周子言一眼望去，竟然看不见出口！

"哼！"他辨别一下方向，躲避着障碍物，迅速往前飞去。

时间一分一秒地过去了……

"啊哈！"周子言心中正万分焦急之时，突然发现了不远处的出口！

周子言猛然加速，随即收回火焰翅膀，稳稳地落在了出口前方！随即，他快步走了出去，长出了一口气。此刻距离树丛死亡迷宫关闭的时间仅剩30秒！

——好悬！假如我在规定的时间内没有出来，那……周子言心有余悸。

不远处就是别墅了。

周子言望着偌大的漆黑黑的别墅，暗自思忖："这么一个大别墅，这会儿不会没人吧？但是根据我所得到的信息，平常他都是住在这里的啊。……还是先进去看看吧！……"

想着，他迅速用火焰烧开门锁，悄悄溜了进去。

大厅里一片漆黑。

"咦？"突然一个声音响起，紧接着客厅里灯光大亮，一张国字脸、一头精干的短发、十分潇洒的中年男子揉了揉惺忪的睡眼，惊愕地看着眼前的周子言："这位小同学……你找谁？你……你是怎么进来的？"

　　他就是夏犷。

　　夏犷小时候非常聪明。五岁的时候，遇到一个看相的，说他聪慧非常，如果将来走正道，便是最好，虽不能出将入相，但也是万众瞩目；反之，则会为害一方，不得善终。

　　人的一生真的很奇妙。一个看似不相干的人、一件微不足道的小事在恰当的时间、恰当的地点出现，有时就能改变一个人的人生轨迹。夏犷大学毕业那一年独自登山游玩，于是，他遇到了改变他一生的奇遇……

　　由于经验不足，夏犷竟然在山里迷失了方向，徒劳地奔波了一天，又饥又渴，却怎么也找不到下山的路。当太阳的最后一丝光线在他的视线中消失之际，天无绝人之路，他在茂密的林间发现了一条非常隐蔽的小路！

　　最终，好奇心战胜了迷路的恐慌，夏犷壮着胆子向前走去。

　　"这是哪儿？"微弱的手电光照着小路尽头一个被藤蔓掩饰的洞口，夏犷奇怪地自言自语。

　　迈步向前，意外发生了：他费力地分开藤蔓刚走进山洞，便觉得自己的胸腔莫名地烘热起来，继而整个身体仿佛陷于火海之中！极度的炽热，似乎体内的骨骼都要被熔化了。这突如其来的剧烈的痛楚令夏犷无法承受，他疯狂地撕扯着胸前的衣服，伸长脖子大口地艰难呼吸着，就像一只被抛上岸濒死的鱼。他感觉自己的意识在逐渐消失。就在他万念俱灰之时，体内有一股奇怪的力量正迅速侵占他的身体，一个奇怪的念头迫使他要撕咬，要发泄。他艰难地扭头四下张望，这时不知从哪里跑来一只田鼠，夏犷喘着粗气努力睁大眼睛盯着它，意念一动！

　　噗！

　　老鼠顿时化为了灰烬！

　　他那狂热的胸腔这才慢慢平复下来。他才知道，自己误打误撞竟然拥有了控制心火的超能力！没过多久他发现，这个超能力，还变异出了两种超能力，一种是"灵水"，但另一种却不知为何，只是隐约有着一种感应！

　　大学毕业不久，他成为一家公司的推销员。

　　由于他上班半年的业绩不佳，甚至有时还做亏本买卖，老板大发雷霆。

　　"哼！没见过这样的人！……"

　　他愤愤地走出老板办公室，心中突然萌发出了一个邪恶的想法：哼！对老板用超能力吧……让他知道，我可是不好惹的！这样想着，他的嘴角勾起了一抹邪恶的笑容。

　　随后，他便以认错为由，与老板见面，并暗中在老板体内种植了心火。

半天之后。

老板办公室内。

本来安坐着部署第二天公司计划的老板，突然毫无征兆地无声爆炸，最后只剩下一堆灰烬！

第二天。

公交车上。

"咦？没有零钱，卡也没带……"夏犷郁闷地翻着钱包，"真希望能有一元钱啊……"

"啊？"他突然发现自己的手心中出现了一元钱！

而那第三种超能力的微弱能量也在体内颤动了一下，随即消失了。

他顿时明白，那个他一直不知为何的第三种超能力，竟是凭空获得钱财！

但是，下一位上车的乘客手中紧紧攥着的一元钱却离奇失踪了。

于是他便意识到，原来这个超能力是将别人的钱财占为己有！而能量，则是需要杀人来获得！

每杀一个人，炼化他的灵魂能量则需要一个月的时间。

于是，自诩聪明的他，便走上了这条不归路……

啊？周子言不禁大惊，这么帅的男人，竟然……竟然是连环杀人案的凶手？！真是知人知面不知心哪！真想不通为什么这么儒雅的男人会丧心病狂地杀那么多人！……

不容多想，他猛身上前，火焰拳直愣愣击向夏犷！

眨了眨眼，夏犷的嘴角突然撇起一抹笑容。

三

"哼哼……"名为夏犷的中年人呵呵一笑，低下头去，不知在干什么！

就见周子言前冲的身形突然戛然而止，半跪在地上，大口地喘息了几下："呼……哈哈！这就是你的超能力——'心火'，对吧？确实挺不错，不过可惜了——你的超能力，对我没用！接受正义的审判吧！嘿！"说着，他展开身形，用凝聚着火焰的拳头狠狠击向夏犷！

"啊？"夏犷不禁慌了神。他的超能力第一次失了效！眼见着火焰向自己扑来，幸亏练了多年的功夫让他下意识就地一滚，躲了过去。

"休走！接招！"周子言又是大吼，一个火球飞了过去。

夏犷回过神来，操起桌子上的一杯水，正泼在火球上！

唰！火球反而冲得更快了！

周子言望着这一幕，笑道："呵呵呵……我的'幽冥火'可不是一般的火啊！"夏犷急忙闪避！

砰——火球把墙壁击穿了一个洞。

"火海燎原！"周子言大手一挥，一片火线劈了过去！

夏犷却突然一笑！

"起！水之力！"

在夏犷的手心，突然涌起一股水流！

"哈哈哈！我的超能力后来产生了变异，拥有了'心火'和'灵水'！看你又能奈我何？！"

周子言目瞪口呆："什么？你……你怎么会变异？拥有水的力量？"这原本必胜的局面，却突然反转，他不能不惊讶！

哗——一道水线劈出，互相抵消！

"哼！"周子言一声冷笑，瞬间凝聚出一个巨大的火球，猛推过去！

夏犷扬扬自得，正想继续用"灵水"反击，火球却在他面前一米之处，突然爆炸了！

"轰隆隆——"

周子言看到的最后一幕，就是在火球爆炸后那灿烂的火流。

四

"呃……呃……"周子言迷迷糊糊地睁开眼睛，看见了雪白的房顶，鼻孔里充斥着刺鼻的消毒药水的味道。

"这，这是哪儿？"周子言一翻身坐了起来，发现楚岚正趴在他床边睡着。

"你醒了啊周了言？"楚岚睁开惺忪的睡眼，见周子言醒了，欣喜道。

任晨听到屋里的动静，从门外跑了进来："周子言你醒了？感觉如何啊？还疼吗？你可是足足昏迷了两天两夜啊！哎，你别动，医生不让坐起来啊！你不难受吗？身上不疼吗？"这连珠炮似的询问，使得周子言应接不暇。

周子言愣了愣，猛然惊觉，连忙浑身上下摸了个遍："咦？我怎么……感觉身上完好无损？一点儿也没有受伤的感觉啊？……啊，可能是我超能力的原因吧……对了，我怎么到的这里？"

任晨呵呵笑道："我们听到声音，赶到那里时，发现你躺在地上，而夏犷已经不见了。我们连忙打120将你送到了医院……"

"多谢啦！幸亏我的父母不在家，不然得挨训了！对了，这几天的医药费……"

"啊哈，这个不用你操心啦，我们已经帮你垫上了！哈哈，你就安心养病吧！"楚岚大气地一挥手。

"对了，到底怎么回事？那个夏犷应该是打不过你的啊！"任晨疑惑地道。

周子言苦笑道："他不仅有'心火'，他的超能力还变异出了'灵水'！'灵水'正好克制我的'幽冥火'！唉……"

"什么？"楚岚大惊，"那怎么办啊？难道还要让他继续害人吗？"

周子言苦笑道："事到如今，也只有再回那间小屋看看了……不知道那里还能不能找到其他线索？"

三天后，周子言出院。

当夜。

小门内。

周子言拿着手电，望着小屋内熟悉的一切，深吸了一口气，真希望此行能有所收获啊。突然，他眼睛的余光瞥见了电脑桌半开着的一个抽屉。

"咦？上次来的时候怎么没发现？这里面说不定有什么蹊跷！"周子言连忙小心地拉开抽屉——

一枚戒指和一张纸放在其中。

周子言好奇地拿出戒指和纸，凑着手电的光，看了起来。

五

"紧急报道！在8月12日纽约旧金山的一所华人公寓中发生一起凶杀案，死者只剩下灰烬；8月16日，在我国SZ市的一所别墅中发生第二起凶杀案，8月20日在我国BJ市发生第三起凶杀案，死者情况完全一致！凶手没有留下任何线索。国际刑警组织已成立专案组调查这起尘封多年的'神秘杀人案'……"

"今天是8月22日，夏犷应该还在我们这里……"周子言看着电视上的新闻，暗自思忖，"幸亏我上次在他身上植下了一个火焰印记，在周围十公里内能够感受到他的存在……是该给他最后一击了！"

当晚。

××郊区的一栋别墅。

　　楚岚说他头疼，所以没来；只有任晨在远处等着。

　　有了上次的经验，周子言很轻易地潜进了别墅。

　　正在客厅里看电视的夏犷愣了一下，随即"哈哈哈"的狂妄笑声传来："你还敢来！我已经研究出了如何用'灵水'来防御你的爆炸了！哈哈哈哈！"

　　周子言一撇嘴，拿出一枚戒指，奋力一按——

　　"幽冥火！"

　　"轰——"一团火球飞了过去。

　　夏犷哈哈狂笑，刚想动用"灵水"来反击，却惊愕地发现，自己的"灵水"竟然不能使用了！

　　"这，这是怎么回事！"夏犷还没反应过来，就被火球击中了！

　　"嗷！"他凄厉地哀号着。火球先是击中了他的左臂，随后火势迅速蔓延开来，衣服在烈火的侵蚀下，飞速消失。他的整个身体很快成了一团火球。他在地上不住地打着滚，试图灭火。可是"幽冥火"岂是那么容易灭的？

　　"哼！"周子言用手一招，火焰回归，又凝聚出一把长剑，直顶夏犷胸口！

　　夏犷刚脱离疼痛，还没缓过劲来，又被逼上了生死关头，正欲怒骂，突然觉察到"心火"还可以用，脸上便露出了狞笑："哈哈哈哈！有本事你杀了我啊！告诉你，我在此生所有见过的人体内全部植下了心火！你在杀死我的瞬间，我完全可以拉着他们陪葬！哈哈哈哈！杀掉我吧！"

　　听得此话，周子言的额头上瞬间渗出了豆大的冷汗：夏犷的狠毒竟然达到了如此程度，完全出乎了他的意料！！

　　这边的局面陷入了僵持。

　　房中一片漆黑，只剩下台灯散发着昏黄的光。楚岚在房中焦急地走来走去。

　　终于，他脚步一顿，抓起一个东西就跑了出去。

　　"怎么还不完事啊？没有了'灵水'，子言应该很快就能打败他的啊？"任晨坐在别墅旁边的一块儿大石上苦恼地等待着。

　　突然，她眼前一亮，楚岚正飞快地跑过来。

　　"嘿！你不是头疼吗？你……"任晨突然顿住了。她看见楚岚的手上戴着一枚蓝色的戒指。

　　楚岚来不及回话，径直跑向别墅一把推开门，正好看见周子言与夏犷僵持不下。

　　"楚岚？你来干什么？快走哇！"周子言大惊，连忙驱赶楚岚。

　　"……"楚岚的眼里闪烁着坚定，"啪！"

　　他将手上的蓝色戒指猛然摔碎！

"怎么了？快走哇！"周子言看见楚岚非但不走，反而还把一枚戒指莫名其妙地摔碎，更加焦急。

"哈哈哈……晚了！"夏犷哈哈大笑，意念一动。

"不！！"

六

周子言含泪怒吼："夏犷！！"

"没事儿的，他只是做无用功而已！"楚岚的身形在一片烟尘中缓缓显露出来，笑道。

"啊？楚岚你没死啊？"周子言愣了一下，继而欣喜地大叫。

"他的'心火'已经没了，怎么可能还会伤到我呢？"楚岚微笑着缓缓开口。

"什么？"周子言和夏犷皆是一愣。

"他……他的超能力没了？"周子言干涩地道。

楚岚笑道："你的也是啊！"

周子言暗叫不好，夏犷已经翻身而起，一脚踹向他胸口！

呀——砰！

周子言的手中，竟然又冒出了一团火球！

轰！

夏犷连忙一躲，火球射向远方。

"你……你怎么还有超能力？"楚岚惊道。

"那只是最后一点儿了……"周子言苦笑。

"什么？哈哈哈！真是天助我也啊！"夏犷狂笑着正欲翻身，就听见屋外传来警车呼啸声！

"什么？"夏犷这次的"什么"带着明显的恐慌。

"子言！楚岚！你们没事儿吧？"任晨急匆匆跑了进来。

周子言和楚岚互击一掌："耶！"

七

警察赶到后，夏犷只能束手就擒，乖乖上了警车。

回家的路上。

"哇哈哈！"周子言笑着，"终于战胜了夏犷啊……"

任晨突然想起了什么："对了，楚岚，你的戒指……怎么回事？"

"对啊！"周子言猛然想起，"楚岚！你的戒指是怎么回事啊？怎么能消除超能力啊？"

楚岚叹了口气，缓缓道来：

"我的爷爷叫楚鹰，也就是小门内的电脑上文章中提到的那位科学家。"

楚岚顿了顿，出神地眺望远方，似乎在回忆着什么。而任晨和周子言则是瞪大了双眼，一副不敢置信的样子。

"我的爷爷从很小的时候，就梦想着能够拥有超能力。"

"在他20多岁的时候，他成功研制出了用于防御的超能力药剂。他给自己注射了药剂。为了避免意外，他在一个非常隐蔽的岩洞里实验。注射药剂后，他没有发生意外，实验成功！他离开的时候，在洞口处布下了结界，不想为外人所知。但他还想继续研制能够攻击的超能力药剂。皇天不负有心人，终于，他在30多年前研制出了两支火焰攻击的超能力药剂。随后便秘密地在医院找了两名孕妇，将药剂混合在营养药剂中给她们注射，而当事人并不知情。最终一个成功了，另一个没成功。成功的自然就是夏犷，而没成功的就是周子言的爸爸。但我爷爷推测，尽管周子言的爸爸没有超能力，但他的儿子拥有超能力的可能性却是百分之九十九！事实证明，他说对了……"楚岚惆怅地望着周子言，这段话又勾起了他对自己和蔼可亲的爷爷的深切回忆，"于是，他写了这份关于研究超能力的报告。但不知为何，这份报告一直没有流传于世。他甚至都没有告诉家里的任何人！……这个秘密便一直留在了那个小屋的电脑上……"

"除此之外，他还留了两枚戒指，一枚是在那个小门内的电脑桌里，另一枚则是当作遗物……"

"等等！遗……遗物？也就是说，你爷爷……你爷爷已经去世了？"周子言惊叫。

仜晨"嘘"了一声！

"另一枚则是当作遗物放在我们家中。而放在小门里的戒指是破除灵水的。其实，爷爷早就料到夏犷的超能力会变异。而被当成遗物的戒指，则是破除所有异能的。不过前提是必须你们两人同时在场。如果不符合这个条件戒指便怎么也摔不碎！"

"那……那个小屋又是……"

"他给那个小屋布了一个结界。这个小屋所在的废弃大楼，原先是我爷爷的实验大楼。因为有结界，这个小屋无论怎么破坏，都无法成功拆除，所以就一直保留着了。

"那天我不是在电话里告诉你们，我头痛欲裂，一站起来就头晕吗？是因为我一不小心把戒指盒碰翻，戒指掉到了地上，触动了机关！结果戒指不但完好无损，反而还向我的大脑输入了庞大的灵魂传承……"

"灵魂传承是什么？"任晨快言快语。

"灵魂传承就是爷爷特意将这件事情的始末，也就是他关于这件事情的全部记忆，一股脑儿全都存入了这枚戒指，而在我触动机关后，就被戒指中的一股莫名的力量强行往大脑注入了这件事情的始末。"楚岚缓缓道。

尾声

一个月后。

夏犷最终被判无期徒刑，永远忍受着良心与痛苦的煎熬。

……

夕阳的余晖洒在地面上，渲染了一层奇异的光晕。不时有冷风吹过，掀起地上枯黄的枫叶。

"呵呵……记得几十年前……就是在这样的时候吧……"

"哼！那我是不是该说'老实交代'了？"

"哈哈哈哈……"

"呵呵……周子言……那次我摔碎了戒指，让你和夏犷的超能力消失，你遗憾吗？"

"不遗憾！如果再让夏犷那样的人继续兴风作浪，那我反而会抱憾终生的……"

"那你们觉得拥有超能力到底是好不好呢？"

"唉……现在想想，我爷爷和夏犷为了超能力而费尽心机，其实这些都是过眼云烟而已。超能力，本身并没有所谓好坏，而要看拥有超能力者的品性，这是因人而异啊……比如夏犷，他有幸拥有了超能力，若是用来帮助人们解决困难，便是最好，但他却反其道而行之，为了个人的利益不择手段，致使他的人生走向悲剧，这样说来，超能力于他便是祸患。所以我觉得，若有超能力，处处行恶不如无；如无超能力，处处行善更甚有！呵呵……"

"哈哈……其实无论超能力拥有与否，无论外力多么强大，自身的强大才是最重要的！滴自己的汗，吃自己的饭，君子生财有道，自己动手，丰衣足食！哈哈哈哈！……"

　　……

　　余光中，只剩下三条愈走愈远的身影。

　　入选《齐鲁文学作品年展2013》小说卷，连载于《新作文金牌读写》2014年第3、4期，《科普童话》2015年1~3期；入选由"阳光姐姐"伍美珍主编2015年10月出版的"阳光姐姐小说派"《拯救玻璃王国》，入选时题目被改为《超能力之战》